W0281614

Rose Thomas · Jenseits der Nacht

Rose Thomas

Jenseits der Nacht

Roman

Aus dem Englischen von
Renate Zeschitz

Ernst Kabel Verlag

Titel der englischen Orginalausgabe:
Rose Thomas
STRANGERS
William Collins Sons & Co. Ltd, London

© 1987 by Rose Thomas
Copyright der deutschsprachigen Ausgabe
© 1988/1997 by Ernst Kabel Verlag GmbH, Hamburg
Umschlag: Peter Albers
Gesamtherstellung: Clausen & Bosse, Leck
ISBN 3-8225-0394-0

1 3 5 4 2

Für Ruth Eleri Morris

Die Autorin dankt Susan Watt, Angela Coles, Jennifer und John Creer, Peter Harvey und Nick Evans für ihre Großzügigkeit.

– EINS –

Sachte begann es zu schneien.

Annie stand neben den Mänteln, die unordentlich an den Garderobenhaken hingen, und blickte durch die Glasscheibe der Hintertür in den Garten hinaus. Lichtgraue Flocken wirbelten aus einem blaßgrauen Himmel und ließen sich von Windböen noch einmal hinauftragen, ehe sie den Boden berührten. Für kurze Zeit waren sie als weiße Pünktchen auf dem Weg zu sehen, dann schmolzen sie zu kleinen Wasserperlen. Bald werden die Flocken nicht mehr tauen, dachte Annie. Der Schnee wird liegenbleiben. Sie sollte also zum Einkaufen wohl besser ihre Stiefel herausholen. So öffnete sie die Tür des Einbauschranks unter der Treppe. Mit einem Seufzer, den sie immer ausstieß, wenn sie das Durcheinander von Krimskrams sah, wühlte sie nach den Stiefeln. Dann nahm sie ihren Mantel vom Haken, nachdem sie ihn unter einem roten Anorak mit verkehrt herausgestülpten Ärmeln freigelegt hatte.

Ein Junge war am oberen Treppenabsatz zu sehen. Immer zwei Stufen auf einmal nehmend, hüpfte er die Treppe hinunter, hielt sich am unteren Treppenpfosten fest und schwang sich dann die letzten vier Stufen auf einmal hinunter. »Sei vorsichtig«, sagte Annie automatisch, »du wirst dir dabei noch einmal das Bein brechen.«

Der Junge sah sie forschend an, und sie wußte, daß er überlegte, wie heftig er ihr widersprechen konnte. Dann zuckte er mit den Schultern. »Werd' ich nicht«, murmelte er. Er ging zur Tür und preßte seine Nase gegen das Glas. »Schau, Mami, es schneit draußen. Darf ich nicht mitkommen?« Sie knöpfte ihren Mantel zu, nahm ihre Handtasche und sah flüchtig nach, ob sie auch alles hatte.

»Darf ich?«

Sie lächelte ihn abwesend an und sah dann an ihm vorbei in die Küche, ob dort ihr Scheckbuch auf dem Tisch lag. Sie konnte sich nicht auf eine Sache konzentrieren, weil sie ständig abgelenkt wurde. Das kam in letzter Zeit häufig vor.

»Nein. Ich will heute so viel erledigen, und du weißt doch, wie quengelig du immer beim Einkaufen bist.«

Sie fand das Scheckbuch in ihrer Manteltasche und steckte es zusammen mit dem Portemonnaie in ihre Handtasche. Der Junge saß jetzt auf der untersten Treppenstufe und sah immer noch sehnsüchtig in den Schnee hinaus. Plötzlich kam ihm ein Gedanke.

»Kaufst du Weihnachtsgeschenke für mich ein?«

Annie mußte lächeln, als sie seinen ernsten Blick sah, der ihn so sehr seinem Vater ähnlich machte.

»Könnte schon sein. Und Tom, du glaubst vielleicht nicht mehr an den Weihnachtsmann, aber Benjy schon, und du wirst ihm doch nicht die Freude verderben, hörst du?«

Über den Kopf des Jungen hinweg sah sie, daß es stärker zu schneien begonnen hatte. Die Gartenmauer war wie mit Puderzucker bestäubt. Vielleicht würde es dieses Jahr weiße Weihnachten geben. Sie atmete tief durch und vermeinte, den Duft von Tannennadeln, Mandarinen und Kaminfeuer zu riechen. »Gut«, sagte Tom mürrisch, »er ist ja noch so ein Baby.«

Annie nahm ihren Schal und ihre Handschuhe. Es war noch soviel zu tun vor Weihnachten, und sie wollte ihrer Familie wie immer perfekte Festtage bieten. Sie umarmte Thomas und ging zum untersten Treppenabsatz.

»Martin? Wo bist du? Ich gehe jetzt.« Von oben war ein dumpfes Geräusch zu hören, danach zwei Sekunden absolute Stille und schließlich das markerschütternde Gebrüll eines Kindes. Ein paar Sekunden später erschien Annies Mann oben an der Treppe mit Benjy im Arm. Das Gesicht des kleinen Jungen war puterrot und vom Schmerz verzerrt, aber er öffnete die Augen gerade lang genug, um sicher zu sein, daß seine Mutter ihn auch sah, ehe er weiterbrüllte.

»Er ist vom Bett heruntergefallen«, sagte Martin.

Annie begann in ihrem Mantel zu schwitzen, rannte aber doch die Treppe hinauf. Sie rieb Benjys Kopf und befühlte dabei die harte Schädeldecke unter dem seidenweichen Haar. Wie gelenkig Kinder doch sind, dachte sie. Und manchmal härter im Nehmen als ihre Eltern. »Armer, kleiner Benjy«, tröstete sie ihn. Martin schaukelte ihn in seinen Armen und wartete, bis das Weinen verstummte.

»Du gehst also jetzt? Bis wann wirst du zurück sein?«

Martin war groß und ließ wie viele große Menschen die Schultern hängen, um wenigstens gefühlsmäßig auf gleicher Ebene wie die Mitmenschen zu sein. Annie stand auf der Treppenstufe unter ihm und mußte sich strecken, um ihre Wange gegen seine drücken zu können. Sie sah sein Gesicht nicht, bemerkte aber, daß das Firmenetikett hinten aus seiner Strickjacke heraushing. Er klopfte ihr mit seiner freien Hand auf die Schulter, und Annie drehte sich um und lief die Treppe wieder hinunter.

»Was soll ich den Kindern zum Mittagessen geben?« rief er ihr nach.

»Ach, ich weiß doch auch nicht. Einfach irgend etwas aus dem Kühlschrank.« Sie war immer noch leicht ungehalten, als sie die vordere Haustür erreichte.

»Oder geh mit ihnen zu McDonald's.« Thomas tauchte in der Küchentür auf. »Ja, McDonald's! Daddy, hast du gehört? Mami sagte McDonald's.« Annie drehte sich um und blickte noch einmal zurück.

Das war sonst gar nicht ihre Art, aber heute tat sie es doch aus irgendeinem Grund.

Oben an der Treppe stand Martin: Seine Gesichtszüge waren ihr so vertraut, daß sie ihr so glatt wie ein vom Meer geschliffener Kieselstein erschienen. Benjy schmiegte sich an ihn und hatte den Kopf gegen die Schulter seines Vaters gelegt. Die

Tränen waren versiegt, und er lutschte zufrieden am Daumen. Unten turnte Thomas aufgeregt am Treppenpfosten.

Drumherum ergänzten die typischen Dinge des Familienalltags das Bild. Ein kaputtes Plastikauto lag umgeworfen im Flur, Spuren von Schmutzfingern zierten die Wand, ein Wäschekorb voll Kleider stand zum Bügeln bereit, und auf dem Flurtisch lagen ein paar Polaroidschnappschüsse von den Kindern. »Wann wirst du zurück sein?« wiederholte Martin sanft seine Frage. Er ignorierte ihre Ungehaltenheit einfach, was sie manchmal nur noch mehr ärgerte. Heute hingegen lächelte sie. »Ich weiß es nicht. Wahrscheinlich wird es fürchterlich zugehen. Aber ich möchte heute gerne alle restlichen Weihnachtseinkäufe erledigen. Wenn ich da bin, bin ich da.«

Annie öffnete die vordere Haustür. Eine eiskalte Windböe blies ihr ins Gesicht.

»Tschüs«, rief sie fröhlich. »Bis später.« Die Tür fiel ins Schloß. Draußen war es ruhig. Es war nicht die gedämpfte Stille nach dem Schneefall, sondern vielmehr die erwartungsvolle Lautlosigkeit davor. Annie steckte den Kopf tiefer in den Mantelkragen, um sich vor der beißenden Kälte zu schützen, und ging den Weg entlang. Als sie das Gartentor öffnete, bog gerade der Milchwagen um die Ecke. Der Elektromotor war kaum zu hören. Annie überlegte kurz und zeigte dann dem Milchmann mit der Hand, daß sie vier Flaschen Milch haben wollte. Die Schneeflocken schlugen ihr ins Gesicht. Der Milchmann ließ sie durch Handzeichen wissen, daß er verstanden hatte. Annie beschleunigte ihre Schritte. Sie wußte, sie würde bis zum Bahnhof genau acht Minuten brauchen. Martin hatte ihr trotz des Schnees nicht angeboten, sie mit dem Auto hinzubringen. Sie wußten beide, ohne lange drüber reden zu müssen, daß es einfacher war, zu Fuß zu gehen als die Kinder warm anzuziehen und sie für die kurze Fahrt in ihre Kindersitze zu zwängen. Annie lächelte in sich hinein. Das ist die Art von Telepathie, die sich nach zehn Jahren Ehe entwickelt, dachte sie ohne Bitterkeit.

Sie bog um die Ecke in die Hauptstraße ein. Keiner der wenigen Passanten beachtete sie. Annie war eben ganz und gar unauffällig – eine Hausfrau und Mutter auf dem Weg zum Einkaufen. Man hätte schon genauer hinsehen müssen, um festzustellen, daß sie jünger aussah als sie wirklich war, daß ihr Gesicht glatt war trotz des konzentrierten Gesichtsausdrucks, und daß sie tüchtig und zufrieden aussah.

Es war immer noch früh am Morgen, als Annie auf ihrer Einkaufstour beim ersten Warenhaus ankam. In den Schaufenstern blitzte und funkelte die Weihnachtsdekoration. Versonnen blieb sie einen Augenblick stehen. Die Seidenbänder und die mit glitzerndem Schnee besprühten Tannenzweige gefielen ihr. Die Wirklichkeit sah anders aus. Graubraun spritzte der Schnee in breiten Fontänen unter den Rädern der vorbeifahrenden Autos hervor. Annie betrat das Geschäft durch eine der großen Glastüren und genoß die warme, parfumgeschwängerte Luft, die ihr entgegenschlug. Sie streifte die Strickmütze vom Kopf und schüttelte ihre Haare, während sie den Aufzügen zustrebte. Sie wollte im obersten Stockwerk anfangen. Ihre Einkaufsliste steckte in der Manteltasche.

Sie hatte den Lift ganz für sich alleine. Während sie den Stockwerkanzeiger beobachtete, fand sie es angenehm, schon vor den Menschenmassen da zu sein. Die Aufzugtüren öffneten sich im obersten Stockwerk, und Annie stieg aus. Sie stand direkt vor einem langen Verkaufsstand mit bunten Glaskugeln – rot, grün, silber, gold – und einer Pyramide aus durchsichtigen Kugeln, die irisierend wie Seifenblasen schimmerten. Wie magisch wurde sie davon angezogen, nahm eine der irisierenden Kugeln auf und drehte sie im Licht, um die schillernden Farben besser bewundern zu können. Teuer, dachte sie bedauernd. Fast ein Pfund das Stück. Mit schlechtem Gewissen wählte sie trotzdem vier aus und legte sie vorsichtig in einen Drahtkorb. Dann ging sie zu dem Stand mit den Glitzergirlanden und ließ sie durch ihre Hände gleiten.

Zwei Verkäuferinnen unterhielten sich an der Kasse.

»Wann hast du heute frei?« hörte Annie die eine sagen.

»Abends um sieben«, antwortete ihre Freundin, »wenn's doch schon soweit wäre.« Die Glitzergirlande lag jetzt wie eine silbrige Schlange in Annies Einkaufskorb. Sie brauchten dringend neuen Weihnachtsschmuck, rechtfertigte sie sich vor sich selbst. Das alte Zeug war vom langjährigen Gebrauch schon ziemlich vergammelt. Aber mehr wollte sie nun nicht mehr für Dekorationen ausgeben. Jetzt wollte sie in die Küchenabteilung und etwas für Martins Mutter aussuchen. Für ihre eigene Mutter würde sie später bei Selfridge's einen Morgenmantel kaufen. Plötzlich verdüsterte sich ihr Gesicht, als ob ihr etwas Schmerzliches durch den Kopf gegangen wäre. Rasch ging sie mit ihrem Einkaufskorb zur Kasse.

Gähnend verpackte eine der Verkäuferinnen die Sachen in grünes Papier. Die andere tippte die Beträge in die Kasse, und der Endbetrag leuchtete elektronisch auf. Annie zählte das Geld ab, bezahlte und nahm die Einkaufstüte. Die Treppe war näher als der Lift, also beschloß sie, die zwei Stockwerke zu Fuß hinunterzugehen. Schwere Flügeltüren, über denen das Schild »Notausgang« leuchtete, führten zum Treppenschacht.

Annie war bei den Türen angelangt. Im Unterbewußtsein registrierte sie, daß außer ihr noch jemand in die gleiche Richtung strebte. Es war ein Mann, der schon an der Kasse hinter ihr gestanden hatte und jetzt dicht hinter ihr war. Sie drehte sich halb nach ihm um. Er streckte den Arm aus, um die schwere Tür für sie beide aufzustoßen. »Nach Ihnen«, sagte der Mann. Sie konnte sein Gesicht nicht sehen. Sie bedankte sich nicht einmal, obwohl sie es vorgehabt hatte.

In diesem Augenblick explodierte die Bombe.

Sie zerstörte die Personalgarderobe, wo sie am Abend vorher deponiert worden war. Sie riß einen Teil des Gebäudedachs weg, und die Druckwelle breitete sich im Innern des Warenhauses aus und hinterließ ein riesiges Loch, in das die Stockwerkfußböden stürzten. Die ungeheure Detonation erschütterte die

Häuser in der Umgebung und war noch im Umkreis von eineinhalb Kilometern zu spüren.

Annie hörte zuerst keinerlei Geräusch. Einen Augenblick, einen unendlich langen Augenblick, war die Schwerkraft der Erde aufgehoben. Lautlos wirbelten rote und goldene Glaskugeln durch die Luft, ehe sie in tausend Bruchstücke zersprangen. Ein unhörbarer Windsog riß ihr die Kleider vom Leib und die Haut in Fetzen vom Körper. Sie wurde hochgeschleudert, um dann nur um so tiefer in eine todbringende Grube zu fallen, umgeben von glühenden Balkenteilen und Mauerstücken.

Der grelle, weiße Blitz erlosch, es herrschte absolute Dunkelheit.

Danach folgte ein dumpfes Donnergrollen, gefolgt von ohrenbetäubendem Gedröhne einstürzenden Mauerwerks. Das Warenhaus sackte in sich zusammen, ein verhängnisvoller Strudel aus Stein und Stahl.

Annie fiel in eine endlose Dunkelheit.

Das Explosionsgeräusch wurde schwächer. Anstelle der gellenden Detonation hörte sie Steine und Mauerwerk herunterpoltern. Auch dieses Geräusch verstummte allmählich, bis schließlich nur mehr rieselnder Staub zu hören war, der sich in allen Zwischenräumen und Ritzen festsetzte. Das Gesetz der Schwerkraft hatte wieder von der Erde Besitz genommen.

Die beiden Mädchen an der Kasse waren tot, ebenso die Reinmachefrau, die in der Personalgarderobe gearbeitet und die verhängnisvolle Reisetasche aus ihrem Versteck herausgenommen hat. Annie wußte es noch nicht, aber sie war am Leben. Sie war in das Loch gefallen, und über ihr lag wie ein Schild die schwere Feuerschutztür.

Selbst der Staub hatte jetzt aufgehört zu rieseln. Wieder folgten lange Sekunden der Stille. Nichts regte sich. Dann begann oben im Tageslicht, über dem Gewirr aus Glitzerschmuckresten, zerbrochenen Balken und anderen schrecklichen Dingen, die erste Sirene zu heulen. Unbeirrbar fielen weiterhin Schneeflocken auf die Erde.

Annie konnte die Sirene nicht hören. Ihr Kopf dröhnte jetzt von der Explosion, ihre Augen waren wie geblendet vom gleißenden Licht des Feuerballs. Sie schloß die Augen und öffnete sie wieder, der grelle Lichtschein war immer noch da. Wo war die Dunkelheit geblieben? Warum gab es sie nicht mehr, ihre eigene, private Dunkelheit? Waren ihre Augen offen oder geschlossen?

Lange lag sie regungslos da, sie wußte nicht, wie lange. Das Dröhnen in ihren Ohren nahm allmählich ab. Der blendende Lichtschein in ihren Augen wurde gelblich, schließlich war er nur mehr als heller Punkt wahrnehmbar. Die erste Körperempfindung, die sich wieder bemerkbar machte, war ein Gefühl der Übelkeit. Instinktiv versuchte Annie, ihren Kopf auf die Seite zu drehen, um sich übergeben zu können, doch machte ein stechender Schmerz, der aus ihrem Kopf zu kommen schien, diesem Bestreben ein Ende. Sie lag wieder still. Vor ihren Augen stand wieder ein greller Feuerschein. Ganz langsam ließ der krampfartige Brechreiz nach, der Feuerschein verblaßte zu einem kleinen leuchtenden Punkt. Sie konnte ihre Augen öffnen und schließen, dessen war sie sich jetzt ganz sicher. Das Licht mußte wohl in ihrem Kopf sein, denn um sie herum herrschte totale Finsternis.

Annie versuchte sich mit der Zunge über die Lippen zu fahren. Sie waren mit einer dicken Staubschicht bedeckt, ein Mundwinkel fühlte sich klebrig-feucht an. Da war der eklige Geschmack von gestocktem Blut in ihrem Mund. Eine plötzliche Panik drängte den Brechreiz in den Hintergrund ihres Bewußtseins. Sie versuchte, sich zur Seite zu drehen, die Knie an den Körper zu ziehen, doch es gelang ihr nicht. Sie war verletzt, schwer verletzt, und es war stockdunkel.

Annie hörte markerschütternde Schreie, die nicht enden wollten, die anschwollen und wieder erstarben, wenn der Betroffene nach Luft schnappte. Plötzlich fragte sie sich, ob sie selbst es gewesen sein konnte, die geschrien hatte.

Wo war sie? Was war passiert?

Oh Gott, bitte hilf mir.

Die Schreie waren tatsächlich aus ihrem Mund gekommen. Aus schierem Entsetzen spürte sie bereits den nächsten Schrei in sich aufsteigen. Sie biß die Zähne zusammen und versuchte, den Sand zu schlucken, der in ihrem Mundraum knirschte. Um sich von ihrer Angst abzulenken, versuchte sie, sich auf etwas Unwichtiges zu konzentrieren.

Denk nach. Versuch dir darüber klarzuwerden, was eigentlich passiert ist. Wieder begann sie sich, diesmal ganz langsam, zu bewegen. In der rechten Körperhälfte, vom Arm und der Schulter bis zur Hüfte und dem Oberschenkel, bewegte sich gar nichts. Etwas Weiches, das in einem Winkel nach oben abbog, drückte sie nieder. Vorsichtig hatte sie das mit der linken Hand ertastet. Auf ihrer linken Seite war weiter oben etwas Ausgefranstes, das sich gleichermaßen hart und bröckelig anfaßte. Sie gab ihre sinnlose Suche auf und ließ ihren Arm wieder zur Seite fallen. Beine! Wo waren ihre Beine? Den unteren Bereich der Beine spürte sie überhaupt nicht. Ihr war, als hätte sie einen Körper aus Lehm, der zerbröckelt und grob neu modelliert worden war und an den Knien endete.

Und ihr Kopf – die Schmerzen in ihrem Kopf! Sie bewegte ihn ein ganz klein wenig. Erst nach der einen Seite, dann zur anderen. Sie hatte etwa zwei Zentimeter Spielraum, ehe ein stechender Schmerz ihren Versuch abrupt unterbrach. Plötzlich bemerkte Annie, daß ihre Haare unter irgend etwas feststeckten. Sie hatte – wie lang war das schon her? – ihre Mütze abgenommen, als sie den Laden betrat. Jetzt lag etwas Zentnerschweres auf ihrem ausgebreiteten Haar, und der Schmerz rührte von den Haarwurzeln, die ihr die Kopfhaut abzuziehen schienen. Selbst wenn sie sonst nichts behindert hätte, würden sie ihre Haare zwingen, ruhig dazuliegen und nach oben – wohin? – zu starren.

Außer dem Poltern herunterfallender Trümmer, wenn sie ihren Arm bewegte, war nichts zu hören. Zitternd betastete sie mit den Fingern ihrer linken Hand rauhe Ziegelsteine und zersplittertes Holz. Schüttelfrost befiel sie. Sie war jetzt bei vollem Bewußtsein.

Was würde mit ihr passieren?

Annie überkam erneut panische Angst, die sie zu ersticken drohte, und sie schrie wieder. Als ihre Stimme erschöpft erstarb, hörte sie direkt neben sich jemand sagen: »Hör auf! Hör auf zu schreien!«

Das war nicht ihre eigene Stimme, soviel war ihr klar. Es war die Stimme eines Mannes, eines Fremden.

Da erinnerte sie sich plötzlich wieder. Vor der Explosion, sogar noch vor dem lautlosen Windsog und dem Schock, bei dem sie inmitten von zerberstenden Glaskugeln in der Luft herumgewirbelt worden war, war da ein Mann gewesen. Das war es. Als sie noch Annie war, die mit einer Tüte voller Weihnachtsschmuck ruhig dem Ausgang zugestrebt war, war hinter ihr ein Mann gegangen, der die Tür für sie aufgestoßen hatte. Aus dem Augenwinkel heraus hatte sie im letzten Moment noch seine Hand und seinen Arm gesehen.

Eine neue Art von Angst befiel sie. Wer war der Mann, wie nahe war er ihr? Annie versuchte einen klaren Gedanken zu fassen.

Er muß es geahnt haben, was immer es war. Und wenn er so etwas fertigbrachte, was würde ihr dann bevorstehen, nun, da er in ihrer unmittelbaren Nähe zu sein schien? Sie biß sich auf die Lippen und bekam wieder den Blutgeschmack in den Mund. Sie mußte sich ganz ruhig verhalten, damit er sie nicht hörte. So weit es ging, drehte sie ihren Kopf in die Richtung, aus der die Stimme gekommen war, und starrte angestrengt in die undurchdringliche Dunkelheit.

»Wo bist du?« fragte er. »Ich glaube nicht, daß ich dich erreichen kann, aber...«

»*Wenn Sie mir näherkommen...*«, wollte Annie aufgeregt schreien, aber die Worte kamen nur im Flüsterton heraus. »Wenn Sie mir näher kommen, bringe ich Sie um.«

Es blieb lange still.

Dann sagte der Mann: »Schon gut. Hören Sie zu. Hören Sie die Sirenen? Man wird uns hier rausholen. Ganz bestimmt.«

Eine Polizistin hatte zur Zeit der Explosion am gegenüberliegenden Bürgersteig das Nummernschild eines vorschriftswidrig geparkten grauen Lieferwagens überprüft. Der Seitenaufbau des Lieferwagens hatte sie vor der Explosion geschützt. Sie kauerte am Rinnstein und hielt ihre Wange gegen das kalte Metall. Sie hörte Schreie, schleudernde Autos mit quietschenden Bremsen und klirrendes Glas. Langsam tastete sie sich mit einer Hand an dem Lieferwagen nach oben und stand auf. Die Vorderfront des Warenhauses lag hinter einer dicken, schwarzen Rauchsäule. Das Dach war in die Luft geflogen. Im Innern des Gebäudes konnte man die fast theatralisch nach unten hängenden Fußböden der einzelnen Stockwerke sehen. Immer noch bröckelten einzelne Ziegelsteine ab. Auf der Straße rannten die Menschen, um sich vor den zusammenstürzenden Mauern zu retten, andere liefen zur Unglücksstelle, um zu helfen. Auch auf den Bürgersteigen lagen Verletzte.

Die Polizistin kam hinter dem Lieferwagen hervor und ging über die Straße. Die Glasscherben knirschten unter ihren schwarzen, polierten Schuhen. Sie hob die Hand, um den Verkehr anzuhalten, wie sie es gelernt hatte. Mit der anderen Hand holte sie ihr Funkgerät aus der Tasche, um Hilfe anzufordern.

Der erste Einsatzwagen bahnte sich mit Sirenengeheul und Blaulicht seinen Weg zwischen einem chaotischen Durcheinander von Autos und Bussen. Die Polizistin kniete neben einem Mann, der seine Faust gegen eine blutende Wunde an der Wange preßte. Es herrschte plötzlich eine merkwürdige Stille, in der sich die Polizeisirenen besonders aufdringlich laut ausnahmen.

Zwei Polizisten sprangen aus dem Wagen, der mit quietschenden Bremsen seitlich am Randstein zum Stehen kam. Einer der Polizisten setzte ein Megaphon an den Mund.

»Treten Sie zurück, bitte treten Sie zurück.« Langsam begannen die Menschen, die ziellos umhergelaufen waren, Schritt für Schritt zurückzuweichen. Sie blickten die zerstörte Hausfassade hinauf, aus der immer noch Rauchschwaden aufstiegen.

»Es besteht die Möglichkeit einer weiteren Explosion. Bitte räumen Sie unverzüglich diesen Platz!«

Wieder wich die Menge ein Stück zurück. Auf dem mit Trümmern übersäten Pflaster blieben jetzt nur noch die Verletzten und die Helfer zurück.

Unten im undurchdringlichen Dunkel wiederholte der Mann wieder: »Können Sie mich hören?«

Endlich antwortete Annie: »Ja.«

»Ich kann Sie nicht richtig verstehen«, sagte der Mann. »Sprechen Sie lauter.« Sie wiederholte: »Ja«, und fügte dann rasch hinzu: »Warum haben Sie das getan?«

Danach war es wieder ruhig, und sie hörte, wie sich etwas in ihre Richtung bewegte. Eine Gänsehaut überlief sie. »Ich habe es nicht getan.« Die Stimme klang jetzt noch näher. »Ich glaube, es war eine Bombe. Vielleicht auch eine Gasexplosion.«

Eine Bombe.

Inmitten der angstvollen Finsternis zogen Bilder an ihr vorbei. Fernsehbilder von Bombenexplosionen und zerschossenen Häusern, die schon halb in Vergessenheit geratenen Aufnahmen von Flammen, die aus der Kuppel von St. Paul's schlagen, und der Atompilz über Hiroshima.

Eine Bombe.

Die Bilder verschwanden, und die Dunkelheit schlug wieder über Annie zusammen. Ihre Augen brannten von der Anstrengung. Sie begriff nun, daß eine Bombe explodiert war und sie zusammen mit all dem Weihnachtsschmuck und der schweren Tür, die sie gerade öffnen wollte, begraben war. Es war dieselbe Tür, die jetzt auf ihr lag.

Annie zitterte heftig.

»Ich habe Angst«, flüsterte sie.

Sie steht unter Schock, dachte der Mann. Aber sie war bei Bewußtsein und hatte zu schreien aufgehört. Ob er so nah an sie herankäme, um ihr helfen zu können? Er versuchte, sich vorsichtig ein wenig nach links zu bewegen und streckte seine rechte Hand aus.

»Was machen Sie?« Aus ihrer Stimme klang unverhohlen Entsetzen. »Ich versuche, an Sie ranzukommen. Hören Sie mir gut zu: Wo sind Sie verletzt?« Er konnte förmlich spüren, wie sie nachdachte und im Geiste ihre einzelnen Körperteile durchging, so, wie er es selbst auch gemacht hatte.

Nach langem Schweigen sagte sie: »Ich spüre meine Beine nicht. Ich habe Schmerzen in der Seite. Irgend etwas Schweres liegt auf mir. Ich glaube, es ist eine Tür.«

»Das ist vielleicht ganz gut. Sie wirkt wahrscheinlich wie ein Schutzschild.«

»Und meine Haare sind eingeklemmt. Ich kann meinen Kopf nicht bewegen.« Sie hatte langes, dickes blondes Haar. Er erinnerte sich, es gesehen zu haben, als sie vor ihm zum Ausgang ging.

»Können Sie irgend etwas bewegen?« fragte er beharrlich.

»Meinen Arm. Meinen linken Arm.«

Sanft sagte er: »Strecken Sie ihn aus.«

Er hörte ein leises Scharren, vielleicht ihr Uhrband, das gegen die Trümmer des Mauerwerks rieb, und das kratzende Geräusch ihrer Finger, die sich in seine Richtung bewegten. Er streckte seinen Arm so weit aus, wie er konnte, bis die Muskeln schmerzten und Holzsplitter sein Handgelenk aufschürften. Und dann, es war wie ein Wunder, berührten sich ihre Finger. Nach kurzem Zögern nahmen sie sich ganz fest bei der Hand.

Annie dachte: *Gott sei Dank.* Diese Hand im Dunkeln war so stark, der Händedruck war ihr fast so vertraut, als ob sie diese Hand bereits kannte.

Der Mann hörte, wie sie erleichtert aufseufzte. Ihre Hand

fühlte sich ganz kalt an. »Wie heißen Sie?« fragte er in die Dunkelheit.

»Annie.«

»Annie. Der Name hat mir schon immer gefallen. Mein Name ist Steve.«

»Steve.«

Es war so beruhigend, die Namen zu wiederholen, eine Bestätigung, daß es sie beide noch gab, nach dieser Katastrophe.

Annie fühlte, wie sein Daumen über ihren Handrücken streifte, eine kleine streichelnde Bewegung. Ihre Angst ließ ein wenig nach, das Atmen fiel ihr leichter. Sie drehte ihm den Kopf zu, so weit es eben ging. Ihre Haare ziepten an der Kopfhaut.

»Ich dachte, du wärst es gewesen«, sagte sie. »Es tut mir leid. Ich hatte Angst vor dir.«

»Ich habe es nicht getan. Ich habe für Weihnachten eingekauft, genau wie du.«

In ihrer Situation erschien es beiden plötzlich ganz natürlich, sich zu duzen. Weihnachtseinkäufe... die durchsichtigen Glaskugeln, die so teuer gewesen waren, die glänzenden Bänder und Tannenzweige in den Schaufenstern, der Schnee, der die Stadt mit einer weißen Decke überzogen hatte. Und jetzt? Begraben in dieser unbarmherzigen Finsternis. Wie tief unten mochten sie wohl sein? Sie hatte das Gefühl, unendlich tief in eine große Grube gefallen zu sein. Wieviel Tonnen Schutt mochten wohl zwischen ihr und dem Himmel und der Luft liegen? Annies Haar zerrte an den Haarwurzeln, als sie sich bewegte.

»Halt dich ruhig.« Steve drückte ihre Hand ein wenig fester.

Annie spürte die Tür über ihrem Gesicht. Ja, sie mußte sich wirklich ruhig verhalten.

»Und du?« fragte sie. »Bist du verletzt?« – »Schnittverletzungen, ein paar. Nicht schlimm. Am schlimmsten hat es mein Bein erwischt. Ich glaube, es ist gebrochen.« Jetzt bewegte Annie ihre Finger und versuchte, ihre und seine Finger ineinander zu verschränken.

»Nicht loslassen«, sagte Steve schnell. »Nein, nein. Ich versuche nur, einen klaren Gedanken zu fassen. Wie können wir hier rauskommen?« Sie versuchte, sich zu konzentrieren und möglichst deutlich zu sprechen.

»Ich... glaube, das ist unmöglich.« Wieder hörten sie in unendlich weiter Ferne Polizeisirenen. »Sie werden uns hier rausholen, Annie. Es kann nicht lange dauern, wir dürfen nur die Hoffnung nicht aufgeben.«

Annie dachte: *Sie werden uns nicht finden.* Wie sollten sie? Keiner weiß, daß ich hier bin. Ich habe nicht einmal Martin gesagt, wohin ich gehe.

»Wer ist Martin?«

Erst jetzt wurde Annie klar, daß sie laut gedacht hatte. All ihre Sinne waren durcheinander. Sie strengte ihre Augen so an, daß sie brannten, konnte jedoch nichts erkennen. Um sie herum waren jetzt viele Geräusche, nicht nur die Polizeisirenen, sondern auch das Gepolter und Gerumpel von einstürzenden Mauern. Doch sie wußte nicht, ob diese Geräusche echt waren oder sich, wie ihre Stimme, nur in ihrem Kopf wiederholten. Und plötzlich hatte sie das Gefühl, daß sie nicht verschüttet war, sondern wieder fiel, in unendliche Tiefen fiel. Annie ballte die Hände zur Faust und drehte ihren Kopf nach oben, absichtlich, ohne sich um den Schmerz in ihrem Kopf zu kümmern, bis ihre Wange die kalte, glatte, schwere Tür berührte. »Mein Mann«, sagte sie und gab sich Mühe, normal zu klingen. Sie fiel nicht mehr in die Tiefe. »Martin ist mein Mann.«

»Sprich weiter«, sagte Steve. »Erzähl mir was. Egal was. Lieg still und rede.« Der Abschied heute morgen. Zu dritt sahen sie ihr nach, der kleine Benjy auf Martins Arm und Tom, der sich um den Treppenpfosten schwang. Zuvor war sie rasch nach oben gelaufen, um sich mit einem flüchtigen Wangenkuß von Martin zu verabschieden. Ein Abschied wie viele andere, eilig, und sie hatte ihrem Mann nicht einmal ins Gesicht gesehen. Es war ihr so vertraut, durch die Jahre des Zusammenlebens glattgeschliffen.

Plötzlich fühlte Annie ihre Einsamkeit. Sie würde hier sterben, ganz allein. Aber die Hand, die die ihre hielt, war wohltuend warm. Wo war Martin geblieben?

Ich liebe dich. Sie wiederholten diese Worte oft, nicht aus Leidenschaft, sondern um sich einfach ihrer gegenseitigen Zugehörigkeit zu versichern. Es stimmt, dachte Annie, ich liebe ihn wirklich.

Doch jetzt, in dieser Situation voll Schmerz und Angst, konnte sie sich das Gesicht ihres Mannes nicht vorstellen.

Statt dessen sah sie den Garten hinter ihrem Haus so klar vor sich, als ob sie in diesem Moment an der Hintertür stünde. Martin werkelte mit dem Rücken zu ihr und bückte sich nach dem Hammer, den er hinter sich auf den Gartenweg hatte fallen lassen. Sie sah seine Hand und die ausgefranste Jacke, die er immer zur Gartenarbeit trug. Aus dem Küchenradio waren Musikklänge zu hören.

Gemeinsam arbeiteten sie im Garten. Martin hatte sich endlich die Zeit genommen, den Lattenzaun zu reparieren, der sie vor dem Schäferhund des Nachbarn schützen sollte. Die Kinder waren zu einer Geburtstagsfeier gegangen, und sie hatten, was selten genug vorkam, einmal zwei Stunden für sich selbst Zeit. Annie stand am Rand des Blumenbeetes. Die abgestorbenen Stengel der Sommeranemonen ragten armselig in die Höhe, und die Erde war schwarz und hart gefroren. Die Latten, die sie für Martin bereithielt, bogen sich nach unten, und ihre Arme schmerzten unter der Last. Sie arbeiteten wortlos. Annie fror, und Martin war ärgerlich, weil er kein sehr geschickter Handwerker war und ihn die Angelegenheit ohnehin beinahe den letzten Nerv raubte. Er nahm den Hammer und drosch auf den Nagel ein, der die Behandlung übelnahm und sich schief legte. Martin stieß einen Fluch aus und ließ den Hammer fallen.

Annie dachte zurück an die Zeit, als sie das heruntergekommene viktorianische Haus gekauft hatten, lange bevor Tom auf die Welt kam. Unzählige Wochenenden hatten sie mit Hämmern und Malen zugebracht, weil sie sich weder Maurer noch Tapezierer leisten konnten. Es gab hitzige Auseinandersetzungen über die ungleiche Schräge bei den Seitenwänden des Kamins, den unglücklichen Farbton, die geflieste Ecke, die eher einer Wellenlinie als einer Ecke glich. Und dann sahen sie sich plötzlich an, lachten laut los, liefen in das Schlafzimmer hinauf und liebten sich. Über dem Bett hing die orange- und lilafarbene Tapete noch so in Fetzen von der Wand herunter, wie sie der Vorbesitzer zurückgelassen hatte. Das war vor neun, zehn Jahren.

Ähnliche Gedanken mußten auch Martin durch den Kopf gegangen sein. Er legte plötzlich den Hammer zur Seite und richtete sich auf, um sie anzusehen.

Annie sah jetzt sein Gesicht ganz deutlich vor sich. Sie wollte die Hand in der Dunkelheit ausstrecken und es berühren. Er sah fast genauso aus wie zu der Zeit, als sie sich kennengelernt hatten, bis auf die etwas schärfer gewordenen Linien am Mund und die Stirnfalten.

Er hatte unter ihren Mantel gegriffen, die Arme um sie gelegt und sie geküßt.

»Was hältst du davon, wenn wir Audrey bitten, rüberzukommen, damit wir zu Costa Essen gehen können?« Sie gingen immer zu Costa. Annie konnte sich nicht erinnern, jemals irgendwo anders gewesen zu sein. Sie hatten sich eine große Schüssel griechischen Salat geteilt, danach Dolmades bestellt und eine Flasche Retsina dazu getrunken. Das letzte Mal, eben nach der Arbeit im Garten vor einer Woche, waren sie spät nach Hause gekommen, und Martin hatte den Babysitter nach Hause gefahren. Annie war inzwischen zu Bett gegangen und sofort eingeschlafen. Sie merkte gar nicht mehr, wann Martin zurückkam. Am Morgen wachte Benjy um sechs Uhr auf, und um noch eine Stunde länger Ruhe zu haben, hatte sie ihn geholt und in die Mitte des Bettes zwischen sich und Martin gelegt. Benjy strahlte triumphierend und lutschte zufrieden am Daumen.

Martin streckte seine Hand über Benjy aus und legte sie mit bedauerndem Blick auf Annies Taille. Sie sahen sich verständnisvoll an. So war das eben. Sie waren müde, und außerdem waren da noch die Kinder.

Annie bebte am ganzen Leib und zitterte wie Espenlaub. »Wir gehen immer zu Costa«, wiederholte sie. »Ich weiß nicht, warum. Martin gefällt's dort.«

»Ich weiß«, erwiderte Steve, »das kenne ich nur zu gut.«

»Wieso?« hörte Annie sich fragen. »Bist du verheiratet?«

Die Straße war inzwischen geräumt. Nach dem ersten verzweifelten Durcheinander bei der Suche nach Verletzten hatte die Polizei die Aufräumungsarbeiten in den Griff bekommen. Mit orangefarbenen Plastikbändern hatten sie das Trümmerfeld abgesperrt. Die Rettungsarbeiten waren in vollem Gange. Die fluoreszierenden Leuchtjacken der Polizei hoben sich gegen das Grau der Luft und der Umgebung ab, und die gelben Helme der Feuerwehrleute wippten ruckartig auf und ab, während die komplizierten Bergungsgeräte in Stellung gebracht wurden. Die Männer arbeiteten schnell und routiniert.

Weitere Rettungsfahrzeuge fuhren vor und hielten vor der orangefarbenen Abtrennung. Die hohen Feuerwehrfahrzeuge mit den silbernen und roten Seitenflächen hatten sich dicht hintereinander aufgestellt, in zweiter Reihe stand ein Krankenwagen und daneben noch ein großer weißer Notarztwagen. Ein weiterer Krankenwagen brachte gerade den letzten Passanten, der durch die Explosion auf der Straße vor dem Kaufhaus verletzt worden war, in ein Krankenhaus. Fünfzig Meter weiter südlich öffneten zwei Polizisten den äußeren Sicherheitskordon, um das Fahrzeug passieren zu lassen.

Die neugierige Menschenmenge wuchs ständig und war hinter die weißen Absperrungsstreifen zurückgedrängt worden. Einer der Uniformierten hielt immer noch das Megaphon bereit, um neugierige Passanten zurückzurufen.

Inmitten all der Einsatzfahrzeuge stand der unscheinbare

blaue Einsatzleitwagen von Scotland Yard. Im Innern übergab gerade der Polizeiinspektor, der bis jetzt den Einsatz geleitet hatte, die Leitung an den Scotland-Yard-Beamten. Auch die Sprengstoffspezialisten waren inzwischen angekommen.

An einer anderen Stelle der Absperrung hatten sich schon eine Reihe von Journalisten versammelt. Das erste Fernsehteam war bereits eingetroffen, und der Reporter begab sich auf die Suche nach möglichen Augenzeugen. Dann sah er den Polizeioffizier und den Pressereferenten der Polizei aus dem Einsatzwagen steigen und stürzte auf sie zu.

»Wir können noch keine genauen Angaben machen«, sagte der Polizeioffizier. »Wie Sie wissen, hatte das Kaufhaus gerade erst geöffnet, deshalb gehen wir davon aus, daß sich noch nicht sehr viele Kunden darin aufhielten. Wir haben eine Liste mit Namen des Verkaufspersonals, die wir jetzt anhand der Überlebenden, die wir bereits erreicht haben, überprüfen.«

Von allen Seiten kamen weitere Fragen.

»Nein. Wir haben noch keine Angaben über die Anzahl der Toten, und das wird auch noch eine Weile dauern. Die Rettungsarbeiten haben bereits begonnen, und wir werden sie fortsetzen, bis alle Überlebenden gefunden sind.«

Durch die kalte, nasse Luft drangen knappe Befehle aus den Funkgeräten.

»Nein«, sagte der Polizeioffizier. »Wir haben noch keinerlei Hinweise, ob und wieviele Menschen verschüttet sind.« Brüsk drehte er sich um und ging zu dem Einsatzwagen zurück. An der Absperrungslinie las der Pressesprecher den Journalisten die Telefonnummer der zentralen Nachforschungsstelle vor, die Scotland Yard in der Eile eingerichtet hatte.

Steve wußte, was passieren würde. Er hatte sich selbst eingeredet, daß sie gerettet werden würden. Nun galt es, auch die Frau glauben zu machen, daß die Rettungsarbeiten erfolgreich sein würden. Ihre Hand war eiskalt, und sie zitterte bis in die Fingerspitzen.

»Ich war verheiratet, bin es aber nicht mehr.«

»Warum?«

Sie wollte, daß auch er etwas von sich erzählte. Es war, als ob sie sich an seine Stimme klammerte. Steve spürte den Staub in seinem Hals. *Warum?* Cass hatte an jenem Abend auf ihn gewartet. Sie hatte momentan keine Termine, und so war sie den ganzen Tag zu Hause gewesen. Es war sehr spät, als er nach Hause kam, aber das passierte öfter. Doch war es wohl eine Ironie des Schicksals, daß er an diesem Abend tatsächlich so lange gearbeitet hatte.

»Hast du dich gut amüsiert?« hatte sie gefragt, ohne aufzublicken. Auf dem niedrigen Glastisch stand eine fast leere Flasche. Also hatte sie getrunken. Und wie immer waren da, wo sich Cass aufhielt, eine Menge Sachen um sie herum verstreut. Zwei oder drei Modejournale, ein kleines scharlachrotes Fläschchen Nagellack, dessen Verschluß sich in einem stilettähnlichen Ansatz fortsetzte, ihr Sony-Walkman, dessen Ohrhörer auf den Boden runterhingen, und eine Reihe von Kassetten.

Steve hatte sein Jackett über eine Stuhllehne gehängt und war in die Küche gegangen, um sich eine Tasse Kaffee zu machen.

»*Hast du dich gut amüsiert?*« hatte sie ihre Frage wiederholt. Er hatte den Kaffee sehr fein gemahlen und das Geräusch dabei fast genossen. Danach war er zur Küchentür gegangen und hatte seine Frau angesehen.

Cass war ein Model. Sie war nicht mehr ganz so jung für ihren Beruf, aber sie war immer noch sehr erfolgreich. Eigentlich hieß sie ja Jennifer Cassady, aber ihrer Agentur hatte dieser Name nicht zugesagt. Also wurde sie einfach »Cass« genannt. Unter diesem Namen konnte man sie in der Kartei der Agentur, auf ihrer Set-Karte und auf ihren Visitenkarten identifizieren. »Cass. Haare: braun, Augen: grün, 88 – 60 – 86.« Und dann noch die übrigen Informationen – ihre Schuh- und Handschuhgröße, Berufserfolge, ihre Bereitschaft, auch Wäschewerbung zu machen.

Wie die meisten Models trug Cass selten Make-up, wenn sie

nicht arbeitete. Ihr blasses, herzförmiges Gesicht wandte sich Steve zu. Der Blick unter dem gerade geschnittenen Pony war ausdruckslos. Steve hatte schon oft gedacht, daß sie mit ihren weit auseinanderstehenden Augen und dem spitzen Kinn wie eine Perserkatze aussah. Auch ihre Bewegungen glichen denen einer Katze. »Nicht besonders.« Steve hatte sich absichtlich mit der Antwort Zeit gelassen. »Ich habe die Szene für Fawcett's noch einmal gedreht. Den ganzen Abend hatte ich Phil Day am Hals.« – »Das war doch mal was anderes...«, sagte Cass gesetzt und gab sich Mühe, ihren Triumph voll auszukosten, »... als Vicky.«

Steve hatte nicht geantwortet. Es hatte wenig Sinn zu antworten. Beide wußten das. Er war in die Küche zurückgegangen und hatte in den Schubladen nach dem Kaffeesieb gewühlt. Mit der Tasse Kaffee in der Hand hatte er sich an den grauen Küchenschrank gelehnt und starr auf die Zeitung geschaut.

Als er in das Wohnzimmer zurückging, war Cass nicht mehr da. Er drehte das Licht ab, ging in das Schlafzimmer, und dort war sie.

Sie hatte sich geschminkt und Sweatshirt und Jeans ausgezogen. Steve war daran gewöhnt, daß sie sich ständig umzog, aber diesmal blieb er stehen und starrte sie an. Später erinnerte er sich an einen schwarzen Spitzen-BH, seitlich hochgeschlitzte French Knickers, Strapse und schwarze Strümpfe. Cass hatte sich die Lippen auffallend breit geschminkt. Ihre schwarz umrandeten Augen allerdings straften ihren verführerischen Mund Lügen. Sie waren von wildem Haß erfüllt. Trotzdem stand sie ihm in aufreizender Pose gegenüber.

»Es tut mir leid, daß du dich heute abend nicht gut amüsiert hast. Möchtest du das jetzt mit mir nachholen?«

»Cass, wieso...«

Mit wiegenden Schritten kam sie auf ihn zu. Sie hatte den Verschluß ihres BHs geöffnet, hielt ihn jedoch mit einer Hand fest, während sie mit der anderen die Träger über ihre wohlgeformten, braunen Schultern herunterstreifte.

Sie war sehr hübsch, groß und eine Idee zu schlank. Ihre Hüftknochen standen auf beiden Seiten des sanft gewölbten Bauches hervor. Ihm war wohl bewußt, daß sie ihn gegen seinen Willen manipulierte. Doch er streckte seine Hand aus in dem Verlangen, sie zu berühren. Ihre Haut fühlte sich warm an, und er kannte den vertrauten Geruch nur zu gut.

»Cass«, flüsterte er. »Was tust du?« – »Ich bin doch deine Frau, oder?« – »Natürlich.«

Er zog sie an sich, und ihr halbnackter Körper verschmolz mit seinem. Er küßte sie, verschmierte dabei ihren auffallend geschminkten Mund, und sie begann, sein Hemd aufzuknöpfen. Steve zog sie seitwärts hinunter auf das Bett. Einen Augenblick lang sah sie ihn an, dann rollte sie auf die andere Seite, so daß sie oben zu liegen kam. Sie knöpfte den letzten Knopf seines Hemds auf und machte sich nun an seine Gürtelschnalle. Sie beugte sich zu ihm hinunter, küßte ihn und schlug dann die Augen nieder. Sinnlich ließ sie ihre Haare über seinen nackten Oberkörper gleiten. Steve hatte in diesem Moment die ewigen, nervenaufreibenden Zwistigkeiten in ihrer Ehe völlig vergessen. Seine Finger glitten begierlich über die spitzenbesetzten Knickers, dann darunter.

Cass stieß ihn von sich weg. Sie befreite sich aus seinen Armen und stand auf. Ohne ihn noch einmal anzusehen, ging sie zu ihrem Schrank, nahm einen Mantel heraus und zog ihn über ihre schwarze Spitzenunterwäsche. Dann holte sie einen Koffer vom Schrank herunter, öffnete eine Schublade und packte den Inhalt in den Koffer.

»Was in Gottes Namen hat das zu bedeuten?« Das unerfüllt gebliebene Verlangen schürte noch seinen Zorn.

Cass würdigte ihn keines Blickes. Sie nahm einen Armvoll Kleider samt der Bügel von der Stange, warf sie in den Koffer und schlug den Deckel zu.

»Ich verlasse dich«, erklärte sie kurz und bündig. »Ich hasse dich. Du widerst mich an.«

»Red' doch keinen Unsinn.«

Er hatte sich auf die Ellbogen aufgestützt und spürte, wie die Wut immer stärker in ihm aufstieg. Cass zog ein Paar Wildlederstiefel an. Mit schnellen Bewegungen raffte sie einige wertvolle und wichtige Dinge zusammen.

Sie ging zur Tür und drehte sich schließlich doch noch einmal um und sah ihn an.

»Auf Wiedersehen, Steve«, sagte sie. Diesen dramatischen Abgang konnte sie sich nicht verkneifen.

»Wo zum Teufel gehst du hin?«

»Das kann dich doch nicht mehr interessieren.«

Seine Frau verließ die Wohnung. Die Tür fiel hinter ihr ins Schloß.

Steve lag noch einen Augenblick regungslos da, sprang dann auf und lief zum Fenster. Er steckte sein Hemd wieder in die Hose und zog den Vorhang zurück. Cass kam aus dem Haus, ging zu ihrem Wagen und verstaute den Koffer im Kofferraum. Steve dachte daran, daß er ihren kleinen, goldfarbenen Renault 5 für diese Woche zum Kundendienst angemeldet hatte. Cass stieß zurück und schoß dann aus der Parklücke. Lange nachdem der Wagen verschwunden war, stand Steve immer noch am Fenster und sah auf die Straße hinunter.

Sie kommt schon wieder zurück, dachte er bei sich. Es wird nicht länger als ein paar Tage dauern. Aber sie war nicht zurückgekommen.

»Ich habe noch keiner Menschenseele erzählt, was wirklich passiert ist«, sagte Steve, »ich sagte einfach, wir hätten uns getrennt. Wahrscheinlich habe ich mich geschämt. Du bist die erste, die es erfährt.« – »Ich glaube, Scham ist nicht angebracht, wenn man stirbt«, sagte Annie ruhig.

Sie hörte eine schnelle Bewegung und dann ein kurzes, schmerzvolles Aufstöhnen.

»Wir werden nicht sterben«, sagte er. »Hörst du mich?« Und dann, als keine Antwort kam: »Sag etwas, Annie. *Wir werden nicht sterben*. Sie werden uns finden. Ich bin ganz sicher.«

»Sie werden uns finden«, wiederholte sie tonlos. Sie hielten sich an den Händen und lagen still.

Annie irritierte das monotone Rieseln um sie herum. Die Stille war unheimlich. Sie schien alle Geräusche zu überdekken.

»Möchtest du, daß sie zurückkommt?« fragte sie rasch.

»Ich weiß nicht. Nein, ich glaube nicht.«

Nicht mehr. Er traf sich immer noch mit Vicky, aber auch hin und wieder mit einem anderen Mädchen. Er arbeitete sehr viel – es war seine eigene Produktionsfirma –, und wenn weder Vicky noch sonst jemand da war, dann kam er in die leere Wohnung nach Hause. »Du klingst, als ob du dich selbst bemitleiden würdest.«

Er starrte in die Dunkelheit und wünschte sich, sie sehen zu können. Er hatte nur eine sehr vage Erinnerung an sie, wie sie sich von der Kasse abwandte und vor ihm zur Tür ging. Ihr Blick war gedankenverloren, ihr Gesicht angenehm, durchschnittlich. »Und du klingst wie eine Lehrerin.« Das stimmte. Ihre Worte kamen bestimmt und moralisch gefestigt heraus. Aber es war nicht die Strenge einer Lehrerin, sondern die einer Mutter, für die es natürlich war, auch einmal einen Tadel auszusprechen. Steve hörte etwas, das fast wie ein leises, gequältes Lachen klang.

»Findest du es nicht auch paradox, daß wir hier Hand in Hand verschüttet liegen und uns gegenseitig beschimpfen?« fragte die junge Frau. Sein Lachen erstarb, als er wieder den stechenden Schmerz in seinem Bein spürte.

»Das gefällt mir, Annie«, sagte er. »Nichts kann hier unten *paradox* sein. Rede einfach drauflos. Erzähl weiter. Bist du glücklich verheiratet?«

Warum hatte sie eine so unsägliche Kälte ergriffen, als sie an den Tag im Garten dachte? Wieder überlief sie ein Schauer, obwohl sie ohnehin schon fror. Ihre Glieder versteiften sich, und sie versuchte, die Kälte zu ignorieren, die ihr den Schmerz wie ein Messer in die Seite zu stoßen schien.

»Ja. Ja, wir sind glücklich. Ich bin es. Und ich glaube, auch Martin ist glücklich.« Ihr fiel auf, daß sie undeutlich brabbelte, und so bemühte sie sich, langsamer zu sprechen und die Worte zu artikulieren, ehe sie sie aussprach.

Die Jahre vergingen. Es hatte keine großen Veränderungen gegeben, alles war seinen vorhersehbaren Weg gegangen.

»Ich bin nur eine Hausfrau und habe zwei Kinder. Zwei Jungen, acht und drei Jahre alt.«

Oh, Thomas, Benjy! Ich liebe euch so sehr. Laßt mich hier nicht sterben. Ich will euch wiedersehen.

»Mein Mann ist Innenarchitekt. Seine Firma richtet Geschäfte ein. Ich war vor Toms Geburt auch in dieser Branche tätig. Jetzt kümmere ich mich um die Kinder, um Martin und um das Haus. Mir macht das Spaß. Das kannst du dir sicher überhaupt nicht vorstellen, oder?«

Ich kann mir die ganze Familie sehr gut vorstellen, dachte Steve. Wie sie im Park spazierengeht, oder wie sie versucht, aus der U-Bahn auszusteigen, mit einem Kind im Buggy und das andere hinter sich herziehend.

»Ich glaube, das war es, was auch Cass wollte. Trotz ihrer ausgefallenen Aufmachung und ihres verrückten Benehmens. Ich glaube wirklich, ihr Traum war es, jeden Abend um acht das Abendessen auf den Tisch zu bringen, im Januar die Urlaubskataloge durchzublättern und den Juli zu verplanen und jede Woche einmal auszugehen.«

»Und deiner nicht?«

»Nein, meiner nicht. Gerade diesen Ehealltag konnte ich nicht ertragen.« – »Wie beispielsweise immer zu Costa gehen«, sagte Annie.

»Ja, genau«, sagte Steve, »mir steht der Sinn nicht immer nach Dolmades. Ich möchte auch einmal etwas anderes auf der Speisekarte sehen. Ich probiere gerne verschiedene Restaurants aus.«

Sie hörte aufmerksam zu und fühlte seine Hand in der ihren. Seine Hand war stark und warm. Annie war mit einem Mal irgendwie ärgerlich. »Das hört sich ein wenig nach einem Freßsack an.«

Steve lachte und hustete rauh. »Und genau dieser Freßsack wird überleben. Und du wirst es auch, meine Liebe. Ich werde schon dafür sorgen.«

Annies Zorn verflog so schnell, wie er gekommen war. Sie vertraute diesem Mann, den sie noch nie gesehen hatte. Und ihr war klar, daß es wichtig war, an ihre Rettung zu glauben. »Wie lange mögen wir schon hier liegen?« Ihre Stimme klang wie die eines Kindes. »Wie lange wird es noch dauern, bis sie uns finden?«

»Vielleicht eine Stunde – vielleicht noch nicht einmal das. Hat deine Uhr Zeiger?«

»Zeiger?« Annie wunderte sich über die Frage.

»Ich habe eine Digitaluhr. Aber wenn deine Uhr Zeiger hat und nicht zerbrochen ist, dann können wir die Zeit ertasten. Das wird uns helfen.«

Er war praktisch veranlagt und weder verängstigt noch aus der Fassung geraten. Annie schloß die Augen. Der Schmerz in ihrem Kopf und in ihrer Seite erschwerten jeden klaren Gedanken. Viele verschiedene Eindrücke und Erinnerungen schossen ihr durch den Kopf und erschienen ihr näher als die Wirklichkeit, doch ein einfacher, zusammenhängender Gedanke gelang ihr nicht.

Mühsam stammelte sie: »Meine Uhr ist an diesem Arm.« Sie hob die Hand, die in seiner lag, ein wenig. Sofort verflüchtigte sich die Wärme seiner Hand. Sie fühlte, wie er nach ihrem Handgelenk tastete und das Uhrband suchte. Der winzige Verschluß bereitete ihm hörbar große Schwierigkeiten. Endlich bekam er ihn auf, und die Uhr glitt von ihrem Handgelenk. Sie rutschte ihm durch die Finger und fiel mit einem leichten Klirren zwischen ihren beiden Händen irgendwo ins Leere. Es war, als hätte man ihnen eine Rettungsleine zugeworfen, die wieder außer Reichweite driftete.

Steve nahm all seine Kräfte zusammen, zog die Schultern

hoch und versuchte, seitlich ein wenig weiter hinunterzureichen. Mit den Fingerspitzen tastete er zwischen Mauersand, Steinbrocken und gesplittertem Holz umher.

Annie wartete schweigend. Dann bekam Steve wie durch ein Wunder das Lederband der Uhr, das noch warm war von ihrem Handgelenk, zu fassen. Er nahm es und fuhr mit dem Finger über die glatte, konvexe Fläche. Das Glas war noch unversehrt.

Vorsichtig klopfte er damit gegen einen scharfkantigen Gesteinsbrocken, dann noch einmal ein wenig stärker, dann noch stärker. Das kleine Glas wollte einfach nicht brechen. Steve fühlte, wie ihm Schweiß aus den Poren trat und über die Stirn runterlief. Es war plötzlich wichtiger als alles andere, zu wissen, wie spät es war. Wenn es ihm gelänge, die genaue Uhrzeit festzustellen, könnten sie gemeinsam die Minuten zählen.

Konzentriert schlug er mit der Uhr noch einmal gegen den Ziegelstein. Dann fuhr er wieder mit dem Finger über das Glas. Es war zerbrochen. Er legte die Uhr auf seinen Brustkorb und las die Glassplitter vorsichtig aus der Uhr heraus. Er tastete nach dem Aufziehknopf und danach nach den Zeigern. Sie fühlten sich haarfein zwischen seinen Fingern an. Der Sekundenzeiger streifte gegen seine Haut wie ein Insekt an einem warmen Sommernachmittag. Die Uhr ging also noch. Rasch nahm er seinen Finger vom Zifferblatt.

»Es ist halb elf«, sagte er.

Er war erst vor einer Stunde in das Kaufhaus gekommen. Sie lagen also erst etwa seit einer Dreiviertelstunde verschüttet, wenn überhaupt schon so lange. Mit einer kleinen Bewegung versuchte er abzuschätzen, wie weit unten sie lagen. Es würde sehr, sehr lange dauern – das war alles, was er wußte.

»Annie?«

»Halte meine Hand wieder«, bat sie ihn. Er legte die Uhr in eine Falte seines Mantels und streckte seine Hand aus. Ihre Finger berührten sich, und sie verschränkten die Hände ineinander. »So geht's mir viel besser«, flüsterte sie. Steve wollte ihre Hand nehmen und sie zwischen seinen Händen wieder warmreiben. Da wurde ihm plötzlich aufs neue seine Hilflosigkeit bewußt. Sie schien schlimm verletzt, und wenn sich ihr Zustand verschlechtern sollte, ehe sie gefunden würden, konnte er ihr nicht helfen. Im gleichen Augenblick wurde ihm klar, wie wichtig es war, daß sie da war. Alleine hätte er sicherlich nicht diesen Überlebenswillen aufgebracht.

»Erzähl mir, woran du denkst«, erinnerte er sie.

»Ich denke nicht. Ich sehe und höre dauernd Dinge. Ganz nah.« Ihre Stimme klang hohl und weit entfernt. »Lauter Dinge aus der Vergangenheit. Das ist wohl ganz natürlich?«

»Nein. Was für Dinge, Annie?«

Sie hatte vor ihrem geistigen Auge die Weihnachtsvorbereitungen des letzten Jahres gesehen, den geschmückten Christbaum im Fenster zur Straße.

Benjy war gerade zwei Jahre, saß am Boden und starrte mit großen Augen und offenstehendem Mund auf den glänzenden Baum.

»Die Kinder. Ich habe gerade die Kinder vor mir gesehen. Sie werden größer, verändern sich von Tag zu Tag und bleiben doch immer dieselben. Wenn du selbst keine Kinder hast, weißt du nicht, wovon ich rede. Ich glaube, nicht einmal Väter können das nachempfinden.«

Das klang schon besser, dachte Steve, ohne richtig zugehört zu haben. Ihre Stimme war jetzt fester.

»Ich habe vorher nie darüber nachgedacht. Selbst als wir beschlossen, ein Baby zu haben, als ich schwanger war, habe ich nie verstanden, wie es sein würde.«

Sie, Annie und Martin, waren zusammen ins Krankenhaus gefahren, als die Wehen einsetzten. Erst später wurde ihr klar, daß diese Fahrt in der Nacht das letzte Mal war, daß sie alleine zu zweit waren.

Thomas wurde geboren – ein Bündel Mensch mit einem dikken, schwarzen Haarschopf und einem zornesroten Gesicht. Er hatte die Augen geöffnet und sie angesehen.

In der Zeit danach hatte die Verantwortung wie ein Mühlstein auf ihr gelastet, und gleichzeitig hatte sie die Liebe mit neuem Mut erfüllt. Wenn das Baby schrie, dann empfand sie das wie einen Messerstich; wenn es zufrieden war, erfüllte sie das mit einer Genugtuung, die sie vorher nie gekannt hatte.

Steve hörte ihr jetzt zu, war gefangen von der Zärtlichkeit in ihrer Stimme. Tief im Innern dachte er: *Ja, ich kenne dich nur allzu gut.* Sie war der Typ Frau, die bei Abendgesellschaften seelenruhig ihr Kleid aufknöpfte und ein nach Milch riechendes Bündel stillte. Ganz sicherlich hatte sie auch Kurse besucht, um sich genauestens auf die Geburt vorzubereiten, und hatte danach stolz das Ergebnis einem Kreis von Frauen präsentiert, die beim Anblick des neuen Erdenbürgers in spitze Ausrufe des Entzückens verfielen. Sie sprach dauernd über ihre Kinder. Sie tat es auch jetzt, und der Ton in ihrer Stimme fesselte ihn. Doch plötzlich hielt sie inne und fragte: »Klingt schrecklich, nicht wahr.« Er lächelte leise. Sie war sehr aufmerksam, und das war gut.

»Nicht schrecklich. Ich verstehe es nur nicht.«

»Cass wollte ein Baby, nicht wahr?« Wieder hatte sie die Situation schnell erfaßt.

»Ja, Cass wollte ein Baby. Wir sprachen gelegentlich darüber. Eigentlich weniger in den letzten Monaten, wenn ich es mir recht überlege. Wahrscheinlich hatte ich Angst, sie würde so wie du empfinden. Nein... es tut mir leid, so habe ich das nicht sagen wollen. Vielleicht wollte ich sie nicht teilen. Für mich sollte sie Cass bleiben, nicht irgend jemandes Mutter.«

»Irgend jemandes Mutter«, wiederholte Annie leise.

Cass hatte mit gekreuzten Beinen auf dem Sofa gesessen und ihn angesehen. Am Arm trug sie eine ganze Reihe von Elfenbein- und Messingreifen und klimperte mit ihnen.

»Was soll aus deiner Arbeit werden?« wollte Steve aufgebracht wissen.

»Andere Frauen schaffen das doch auch. Sogar eine ganze Reihe von Mädchen, die ich kenne. Wir können doch ein Kindermädchen nehmen, wenn ich arbeite.«

»Warum brauchen wir dann überhaupt ein Kind?«

Sie sah ihn erstaunt mit ihren grünen Augen an und spielte mit ihren Armreifen.

»Weil ich eines haben möchte«, antwortete sie schließlich.

»Ich nicht.«

Wenn einmal ein Baby da war, änderten sich die Verpflichtungen. Steve wußte das. Soviel verstand er von dem, was Annie sagte. Und daß er Cass mit niemandem teilen wollte, war das die Wahrheit? Er lag still; der Schmerz in seinem Bein stieg allmählich bis in die Lende hinauf. Eigentlich wußte er, daß es Cass war, die *ihn* mit jemanden teilen mußte, zuerst ohne ihr Wissen, dann mit zunehmender Bitterkeit.

Als er seinem Geschäftspartner eröffnet hatte, daß er heiraten wollte, hatte Bob sich in seinem Schreibtischstuhl zurückgelehnt und ihn ungläubig angestarrt.

»Heiraten? Du?«

»Warum nicht? Du bist verheiratet, Bill ist verheiratet, die meisten meiner Freunde und alle unsere Kunden sind verheiratet.«

»Schon. Aber doch nicht du.«

»Vielleicht blasen mir die Stürme der Einsamkeit zu sehr ins Gesicht.«

Bob wollte sich ausschütten vor Lachen. »Dann zieh dich wärmer an. Geübt hast du allerdings schon lange genug.«

»Zum Teufel mit dir, Jefferies.«

Aber Bob lachte nur noch stärker. »Was, mit mir auch?«

Zwei Wochen später hatte Steve Jennifer Cassady geheiratet. Er war sechsunddreißig und auf der Karriereleiter so weit hinaufgestiegen, daß er an der Grenze von gutsituiert zu reich stand. Ihn faszinierte die Vorstellung, eine Ehefrau zu haben, und dann noch eine, die wie Cass aussah. Sie kamen aus dem gleichen Milieu und hatten sich beide hochgearbeitet. Er glaubte, sie verstünden einander.

Cass war dreiundzwanzig und auf dem Höhepunkt ihrer Karriere. Am Tag ihrer Hochzeit konnte man ihr Gesicht auf hundert riesigen Plakatwänden sehen. Steve erinnerte sich, daß sie für Sonnencreme warb. Er hatte sie zum erstenmal abends zum Essen eingeladen, nachdem sie gerade den Vertrag für eben diese Kampagne abgeschlossen hatte.

Die Party an ihrem Hochzeitstag begann um elf Uhr im Büro ihrer Agentur am Ingestre Place. Bob hatte seinen Zynismus gegen die Begeisterung eines Werbemanagers eingetauscht und alles mit rosa und weißen Blumen dekoriert. Die Badewanne im Badezimmer des Agenturchefs war mit Eis und drei Kisten Bollinger gefüllt.

»Zum Einstimmen«, erklärte Bob.

Braut und Bräutigam hatten ursprünglich die paar Straßen zu dem Restaurant in Soho zu Fuß gehen wollen, wo sie das Mittagessen bestellt hatten. Aber als sie aus den Büros herauskamen, stand ein Oldtimer-Bus mit offenem Verdeck auf der Straße, der über und über mit rosa und weißen Bändern geschmückt und voll mit fröhlichen Freunden und Agenturkunden war. Nur die beiden Vordersitze waren leer. Einer der Redakteure fungierte als Chauffeur, und der künstlerische Direktor einer mittelgroßen Agentur hatte sich als Schaffner verkleidet. Selbst ein auf Hochglanz polierter Fahrkartenautomat aus Messing fehlte nicht.

Steve war wie angewurzelt auf dem Bürgersteig stehengeblieben, aber Cass zog ihn weiter.

»Wunderbar, einfach toll«, stammelte sie, halb lachend, halb weinend. »Hast du schon jemals so etwas gesehen?«

Das Hochzeitsmahl zog sich bis weit in die Nacht hin. Steve konnte sich später nur daran erinnern, daß ihn Cass die ganze Zeit über mit stolzen Augen angesehen hatte.

Die Ehe hatte zwei Jahre und acht Monate gehalten.

Schon bald nach der Hochzeit hatte er ein hübsches Mädchen zum Mittagessen und noch auf einen Brandy eingeladen. Sie hatten sich in dem Restaurant gegen die grünen, samtbezogenen Wände gelehnt, und Steve war plötzlich aufgefallen, daß sie sich beide nach altbekanntem Muster abschätzend betrachteten. Später auf der sonnigen Straße hatte das Mädchen ihn von der Seite angesehen und gesagt: »Gehen wir für eine Stunde zu mir?«

Er war, ohne groß nachzudenken, bereitwillig mitgegangen und hatte an dem Liebesspiel mehr Spaß als zu Hause mit Cass.

Das war nicht Vicky gewesen. Vicky war erst Monate später auf der Bildfläche erschienen, als Cass bereits von seiner Untreue wußte. Eine Zeitlang lebten sie mit Täuschungsmanövern, angeblichen Geschäftsreisen und nächtlichen Arbeitsbesprechungen. Dann, nach zwei Jahren und acht Monaten, hatte Cass ihn verlassen. »Kann ich ihr nicht verdenken«, sagte Annie.

Ihre Stimme schreckte Steve auf. Ein paar Augenblicke lang war er nicht verschüttet, sondern zu Hause in der Wohnung gewesen, die Cass nach ihrer Hochzeit hatte renovieren lassen. Nun schlug die Dunkelheit wieder über ihm zusammen, und er erinnerte sich, wessen Hand er hielt.

»Weibliche Solidaritätskundgebung, was?!« konstatierte er.

»Teilweise«, antwortete sie knapp.

Steve fiel auf, daß diese Frau nicht so verletzbar war. Dann fügte sie hinzu: »Mehr persönliche Anteilnahme. Ich dachte daran, was ich empfände, wenn Martin das täte.«

»Und, tut er es nicht?«

Für sie selbst überraschend, war Annie sofort klar, daß die Frage nicht spöttisch gemeint war. Es war einfach nur eine Frage.

»Nein, ich glaube nicht.«

Martin kam jeden Abend zwischen sechs und sieben Uhr nach Hause. Sie war immer froh, wenn sie hörte, wie er seine Tasche auf die Eingangsstufe fallen ließ, um in der Sakkotasche nach dem Hausschlüssel zu suchen. Tom sah dann von seiner Zeichnung, seinem Lego-Baukasten oder vom Fernsehen auf und sagte: »Daddy kommt.« Und wenn Benjy noch auf war, dann lief er zur Haustür, um seinen Vater zu begrüßen.

Wenn sie sich selbst so sah, die traute Ehefrau, die mit den

Kindern auf den Ehemann wartet, während das Abendessen schon am Herd schmurgelte und der Wein bereits in den Gläsern funkelte, dann kam sie sich wie aus der heilen Welt der Fernsehwerbung vor, genauso vorhersehbar in ihrem Tagesablauf und fast genauso langweilig. Martin kam jeden Abend pünktlich nach Hause, umarmte sie alle und hörte den Kindern zu, die ihm ihre »Abenteuer« schilderten. Nachdem die Kinder zu Bett gegangen waren, setzten sie sich zum Abendessen und sprachen ebenfalls über die kleineren und größeren Ereignisse des Tages. Annie wußte über die Anforderungen seiner Arbeit genau Bescheid, weil er ihr davon erzählte. Und so wußte sie auch, daß in seinem Leben zwischen seiner Arbeit und den drei Menschen, die zu Hause auf ihn warteten, kein Platz für jemand anderen war. Und sie war froh darüber.

Wenn sie dann wirklich einmal das ewige Einerlei des Familienlebens nervös machte oder die Kinder unausstehlich waren oder sie einfach Angst hatte, etwas im Leben zu verpassen, dann sagte sie sich, daß sie selbst ja schließlich dieses Leben gewählt hatte. Sie hatte sich für ein trautes Familienleben entschieden.

Plötzlich sehnte sie sich ihr gewohntes Leben so schmerzhaft herbei, daß dieser Schmerz stärker war als der in ihrem verwundeten Körper. In allen Einzelheiten sah sie ihren Tagesablauf vor sich. Sie roch die frischen Bettlaken, die sie über die Matratze ausbreitete, hörte den Wecker auf Martins Seite und spürte die vertraute abgewetzte Patina ihrer häuslichen Umgebung ganz intensiv.

»Ich will nicht sterben«, sagte sie. Erst vor wenigen Tagen hatte sie mit Martin beim Essen besprochen, was sie gerne tun wollte, wenn Benjy erst in den Ganztagskindergarten gehen würde. Sie wollte wieder arbeiten, vielleicht zunächst einmal ein paar Stunden die Woche. Sie hatte Zukunftspläne und wollte alles so arrangieren, daß sie ihre geliebte Umgebung nicht aufgeben müßte. Sie glaubte, ihr Glück fest im Griff zu haben.

»Ich kann den Gedanken, alles zurückzulassen, nicht ertragen.«

Die starke Hand, die die ihre hielt, reagierte mit sanftem Druck. »Du wirst nicht sterben.«

Draußen hatte es aufgehört zu schneien, und es wurde kälter. Die Polizisten an der Absperrung gingen hin und her, um die Füße warmzuhalten. Ihr Atem stieg in grauen Wolken auf. Die Fernsehteams, und hinter ihnen die Schaulustigen, zogen ihre Mäntel ein wenig fester zu und warteten weiter.

Das zeitraubende Entfernen der Träger und der Trümmer hatte vor einer Stunde begonnen. Plötzlich kam Unruhe bei den rasch arbeitenden Feuerwehrmännern auf. Ein zerborstener Balken wurde mit einer Winde hochgezogen und zur Seite transportiert, und einer der bereitstehenden Krankenwagen fuhr näher heran. Eine Tragbahre wurde zu der Stelle gebracht, wo Feuerwehrleute und Ärzte in einem Kreis zusammenkauerten und nach unten schauten. Dann stand einer der Ärzte auf und trat einige Schritte über Schutt und Trümmer zurück. Die Feuerwehrmänner arbeiteten weiter, bis die beobachtende Menschenmenge plötzlich etwas Blaßgraues flattern sah, nachdem ein weiterer großer Gesteinsbrocken entfernt worden war. Kurz darauf wurde eine Frau geborgen. Sie legten sie auf die Bahre und bedeckten ihr Gesicht mit einer Decke.

Das einzige hörbare Geräusch war ein bedauerndes Aufseufzen, das von der Menge wie aus einer einzigen Kehle kam.

Die Kameraleute richteten ihre langen schwarzen Objektive auf die Tragbahre, die über das unebene Gelände zum Krankenwagen getragen wurde. Sie wurde hineingehoben, und die schweren Türen schlossen sich. Kurz darauf fuhr der Krankenwagen langsam die Straße hinunter.

»Kämpfe darum, wenn du so sehr daran hängst.«

Annie hörte nur halb zu. Die Erkenntnis, was sie alles verlieren würde, hatte voll von ihr Besitz ergriffen. Sie hatte sich selbst ihr Leben geschaffen. Es war weder originell noch besonders leidenschaftlich, aber warmherzig, angenehm und unendlich wertvoll. Diese bedrohliche Dunkelheit, die über ihrem Kopf zusammenschlug, war unerträglich. Sie wollte sich bewegen, wollte sich mit Händen und Füßen freiarbeiten, doch daran war nicht zu denken. Ihr Körper schmerzte, und wo er das nicht tat, schien er überhaupt nicht mehr zu existieren. Platzangst befiel sie, und sie spürte, daß wieder ein Angstschrei in ihrer Kehle aufstieg. Der Schrei kam heraus, wurde jedoch von der unsichtbaren Masse um sie herum zu einem Flüstern verschluckt.

»Tu das nicht«, sagte Steve streng. »Spar dir deine Kräfte auf, bis man uns hören kann.«

Konnte man sie hören? Wo waren sie? Auch er fühlte jetzt die Schwere der Dunkelheit um sie herum besonders stark. Er horchte angestrengt in die Finsternis nach den langersehnten Rettungsgeräuschen, aber er hörte nur das vielfache Echo von Annies Schrei.

»Warte«, flüsterte er. Er löste sich von ihrer Hand und tastete nach der Uhr auf seinem Brustkorb. Seine Finger waren klamm und gefühllos. An den winzigen Zeigern schien er »ablesen« zu können, daß es halb zwölf sein mußte. Also war wieder eine ganze Stunde vergangen. Es hätte aber genausogut sein können, daß die Zeiger immer noch in derselben Position waren. Vielleicht hatte er sich beim letztenmal geirrt, oder vielleicht funktionierte die Uhr überhaupt nicht mehr. Diese Vorstellung machte ihm Angst. Er hatte sich darauf verlassen, die Zeit unter Kontrolle zu haben und so beurteilen zu können, wie sie mit ihren Kräften zurechtkamen. Dann fühlte er plötzlich wieder den Sekundenzeiger gegen seinen Finger streifen. Beruhigt griff er wieder nach Annies Hand. »Es ist halb zwölf. Eine ganze Stunde ist vergangen. Wir machen das ganz gut.«

Die Erleichterung in seiner Stimme und die Berührung mit seiner Hand ließen Annies Angst in den Hintergrund treten.

Kämpfe!, hatte er gesagt, wenn dir das Leben so lieb ist.

Leben. Sie bewegte den Kopf und spürte die Feuerschutztür an ihrer Wange.

»Du willst doch auch kämpfen«, sagte sie. »Für dich ist das Leben doch auch kostbar, oder?«

Steve dachte über das Wort nach und begann es an den Ereignissen der letzten Monate zu messen. Er verstand, was es für Annie bedeutete, nachdem er sie über ihre Kinder hatte erzählen hören. Das Bedürfnis, sie groß werden zu sehen, die wilde Entschlossenheit, sie bis dahin zu beschützen – das hatte er flüchtig auch bei anderen Frauen kennengelernt, und das war auch Teil ihres Lebens. Er selbst hatte nichts davon. Steve dachte oft, ohne sonderliches Erstaunen oder Bedauern, daß er ein wenig abseits vom wirklichen Leben stand.

Wie lang war es eigentlich her, daß keine rechte Freude mehr in seinem Leben aufkommen wollte? Nicht nur Freude, sondern freudige Erwartung, Verlangen, ja sogar Furcht?

Er dachte zurück, viele lange Tage und Nächte zurück.

Vor Vicky. Er hatte Vicky begehrt, aber er war auch sicher gewesen, sie zu bekommen.

Sie hatten sich auf einer Party kennengelernt, einer Party anläßlich der Neuerscheinung eines Buches, für dessen Bildteil Cass fotografiert worden war. Vicky arbeitete für den Verlag, bei dem das Buch erschien. Sie sah wenig elegant aus mit ihrem Cordrock und einem dicken Strickpullover. Sie waren einander vorgestellt worden, und Steve hatte einige höfliche Fragen gestellt. Dabei sah er sich schon nach Cass um. Aber Vicky stellte sich ihm direkt in den Weg. Er bemerkte, daß sie ungewöhnlich dunkle Augen in einem klugen, herausfordernden Gesicht hatte und daß sie etwas amüsierte. Plötzlich wollte er wissen, was das war. Vicky verlagerte ihr Gewicht auf das andere Bein, neigte ihren Kopf zur Seite und sah ihn immer noch prüfend an. Er stellte sich ihre Körperformen unter der dicken Kleidung vor. Sie hatten sich noch ein wenig unterhalten, und dann war sich Vicky rasch, wie eine Katze, mit der Zunge über den Mundwinkel gefahren. Verschämt hatte sie die Hand darübergedeckt, wie ein Schulmädchen, das dabei überrascht wird, wie es einen Kuß im Spiegel ausprobiert. Darüber mußten sie beide lachen.

Zwei Tage später war Steve mit ihr ins Bett gegangen. Ihr Erfindungsreichtum, ihre Energie und ihre ausgefallenen Wünsche hatten ihn überrascht.

»Wo hast du denn *das* gelernt?« wollte er wissen.

»Man tut, was man kann«, grinste sie ihn an.

Doch selbst zu dieser Zeit hatte er ein Gefühl der Zwangsläufigkeit, und ihre Affäre spulte vor ihm wie auf einer Leinwand ab.

War er schon so sehr auf Distanz zu seinem eigenen Leben gegangen? Steve lag still, fühlte einen Krampf in seinem ausgestreckten Arm und lauschte auf das schmerzliche, unregelmäßig verhaltene Atmen der Frau neben ihm. Sie war wirklich da, und er fühlte sie so nah, als ob er sie in seinen Armen hielte. Er wartete auf jeden ihrer Atemzüge und zwang sie durch seine Willenskraft, den nächsten und den übernächsten zu machen. Auch die Dunkelheit war wirklich da, ebenso wie der Staub in seinem Mund und in seinen Augen – aber auch der Schmerz war wirklich da.

Steve hatte plötzlich das erschreckende Bedürfnis zu lachen, als er daran dachte, daß erst ein solches Ereignis eintreten mußte, um etwas in ihm zu bewegen. Er begriff die Zerbrechlichkeit seines Lebens und die Möglichkeit, ja die Notwendigkeit des Überlebens. Er hatte Angst, ebenso wie Annie, aber er zwang sich, diese Umklammerung abzuschütteln, und tat dies mit einer Entschlossenheit, die fast angenehm war.

Kostbar, hatte sie gesagt. Nein, sein Leben war nicht kostbar. Es war hohl und mechanisch und leicht skandalös. Das Bedürfnis zu lachen war ihm vergangen. Steve sah so klar, als ob ein Licht angedreht worden wäre, daß es der Wille zu kämpfen war, der kostbar war – und den hatte er schon vor langer Zeit verloren.

»Ich wollte schon immer reich sein«, sagte er.

»Und bist du es?«

Er dachte einen Augenblick lang nach. »Es ist schon lange her, daß ich etwas nicht haben konnte, weil ich das Geld dafür nicht hatte.« Es entstand eine Pause. »Daraus folgt dann ganz natürlich, daß man ohnehin nicht mehr alles haben möchte. Ich habe eine hübsche Wohnung, in der selten einer zu Hause ist, und mehrere ganz gute, moderne Bilder. Ich habe ein kleines Haus in den Bergen hinter Draguignan, wo ich auch nur sehr selten hinfahre. Ich habe einen BMW und mehr Anzüge, als ich je tragen kann. Was gibt es da sonst noch?«

Annie hörte zu und versuchte, sich nach dem Klang seiner Stimme und der Wärme seiner Hand vorzustellen, wie er aussah. Etwas in seinen Worten berührte sie. Sie ahnte, daß er dies noch nie zuvor gesagt hatte.

»Wolltest du es so haben?« fragte sie.

Steve gab keine Antwort. Eine Antwort hätte bedeutet, noch tiefer in den Abgrund zu schauen, der schwärzer war als die Dunkelheit, die sie umgab. Alles war so weit weg, daß er ganz die Orientierung verloren hatte. Gab es also nichts, das auf ihn wartete, wenn sie je wieder das Tageslicht erblicken sollten?

Er hob den Kopf ein paar Zentimeter, als wollte er mit dieser hilflosen Bewegung die Trümmer beiseite schaffen und das Tageslicht herunterfluten lassen. Ob es draußen wohl noch immer schneite? Weshalb brauchten die dort oben nur so lange?

»Ich möchte am Leben bleiben, genau wie du«, flüsterte er. Es war ihm Ernst damit, aber er wollte die Frage nach dem Wofür unbeantwortet lassen.

»Man wird uns retten«, flüsterte sie zu ihm zurück. »Ich weiß es ganz sicher.«

Steve hätte sie jetzt gerne in die Arme genommen. Zum erstenmal zeigte sie selbst von sich aus den Willen, durchzuhalten. Ein Gefühl der Freude stieg warm in ihm auf, und er kam sich gleichzeitig schwach vor, als er Tränen in den Augen spürte.

Nein. Das jetzt nicht. Er durfte jetzt nicht schwach sein. Er mußte weiter ihre Hand halten und auf ihr Atmen horchen.

»Und du, Annie? Hast du es so, wie du es haben wolltest?«

Sie wußte sehr wohl, daß er ihr die Wahrheit gesagt hatte. Eine gewisse widersinnige Vertrautheit entwickelte sich zwischen ihnen, die ebenso wichtig war wie das Aushalten des Schmerzes und das Bemühen, bei Bewußtsein zu bleiben.

Sie wollte ihm auch die Wahrheit sagen.

Etwas leise, so daß er Mühe hatte, sie zu verstehen, antwortete sie: »Ich habe den Weg des geringsten Widerstandes gewählt.«

– ZWEI –

Martin wartete, bis das Wasser im Kessel kochte und der automatische Schalter »klick« sagte. Er nahm den Kaffee aus dem Küchenschrank, gab zwei Löffel des Granulats in einen Becher mit Blümchen und goß mit Wasser auf. Die Flüssigkeit schäumte in schwarzen Blasen. Er runzelte die Stirn, als er merkte, daß keine Milch mehr im Kühlschrank war. Dann fiel ihm ein, daß der Milchmann inzwischen dagewesen sein mußte. Er ging die Treppe von der Küche in den Hausgang hinauf und öffnete die Tür, wo eine Menge Reklame lag. Seine Stirn glättete sich, als er vier Halbliterflaschen Milch neben dem Fußabstreifer vorfand. Er pfiff ein Liedchen, während er sie aufnahm und in die Küche trug. Drei Flaschen stellte er auf der Arbeitsfläche ab, die vierte öffnete er und goß sich daraus in seinen Kaffee. Mit dem Daumen hielt er den Löffel fest, der im Becher steckte, und ging mit seinem Kaffee ins Wohnzimmer, wo die beiden Jungen nebeneinander auf dem Teppich saßen. Sie schauten das samstägliche TV-Vormittagsprogramm an.

Als er hereinkam, sprang Thomas auf und drückte die Knöpfe.

»Nichts Gescheites drin«, klagte er.

Martin sah Bilder von dem Kaufhaus, das in der Mitte auseinandergerissen war, und hörte die Worte des Reporters.

»... heute morgen, kurz nach halb zehn. Eine Leiche wurde bisher aus den Trümmern geborgen, die Suche geht weiter. Die Polizei konnte bis jetzt nicht bestätigen ...«

Das Bild verschwand, da Thomas wieder ungeduldig die Knöpfe betätigt hatte. Jetzt war das Testbild eines Senders zu sehen, dann ein Werbespot für ein Frühstücksmüsli.

»Das mag ich am liebsten«, begeisterte sich Benjy.

Martin stand eine Sekunde lang wie erstarrt. Der kleine farbige Fernsehschirm war ständig von den Köpfen der Kinder verdeckt, die davor saßen. Plötzlich stürzte Martin vorwärts. Er spürte gar nicht, daß er sich den heißen Kaffee über die Finger schüttete. Er stieg zwischen den beiden Kindern hindurch und begann nervös am Kanalwählschalter zu drehen.

Thomas protestierte. »Ach Daddy...«, dann flackerte das Bild und stabilisierte sich schließlich. Er sah einen Reporter, der mit einem Mikrophon, das er ganz nah an den Mund hielt, auf der Straße stand. Hinter ihm sah Martin im Bild eine Ecke des Kaufhauses, das eigenartig verkürzt aussah. Er wußte genau, wo das war, ohne auf den Bericht des Reporters angewiesen zu sein. Annie hatte vor ihrer Ehe ein paar Straßen weiter in einem winzigen Apartment gewohnt. Hundertmal waren sie an dem mehrstöckigen Bau auf dem Weg in ihr Lieblingspub gleich hinter der U-Bahnstation vorbeigekommen. Die U-Bahn war direkt gegenüber vom Kaufhaus, rechts vom Standort des Reporters.

»Bis jetzt konnten keine Überlebenden geborgen werden, vor wenigen Minuten jedoch ein Toter...«

Was sagte der Reporter da?

Martin kniete nieder und rückte näher an den Bildschirm heran, als wollte er damit etwas heraufbeschwören. Er sah, wie sich das frostrote Gesicht des Reporters aus den einzelnen Farbzeilen zusammensetzte, die so häßlich verunstaltete Fassade des Kaufhauses hingegen war eine nicht zu leugnende Tatsache.

»Ruhig, Tom«, sagte er.

Was hatte Annie gesagt? Er versuchte, sich an die paar Worte zu erinnern und hatte das Bild vor Augen, wie er oben am Treppenabsatz mit Benjy im Arm stand und sie zu ihm hinauflief. Eigentlich hatte sie sich nicht genau geäußert, wohin sie wollte. Aber sie konnte mit der U-Bahn direkt bis dorthin fahren. Und Annie kaufte oft in diesem Warenhaus ein. Es war fast so etwas wie »ihr« Kaufhaus, noch aus der Zeit, als sie gleich um die Ecke gewohnt hatte. Die Kamera schwenkte auf eine Gruppe von Krankenwagen und Feuerwehrautos. Die Feuerwehrleute mit ihren gelben Helmen arbeiteten zügig, um sie herum grenzten Polizisten die Katastrophenstelle ab.

Martin begann zu zittern. Er war sich auf einmal so sicher, daß Annie dort war. Was hatte der Mann gesagt?

Vor wenigen Minuten jedoch ein Toter...

Martin schwankte, als er aufstand, und der Kaffee schwappte noch einmal über. Er stellte ihn auf dem Fernseher ab, und im gleichen Augenblick war der Bericht zu Ende. Das nächste Bild war der ernst dreinblickende Studiomoderator.

»Wir werden Sie weiter über die Explosion im Londoner West End informieren, sobald wir Neuigkeiten haben. Und jetzt...«

Martin drehte sich so abrupt weg, daß Thomas ihn erstaunt ansah. »Was ist los, Daddy?«

Er sah im Gesicht seines Jungen Annies Gesichtszüge, und eine irrationale Angst drehte ihm den Magen um.

»Dad?«

»Ich... ich werde Mami suchen gehen. Ich rufe Audrey an und bitte sie, bei euch zu bleiben.«

Eigentlich wußte er nur allzu gut, daß er zu Hause bleiben und hätte warten sollen, aber er konnte den verständlichen und doch völlig unsinnigen Drang, mit seinen bloßen Händen die Trümmer wegräumen zu wollen, nicht unterdrücken. Er riß den Telefonhörer von der Gabel und wählte Audreys Nummer. Es schien eine Ewigkeit zu dauern, bis er ihr die Situation erklärt hatte. Er hatte Probleme, seine Sätze so zu formulieren, daß die Kinder nicht unnötig Angst bekamen, Audrey aber veranlaßten, sofort zu kommen. Die Kinder standen vor ihm, entsetzt und ängstlich. »Warum?« fragte Thomas. »Sie ist doch nur Einkaufen gegangen, oder? Warum mußt du sie suchen gehen?«

»Ich möchte sie nach Hause holen, Tom. Ich hole sie, glaub mir.«

Vor seinem geistigen Auge sah er überfüllte Geschäfte mit Tausenden von eiligen Menschen und dann die Totenstille des

Kaufhauses, in dem die Bombe hochgegangen war, wie er es im Fernsehen gesehen hatte. Wie sollte er da Annie irgendwo finden. Er bemühte sich, die Kinder anzulächeln.

»Ihr bleibt hier bei Audrey. Wir werden bald zurück sein, einverstanden?«

Benjy öffnete den Mund. Sein Gesicht schien mit den weitaufgerissenen Augen und dem geöffneten Mund nur mehr aus drei Kreisen zu bestehen. »Ich will zu Mami.« Er hatte Angst – spürte die Angst, die in der Luft lag. Martin hatte Schwierigkeiten, ihn zu beruhigen, da die Angst ihm selber das Herz bis zum Halse klopfen ließ. »Ich will zu *Mami.*« Er begann zu weinen. Dicke Tränen liefen ihm über das Gesicht.

Martin kniete sich nieder und hielt ihn fest. »Ich hole sie, Benjy. Ganz bestimmt.«

Durch das Fenster sah er Audrey auf das Haus zukommen. Martin erhob sich, nahm Benjys Hand und ging mit ihm zur Tür. Audrey hatte sich nur rasch einen Mantel über die Schürze gezogen, und Martin sah, daß sie auch gleich in Hausschuhen losgelaufen war. Sie hinterließ leicht verwischte Spuren im pulvrigen Schnee des Gartenwegs. Ihre Eile verstärkte seine Furcht noch, und er fühlte, daß er Benjys Hand stärker umklammerte, was diesem weh tat. Er jammerte und versuchte, sich loszureißen.

Audrey kam herein und klopfte sich den Schnee von den Hausschuhen.

»Weißt du denn sicher, daß sie dorthin gegangen ist?« wollte sie sofort wissen.

»Nein. Aber es könnte sehr wohl sein.« – »Weißt du, es wäre besser, du würdest hierbleiben. Warte auf die Nachrichten. Dort kannst du ohnehin nichts ausrichten.«

»Ich weiß, Audrey, aber ich kann einfach nicht hier rumsitzen. Ich möchte zumindest irgendwo in der Nähe sein.«

Sie sah ihn mitfühlend an. Martin zog seinen Schaffellmantel an und suchte in der Tasche nach dem Schlüssel.

»Wenn ... sie hier anrufen sollte«, sagte Audrey vorsichtig,

»dann werde ich ihr sagen, was passiert ist und wohin du gegangen bist.«

»Und ich werde hier anrufen, sobald ich kann.«

Er machte sich fertig, umarmte rasch die beiden Kinder. Benjy hatte zu weinen aufgehört und klammerte sich an Audreys Schürzenzipfel. Tom folgte Martin zur Tür. Ein eisiger Wind blies herein, als sie Martin öffnete.

»Ist... ist Mami in dem Kaufhaus, das gerade im Fernsehen zu sehen war?«

Martin spürte, wie sich seine Kehle zusammenschnürte, als er mit seiner Notlüge herausrückte: »Nein, ist sie nicht. Aber wenn schon solche Dinge passieren, dann sollte sie nach Hause kommen. Mach dir keine Gedanken.«

Er schloß die Tür hinter sich. Die drei blieben zurück und starrten noch eine Weile auf die Eingangstür. Martin rannte zum Tor und zu dem an der Straße geparkten Wagen. Im Innenraum bot sich ihm das vertraute Bild von Spielzeug und zerknülltem Papier. Meistens benützte Annie den Wagen, um die Kinder zu holen oder irgendwohin zu bringen. Plötzlich schoß ihm der Gedanke durch den Kopf: *Wenn sie nun tot wäre?* Der Kopf sank ihm nach vorne auf das Steuerrad. Er hörte sein eigenes Stoßgebet zum Himmel – bitte laß sie in Sicherheit sein.

Dann heulte der Motor auf, er riß das Steuer herum und fuhr in Richtung des zerstörten Kaufhauses, das er so deutlich vor sich sah wie das Band der Straße.

Der Polizeikommandant folgte dem Einsatzleiter der Feuerwehr, der die Stufen von dem Einsatzwagen hinunterstieg, in Richtung Bürgersteig und der gähnenden Löcher, die einmal Schaufenster waren. In einem Eckfenster war ein großer Christbaum aus irgendeinem grünen, glänzenden Material umgestürzt. Er lag inmitten von zerfetzten Stoffbahnen, die mit Silbersternen beklebt waren, und einem zusammengestürzten Stapel von roten Geschenkschachteln, die mit scharlachroten Seidenbändern zugepackt waren. Überall lagen Glasscherben, die unter ihren Schuhen knirschten.

Sie kamen zu der Stelle, wo einmal die großen Eingangstüren waren, und sahen nach oben. Man konnte zwischen zerfetzten Trägerbalken und Resten von Bodenbelag den grauen Himmel sehen. Immer noch wirbelten Staubwolken durch die Luft und brachten die Männer, die zwischen Trümmern und Gesteinsbrocken arbeiteten, zum Husten.

Ein junger Polizist kam auf den Kommandanten zu und reichte ihm einen Schutzhelm. Zwei weitere Männer warteten. Einer davon, ein großer Mann in Ölzeug, war ein Ingenieur, angestellt bei der Stadtverwaltung. Man hatte ihn aus dem Bett geholt und hierher beordert. Unter der wasserdichten Kleidung trug er noch seinen Schlafanzug. Der andere Mann hatte eine fahlgraue Gesichtsfarbe, und die silbergrauen Haare standen ihm in Büscheln seitlich vom Kopf ab. Er hatte einen Helm in der Hand, und als die beiden Männer auf ihn zukamen, setzte er ihn mit einer linkischen, ungeübten Bewegung auf. Er war einer der Direktoren des Kaufhauses und vor zehn Minuten hier eingetroffen.

»Unser Hauptproblem«, erklärte der Feuerwehroffizier und zeigte nach oben, »ist, daß dieser Teil der Vorderfront überhaupt nicht mehr abgestützt ist. Es besteht die unmittelbare Gefahr, daß unsere Bergungsarbeiten das Ganze zum Einsturz bringen.« Er hielt seinen Arm nach oben, um zu demonstrieren, was er meinte, und ließ ihn dann nach unten sinken. Die Fassade schien zu ächzen und zu schwanken.

»Es dauert Stunden, die Front von oben nach unten abzubrechen«, warf der Ingenieur ein. »Schon allein der Gerüstaufbau nimmt viel Zeit in Anspruch. Meine Leute können zwar so schnell wie möglich damit beginnen, aber...«

Die unausgesprochene Tatsache war, daß etwaige Überlebende nicht so lange warten konnten.

»Können Sie so weitermachen«, fragte der Direktor, »und gleichzeitig an der Absicherung der Fassade weiterarbeiten?«

Der Polizist und der Feuerwehrmann sahen einander an. Dann antwortete der Feuerwehrmann: »Können wir. Ist aber nicht ganz ungefährlich.«

Nach einer längeren Pause tippte sich der Polizist mit der Fingerspitze an seinen kleinen Schnauzbart und sagte: »Sind wir uns also einig, meine Herren? Wir fahren mit den Rettungsarbeiten fort und versuchen gleichzeitig, die Fassade soweit möglich abzustützen?«

Die drei Männer nickten zustimmend. »Gut«, sagte der Polizist ruhig. »Danke.«

Sie warteten, Seite an Seite, gegen den eisigen Wind nur durch die einsturzgefährdete Fassade geschützt. Ein paar Meter weiter stand schweigend eine Gruppe Sanitäter beisammen. Alle schauten gespannt auf zwei Feuerwehrleute in schwarzen Mänteln, die nebeneinander knieten und Mauerbrocken vom Rand eines schwarzen Lochs abtrugen.

»Die Infrarotkamera hat uns da geholfen. Sie können sie jetzt sehen. Es ist wieder ein junges Mädchen.« Der Kommandant sah zu den Ärzten hinüber.

»Lebt sie?«

»Fürchte, nein.«

Ein Kran wurde in Position gebracht, der die Arbeit übernehmen sollte, die einsturzgefährdete Fassade Stück für Stück abzutragen. Die Rettungsleute mit den Helmen arbeiteten weiter, ohne auch nur einmal nach oben zu sehen. Der Kommandant wartete, bis die zweite Person geborgen war. Die Beine des Mädchens sahen schrecklich dünn und weiß aus, als sie sie heraushoben und auf eine Krankenbahre legten. Auch sie wurde zum Krankenwagen getragen und durch die Absperrung zum Krankenhaus gebracht.

Der Einsatzleiter senkte den Kopf und ging über die Glassplitter zu seinem Dienstfahrzeug zurück. Dort wartete ein erster Bericht der Sprengstoffspezialisten auf ihn. Es war eine einzelne Bombe gewesen, die im hinteren Teil des Gebäudes im dritten Stock, wahrscheinlich in einer Garderobe, detoniert war. Die Möglichkeit einer zweiten Bombe irgendwo im Kaufhaus konnte jetzt ausgeschlossen werden.

»Gott sei Dank, wenigstens das«, murmelte der Kommandant. Die Sprengstoffexperten waren seit einer Stunde am Werk. Einer von ihnen reichte ihm einen zweiten Bericht, und er warf rasch einen Blick darauf. Diagramme zeigten den wahrscheinlichen Weg der Druckwellen nach der Explosion und die zusammenstürzenden Mauerbrocken.

»Fast genauso wie damals in Brighton, Sir«, murmelte einer der Polizisten. »Nur hat hier Gott sei Dank die Premierministerin nicht gerade ihre Weihnachtseinkäufe gemacht.«

»Nein, Sir.«

Nach den Berechnungen war die aussichtsreichste Stelle, etwaige Überlebende zu finden, im Basement in der Mitte des Kaufhauses, das durch die Stahlbetonkonstruktion des Erdgeschosses vor den Trümmern geschützt war. Der Kommandant starrte durch das Fenster seines Wagens auf den Trümmerhaufen, der sich auf dieser Erdgeschoßebene auftürmte. Er fuhr sich wieder mit dem Finger über seinen Schnauzbart.

»Gibt es seitlich einen Zugang zum Basement?« fragte er.

»Fast total blockiert, Sir. Wir versuchen von beiden Seiten, ihn freizukriegen.«

Der Kommandant sah auf die Uhr. Es war 11 Uhr 55. Sollte es Überlebende geben, wären diese jetzt seit zwei Stunden und dreizehn Minuten verschüttet.

Vor elf Jahren.

Annie fror nicht mehr. Sie fühlte sich fast ein wenig wohl, so als ob sie in einem kleinen Boot auf einem großen schwarzen See treiben würde. Steves Hand war ihr Anker.

Sie versuchte, sich an die Zeit vor elf Jahren zu erinnern. Es war für sie selbst wichtig, aber sie wollte es auch unbedingt Steve erzählen. Er war ihr so nahe, und er hörte ihr zu. Das Gefühl des ziellosen Dahintreibens wurde immer stärker. Sie trieben beide dahin, weit, weit weg von der Küste. »Ich habe den Weg des geringsten Widerstands gewählt«, wiederholte sie.

»Und der war?« Seine Stimme war warm und nah, als ob sein Mund direkt an ihrem Ohr wäre und seine Finger mit ihren Haaren spielten.

»Ich wählte eine sichere und einfache Lebensform, weil sie... bekömmlich sein würde.« Annie lachte gepreßt. »Eine eigenartige Vorstellung, nicht wahr? Als ob man sein Leben wie ein Vollkornbrot beurteilen könnte.«

Sie konnte sich jetzt ganz genau erinnern und sah die Bilder so deutlich wie in frühmorgendlichen Träumen vor sich.

Sie lernte Matthew genau acht Wochen vor ihrer geplanten Hochzeit kennen. Sie ging die fünf Stockwerke zur Wohnung ihrer Freundin Louise hinauf. Wie immer roch es im Treppenhaus nach Schmierseife und Metallpolitur. Und wie immer war der Lift außer Betrieb. Die Tragetasche der Firma John Lewis schlug gegen Annies Bein, als sie die Stufen hinaufkeuchte und schließlich bei Louise klingelte. Als diese die Tür öffnete, hielt ihr Annie triumphierend die Tragetasche vor die Nase.

»Ich hab's. Zehn Meter, schrecklich teuer. Wehe, wenn's dir nicht gefällt!« – »Hmm.« Louise hatte ihr die Tasche aus der Hand genommen und einen Blick hinein riskiert. »Oh ja, wunderschön. Ich mache dir ein Brautkleid daraus, wie es die Welt noch nicht gesehen hat. Annie, das ist Matthew.«

Er saß mit dem Rücken an Louises Sofa gelehnt auf dem Boden und hatte seine Beine, die in ausgefransten Jeans steckten, ausgestreckt. Seine blonden, fast farblosen Haare waren für sein schmales Gesicht zu kurz geschnitten. Er hatte graue Augen und trug das Hemd halb offen. Altersmäßig schätzte ihn Annie Anfang Zwanzig, etwa zwei bis drei Jahre jünger als sie selbst es war.

Er sah zu ihr auf und sagte: »Heirate ihn nicht, wer immer er ist. Heirate mich.«

Annie lachte und ordnete ihn automatisch in die Kategorie *notorischer Flirter* ein, aber Matthew war bei seiner Äußerung nicht einmal ein Lächeln über die Lippen gekommen. Er hatte sie nur angesehen, und Louise stand linkisch hinter ihnen und schlenkerte die Tragetasche in der Hand. An jenem Tag wurde nicht mehr über das Hochzeitskleid gesprochen. Sie machten sich Tee und saßen bei Louise gemütlich auf dem Teppich beisammen.

Matthew hatte ein Jahr in Mexiko gegen eine bescheidene Unterkunft und Verpflegung als Landarbeiter gearbeitet. Er erzählte ihnen von den langen Tagen voll eintöniger Arbeit auf dürftigem Boden, der Plackerei mit der Bewässerung im Sommer, als sie das Wasser von einem Rinnsal mit Eseln zu den bebauten Feldern brachten.

»Warum bist du dorthin gegangen?« erkundigte sich Annie. Diese Aussteigermentalität hätte sie vielleicht bei jemand anderem irritiert, Matthew schien ihr jedoch mit beiden Beinen auf dem Boden zu stehen.

»Ich mußte nachdenken. Das gelingt mir nur sehr schwer, wenn ich abgelenkt werde.«

»Und warum bist du dann wieder nach Hause gekommen?«

Er grinste sie an. »Ich war fertig mit Nachdenken.«

Die Sonne schien ihnen auf den Rücken, während sie sich angeregt unterhielten. Annie fiel auf, daß nur Matthew und sie redeten. Louise saß nur ruhig dabei und beobachtete die beiden. Um sechs Uhr brach Annie auf. Auch Matthew schickte sich zum Gehen an, und Annie fiel auf, wie groß und dünn er war.

»Ich begleite dich ein Stück«, sagte er.

»Ich...«

»Ich möchte aber gerne.«

Annie ließ die Tüte mit dem Stoff für das Brautkleid bei Louise auf dem Boden stehen. Als sie neben Matthew auf dem Bürgersteig stand, fiel ihr ein, daß sie nicht mal mit Louise einen Anprobetermin ausgemacht hatte. Während sie überlegte, ob sie noch einmal zurückgehen sollte, kam ein Taxi, und Matthew hob seine Hand, um es abzustoppen. Er öffnete ihr die Tür, und sie saßen nebeneinander auf dem rutschigen Sitz und betrachteten den in der Sonne träge dahinfließenden Verkehrsstrom. »Wo fahren wir eigentlich hin?« – »In den St. James's Park«, antwortete Matthew. Später erfuhr sie, daß er die Taxifahrt mit seinen beiden letzten Pfundnoten bezahlt hatte.

Es war Mai und der erste richtige warme Sommertag. Auf dem Rasen standen leere Klappstühle, manche paarweise zusammengestellt, andere wieder in geselligen Dreier- oder Vierergruppen.

Die schrägstehende Sonne blitzte zwischen den leicht windbewegten Blättern hindurch und ließ die Wasseroberfläche glitzern. Sie gingen unter dem Schatten der Bäume spazieren und unterhielten sich. Annie hatte das Gefühl, dieser hohlwangige junge Mann hatte einfach alle Rituale des Kennenlernens beiseite gelassen und sie zu seiner Geliebten gemacht, ohne sie überhaupt berührt zu haben.

Sie blieben auf der Brücke stehen und sahen auf die Enten hinunter, hinter denen sich das Wasser kräuselte. Matthew sah auf ihrer beider Schatten auf dem Wasser und sagte: »Schau doch! Wir gehören zusammen.« – »Nein, ich werde Martin heiraten. Wir kennen uns schon seit Jahren.« – »Das ist genausowenig ein Grund wie mich zu verschmähen, weil du mich noch nicht einmal sieben Stunden kennst.«

Sie sah ihn plötzlich sehr ernst an. Er hatte sich ihr in den Weg gestellt, der so glatt und breit vor ihr lag, und wollte sie jetzt in enge, verschlungene Gäßchen locken. Sie war zornig auf ihn, und gleichzeitig hatte sie das Bedürfnis, ihr Gesicht an das seine zu schmiegen.

»Ich meine es ernst, weißt du das.« Matthew sah sie an. Er streichelte ihr Haar – die erste Berührung.

»Fragst du jedes Mädchen, das du kennenlernst, ob sie dich heiraten will? Hast du auch Louise gefragt, als sie dir ihr Sofa anbot, bis du etwas anderes gefunden hast?«

Er lachte sie an. »Ich habe das noch niemanden gefragt. Aber als du den Raum betratest, Annie, da wußte ich, daß ich dich kenne. Ich kannte dein Gesicht, deinen Gang, deine Stimme, und ich wußte, was du sagen würdest.« Sie konnte ihm nicht widersprechen, weil sie wußte, daß er die Wahrheit sagte. Matthew war nicht der Typ Mann, der etwas erfand oder zu Übertreibungen neigte.

»Ich kenne dich nicht«, sagte sie trotzig. »Ich weiß überhaupt nichts über dich.«

Er nahm ihren Arm und zog sie an sich, so daß ihr Kopf an seine Schulter gelehnt war. Sie gingen weiter. Die untergehende Sonne wärmte ihnen den Rücken, ihre beiden Schatten zeigten auf den Weg vor ihnen.

»Ich erzähle dir alles, was du wissen möchtest«, bot er an. »Es gibt nicht viel zu erzählen, also wird es nicht lange dauern.«

Matthew war der einzige Sohn eines bekannten Industriellen, der sich von ganz unten nach oben gearbeitet hatte. Die Familie ging davon aus, daß Matthew in die Fußstapfen seines Vaters treten würde. Aber von dem Tag an, an dem er alt genug war, seine Meinung zu vertreten, hatte sich Matthew geweigert, die Erwartungen seines Vaters zu erfüllen. Sein einziges Interesse in der Schule galt Holzarbeiten, aber nur so lange, bis er das Metier wirklich gut beherrschte – von da an verlor er jedes Interesse daran. Als seine Schulkameraden auf Oxford zusteuerten, war Matthew auf einem Hippie-Trip nach Afghanistan. Seitdem hatte er sich immer mit Gelegenheitsarbeiten durchgeschlagen, die ihm Unterkunft und Essen einbrachten, und gerade soviel Geld, um weiterreisen zu können.

»Worüber hast du in Mexiko nachgedacht?« fragte Annie.

»Ich habe darüber nachgedacht, was ich weiter tun sollte. Und dann hatte ich plötzlich das Verlangen, nach Hause zu fahren, und das habe ich dann getan. Und dann warst du da.«

»Meinst du nicht«, wollte Annie wissen, »daß du nur auf mich gekommen bist, weil du von dir selbst etwas in der Richtung erwartet hast. Daß du also versuchst, aus mir jemanden zu machen, der ich nicht bin, nur um dir selbst Genüge zu tun?«

Die Antwort kam spontan und blitzschnell. »Nein. Du bist die Frau, die ich haben will. Du bist es einfach. Ich wußte immer, daß ich dich sofort erkennen würde, und so war es auch. Das ist die Wahrheit, Annie. Und du weißt es ebensogut wie ich. Gib es zu.« – »Wahrscheinlich wirst du mir gleich weismachen wollen, daß wir in einem früheren Leben einmal Geliebte waren.«

Matthew ließ ihren Arm los und starrte sie an. »Ganz bestimmt nicht. Was glaubst du nur von mir. Mit derlei mystischem Humbug habe ich nichts im Sinn.«

Sie lachten gleichzeitig, bis Annie die Tränen kamen. Sie legte ihre Stirn an seine Schulter, und Matthew legte, immer noch vor sich hin lächelnd, seine Arme um sie. Es war inzwischen fast dunkel geworden, und der Autoverkehr floß die beleuchtete Mall hinunter. Sie wartete, daß er sie küßte. Matthews Mund berührte ihr Haar. »Ich habe Hunger«, sagte er.

Also wollte er sie wohl doch nicht küssen. Das machte die Sache leichter – vielleicht.

»Gehen wir was essen.« Annie löste sich von ihm und vermißte sofort die Wärme seines Arms. »Ich kenne ein kleines italienisches Restaurant in Victoria.«

»Ich habe keinen Penny mehr«, warf Matthew ein.

»Ich lade dich ein«, sagte Annie leichthin.

Er nahm sie an der Hand, und sie gingen weiter. Ihr Ring scheuerte an seinen Fingern, und er hob ihre ineinander verschlungenen Hände hoch, um den Ring anzuschauen. Die Steine blitzten kalt.

»Ach je, Diamanten«, murmelte er. »Das kann ich dir nicht bieten. Macht dir das was aus? Wird Martin diesen Ring zurückhaben wollen?«

Wieder stieg Wut in ihr auf, noch geschürt durch Gewissensbisse, derer sie sich nicht erwehren konnte. Sie zog ihre Hand zurück und steckte beide Hände in ihre Jackentaschen, wo sie sie zu Fäusten ballte.

»Ich werde Martin heiraten«, wiederholte sie. »Heute genau in acht Wochen. Und ich werde einen Ring tragen, der genau zu diesem paßt.«

»Na, wie schön«, sagte Matthew mit eisiger Stimme. Schweigend gingen sie über den Rasen. Sie waren beide wütend. Als er weitersprach, war seine Stimme wieder sanft.

»Was wirst du tun, Annie?«

Sie zuckte mit den Achseln und war plötzlich total verunsichert. »Ich weiß nicht. Ich werde nachdenken, so wie du. Ich weiß es einfach nicht.« – »Ich kann warten«, meinte Matthew, und sie wußte, daß er es tun würde. Eigentlich führte sie kein Doppelleben im üblichen Sinne. Sie lebte halb in einer Traumwelt und halb in einer sehr realen, bodenständigen Welt. Mehrmals ging sie zu Louise und stand stundenlang still, damit das Kleid abgesteckt werden konnte. Die Einladungen kamen vom Drucker. Zusammen mit ihrer Mutter ging sie die Einladungsliste durch und schrieb und frankierte Dutzende von Kuverts. Die Wochenenden verbrachte sie mit Martin in der Wohnung, die sie gekauft hatten, strich die Fensterrahmen neu und half ihm, die Küchenschränke aufzuhängen. Und wann immer sie konnte, war sie mit Matthew zusammen.

Er zog sie in seine Welt hinein, und sie entdeckte mit fast ängstlicher Faszination, daß Matthew keinerlei Zwängen unterlag. Er lebte überall und nirgendwo. Mal schlief er in einer Einzimmerwohnung, die ihm ein Freund überlassen hatte, wechselte dann auf die Couch von jemand anderem und zog kurz darauf in ein leeres Zimmer über einer Werkstatt, wo er auf einer am Boden ausgebreiteten Decke nächtigte.

Damals gab es genügend Gelegenheitsarbeiten. Er spülte Geschirr in einem Café und arbeitete danach eine Woche am Bau als Hilfsarbeiter. Den Raum über der Werkstatt hatte er bekommen, weil er für den Eigentümer Schaukästen anfertigte.

Nie machte er irgendwelche Pläne, und nie machte er sich Gedanken darüber, was ihm morgen widerfahren könnte. Deshalb, so dachte Annie, konnte er all seine Energie dafür aufwenden, das zu genießen, was gerade des Weges kam. Die Qualität dieses Genusses war es wohl auch, die sie so sehr liebte. Später war sie sich darüber klar, daß die Stunden, die sie mit ihm verbracht hatte, die glücklichsten ihres Lebens waren.

Wenn er Geld hatte, gab er es aus, ohne darüber nachzudenken. Er liebte gute Küche und führte sie in seinem einzigen guten Anzug in schöne Restaurants aus, wo er fast einen Wochenlohn für ein gutes Essen ausgab. Er hatte so viel Spaß an der eleganten Ausstattung und all den leckeren Speisen, daß Annie seine Einladung nicht ausschlagen konnte und selbstverständlich auch ihren Anteil nicht übernehmen durfte.

»Du mußt wissen, daß es nur Spaß macht«, philosophierte Matthew, »wenn man es sich nicht leisten kann. Mein Vater ißt jeden Tag in solchen Restaurants und bestellt immer nur Seezunge und Mineralwasser.«

Wenn kein Geld da war, zeigte sich Matthew sehr einfallsreich im Entdecken von kostenlosen Vergnügungen.

Mit ihm lernte Annie kleine Parks kennen, von deren Existenz sie vorher nichts gewußt hatte, und sie sah mehr Gemälde, Skulpturen und Kirchen als während ihrer Zeit als Kunststudentin.

Es war eigentlich nicht besonders wichtig, was sie zusammen machten. Matthew war glücklich, wenn sie sich nur eine oder zwei Stunden Zeit für ihn nahm. Er wollte nur bei ihr sein, und ihre gemeinsamen Unternehmungen, ob sie jetzt kostenlos oder finanziell aufwendig waren, waren einfach nur ein angenehmes, zusätzliches Vergnügen. Wenn sie nach ihrer Heirat an die Parkbänke am Flußufer zurückdachte, an den leicht muffigen Geruch in der National Gallery, an ausgedehnte Abendessen und spontane Taxifahrten, dann kam es ihr vor, als sei sie in der Zeit mit Matthew zum letztenmal jung gewesen.

Er lehrte sie auch Dinge neu zu sehen. Sie liebten sich zum

erstenmal in dem Zimmer über der Werkstatt. Annie kam direkt von der Arbeit. Es war ein warmer Abend Anfang Juni gewesen, und sie hatte ein ärmelloses, blaues Baumwollkleid getragen. Ihr langes Haar fiel bis über die Schultern, und als Matthew ihr die Tür öffnete, fuhr er mit seiner Hand unter ihren dicken Haarschopf und streichelte ihren Nacken.

Nach dem ersten Abend im St. James's Park hatte er sie ein- oder zweimal geküßt, ganz leicht nur, fast wie nur so zum Spaß. Sie hatte sich erleichtert eingeredet, daß dabei nun wirklich nichts war und sie Martin in keiner Weise betröge. Aber irgendwie wußte sie auch, daß Matthew nach seiner Art einfach wartete, bis die Zeit reif war.

Er nahm ihre Hand und führte sie über die blanken Fußbodenbretter zu der grauen Decke, auf der ein Schlafsack ausgebreitet war. Annie sah einen elektrischen Wasserkocher, eine Blechdose, in der Matthew schön aufgeräumt ein Minimum an Lebensmitteln aufbewahrte, und die ordentlich zusammengefaltete Kleidung in einem offenstehenden Koffer. Er stand hinter ihr, hob ihre Haare hoch und neigte den Kopf, um sie auf den Nacken zu küssen. Langsam knöpfte er ihr Kleid am Rükken auf, zog sie an sich und legte seine Hände über ihre Brüste.

»Hier?« fragte Annie. Sie blickte auf die vorhanglosen Fenster, durch die die Sonne hereinschien und lange goldene Rechtecke auf den Boden zeichnete. Sie spürte an ihrem Nakken, daß Matthew lächelte.

»Meine Staubschicht ist mindestens so wirkungsvoll wie es deine Netzvorhänge sind.« – »Ich habe keine Netzvorhänge.«

»Dann wahrscheinlich deine Mutter.«

Ihr Kleid fiel auf den Boden, und sie machten eng umschlungen einen Schritt zur Seite. Mit seiner Zungenspitze zog er eine Linie von ihrem Nacken bis hinunter zu der kleinen Mulde am Ende ihres Rückgrats. Dann legte er seine Hände auf ihre Hüftknochen und drehte sie zu sich um. Annie glaubte das Sonnenlicht durch die Haut an seinen Wangenknochen leuchten zu sehen. Zitternd öffnete sie die Knöpfe an seinem Hemd.

Dann sah sie ihn an, sah die blasse, von der Arbeit im Freien gerötete Haut, die Schulterknochen am Hals und die tiefe Höhlung dahinter. Sie schloß die Augen, und sein Mund berührte den ihren.

»Siehst du, es ist egal, wo wir sind«, sagte Matthew. Er nahm sie bei der Hand, führte sie zu der Decke und kuschelte sich neben sie.

Noch nie zuvor hatte sie ein solches erotisches Erlebnis gehabt. Matthew ließ sich Zeit, liebkoste sie fast traumverloren, küßte die dünne Haut zwischen ihren Fingern, jede einzelne Zehe und schließlich die Wölbung an der Innenseite ihrer Füße. Fast empfand sie das lange Vorspiel schon ein wenig qualvoll, aber als er dann schließlich in sie eindrang, tat er es so schnell und kraftvoll, daß sie sich laut schreien hörte, wie sie es noch nie getan hatte. Als sie dann ruhig und erschöpft in seinen Armen lag und ihren Kopf an seine Schulter gelegt hatte, sagte sie sanft: »Ich dachte immer, so was gibt's nur in Filmen und Büchern.«

Er lächelte sie an: »Ich dachte mir eigentlich schon, daß es so was auch im wirklichen Leben geben müßte. Aber selbst erlebt habe ich es vorher auch noch nicht. Wir gehören zusammen, Annie, mein Liebes. Hör zu, ich liebe dich.«

Die Worte schmerzten sie so sehr, daß sie sich zusammenkrümmte, als wollte sie den Schmerz abwehren. »Matthew, ich...«

Aber er legte ihr seine Hand auf den Mund und ließ sie nicht weiterreden: »Sag nichts...«

Martin ahnte natürlich etwas. Eines Tages legte er den Malerpinsel sorgfältig auf den Deckel des Farbeimers, damit nichts auf den Küchenboden tropfen konnte.

»Wer ist er, Annie?«

Er versuchte, sich ganz beiläufig zu geben. Annie kannte ihn so gut, daß sie genau wußte, warum er so vorging. Er wollte versuchen, die Bedrohung so lange wie möglich leichtzunehmen. Das hieß allerdings nicht, daß er nicht verletzt war. »Du kennst ihn nicht. Ich habe ihn vor einem Monat bei Louise kennengelernt.«

Sie standen Schulter an Schulter und blickten auf die von Tauben verunreinigten Wohnblöcke hinaus. Sie konnte sein Gesicht nicht sehen, aber sie wußte, daß er die Stirn runzelte und die beiden senkrechten Falten an den Augenbrauen tiefer wurden.

Vorsichtig fragte er: »Muß ich mir Gedanken machen?«

Es entstand ein langes Schweigen. *Entscheide dich,* befahl sich Annie selbst. *Du mußt dich entscheiden.*

Nach einer langen Pause, in der sie sich ihrer Feigheit bewußt wurde, flüsterte sie: »Nein.«

Martin legte seine Hand auf ihre. Seine Finger waren voll Farbspritzer. Sie fühlte, wie erleichtert er durchatmete.

»Dann werde ich mir auch keine Sorgen machen.« Er drückte ihre Hand, ließ sie dann los und nahm den Malerpinsel wieder auf, um weiterzuarbeiten.

»Was ist es eigentlich?« fragte er nach einiger Zeit. »Torschlußpanik vor der Ehe?«

»Kann schon sein«, antwortete sie tonlos. Sie verachtete sich selbst, ihr Verhältnis mit Matthew so erniedrigt zu haben.

Die Zeit verging unaufhaltsam. Es war der heißeste Sommer seit Jahren, und jeder Tag, der verging, schien in ihr Gedächtnis eingebrannt durch die brütende Hitze, die vom Asphalt aufstieg, und den knallblauen Himmel. Matthews Arbeit in der Werkstatt war abgeschlossen, und er zog aus dem muffigen, kleinen Zimmer aus. Wieder kam er bei einem Freund unter und rollte seinen Schlafsack auf dessen Sofa aus. Annie wollte ihn nicht in ihre Wohnung mitnehmen, da Martin auch einen Schlüssel hatte. Sie trafen sich wann und wo sie konnten, und Annie war erstaunt über Matthews Fähigkeiten, sie alles vergessen zu lassen, was seinen unvermeidlichen Gang ging. Er machte sie einfach rundrum glücklich. Wenn sie mit ihm beisammen war, dann war das für sie die Realität des Lebens. Die andere Hälfte, die damit beschäftigt war, Kleider für ihre Flitterwochen zu kaufen und Blumen für den Brautstrauß auszuwählen, war ihre Traumwelt.

Dann, eine Woche vor der Hochzeit, fragte Matthew sie noch einmal. Sie waren im Haus eines Freundes, der über das Wochenende nicht da war. Also hatte sich Matthew dort einquartiert. Sie lagen im Bett, und Annies Haar lag ausgebreitet auf dem Kissen. Erschöpft dachte sie: *das muß das letzte Mal sein.*

»Annie, willst du mich heiraten?«

Von der Straße drang Verkehrslärm in das Zimmer, und aus den Bäumen hörte man Vögel ihr Abendlied zwitschern. So oder ähnlich hatte sie sich wohl ihre Zukunft mit Martin vorzustellen. Es würde Abende wie diesen in dem Haus geben, das sie ihr eigen nennen würden. Häuslicher Friede, Behaglichkeit, verlockende Düfte aus der Küche, ein geregelter Alltagsrhythmus und Martin, den sie kannte, verstand und liebte. Sie schloß die Augen, um Matthew nicht ansehen zu müssen, für den sie mehr empfand als Liebe.

»Ich kann ihm doch nicht den Laufpaß geben«, flüsterte sie. »Ich kann dich nicht heiraten.«

»Das sind zwei ganz verschiedene Dinge, die überhaupt nichts miteinander zu tun haben«, antwortete er ruhig. »Was ist denn nun der wahre Grund?«

Wie wäre es, mit Matthew verheiratet zu sein?

Es gäbe eine endlose Folge von gemieteten Zimmern, und Matthew würde es fertigbringen, daß sie sich darin wie in einem Palast fühlte. Sie würden ständig von luxuriösen Ausschweifungen zum Rand des Existenzminimums hin und her pendeln, und kein Tag würde wie der andere sein. Sie würde ganz sicherlich mit ihm glücklich sein. Seit sie ihn kannte, war sie ständig im siebten Himmel. Was sie nicht wußte, war, wie lange das anhalten würde.

Sie befürchtete, der Tag würde kommen, an dem ihr die Unbequemlichkeiten sehr wohl was ausmachen würden und die Freude daran in Unmut umschlagen würde. Es lag an ihr. Sie war vorsichtig, ängstlich, und man wußte immer schon im voraus, wie sie reagieren würde. Nur allzugern wäre sie wie er gewesen, hätte alle Brücken abgebrochen und wäre mit ihm losgezogen, aber sie brachte es nicht fertig. Sie würde ihr Leben an der Seite Martins verbringen, und es würde ruhig und sonnig und behütet sein – zwar nicht der Gipfel der Glückseligkeit, aber auch nicht der Abgrund der Verzweiflung.

Sie sah Matthew gerade in die grauen Augen.

»Ich bin feige«, sagte sie. »Ich kann dich nicht heiraten.«

Er senkte den Kopf. Die Knöchel ihrer ineinander verschlungenen Hände wurden weiß. Dann sah er wieder auf.

»Ich weiß, warum du glaubst, du könntest es nicht. Du bist der Meinung, ein richtiger Ehemann müsse eine Hypothek haben und das entsprechende Gehalt dazu, sie abzuzahlen, dazu Aussicht auf Karriere und eine gewisse Sicherheit. Du hast Angst, daß du mich nach einiger Zeit nicht mehr mögen könntest, weil ich dir das nicht bieten kann. Das stimmt doch, oder?«

Sie nickte betreten. Es war nicht nur das, aber das war zumindest der ganz banale springende Punkt.

»Also. Ich war heute bei meinem Vater und habe ihn gefragt, ob ich in seiner Firma arbeiten könnte. Zuerst bekam ich eine lange Predigt und wurde darüber belehrt, daß ich wie alle anderen auch ganz klein anfangen müßte. Also von der Pike auf lernen, und ich sollte ja keine Vorteile erwarten, bloß weil ich der Sohn vom Boß bin. Alles nach dem Motto: Arbeite hart und beweise deinen guten Willen.« Matthew sah wie ein Häufchen Elend aus. Sie mußte lachen, und er tat desgleichen. »Am liebsten hätte ich ihm einen seiner vornehmen Onyxgegenstände an den Kopf geworfen, aber ich habe mich deinetwegen zurückgehalten. Nach der Gardinenpredigt meinte er noch, er sei froh, daß ich mich endlich auf den Hosenboden setzen wolle und sich ganz sicher irgendeine passende Aufgabe in der Firma für mich finden ließe. So, jetzt kommst du.« Er strahlte. »Ich werde so sehr wie alle anderen sein, daß nur ein Experte wie du den Unterschied merken wird. Ich kann dir einen Diamantring kaufen, eine Dreizimmerwohnung und eine Küchenmaschine, wenn es das ist, was du willst.«

Er versuchte, sie zum Lachen zu bringen, weil er vertuschen wollte, wie groß das Opfer war, das er ihr anbot. Er wollte seine Freiheit und seine Unabhängigkeit, die ihm doch so viel wert waren, für sie aufgeben. Annie fühlte, wie ihr Tränen in die Augen stiegen. »Ich will überhaupt nicht, daß du so was um meinetwillen tust. Ich will auch nicht sehen, wie du jeden Morgen geschniegelt und gebügelt das Haus verläßt. Vielen Dank für das Angebot, aber das bin ich nicht wert.« Sie versuchte die Tränen zurückzuhalten, aber sie liefen ihr schon die Wangen hinunter. Matthew gab einen leisen, enttäuschten Ton von sich.

»Ich schaffe es einfach nicht. Du willst mich nicht heiraten, wenn ich keine geordneten Lebensverhältnisse habe. Und wenn ich sie habe, dann willst du mich nicht heiraten, weil Matthew mit geordneten Lebensverhältnissen nicht mehr Matthew ist.«

Eine Kluft hatte sich zwischen ihnen aufgetan, die in krassem Gegensatz zu ihrer körperlichen Nähe stand, und Annie wußte, daß sie sie nie mehr überwinden würden. »Es tut mir leid«, sagte sie verzagt. Noch nie in ihrem Leben hatte sie sich so klein, egoistisch und beschämt gefühlt.

»Sag mir nur noch eins«, beharrte er. »Es kann doch nicht nur deshalb sein, weil du nicht den Mut hast, deine Hochzeit abzusagen, alle diese schrecklichen Geschenke zurückzuschicken und deine Familie zu schockieren.«

Annie hob ihr Kinn und sah ihn an. »Wenn ich den Mut hätte, dich zu heiraten, dann hätte ich auch den Mut, all das zu tun.«

Matthew ließ ihre Hand los. Er rutschte von ihr weg auf die andere Seite des Bettes und sah durch das Fenster auf die Bäume hinaus.

»Die ganze Zeit über«, sagte er grübelnd, fast zu sich selbst, »die ganze Zeit bis heute abend war ich sicher, daß ich gewinnen würde.«

Es gab nichts weiter zu sagen. Annie wußte, daß sie Matthew zutiefst enttäuscht hatte. Sie stand vom Bett auf und zog sich an.

Als sie fertig war, ging sie zur Schlafzimmertür und sah zu Matthew, der sich aber nicht rührte. Sie schloß die Tür und ging hinunter auf den Platz, wo die Hitze des Tages immer noch von den Pflastersteinen aufstieg.

Sie sah Matthew nie wieder.

Zu Hause in ihrer Wohnung wartete Martin in der Küche auf sie.

»Da bin ich wieder«, sagte sie einfach. Ihr Gesicht spannte noch immer von den vielen Tränen, die darübergelaufen waren. Martin stand vom Küchentisch auf, kam zu ihr, legte seine Arme um sie und hielt sie fest.

»Ich freue mich, Annie.«

Eine Woche später, an einem strahlend schönen Julitag, heirateten sie. Beide Familien nahmen ebenso wohlwollend an der Feier teil wie Dutzende von gemeinsamen Freunden, die sie im Laufe ihrer langen gemeinsamen Freundschaft kennengelernt hatten. Ein Konfettiregen ging nach der Trauungszeremonie auf das frischgebackene Ehepaar nieder, und der Fotograf stand bereit, um das junge Glück im Bild festzuhalten. Das Foto stand in einem Silberrahmen auf der Mahagonitruhe mit der geschwungenen Vorderfront in ihrem Schlafzimmer. Elf Jahre später sah sie beim Staubwischen das Foto an und hatte vergessen, wie schmerzhaft das Lächeln damals gewesen war.

»Ich hatte es vergessen«, sagte sie. »Aber jetzt sehe ich es vor mir, als ob es gestern gewesen wäre. Ich sehe sein Gesicht ganz genau vor mir.«

Das Boot schaukelte sanft auf dem schwarzen Wasser, und in diesem Augenblick war Steves Hand die von Matthew geworden, die ihre festhielt und sie in die Vergangenheit zurückführte. Seine Stimme klang anders, aber sie erinnerte sich an sein Gesicht, an jede seiner Bewegungen und an jede einzelne Stunde, die sie miteinander verlebt hatten.

Einen Moment lang durchflutete sie ein Glücksgefühl. *Es ist nicht zu spät,* dachte sie. *Warum glaubte ich das nur?*

Sie lächelte und fühlte dabei einen stechenden Schmerz im Mundwinkel, dort, wo das Blut eingetrocknet war.

Das war nicht Matthews Hand. Dieser Mann war Steve, ein Fremder, und im Moment für sie wichtiger als irgend jemand sonst auf der Welt. Wieder durchfuhr sie ein Schmerz, kein körperlicher, und trotzdem war er von der Schärfe einer Rasierklinge. Es war der Schmerz der Sehnsucht und des Bedauerns.

»Ich wollte, ich könnte näher bei dir sein«, sagte er. »Ich wollte, wir könnten einander festhalten.«

Tränen liefen aus ihren Augen und nach hinten in ihr zerzaustes Haar.

»Wir halten einander fest«, sagte Steve. »Paß auf.«

Er drückte ihre Hand, aber Annie sehnte sich nach seiner Wärme, wollte ihr Gesicht an ihn drücken. Sie hatte Angst, die Tränen nicht mehr zurückhalten zu können. Ihr Mund bekam einen mitleiderregenden Ausdruck, und im Mundwinkel begann das Blut wieder zu laufen.

»Es ist zu spät«, weinte sie, »zu spät für alles.«

Das war das Ende, ein Grab unter Trümmern. Ihr geordnetes Leben lag hinter ihr, ihre Vergangenheit verklärte sich zu wunderschönen Farbharmonien. Martin und sie hatten die glitzernden Fäden gemeinsam verwoben. Sie dachte an ihren Mann, an Thomas und Benjamin, die nun vor dem brutal abgerissenen, jäh unterbrochenen Lebensgewebe standen. Ein Schluchzen schüttelte ihre Schultern, ihre Haare zerrten schmerzhaft an ihrer Kopfhaut.

»Nicht weinen«, tröstete Steve. »Bitte, Annie, Liebling, nicht weinen. Es ist nicht zu spät.« Wenn sie sich nur richtig umarmen könnten, dann würde sich die gemeinsame Körperwärme wie ein Schutzschild um sie legen. Wieder versuchte er, sich zu bewegen, wußte aber, daß das zerschmetterte Bein seinen Bemühungen Grenzen setzte.

»Meine Mutter ist krank«, brach es aus Annie plötzlich heraus. »Sie hat gerade erfahren, daß sie Krebs hat. Sie ist in einer schrecklichen Lage wie wir jetzt.«

Steve wußte, was sie meinte, konnte nachvollziehen, wie ihre Gedanken hin und her sprangen. So eigenartig ihm diese zusätzliche Verständnisebene auch erschien, er war dankbar dafür. »Nein«, widersprach er ihr, »es ist nicht die gleiche Art von Verlust. Deine Mutter hat dich groß werden sehen und miterlebt, wie du selbst eine Familie gegründet hast. Sie hat ihre Enkel gesehen. Krankheit ist nicht dasselbe wie... Gewalt.«

Er vermied es, *gewaltsamer Tod* zu sagen, aber beide wußten, daß nichts anderes gemeint war.

»Vielleicht... vielleicht ist Tod immer gewaltsam, wenn er kommt.« Ohne weitere Worte waren sie vereint durch die gemeinsame Todesangst. Einer hörte die Gedanken des anderen in einem kindlichen Flüsterton, der so ganz anders klang als ihre wirklichen Stimmen.

»Wenn sie uns rechtzeitig finden«, sagte Annie, »und uns danach auch nur ein bißchen Leben vergönnt ist, dann werde ich jeden Tag ganz bewußt erleben. Ich werde jeden zählen und ihm einen Sinn geben. An so viele Tage meines Lebens habe ich nicht die geringste Erinnerung. Langweilige Tage. Trostlose Tage. Schon einer davon wäre jetzt ein Geschenk des Himmels. Verstehst du, was ich meine, Steve?« – »Oh, ja«, antwortete er. »Ich verstehe, Annie, wenn wir befreit werden, können wir tun, was immer wir wollen.«

Steve versuchte, sich vorzustellen, wie das wohl sein würde, aber es kam nichts außer ein paar wirren Bildern von Vicky, von unwichtigen Restaurants, wo er zu Mittag gegessen hatte, und von kleinen Vorführräumen, wo er im Dunkeln auf seine Kunden gewartet hatte, um ihnen unzählige Male ihren Zehn- oder Fünfzehn-Sekunden-Werbespot vorzuführen. »Laß es bitte noch ein paarmal durchlaufen, David!« Seine eigene Stimme. »Wo hast du das gelernt?« Das war er. Arbeit und Vergnügen, abwechselnd, vor- und rückwärts gleichermaßen abspielbar. Und jetzt war der Film gerissen, der Film über sein eigenes Leben, dem er bislang nur halbherzig zugeschaut hatte und der vielleicht nie wieder von vorne zu spielen beginnen würde.

Steve starrte mit weitaufgerissenen Augen in die Dunkelheit. Er hatte das Gefühl, für Stunden in einer Vergangenheit gewesen zu sein, in der es nur flackernde Bilder ohne festen Bestand gab.

»Annie«, rief er in plötzlicher Panik aus. »Bist du noch da?«

»Ja.«

Sie klang schläfrig, ganz weit weg.

»Annie?«

Er konnte die Anstrengung hören, aber schließlich antwortete sie doch: »Ja, ich bin noch da.«

»Erzähl mir etwas. Von deiner Mutter. Irgend etwas – rede einfach drauflos.«

»Ich...« Sie seufzte, es war mehr ein Aufstöhnen, und in seiner Einbildung glaubte er, ihren Atem an seiner Wange zu spüren. »Ich kann nicht mehr sprechen. Sag du etwas, Steve. Ich höre deine Stimme so gerne.«

Wann war das letzte Mal? Das wollte er rekonstruieren, ehe es zu spät war – wann war das letzte Mal, daß er sich etwas sehr gewünscht hatte. Das letzte Mal, daß er etwas wirklich gewollt hatte, so wie er jetzt einfach leben wollte, weil er sich weigerte, sich von der Bombe eines Verrückten unterkriegen zu lassen. War es das? *Weil er sich nicht unterkriegen lassen wollte...*

Steve dröhnte der Kopf, Gedanken und Erinnerungen schwirrten wirr durcheinander. Er zwang sich, die Augen offen zu halten, um nicht das Bewußtsein zu verlieren, und begann zu erzählen.

»Es ist lange her. So lange, daß ich vergessen habe, wie wichtig es für mich war. Ich wollte raus, das war es. Aus der Wohnung meiner Großmutter in der Bow High Street im dritten Stock. Solange ich dort wohnte, wollte ich weg.«

Es hatte lange gedauert, aber schließlich war er soweit. An besagtem Tag ging er in das kleine Zimmer neben Großmamas

Küche und stopfte Wäsche und Hemden in seine blaue Leinentasche. Großmama saß in der Küche vor dem Fernseher. Er konnte sie durch die halb geöffnete Tür sehen, das Tischtuch auf dem Resopaltisch war halb zurückgeschlagen. Darauf stand die braune Teekanne und die Milchflasche sowie ihre Tasse, die sie sicher gleich mit dem starken braunen Gebräu auffüllen würde.

»Gehst du wieder mal?« rief sie hinüber. Sie kannte das Ritual. Oft war er Samstag nacht wie all die anderen auch nach der Party einfach an Ort und Stelle eingeschlafen und erst am nächsten Morgen nach Hause gegangen. Vor einiger Zeit hatte er sogar eine Woche bei einem Mädchen in der Nähe von Victoria Park gewohnt. Das konnte natürlich nicht lange gutgehen. Schon bald hatte sie raus, daß er sich älter gemacht hatte.

»Sechzehn bist du also? *Sechzehn?* Geh nach Hause zu deiner Mami, ehe man mich wegen Verführung Minderjähriger anzeigt.«

Großmama hatte ihn wohlwollend aufgenommen, und ihre strengen Worte konnten nicht über ihre Erleichterung hinwegtäuschen. »Was stellst du dir eigentlich vor? Eine ganze Woche kein Lebenszeichen zu geben. Konntest du dir nicht vorstellen, daß ich mir schreckliche Sorgen machte? Du wirst einmal wie dein Vater enden, Stevie – und das nach alledem, was ich für dich getan habe.«

Er umarmte sie. Sie war füllig, doch dabei gleichzeitig gebrechlich, und konnte sich nur sehr schwerfällig in der muffigen Küche bewegen.

»Ich werde *nicht* wie mein Vater enden. Und du weißt das auch.«

Großmama schob die Platte ihrer Zahnprothese mit der Zungenspitze nach hinten und sagte spitz: »Vielleicht nicht. Aber es gibt viele andere Wege zu verkommen. Ich wage zu behaupten, daß du einen findest, der dir zusagt.«

Danach hatte einige Monate Waffenstillstand geherrscht.

Jetzt, als er die leeren Schubladen nacheinander zumachte, versuchte er, zu seiner Großmutter hinüberzurufen: »Großmama? Großmama, ich ziehe aus...«

Natürlich konnte sie ihn nicht hören. Das Fernsehen verschluckte alles. Also packte er systematisch weiter alle seine Kindheitserinnerungen ein, sogar die Poster von West Ham United und von Buddy Holly faltete er sorgsam zusammen. Dann ging er in die Küche und stellte all seine Taschen auf den brüchigen Linoleumboden. Er ging zu dem großen Fernseher hinüber und drehte den Ton weg.

»He! Ich will das hören, Stevie. Sei ein braver Junge und laß das.« – »Großmama, ich möchte mit dir reden. Ich ziehe aus. Ich habe schon eine Wohnung, und alles ist geregelt.«

Er war in jenen Tagen so widerborstig gewesen. Großmama saß nur da, hatte ihre großen, bleichen Hände in den Schoß gelegt und starrte ihn an.

»Was? Du ziehst aus? Wozu? Dies hier ist dein Zuhause, mein Lieber. Schon seit du so groß warst.« Sie hielt ihre Handfläche etwa 80 Zentimeter über den Linoleumboden, und Steve dachte: *Ja, ich weiß. Und seither wollte ich auch von hier weg.* »Ich kann nicht für immer hierbleiben, Großmama. Ich will weiterkommen. Ich besuche dich am Wochenende, großes Ehrenwort.«

Ihr Gesicht verdüsterte sich. »Nach allem, was ich für dich getan habe«, murmelte sie.

Natürlich hatte sie alles für ihn getan. Hatte ihn bemuttert, zehn Jahre für ihn gekocht und Kleidung für ihn gekauft. Er konnte ihr das nicht zurückzahlen, das wußte er, doch konnte das der wilden Entschlossenheit eines Sechzehnjährigen beileibe nichts anhaben.

»Ich werde dich oft besuchen kommen«, wiederholte er. »Und sobald ich es geschafft habe, hole ich dich hier raus und kaufe dir eine Wohnung in meiner Nähe oder hier irgendwo, wenn dir das lieber ist.«

»Geschafft habe?« keifte sie. »Wie soll denn das gehen? Was

ist mit der Schule? Du könntest aufs College gehen. Mr. Grover persönlich hat es mir gesagt.«

Geduldig hatte er versucht, ihr alles zu erklären. »Ich brauche nicht aufs College zu gehen. Reine Zeitverschwendung. Ich habe einen Job, Großmama. Ich gehe nicht mehr zurück in die Schule.«

Sie war zu zornig, um ihm zuzuhören. Also hatte er ihren widerstrebenden, fülligen Körper umarmt, seine Sachen genommen und war gegangen.

Er war zutiefst erleichtert, als er die Peabody Buildings verließ. Bei jedem Schritt stieß er gegen das verschnörkelte Treppengeländer, als er die enge Steintreppe zur Straße hinunterging. Entschlossen ging er zu der Bushaltestelle und spähte ungeduldig ostwärts nach dem Bus, der ihn in den westlichen Teil der Stadt bringen sollte.

Er hatte einen Job als Bote bei einer Werbeagentur bekommen und ein Einzimmerapartment im zweiten Stock mit einem beschränkten Blick auf die Earl's Court Road gemietet. Dort angekommen, wußte er sicher, daß er nie zurückschauen würde. Nach achtzehn Monaten als Botenjunge bei Thompson, Wright and Rivington wurde ihm eine schlechtbezahlte Stelle in der Medienabteilung angeboten. Und so ging es immer weiter, bis er schließlich den großen Sprung in die Chefetage machte. Dort wurde er von einer anderen Agentur für viel Geld abgeworben und begann zum erstenmal in seinem Leben, das Geld zu genießen.

Dann, erinnerte sich Steve, wollte er alles haben. »Ich war so damit beschäftigt, alles anzuschaffen, daß ich an nichts anderes mehr denken konnte.«

Es gab viele Leute wie ihn, und die Zeit war wie geschaffen für sie alle. Seine Werbeagenturkarriere begann mit dem vereinzelten Auftauchen von rosafarbenen Hemden bei Kundenbesprechungen und erlebte seine Blütezeit in den sechziger und siebziger Jahren mit Mittagessen im Terrazza und Nachmittagen im Colony Club. Höhepunkte waren ausschweifende Partys mit Scharen von hübschen Mädchen in Miniröcken und Werbeaufnahmen in exotischer Umgebung. Auch Kreativitätskrisen gehörten dazu, doch hatte immer jemand, gewöhnlich war es Steve, gerade noch im rechten Augenblick einen zündenden Einfall. Vielleicht war alles auch ganz anders gewesen. Es war zu lange her. Aber es war ihm lange Zeit alles so leichtgefallen, daß er alles machte, was er in die Finger bekam.

Irgendwann in dieser Zeit war seine Großmutter gestorben. Steve hatte am Tag des Begräbnisses geschäftlich in Cannes zu tun und konnte nicht nach Hause fliegen. Aber er hatte finanziell alles geregelt. Und er hatte einen Kranz geschickt. Das war mehr als Großmutters einzige Tochter, Steves Mutter, getan hatte. Ob sie überhaupt vom Tod ihrer Mutter wußte? Steve selbst hatte sie kaum gesehen, seit sie ihn, als er sechs Jahre alt war, zu seiner Großmutter gebracht hatte.

»Arme Großmama«, sagte er leise. Müssen denn Erinnerungen immer mit Schuldgefühlen beladen sein?

Nein, bei Annie war das nicht so. Annie hatte alle möglichen Versprechungen gehalten, die er gebrochen hatte. Steve bedauerte dies jetzt zutiefst, und Annie, die wußte, was in ihm vorging, flüsterte: »Es ist noch nicht zu spät.«

Plötzlich reagierte er auf den Schmerz nicht mehr ängstlich, sondern zornig. Er hörte sich selbst hinausschreien: »Wo bleiben die denn eigentlich? Warum holen sie uns hier nicht raus, ehe es zu spät ist?«

Die Trümmerlawine über ihnen schluckte jedes Geräusch und gab nichts zurück. Man konnte überhaupt nichts hören.

»*Oh, mein Gott*«, sagte Steve.

»Schon gut«, tröstete ihn Annie, als ob er Benjy wäre. »Du glaubst doch daran, daß sie rechtzeitig kommen. *Du* hast doch fertiggebracht, daß ich es glaube. Sie werden kommen. Wir müssen nur durchhalten... Was machst du?«

Steve löste seine Hand aus ihrer. »Ich möchte wissen, wie lange wir schon warten.« Seine Finger waren angeschwollen und verkrampften sich, als er angestrengt nach der Uhr suchte.

»Wir müssen aushalten«, wiederholte Annie, als ob sie gehorsam immer wieder eine auswendig gelernte Lektion herunterbetete, »bis sie uns gefunden haben.«

Steve bemerkte, wieviel Vertrauen sie aus seinen Beteuerungen geschöpft hatte und fragte sich, wie lange das wohl anhalten würde. Er fühlte seine Kräfte schwinden. Der Schmerz kroch vom Bein hinauf bis in die Hüfte und zum Magen. Er zog die Uhr heraus und legte sie mit dem Zifferblatt nach oben auf seine Brust. Wieder versuchte er, die winzigen Zeiger zu ertasten. Schwindel befiel ihn, während er versuchte zu deuten, was er fühlte. Die Zeiger standen einander fast vertikal gegenüber. Er suchte nach dem Aufziehrädchen. Sechs Uhr... das könnte sechs Uhr sein. Wenn es wirklich sechs Uhr wäre, dann würde es auch draußen dunkel sein. Wie konnten sie im Dunkeln weitersuchen? Scheinwerfer. Natürlich würden sie Notstromaggregate herbeiholen. Sie würden nicht aufhören, ehe sie beide gefunden waren. Steve bemühte sich noch immer, aus dem winzigen Kreisrund die richtige Zeit zu deuten, und plötzlich erkannte er erleichtert: es war *nicht sechs Uhr*... es war halb eins. Samstag Mittagszeit. Draußen wurden Mahlzeiten zubereitet. Die Menschen telefonierten oder fuhren an glitzernden Schaufenstern vorbei nach Hause in die warm geheizte Wohnung.

Stimmengewirr. Die Türen schlossen sich, um den Wind abzuhalten. Das Schwindelgefühl irritierte ihn, er schauderte.

»Annie...« Er bewegte sich unbedacht zu schnell, und die Uhr fiel runter, außerhalb seiner Reichweite. Er hörte, wie sie über Steine und Sand rutschte und mit einem Klicken irgendwo unter ihm hängenblieb. Weg war sie!

»Ich bin hier«, sagte sie. »Sprich weiter.«

»Ich bin sehr durstig«, antwortete Steve. Er war auch müde und schläfrig, aber da durfte er sich keinesfalls gehenlassen. Er begann wieder zu erzählen. Seine Stimme klang undeutlich, also atmete er tief durch, um sie besser unter Kontrolle zu haben.

Was war passiert? Irgendwann in diesen Werbeagenturjahren hatte er, ohne daß es ihm selbst bewußt geworden war, aufgehört, alles zu wollen. Er hatte aufgehört, hungrig zu sein. Heute erschien ihm das eigentlich ganz logisch. Aber auch das Vergnügen, an Geschäften beteiligt zu sein, bei denen es um Unsummen ging, war dahingeschwunden. Es war nicht nur sein Appetit, der verflogen war.

Mitte der siebziger Jahre war es vorbei mit den vielen Partys. Bei vielen Firmen wurden Etatgelder gekürzt, unrentable Firmen meldeten Konkurs an, und die Mittagstische waren von einer neuen Rasse von Buchhaltern bevölkert. Steves Stelle war nie ernsthaft bedroht, dazu war er einfach zu gut, aber fast alles, was er an seiner Arbeit geliebt hatte, gab es nicht mehr. Holdinggesellschaften, Unternehmenskultur und Langzeitwirtschaftsprognosen langweilten ihn. Er machte für sein Leben gerne Werbespots, und dies war ihm in zunehmendem Maße verwehrt.

Er hatte Bob Jefferies schon zwei oder drei Jahre gekannt, als dieser ihm vorschlug, sich zusammen mit ihm selbständig zu machen. Bob wußte, wie man so was anpackte, und außerdem war er unwahrscheinlich clever. Er hatte zur gleichen Zeit an der London School of Economics studiert, als Steve im West End für Thompson, Wright and Rivington Pakete ausgefahren hatte. Und Bobs Vorschlag kam als Silberstreif am Horizont nach einer besonders frustrierenden Woche.

Steve sah ihn über den Tisch im Zanzibar hinweg an und zuckte mit den Achseln.

»Ja, ich bin dabei. Warum nicht?«

Bob schnaubte Atemluft durch die Nasenlöcher und war einigermaßen irritiert: »Mein Gott, Steve, du sagst zu, ohne es dir genau überlegt zu haben?«

Steve grinste ihn an. »Dafür habe ich doch dich. Ich mache die Werbespots.«

Das war ihre Vereinbarung, und es hatte so prima funktioniert.

Zu Anfang waren sie nur zu zweit mit einem Assistenten und einer Telefonistin, und Steve stieg mit vollem Einsatz ein. Es war nicht so aufregend wie in der Zeit am Earl's Court, weil Steve den Erfolg jetzt schon kannte, aber doch interessant genug, um seine Aufmerksamkeit und seine Energien einige Zeit in Anspruch zu nehmen. Dann füllten sich die Auftragsbücher, zusätzliches Personal wurde eingestellt, und die Firma bezog neue Räume am Ingestre Place.

Danach verschwammen die Bilder wieder. Da war das Gesicht von Cass, und Vicky mit ihrem dicken Pullover und der unkleidsamen Brille, sein Brüo, in dem ein halbes Dutzend Leute um den Tisch herum saßen, aber nichts, an das er sich klammern konnte, um das Schwindelgefühl abzuschütteln. Da hörte er Annies Stimme in der Dunkelheit. »Du bist gut im Geschäft.«

Sie hörte sich jetzt etwas kräftiger an. Das beruhigte ihn.

»Nein, es gibt viele Firmen wie unsere. Ich habe gut verdient, wenn du das meinst.«

»Steve?«

»Ja.«

»Wenn wir das hinter uns haben, könnte ich dann in deiner Firma arbeiten?« – »Arbeit?« Er drehte das Gesicht in die Richtung, aus der Annies Stimme kam. Ihr Anflug von hoffnungsvollem Mut riß ihn aus seinen bruchstückhaften Erinnerungen. Einen Augenblick lang war das Schwindelgefühl weg, und sein Kopf war wieder ganz klar.

»Ich habe leider keine Visitenkarte bei mir, aber ich gebe dir meine Telefonnummer...«

»Kann ich meinen Namen bei deiner Sekretärin hinterlassen?«

»Wir melden uns bei Ihnen, wenn sich was Passendes findet...«

Sie mußten beide lachen; es klang irgendwie verrückt, aber es war ein echtes Lachen. Der Staub um sie herum wirbelte in kleinen, unsichtbaren Wölkchen hoch.

Die Autoschlange bewegte sich um keinen Zentimeter vorwärts. Martin sah nach vorne auf die lange Reihe von Autos und Bussen und dann nach hinten in die ausdruckslosen Gesichter der Fahrzeugführer hinter ihm. In seinem panikartigen Aufbruch hatte er nicht bedacht, daß die Straßen im Bereich des Terroranschlags natürlich total verstopft sein würden. Er umklammerte das Steuerrad und versuchte, einen klaren Gedanken zu fassen. Die Nachrichten im Autoradio brachten auch nichts, was er nicht schon wußte, doch war er von Minute zu Minute fester davon überzeugt, daß Annie irgendwie von diesem Terroranschlag betroffen war. Die Autoschlange bewegte sich einige Meter vorwärts und blieb dann wieder stehen. Martin sah jetzt in einigen hundert Metern Entfernung die Kreuzung. Eine Polizistin leitete den Verkehrsstrom nach Norden um, für ihn in die falsche Richtung, und er war immer noch fast eine Meile von Annies Kaufhaus entfernt. Rasch blickte er sich um und suchte nach einem Entkommen aus der dichten, unbeweglichen Blechlawine. In zwanzig Metern Entfernung sah er eine schmale Seitenstraße, allerdings von der Gegenfahrbahn abgehend. Er würde sich irgendwie durch drei verstopfte Fahrspuren durchschlängeln müssen. Beim nächsten Ruck vorwärts schaltete Martin die Scheinwerfer ein, hupte aggressiv und riß den Wagen zur Seite. Das Hupkonzert, das nach dieser Aktion um ihn herum entstand, kümmerte ihn wenig. Er bahnte sich weiter gewaltsam einen Weg durch die Autoreihen und entkam in die Seitenstraße. Vor einer Garagentür stellte er seinen Wagen ab, stieg aus und begann zu rennen.

Die kleinen Straßen an der Rückseite des Kaufhauses waren ohne den üblichen Verkehrslärm unheimlich, ungewöhnlich ruhig. Einmal sah er ein Polizeiauto auf Patrouillenfahrt. Instinktiv bog er rasch in eine andere Straße ein und rannte weiter, bis ihn ein stechender Schmerz in der Seite durchfuhr.

Seine Füße schienen *Annie, Annie* auf den Boden zu trommeln, aber es war eine Erleichterung, sich zu bewegen, ihr näher zu kommen.

Die Straßen in der Nähe des Kaufhauses waren von der Polizei abgesperrt worden, doch gelegentlich waren noch Menschen zu sehen. Sie drehten sich nach Martin um, der sie jedoch nicht bemerkte. Das Herz klopfte ihm bis zum Hals, als er um die letzte Ecke bog und mit einem Mal direkt vor Augen hatte, was von Annies liebstem Kaufhaus übriggeblieben war. Er drängte sich durch die Menge der Schaulustigen, die sich immer noch an der Polizeiabsperrung aufhielten, und starrte nach oben. Panischer Schrecken erfaßte ihn.

Einige der großen Leuchtbuchstaben, die den Namen des Kaufhauses anzeigten, baumelten zerstört an Kabeln herunter. Ein Buchstabe bewegte sich leise im Wind. An beiden Seiten der Leuchtschrift hatten Christbäume gestanden. Davon waren nur noch ein paar grüne Astreste zu sehen, die Beleuchtung war nur noch ein wirrer Strang herumhängender Kabel. Hoch über den Überbleibseln der Christbäume klaffte ein riesiges Loch im Gebäude. Das Dach des Gebäudes war in die Luft geflogen. Die Vorderfront sah aus, als ob eine riesige Faust hineingeschlagen und die Stockwerkböden wie ein Papiertaschentuch auseinandergerissen hätte. Die Mauersteinreste schienen zu schwanken, so als ob sie jeden Moment in sich zusammensinken wollten.

An beiden Seiten der zerstörten Gebäudemitte glotzten hohle Fensterlöcher aus den Fassadenresten. Die Weihnachtsdekorationen hatte es aus den Fenstern herausgeschleudert. Sie lagen zerfetzt auf der Straße auf riesigen Mengen von Glasscherben. Überall eilten Rettungsmänner umher. Sie nahmen sich unendlich klein aus, wie geschäftige Ameisen an einem riesigen Gerippe.

Martin starrte auf die zerstörte Mitte des Kaufhauses. Es war unvorstellbar, daß es darin Überlebende geben sollte.

Unaufhörlich gingen ihm die Worte des Rundfunksprechers durch den Kopf. *Eine zweite Leiche wurde aus dem durch eine Bombenexplosion schwer beschädigten Kaufhaus im Londoner West End geborgen.*

Nicht Annie, bitte, nicht Annie. Wenn sie da drin ist...

Martins Glieder begannen sich wieder zu bewegen. Er stolperte vorwärts und drängte sich rücksichtslos durch die Menge der Schaulustigen, bis er an die Absperrung kam. Er schlüpfte unten durch, wildentschlossen, auf die Trümmer zu steigen und Annies Namen zu rufen.

Ein Polizist hielt ihn zurück.

»Treten Sie hinter die Absperrung zurück. Dorthin, Sir.«

»Ich suche meine Frau. Sie ist irgendwo dort drinnen.«

Der Polizist hielt inne. Martin sah Mitgefühl in dem Gesicht unter dem Helm.

»Sind Sie sicher, Sir, daß Ihre Frau da drinnen ist?«

Martin dachte nach – er wußte gar nichts. Annie konnte wer weiß wo in London sein. Aber irgendwie hatte er das dumpfe, untrügliche Gefühl, daß sie hier war. »Nicht ganz sicher. Aber es könnte sein.«

Der Polizist wurde wieder streng dienstlich. Er hatte jetzt seine Vorschriften zu beachten. Er führte Martin hinter die Absperrung zurück und blieb auf der anderen Seite vor ihm stehen. Mit der Hand zeigte er die Straße hinunter.

»Bitte gehen Sie zu der Polizeistation dort unten links, Sir...«

Martin wußte, wo sie war. Einmal war er mit Annie Einkaufen gewesen, und sie hatten auf dem Bürgersteig einen goldenen Ohrring gefunden. Sie hatte darauf bestanden, ihn zur Polizei zu bringen, und er hatte ungeduldig gewartet, bis der diensthabende Polizist alle nötigen Angaben für seine Fundsachenmeldung notiert hatte.

»... dort wird man Einzelheiten zur Person Ihrer Frau aufnehmen. Und dann gibt es eine Telefonnummer in Scotland Yard, die Sie anrufen können. Dort bekommen Sie dann nähere Informationen.«

Ich möchte ihr helfen. Über die Schulter des Polizisten starrte Martin noch einmal ungläubig auf das verwüstete Haus und fühlte, wie ohnmächtig er war. Unbewußt ballte er die

Hände zu Fäusten. Er hatte das dringende Bedürfnis, mit seinen bloßen Händen die Trümmer zu beseitigen, Annie auszugraben und sie zu befreien. Er zuckte unsicher mit den Achseln und drehte sich um. Die Schaulustigen wichen zurück, um ihn durchzulassen, und er ging die Straße hinunter zu der Polizeistation.

Man führte ihn in einen Gang, an dessen einer Wand eine Reihe Holzstühle stand. Am anderen Ende des Ganges war ein Büro, dessen geschlossene Tür eine Füllung aus geriffeltem Glas hatte. Zwei oder drei Leute warteten und vermieden es geflissentlich, sich anzusehen. Die abgestandene Luft roch nach Angst.

Martin setzte sich auf einen der leeren Stühle am Ende der Reihe.

Die Minuten vergingen, und er dachte an Annie und die Kinder. Wann immer die Frage: *Was würden wir ohne sie machen?* auftauchte, versuchte er, sich einen gangbaren Weg vorzustellen – vergebens. Es war einfach unmöglich. Immer wieder sah er die emsigen, kleinen Gestalten der Feuerwehrleute bei der Arbeit vor sich. Er wollte sie mit seinen Gedanken anspornen, Annie zu finden.

Die Tür am Ende des Korridors öffnete sich, und eine Frau kam heraus. Der nächste aus der schweigsamen Reihe betrat den Raum, und der Rest wartete weiter. Eine dicke Frau in einem Overall kam vorbei und fragte, ob jemand eine Tasse Tee aus der Kantine haben wollte. Martin schüttelte benommen den Kopf.

Endlich, nach Stunden, wie es ihm schien, war er an der Reihe. Das Büro war vollgestopft mit Aktenschränken aus Stahl. Ein Polizeisergeant saß hinter dem Schreibtisch, neben ihm eine noch sehr junge Polizistin. Sie nickten Martin aufmunternd zu, und der Sergeant bat ihn, Platz zu nehmen.

Während Martin die Fragen beantwortete, füllte die junge Polizistin ein Formular aus. Er nannte Annies Namen, ihr Alter und gab eine allgemeine Beschreibung ab. Sie fragten ihn, warum er glaube, daß sie in das Kaufhaus gegangen sei. Unfähig, seine angstvolle Überzeugung zu artikulieren, antwortete er einfach, daß es wahrscheinlich war.

»Ich habe ein Foto von ihr da«, sagte er.

Martin holte seine Brieftasche heraus. In einem Seitenfach hatte er einen Schnappschuß von Annie, wie sie mit den Kindern im Garten spielte. Sie lachte darauf. Benjy stand zwischen ihren Knien und hielt sich an ihrem Rocksaum fest. Er schob die Fotografie über den Schreibtisch und fragte dann ungeduldig: »Wissen Sie schon irgend etwas? Können Sie mir denn gar nichts sagen?«

Die Polizistin drehte nervös an ihrem Kugelschreiber, während ihr Kollege antwortete.

»Sie können sich sicher vorstellen, daß alles Menschenmögliche getan wird, um etwaige Überlebende zu finden, und die Arbeiten werden erst eingestellt, wenn man sicher sein kann, daß sich niemand mehr unter den Trümmern befindet. In der letzten Stunde haben wir mit Infrarotgeräten einen Überlebenden geortet, und wir werden ihn bald herausholen.«

Der Hoffnungsschimmer erstarb, noch ehe er richtig aufgeflackert war.

»Einen Überlebenden?«

»Ja. Es ist ein Mann, offensichtlich nicht allzu schwer verletzt.«

Also war es offensichtlich doch möglich, unter diesem Trümmerberg zu überleben. Diese Hoffnung half ihm, die nächste Frage über die Lippen zu bringen. »Und die beiden... Leichen, die man bereits geborgen hat?«

»Beide sind einwandfrei identifiziert. Es waren Kaufhausangestellte.«

Er wollte seine Hände erleichtert vor das Gesicht schlagen, schämte sich aber, über den Tod von anderen Menschen Erleichterung zu zeigen. »Ich würde an Ihrer Stelle nach Hause gehen, Sir, und dort warten. Wir melden uns unverzüglich, wenn wir etwas von Ihrer Frau wissen.«

Es gab nichts mehr zu sagen. Martin stand widerwillig auf, blieb stehen und hielt sich an der Stuhllehne fest.

»Sie können auch hier warten«, bot die Polizistin an. Sie hatte vorher nichts gesagt und blickte jetzt nervös zu ihrem Kollegen. Dieser nickte und sah an Martin vorbei zur Tür.

»Danke«, sagte Martin. Nie im Leben wäre er nach Hause gegangen, wo ihn Annie doch womöglich hier brauchte.

»Sollte Ihre Frau inzwischen nach Hause kommen, Sir«, rief ihm der Polizist nach, »würden Sie uns dann bitte sofort verständigen?«

Martin nickte und ging in den Gang hinaus. Kalte, abgestandene Luft schlug ihm entgegen. Er folgte dem Geruch von Bratfett hinunter in die Kantine. Neben der Drehtür war ein öffentliches Telefon. Er wählte die vertraute Nummer und zählte mit, wie oft es läutete. Einmal... zweimal... Audrey hob ab, ehe es aufgehört hatte, das zweite Mal zu läuten. Sie klang außer Atem, als ob sie gerannt wäre. »Hier ist Martin. Hast du etwas von ihr gehört?«

Im Hintergrund hörte er Toms fragende Stimme: *»Ist es Mami?«*

Martin schloß die Augen, zog die Schultern hoch und den Kopf ein, als ob er von irgend jemandem Schläge erwartete. »Nein«, antwortete Audrey.

Martin sah auf seine Uhr. Es war zehn Minuten vor eins. Hätte Annie nicht bis jetzt angerufen, um zu fragen, ob alles in Ordnung war? Es gab zwar keinen besonderen Grund dafür, warum sie es hätte tun sollen, aber die Tatsache, daß es nicht geschehen war, bestätigte seinen Verdacht. Sie war in dem Kaufhaus. Jede vergangene Minute brachte ein bißchen mehr traurige Gewißheit.

»Ich bin auf der Polizei«, erklärte er. »Die können mir nicht viel sagen. Keine der... Personen, die sie gefunden haben, ist Annie. Mehr wissen sie auch nicht. Ich bleibe hier und warte.«

»Ja«, antwortete Audrey, »das wird das Beste sein. Bei uns hier ist alles in Ordnung...« Der Summton schnitt ihr das

Wort ab. Martin hatte bereits aufgelegt und war gegangen. Er rannte die Stufen hinauf und verließ die Polizeistation. Vor dem Kaufhaus stand inzwischen das gelbe Stahlgerüst eines Bergekrans. Er ging darauf zu und fröstelte im Wind. Als er an den Fernsehkameras und den wartenden Journalisten vorbeiging, drängte sich ihm voller unkontrolliertem Zorn der Vergleich von Aasgeiern auf. Er ging wieder zum äußeren Ende der Absperrung, dorthin, wo ihn der Polizist aufgehalten hatte. Er schaute über die Köpfe der Menge nach oben. Es schien unwahrscheinlich, daß die Fassadenreste stehenbleiben würden. Sie schienen zu schwanken, und an der Innenseite bröckelten ständig kleine und größere Bruchstücke ab, die beim Herunterfallen weiße Staubwolken verursachten.

Martin fröstelte. Der Wind wurde stärker. Er fegte durch die Straße, wirbelte ein zerfetztes Einpackpapier hoch, ehe er es wieder auf die nasse Straße zurückgab. Trotz des Windes glaubte Martin, das Quietschen von gebrochenen Trägerbalken zu hören, die sich verlagerten.

Ein Polizeiwagen fuhr innerhalb der Absperrung vor. Dahinter drängten Polizeibeamte die Schaulustigen bis zum Ende der Straße zurück. Weitere Stahlgitter wurden ausgeladen und aufgestellt. Martin, der mit den anderen Menschen zurückgedrängt wurde, sah, wie sich Männer mit Schutzhelmen vor der bröckelnden Fassade bewegten. Der Kran schwenkte langsam in Position. Ihm war klar, daß sie versuchen wollten, die Mauer nach außen zum Einsturz zu bringen, so daß sie auf die Straße fallen würde.

Sie würden sich beeilen müssen, ehe sie von selbst in die andere Richtung stürzte.

– DREI –

Annie dachte an das Hochzeitsbild. Diesmal nicht an ihr eigenes. Ihres war so farbenfreudig wie ein Malkasten mit den bunten Kleidern der Brautjungfern und dem strahlend blauen Himmel dahinter. Sie dachte an das Hochzeitsbild ihrer Eltern, das im Wohnzimmer in einem breiten, altmodischen Lederrahmen auf einem Tisch links vom Kamin stand. Es war ein Schwarzweißbild mit einem Stich ins Braune, der sich mit den Jahren noch vertiefte. Es war Krieg, und ihre Mutter trug ein zweiteiliges Kostüm mit gepolsterten Schultern und einem kleinen Hut, der schief auf dem Kopf saß. Ihr Haar rahmte in einer Rolle ihr Gesicht ein. Ihr Vater strahlte in seiner Armeeuniform. Sein Gesicht hatte sich bis auf das Haar, das schütter geworden war, und tieferen Falten am Mund und um die Augen, kaum verändert. Ihre Mutter hingegen war kaum wiederzuerkennen. Sie hatte damals volle Wangen gehabt, und ihr lächelnder Mund war mit dunklem, glänzendem Lippenstift geschminkt.

Annie fror erbärmlich.

Sie hatte immer noch das Gefühl, dahinzutreiben aber nun war es kein ruhiger See mehr. Vielmehr glaubte sie, auf die große dunkle Öffnung eines Tunnels hinzutreiben. Sie wollte von dem Tunnel nicht verschluckt werden. Deshalb klammerte sie sich an Steves Hand, als ob er am Ufer stünde und sie aus der reißenden Strömung herausholen könnte. »Es ist so kalt«, sagte sie.

Steve strengte seine Ohren an. Einen Augenblick lang glaubte er, das Klirren von Metall zu hören, ein harsches Kratzen, und Stimmen, die nicht ihre eigenen waren.

Wenn sie nun wirklich kämen... Wenn es bald wäre, dann

könnten sie es schaffen. Sie hatten nun kein Zeitgefühl mehr, und Steve verfluchte sein Ungeschick mit der Uhr, die unwiederbringlich irgendwo hingerutscht war. Er konnte es aushalten, aber wie war das bei Annie. Die Geräusche waren wieder verstummt.

»Es kann nicht mehr lange dauern«, versprach er. »Erzähl mir etwas, wenn du kannst.« Er wollte ihre Stimme hören, aber er wollte auch auf die anderen Geräusche achten. Er zitterte vor Anstrengung und starrte mit weitaufgerissenen Augen in die Dunkelheit, als ob er so besser hören könnte.

»Ich dachte an meinen Vater und meine Mutter«, flüsterte sie. »Mir hat es als Kind an nichts gefehlt, Steve. Nicht so wie bei dir. Es ging alles glatt. Meine Eltern ebneten alle Wege für mich. Meine Kindheit verlief problemlos. Ich frage mich...«, sie atmete mühsam, »wie glücklich sie waren.«

Die Strömung des Wassers ließ nach. Statt dessen wurde sie wie in einem großen Strudel umhergewirbelt, so daß sich alle ihre Perspektiven ins Gegenteil zu verkehren schienen. Sie hatte an ihre Eltern gedacht, weil sie mit ihren Erzählungen über sie eine Brücke zu Steve schlagen wollte. Aber jetzt sah sie plötzlich, wie ihre Ehe der ihrer Eltern und diese wiederum der ihrer Großeltern glich. Es war eine sich ständig wiederholende, zweisame Verschwörung.

Was hatte ihre Mutter an Möglichkeiten versäumt, fragte sich Annie, die sie nie wiedererlangen würde. Nicht jetzt, da man nichts mehr tun konnte als warten, bis der Tod sie von ihrer Krankheit erlösen würde. *Genauso wie ich hier unten,* dachte sie, und die Spiegelbilder zogen nacheinander an ihr vorüber

Sie sah das Haus ihrer Mutter vor sich und erinnerte sich an all die Rituale. Hochglanzpolierte Parkettböden und Gästehandtücher, die immer ordentlich neben dem Waschbecken in der Garderobe lagen. Ihr Vorratsschrank war immer bestens bestückt, und die guten Tischtücher lagen in der Schublade säuberlich zusammengefaltet unter denen für den täglichen

Gebrauch. Annie erinnerte sich dunkel, daß es sogar Geschirrtücher für besondere Gelegenheiten gab, aber das verkrustete Blut in ihrem Mundwinkel ließ ihr Lächeln einfrieren, noch ehe es richtig begonnen hatte. Das in den dreißiger Jahren erbaute Haus an der Ecke einer ruhigen, sonnigen Straße war jetzt zu groß für ihre Eltern geworden, aber es war immer noch blitzblank und roch nach Blumensträußen, obwohl die meisten Zimmer unbenutzt waren.

Als sie es vor sich sah, wurde Annie von einer plötzlichen Traurigkeit ergriffen. Das Leben ihrer Mutter hatte sich immer nur um das Haus gedreht, und wenn sie einmal nicht mehr war, dann würde ihr Mann es verkaufen, neue Leute würden einziehen, Wände einreißen und sich über die altmodische Einrichtung lustig machen. Nichts würde von ihr übrigbleiben. Wie armselig, dachte Annie, daß nur ihr Haus als Erinnerung blieb. Es war ihr Reich, in dem sie auf jedes Kommen und Gehen ihres Mannes gewartet hatte. Und in dem sie die Kinder behütet hatte, bis diese ihre eigenen Wege gingen.

Annie wurde klar, daß sie von der Ehe ihrer Eltern selbst recht wenig wußte. Das Haus, aufgeräumt und sauber, war immer äußeres Zeichen dieser Ehe gewesen, und sie hatte angenommen, daß das eine für das andere stand. Wie das Haus schien auch die Ehe ihrer Eltern anständig und korrekt zu sein. Wieso auch nicht?

Die Erkenntnis, wie wenig sie eigentlich wußte, erschreckte sie. Martin und ich..., sind wir auch so, oder sind wir anders?

War ihr Haus auch äußeres Zeichen ihrer Ehe? Sie liebte die Dinge im Haus, die sie sich gemeinsam geschaffen hatten, und es umhüllte sie alle vier mit seiner wärmenden Haut. Aber vielleicht nahm sie das nur als Alibi für etwas anders, das einmal frisch und jetzt ziemlich in Vergessenheit war. War es das, was sie auch wieder an Matthew hatte denken lassen?

Annie bewegte sich und versuchte, ihr Gesicht in dem schrägen Spalt unter der Tür zu drehen. Die glatte Oberfläche fühlte sich eiskalt an. Die Erinnerungen waren mit einem Mal weg, und sie konnte ihre nüchternen Einsichten nicht mehr nachvollziehen. Alles ging nun durcheinander – das Haus ihrer Kindheit und das ihrer Ehe, überlagerte Räume, verschwimmende Gesichter. Sie wußte nur noch, daß sie mit Martin glücklich gewesen war. Eine schwache Sehnsucht nach ihm schwappte wie eine Welle über sie hinweg. Wo war er? Würde er nicht ahnen, was passiert war, weil er sie gut genug kannte, um ihre Gedanken erraten zu können? Würde er nicht kommen, um sie hier rauszuholen?

Sie schloß die Augen und dachte über ihn nach. Er war ihr sehr nahe, so als ob sein Körper Teil des ihren war und den Schmerz mit ihr teilte. Es war *seine* Hand, die die ihre hielt. Es war nicht die Matthews und auch nicht die des Fremden neben ihr. Mann und Frau, dachte Annie, miteinander verwoben durch Zeit und Gewohnheit. Die Zeitspanne ihrer gemeinsamen Jahre schien sich vor ihrer Erinnerung auszubreiten, greifbar. Annie fühlte wieder panische Angst in sich aufsteigen: *War das so, weil jetzt alles vorbei war?* Das auf ihr lastende Gewicht drückte sie unerbittlich nach unten. Abgeschlossen? Nein, nicht abgeschlossen, sondern jäh unterbrochen. Wieder tauchte das Bild eines Gewebes mit ausgefransten Enden vor ihr auf. Noch gestern, dachte sie traurig, hätte sie keinen Gedanken an solche Bilder verschwendet. Sie hatten sich in ihrer Ehe arrangiert, alles lief wie am Schnürchen. Die kleinen Dinge des Alltags beschäftigten sie vollauf, da war kein Platz für Philosophie.

Es war bitter, um die Jahre des ruhigen Zusammenlebens betrogen zu werden. Sie hatte mit diesen Jahren so selbstverständlich gerechnet. Die Kinder würden groß sein, Martin und sie würden liebevoll enger zusammenrücken. Aber nun würde da nichts sein. Nur der Tod. Und die Menschen, die sie liebte, würden ohne sie zurückbleiben.

Ob sie wohl dieselben bitteren Gefühle empfinden würde, wenn sie, so wie ihre Mutter, plötzlich krank geworden wäre und man ihr mitgeteilt hätte, sie hätte nur noch kurze Zeit zu leben. Dann hätte sie allerdings Zeit gehabt, Abschied zu nehmen. Zumindest Zeit, um irgendwie etwas vorzubereiten. Aber im Grunde genommen war es auch nicht anders, dachte sie. Sie würde genauso Angst haben und den Verlust genauso schmerzlich empfinden. Eine unerträgliche Sehnsucht nach Leben durchflutete sie, eine Sehnsucht nach all den Versprechungen, die sie weder gegeben noch gehalten hatte, nach allen Gesprächen, die sie nie geführt hatte, nach all den menschlichen Kontakten, die sie nie geknüpft hatte und auch nie knüpfen würde. Es wurde ihr mit einem Mal alles zuviel, sie glaubte, es nicht mehr ertragen zu können. Ich werde sterben, dachte Annie.

Die Dunkelheit um sie herum war gleichbleibend, doch sie hatte jetzt das Gefühl, gierig von ihr aufgefressen zu werden. Die winzigen bunten Bilder ihrer Vergangenheit verschwanden aus ihrem Kopf.

Es tut mir leid. Die Worten wurden lauter, klangen in ihren Ohren, tanzten über ihrem Kopf. Waren sie laut genug? Es tut mir leid. Sie wollte, daß Martin sie hörte – irgendwie. Sie hatte ihn und ihre Kinder im Stich gelassen, und sie wußte, wie sehr sie ihre Familie brauchte. »Ich habe Angst«, wiederholte Annie. »Ich habe Angst vor dem Tod.«

Steve lag unbeweglich da. Ich weiß nicht, was ich ihr antworten soll, dachte er. Er hatte schon darüber nachgedacht, wie er diese Situation, wenn sie käme, meistern sollte. Nun war er es, der in die Enge getrieben war. *Ich weiß nicht, was ich ihr antworten soll.* Sonst bin ich doch nie um eine Antwort verlegen. Er hörte die Warnung seiner Großmutter im dritten Stock in der Bow High Street. Und jetzt das.

»Ich habe auch Angst«, flüsterte Steve.

Das gegenseitige Eingeständnis der Furcht gab ihnen Kraft. Das Gespenst der Angst trat ein wenig in den Hintergrund und ließ sie freier atmen. Sie konnten sich zwar nicht umarmen, aber sie spürten einander in ihren Fingerspitzen. Ihre Hände wurden ihre Körper.

»Gott sei Dank, daß du da bist«, sagte Annie. Und dann nach einer Minute: »Steve? Wenn es soweit ist, wirst du hier bei mir sein?«

Sie meint den Tod, dachte Steve. Werde ich das mit ihr durchstehen?

»Ja«, versprach er. »Ich werde bei dir sein.« Wir werden zusammen warten.

Annie baute seine Zusicherung und das Eingeständnis der Angst in ihre Barrikaden ein. Der Schrecken wich wieder ein Stück zurück. Sie nutzte den Aufschub, um die Bilder, die in ihrem Kopf wie Konfetti umherschwirrten, zu ordnen und jedem seinen angestammten Platz zu geben. Es erschien ihr sehr wichtig, eine logische Abfolge zu schaffen. Annie runzelte die Stirn und versuchte, sich zu konzentrieren. So viele kleine Konfettis.

Da war Martin, an dem Tag, an dem sie sich kennenlernten. Richtig, das mußte zuerst kommen. Sie sah sich dieses Segment ihres Lebens sorgfältig an. Er saß am Nebentisch in dem Café in der Old Compton Street, das ein beliebter Treffpunkt von Studenten war. Sie hatte ihn vorher schon öfter gesehen, in den Gängen und bei einer Party, ihn aber nie besonders beachtet. Annie hatte gerade begonnen zu studieren, Martin war ihr zwei Jahre voraus. Er hatte langes Haar und eine kunstvoll ausgefranste Lederjacke wie alle anderen auch. Konzentriert zeichnete er auf seinem Block. Sie erinnerte sich an die warme, kuschelige Atmosphäre in dem Café und lauschte dem Zischen der Kaffeemaschinen hinter der Theke. Der junge Mann am Nebentisch hatte seine Zeichnung beendet und lächelte sie an. »Möchtest du noch einen Kaffee?« fragte er.

Er brachte zwei Tassen Kaffee zu ihrem Tisch. Sie schielte auf die Zeichnung unter seinem Arm. Bereitwillig zeigte er sie her, und sie sah eine bis ins kleinste Detail naturgetreue Bleistiftzeichnung des Cafés, der verchromten Theke, der auf Hochglanz polierten Hebel der Espressomaschine und der mit Brillantine gestriegelten Haare des Besitzers. An dem Tisch in der Nähe der Theke hatte er ihre Freunde eingezeichnet, ihr eigener Stuhl war jedoch leer.

»Warum hast du mich nicht gezeichnet?« fragte sie.

»Das wäre mir denn doch zu dick aufgetragen vorgekommen«, antwortete er.

Er ist nett, dachte Annie.

Eine freudige Erregung erfaßte sie. An diese Gefühle in dieser Zeit würde sie sich auch später immer noch erinnern. Alles, was passierte, war ein Abenteuer, hinter jeder Ecke konnte einem etwas Interessantes passieren.

»Wie heißt du?« fragte der junge Mann. »Ich habe dich doch schon am College gesehen, oder?«

»Anne. Annie«, korrigierte sie sich sogleich. Nach der Schule hatte sich die biedere Anne in eine flottere Annie umgetauft, eine freie und ungebundene Kunststudentin mit einem Sassoon-Haarschnitt und Courrèges-Stiefeln.

»Ich heiße Martin.«

Und so hatten sie sich kennengelernt und die ersten zarten Bande geknüpft. Martin hatte einen zerknüllten Handzettel aus der Tasche gezogen. Es war das Semesterprogramm der College Film Society.

»Schau. *Zéro de conduite.* Hast du ihn schon gesehen?« Als Annie den Kopf schüttelte, fuhr er fort: »Solltest du aber. Wollen wir zusammen hingehen?«

Trotz aller Protestkundgebungen für alle möglichen Freiheiten waren sie selbst sehr konventionell in ihrer Beziehung gewesen. Er hatte sie ins Kino eingeladen, sie hatte angenommen, und danach waren sie ins Sorrento Essen gegangen.

Dann fehlte ihr ein Stück in ihrer Erinnerung. Ihr fiel einfach nicht mehr ein, was als nächstes passiert war. Sie sah lediglich sich selbst, wie sie mit Martins Adresse in der Tasche in den Straßen jenseits des Battersea Park durch den Regen stapfte. Er hatte sich wohl ein- oder zweimal mit ihr getroffen und dann jemand anderen kennengelernt. War das alles?

Vielleicht. Und vielleicht hatte sie diese Seelenqual geplagt, die genauso zu dieser Zeit gehörte wie die Glückseligkeit. Sie war entschlossen, ihn nicht wieder herzugeben und hatte sich kurzentschlossen in der Studentenkanzlei seine Adresse besorgt. Und nun konnte sie sich sehen, wie sie mit ihren neunzehn Jahren in ihrem weißen Plastikregenmantel mit den großen schwarzen Tupfen durch die Pfützen patschte und dabei einen tragisch umflorten Blick zur Schau trug. Eben wie Jeanne Moreau oder Cathérine Deneuve oder irgendeine andere französische Schauspielerin, die sie gerade inspirierte. Sie wollte ihm gegenübertreten und ihn bitten, ihr zuzuhören. Dann würde sie ihm gestehen, daß sie ohne ihn verloren war. Sie brachte eine Flasche Wein in einer Tragetasche mit. Wenn es an der Zeit war, würden sie sie miteinander trinken, und alle Probleme wären aus der Welt geschafft.

Hier, hier paßte dieses kleine Schnipsel. Sie war an seiner Wohnung angelangt und klingelte. Ein letztes Mal übte sie, schön und dabei gleichzeitig so unendlich traurig auszusehen. Martin öffnete die Tür und schwenkte eine Suppenkelle. Er strahlte sie an, und ihr Herz hüpfte ihr bis zum Hals.

»Annie, du bist es. Großartig! Genau dich brauchen wir hier. Komm herein.«

Sie folgte ihm in die Küche und traute ihren Augen kaum. Das lief ganz und gar nicht nach ihrem Plan.

Der Raum war vollgestopft mit jungen Leuten, meist jungen Männern. In der Mitte des Tisches stand inmitten von Kartoffelschalen, Bier- und Cidreflaschen ein Tablett mit einem halb aufgeschnittenen Schweinebraten darauf, der innen noch rosig-roh aussah. »Wir wollten ein wenig feiern«, erklärte Martin. »Aber mit dem Fleisch haben wir Schwierigkeiten. Was meinst du?« – »Ich meine, daß es einfach noch vier Stunden Bratröhre vertragen könnte«, erwiderte Annie. Den Jeanne-Moreau-Look konnte sie angesichts eines rohen Fleischklumpens und einem Dutzend hungriger Mäuler wohl doch vergessen.

Martin zuckte leichtfertig mit den Achseln. »Na gut. Dann

schieben wir es wieder in die Röhre und gehen einstweilen ins Pub etwas essen.«

Gesagt, getan. Nach geraumer Zeit kamen sie zurück. Irgendwann aßen sie dann auch den Braten, oder das, was davon übrig war. Irgend jemand trank Annies Wein und übergab sich später. Annie machte das alles nichts aus. Hauptsache, sie war mit Martin zusammen. Er ging mit ihr in sein Zimmer, legte seine Arme um sie, und sie sahen einander in die Augen, als ob sie ein Weltwunder anstarrten.

»Wieso bist du eigentlich heute abend hierhergekommen?« fragte er, und sie antwortete mit entwaffnender Offenheit:

»Weil ich ohne dich nicht leben kann.«

»Mußt du auch nicht«, sagte Martin. Es war die Wahrheit.

Danach betrafen all die Konfettischnipsel, die sie in die richtige Reihenfolge brachte, für lange Zeit immer sie beide. Langsam wurden Martin und Annie ein Paar und machten dieselben Stadien der Freundschaft durch wie viele ihrer Freunde. Sie kamen sich näher, erst etwas unbeholfen auf der Matratze in Martins Zimmer, dann schon ein wenig verwegener, schließlich mit Erfahrung, die schon bald einer innigen Zärtlichkeit wich. Ähnlich, nur ein wenig langsamer, fanden sie auch in der Gesellschaft ihren Platz. Sie entdeckten Gemeinsamkeiten und hatten Freude, sie miteinander zu teilen. Sie führten endlose, interessante Gespräche miteinander, in denen sie ihre Geistesverwandtschaft bestätigt fanden. Sie unternahmen prinzipiell alles nur gemeinsam und tauschten das romantische Alleinsein der Jugend gegen den Luxus der gegenseitigen Abhängigkeit. Für all ihre Freunde wurden sie zu dem festen Begriff: Martin-und-Annie.

In Martins letztem Universitätsjahr wohnten sie eine Zeitlang zusammen in einer chaotischen Wohngemeinschaft mit drei anderen Studenten. Aus dieser Zeit gab es viele zusammenhanglose kleine Bilder, von Gesichtern am Küchentisch und spindeldürren Beinen, die aus lädierten Armsesseln ragten. Wo waren all diese Leute geblieben? Vielleicht, dachte Annie traurig, waren sie ein Teil von Martin geworden. Einfach weil alle Erinnerungen an jene Zeit in seiner Person feste Form annahmen, ein Teil jener Bande waren, die sie zusammenhielten. Damals hatte sie mit ihren zwanzig Jahren liebend gerne die Rolle der Hausfrau gespielt. Sie hatte die Wäsche in zwei großen blauen Plastiksäcken zur Wäscherei gebracht, hatte gekocht und Martins Hemden gefaltet.

Habe ich damals je das Ebenbild meiner Mutter in mir gesehen? fragte sie sich. Hatte ich nicht Bedenken, daß ich irgendwann wie meine Mutter leben würde?

Nein, eigentlich nicht. Wir dachten, wir seien etwas Besonderes und würden neue Maßstäbe setzen. Wir dachten, wir hätten die Welt verändert, weil Martin beispielsweise auch mal den Boden aufwischte, weil er auch mal das Abendessen zubereitete, das dann nie vor Mitternacht fertig war, nachdem es ihm gelungen war, wirklich alle verfügbaren Töpfe dafür zu verwenden.

Sie waren glücklich gewesen... Es waren fröhliche Erinnerungskonfetti. In ihrem winzigen Gefängnis mit Steves Hand als einzige wärmende Verbindung wünschte sich Annie, sie könnte diese Zeiten wieder zurückholen.

Dann war Martin nach Mailand gegangen. Annie hatte ihn zum Flugplatz gebracht und sich ihr Gesicht an seinem Ledermantel plattdrücken lassen, als er sie zum Abschied umarmte. Zwei Jahre lebten sie getrennt, weil sie einfach aus dem Alter herausgewachsen waren, in dem man so gerne Eheleben spielt.

Annie dachte an die Wohnung, die sie genommen hatte. Es war hier in der Nähe, irgendwo oberhalb dieser Trümmer, die sie wie einen aufgespießten Schmetterling gefangenhielt. Im Geiste ging sie noch einmal die Straßen entlang und die Stufen hinauf in ihre Wohnung. Sie sah die Farbe der Wände – hatte sie sie tatsächlich auberginefarbig gestrichen? – und die Biba-Lampenschirme mit Fransen. Ihr Gesicht verzog sich zu etwas, das man fast als Lächeln hätte deuten können.

Nach zwei Jahren war Martin aus Italien zurückgekommen. Sie hatten sich wiedergefunden, und es war so angenehm wie ein Wintermantel, der den ganzen Sommer unbeachtet am Haken hängt und erst an den ersten kalten Tagen wieder so richtig geschätzt wird. Innerhalb eines Jahres waren sie verlobt. Ihre Eltern lernten sich kennen und plauderten bei einem Drink über die Zukunft ihrer Kinder, die sich nun endlich entschlossen hatten. Und wiederum ein Jahr später hatte Annie zwar Matthew kennengelernt, stand jedoch kurz darauf mit Martin vor dem Traualtar.

»Ich dachte, wir sollten gut zueinander sein«, sagte Annie. »Und das waren wir auch.«

»Da kannst du dich glücklich schätzen«, antwortete Steve leise.

Sie versuchte, den Kopf zu ihm zu drehen, so weit es eben ging. »Warum schäme ich mich dann?«

Steve dachte, daß er sie kaum wahrgenommen hatte, wie sie vor ihm durch die Tür gegangen war. Wie lange mögen wir wohl schon hier liegen und reden? Ich kenne dich, dachte er. Besser als ich meine eigene Frau je kannte. Besser als ich je irgend jemanden kennen werde, wenn es nach diesem Tag noch ein Weiterleben gibt.

»Es gibt nichts, dessen du dich schämen müßtest, Annie.«

»Ich habe eine Wahl getroffen, und es war der leichtere Weg. Und jetzt ist es zu spät, den anderen Weg einzuschlagen. Ich habe das Gefühl, daß... alles dahingeschwunden ist. Auch für Martin. Und jetzt ist es zu spät.« Annie war zu erschöpft für Tränen, aber sie fühlte, wie die feinen Muskeln an ihren Augen zuckten. Die kleinen Mechanismen ihrer Körperfunktionen waren immer noch erstaunlich intakt. »Es ist zu spät, um umzudrehen, zu rennen, es zurückzuholen und die Farben wieder zum Leuchten zu bringen.«

»Wenn wir nicht hier unten liegen würden, wenn das Ganze nie passiert wäre, hättest du dann in deinem Leben auch etwas verändert?«

Annie sagte sehr ruhig: »Nein. Ich wäre mit meinem Christbaumschmuck und dem Spielzeug für die Kinder nach Hause gegangen, hätte die Sachen versteckt, die Kinder ins Bett gebracht und dann wie jeden Abend mit Martin zu Abend gegessen ...«

Hätte. Wieder Konfetti, diesmal noch frische Mosaike eines heilen Familienlebens. Sie sehnte sich danach. Ihr Körper war gefühllos und schmerzte doch.

»Es gibt nichts, weswegen du dich schämen müßtest, Annie«, wiederholte er. »Du liebst deine Familie und bist deinen Kindern eine gute Mutter. Ganz normale, bewundernswerte Dinge. Daran solltest du denken.«

»Daran denken«, betete sie nach. Und dann plötzlich: »Jeder schämt sich.«

Steve fühlte sich ihr verbunden, in der Berührung mit ihren kalten Fingern war er ihr näher als sonst irgend jemandem.

»Ich schäme mich auch«, sagte er, »wegen vieler Dinge. Ausflüchte im Geschäft. Gesellschaftliche Vorwände. Viele Lügen, so viele, daß ich sie nicht zählen möchte. Ich habe meine Großmutter, Cass, Vicky belogen – eigentlich alle, die ich gekannt habe und die mir wichtig hätten sein sollen.«

Annie konnte seinen Atem hören. Er zog die abgestandene Luft in flachen Atemzügen ein. »Ich schäme mich, weil ich noch nie jemanden geliebt habe. Noch niemanden in meinem ganzen Leben. Wenn es nach diesem Tag für mich vorbei ist, dann habe ich fast vierzig Jahre gelebt, ohne jemanden glücklich zu machen. Und da sagst du, daß du dich schämst.«

Die Bitterkeit in seiner Stimme traf sie so hart wie ein körperlicher Schmerz.

»Nein«, sagte sie so laut, daß er sich fragte, ob ihr Gesicht seinem jetzt plötzlich näher war. »Ich kenne dich. Ich weiß, daß das nicht wahr ist.«

Draußen auf der Straße blies der Wind den kleinen Gruppen von Sensationslustigen winzige Schneeflocken hart und kalt ins Gesicht. Der Wind riß an den orangefarbenen Plastikstreifen, bewegte sie hin und her und zerrte an ihnen. Die Polizisten gingen unruhig auf und ab. Martin stand unbeweglich da und starrte auf die Kaufhausfassade. Zusammen mit den anderen Menschen war er aus Sicherheitsgründen so weit nach hinten gedrängt worden, daß seine Augen von der Anstrengung, etwas zu sehen, schmerzten und ihm der kalte Wind die Tränen in die Augen trieb.

Der Kran hatte einmal sehr langsam geschwenkt und stand jetzt wieder ruhig. Die Feuerwehrleute hatten jetzt ihre Leitern wieder in Position gebracht und arbeiteten mit zerbrechlich aussehenden Metallsonden an der eingeknickten Fassade. Martin konnte am Leiterende gelbe Helme erkennen, die sich hin und her bewegten. Alles schien ihm so entsetzlich langsam zu gehen. Was machten sie denn dort?

Bitte beeilt euch! Die Worte klopften in seinem Kopf mit dem Rhythmus seines Herzschlags. Warum dauerte es so lange?

Durch die Tränen, die ihm der Wind in die Augen trieb, sah Martin, wie sich ein großer Ziegelbrocken aus der Fassade löste. Er knallte hinunter, gefolgt von kleineren Gesteinsbrokken. Durch die Menschenmenge um ihn herum ging ein entsetztes Raunen. Die Rettungsleute brachten sich in Sicherheit. Unwillkürlich richteten sich ihre besorgten Blicke auf die Mauertrümmer. Aber als sich die Staubwolke gelegt hatte, arbeiteten sie sofort wieder weiter. Unermüdlich wurden Betonbrocken, zersplitterte Balken und zerfetzte Einrichtungsgegenstände weggeschafft. Man sah nun teilweise die Reste des Erdgeschosses, dessen Teppichboden mit einer dicken Staubschicht bedeckt war. Die winzigen Schneeflocken blieben für einen Moment liegen und lösten sich dann auf.

In dem großen Einsatzwagen, der sich in die Reihe der Polizeiautos eingereiht hatte, sah der Einsatzleiter auf die Uhr. Es war gerade drei Uhr vorbei, und die Dämmerung legte sich bereits über die Stadt. Die Stromversorgung des Kaufhauses war durch die Bombenexplosion unterbrochen worden, aber man hatte Generatoren herbeigeschafft, und die Notbeleuchtung war für den Einbruch der Dunkelheit bereit. Doch die Arbeiten würden noch Stunden in Anspruch nehmen.

Zehn Minuten nach drei Uhr. Der Kommandant ging rasch zur Tür des Einsatzleitfahrzeugs und betrachtete, was die Bombe angerichtet hatte. Er war sich ziemlich sicher, wo die Bombe deponiert worden war, was für eine Art von Bombe es gewesen war, welche Sprengkraft sie gehabt hatte und wer für sie verantwortlich zeichnete. Was er nicht wußte, war, ob es möglich sein würde, etwaige Überlebende rechtzeitig zu bergen. Sie waren jetzt ja schon über fünf Stunden unter den Trümmern begraben.

»Drei«, sagte er laut vor sich hin, ohne sich von der Tür abzuwenden. Die Wärmekameras hatten drei Wärmequellen – menschliche Körper – lokalisiert. Sie waren im Basement des Kaufhauses, vier Stockwerke direkt unter der Stelle, wo die Bombe explodiert war. Zwei von ihnen lagen sehr nahe beieinander, der dritte in einigen Metern Entfernung. Sie könnten sich zur Zeit der Explosion im Basement aufgehalten haben, oder sie könnten hinuntergefallen sein, als das Kaufhaus in sich zusammensank. Der Polizeioffizier legte den Finger an seinen Schnauzbart. Das war die einzige Art, Angst zu zeigen, die er sich zugestand. Es dürfte nur noch eine Sache von Minuten sein, höchstens eine Stunde, bis sie zu den Verschütteten vorgedrungen waren.

Aber die Fassadenreste hingen immer noch unabgestützt herunter. Es hatte kostbare Zeit gekostet, herauszufinden, daß es nicht möglich war, sie nach außen auf die Straße zum Einsturz zu bringen. Es war keine Zeit, ein Gerüst zu errichten und die Mauer Stein für Stein abzutragen. Die einzige Hoffnung, die es noch gab, war, schneller zu arbeiten, um die drei Menschen zu bergen, ehe die Mauer zusammenbrach oder der Wind sie umblies.

Zum hundertsten Mal seit dem Morgen dankte der Polizeioffizier Gott im Himmel, daß die Bombe hochgegangen war, als das Kaufhaus gerade erst seine Türen geöffnet hatte. Anstelle von Hunderten von Opfern, die es in einem vor der Weihnachtszeit überfüllten Kaufhaus gegeben hätte, waren bis jetzt acht Tote zu beklagen. In der letzten Stunde waren zwei Menschen aus den Trümmern in der Nähe der großen Eingangstüren lebend geborgen worden. Einer war ein Portier, der andere ein junger Mann. Sie waren beide schwer verletzt. Es gab ungefähr dreißig weitere Opfer, davon einige Passanten, die Schnittwunden von herumfliegenden Glasscherben erlitten hatten. Und es gab noch drei weitere Menschen – vielleicht lebend – zu bergen, ehe sich die Rettungsleute zurückziehen konnten und die Vorderfront zum Einsturz gebracht werden konnte.

Wenn nicht, dachte der Kommandant, der Wind dies vorher tut.

Er ging die Stufen des Einsatzleitfahrzeugs hinunter, setzte den Schutzhelm auf und spürte den Wind voll im Gesicht. Rasch ging er mit gesenktem Kopf wieder an den zerborstenen Fenstern vorbei. Die gelben Helme, die sich hin und her bewegten, und die Jacken der Polizei in fluoreszierendem Orangerot waren die einzigen Farbtupfer in einer Welt, die aller Farbigkeit beraubt schien.

Ein Segeltuchbaldachin war aufgespannt worden, und die Polizisten traten zur Seite, um den Kommandanten durchzulassen. Hinter der Vorderfront, über der Stelle, wo sie sich in das Basement vorarbeiteten, hatten sie eine Art Schutzzelt aufgestellt. Gerüstteile waren rasch zusammengesteckt worden, darüber waren Bretter gelegt, so zerbrechlich wie das Spielhaus eines Kindes. Unter dieser dürftigen Schutzbedachung buddelten sich die Retter weiter nach unten. Einer sah nach oben. Sein Gesicht war mit einer dicken Schmutz- und Staubschicht bedeckt.

Der Kommandant kauerte sich an der Stelle nieder, wo die Gesteinsbrocken weggestemmt und nach hinten gereicht wurden. Später würde jedes einzelne Stück von Kriminalisten untersucht werden.

Der Kommandant gab seinen Leuten mit Handzeichen zu verstehen, daß er näherkommen wollte, und die Feuerwehrleute machten ihm unter dem provisorischen Schutzdach Platz. Er sah unter sich ein Stück Teppich in den Farben des Kaufhauses und darunter den Boden, der glatt durchtrennt war. Zwei Feuerwehrmänner arbeiteten unermüdlich wie Maschinen, um die Trümmer beiseite zu schaffen. Und darunter, zwei bis drei Meter tiefer, waren zwei oder drei Verschüttete.

Der Platz, in dem die Rettungsmänner unter dem Schutzdach arbeiteten, war äußerst beengt. Der Kommandant sprach ein paar Worte des Lobs und der Ermunterung und trat dann zurück, um sie nicht von der Arbeit abzuhalten. Sein Kollege von der Feuerwehr wartete auf ihn unter dem Schutzdach.

»So Gott will, werden wir sie in einer Stunde geborgen haben«, sagte er. Der Polizeikommandant nickte. Schweigend sahen sie dem Fortgang der Arbeit zu. Rasch wuchsen die Trümmerhaufen an, die von den Rettungsmännern mit fieberhafter Eile zur Seite geräumt wurden.

»So wie das aussieht...«, murmelte der Kommandant, und beide wußten, daß er damit meinte, *keiner könne das überlebt haben*. Der besorgte Blick des Feuerwehroffiziers nach oben deutete auf die Angst um seine Männer hin, die unter Einsatz ihres Lebens arbeiteten, um Verschüttete zu bergen, die aller Wahrscheinlichkeit nach bereits tot waren. Die beiden Kommandanten sahen schweigend zu, wie sich die Feuerwehrmänner weiter nach unten arbeiteten.

Steve hörte sie als erster.

Es dauerte nur wenige Sekunden, aber es war ganz zweifellos das Dröhnen eines Preßlufthammers. Das Geräusch schnitt durch die Dunkelheit. Endlich würde man sie hier herausholen.

»Annie. Ich kann sie hören. Horch.« Wie um seine Worte zu bestätigen, konnte man den scharfen Klang von Metall auf Stein hören und dann wieder das typische Geräusch eines Preßlufthammers. Die Erleichterung und die Dankbarkeit wirkten bei Steve wie ein starkes Schmerzmittel. Als Annie nicht reagierte, wurde er ungehalten.

»Kannst du sie nicht hören?« herrschte er sie an. Die Dunkelheit verschluckte seine Worte, und Annie horchte auf etwas anderes. Wie würde es sich anhören, wenn das einträfe, was sie sich so sehr gewünscht hatte?

Dann war es da, ein leises metallisches Kratzen, nur einmal, dann wieder Stille, dann noch einmal lauter. *Es klingt wie Musik,* dachte sie aufgeregt. »Ja«, flüsterte sie. »Ich höre es.«

»*Jetzt* können wir uns bemerkbar machen«, freute sich Steve. »Ich zähle bis drei. Dann schrei so laut du kannst.«

Er zählte eins, zwei, drei, und dann riefen sie beide um Hilfe. Es klang so armselig, das einzige Geräusch, das sie machen konnten, und wurde von der Dunkelheit verschluckt. Annies Kopf sank zurück, und sie schloß die Augen. Es half nichts. Natürlich half es nichts.

Steve dachte nach. Es war irgendeine Bohrmaschine. Das bedeutete, daß sie mit allen Gerätschaften vorgingen, Kabeln, Flutlicht und so weiter. Er stellte sich lange schwarze Kabel vor, die sich über die Trümmer schlängelten, und die angespannten Gesichter der Feuerwehrleute, deren Gestalten durch das Licht über ihnen scharfe Schatten warfen. Es war seit den Sirenenheultönen so lange still um sie gewesen, daß er Angst gehabt hatte, sich die anderen Geräusche nur eingebildet zu haben. Er hatte gefürchtet, es könnte überhaupt keine Aussicht auf Rettung bestehen. Er hatte sich sogar gefragt – jetzt, da er wußte, daß seine Angst unbegründet war, konnte er sie auch aussprechen –, ob es eine ganz andere Art von Bombe gewesen sei und ob es vielleicht gar niemanden mehr gäbe, der ihnen zu Hilfe kommen konnte. Schauer liefen ihm den Rücken hinunter, bis plötzlich die Geräusche wieder zu hören waren. »Sie sind direkt über uns, Annie. Weißt du, was das bedeutet?« Sie antwortete wieder nicht, und er schrie sie an: »Weißt du es nicht?«

»Sag es mir«, kam die Antwort. Er hörte, wie erschöpft sie war und daß sie nahe daran war, aufzugeben, jetzt, nach so langer Zeit.

»Annie«, bettelte er. »Du mußt noch ein ganz kleines bißchen durchhalten. Sie sind direkt über uns. Sie wissen ganz offensichtlich, daß wir hier sind. Sie haben bestimmt Infrarotdetektoren eingesetzt und orten uns. Ich hatte ganz vergessen, daß Verschüttete mit diesen Geräten gesucht werden.« Steve schüttelte den Kopf. Wie konnte er so was nur vergessen haben. »Wir müssen uns irgendwie bemerkbar machen«, sagte er. »Ich zähle wieder. Schrei, Annie.«

Wieder wurden ihre Stimmen von der unendlichen Finsternis aufgesogen.

»Es hat keinen Sinn«, flüsterte sie, aber Steve krallte sich mit seinen Fingern in ihre Hand.

»Noch einmal«, befahl er, und dann: »Noch einmal.«

Einer der Feuerwehrleute hob seine Hand hoch. Angestrengt horchte er, und die anderen Helfer hielten sofort wie erstarrt inne. Stille drang aus dem freigelegten Loch. Dann hörten sie es plötzlich alle. Es war ein Schrei, sehr schwach, aber ein menschlicher Schrei. Einen Augenblick blieben sie noch ruhig stehen – da war er wieder.

»Da unten lebt jemand.«

Die Nachricht verbreitete sich wie ein Lauffeuer. Sie erreichte die Einsatzleiter, die unter dem Schutzdach standen, und das Ärzteteam in den bereitstehenden Krankenwagen.

Der Kommandant ging schnellen Schrittes zu der Stelle und blickte in die schmutzigen Gesichter seiner Leute. »So schnell ihr könnt«, sagte er ruhig, und sie machten sich an die Arbeit.

Martin war bis auf die Knochen durchgefroren und sein Gesicht war steif von dem kalten Wind. Lange hatte er aus der Entfernung den Schauplatz des Geschehens beobachtet. Plötzlich wendete er sich ab. Doch er wußte, daß er diesen Anblick nicht vergessen würde – die zerstörte Kaufhausfassade, deren Reste in den kalten Himmel hinaufragten. Er begann, nach Norden zu gehen. Seine Füße schmerzten vor Kälte in den dünnen Schuhen. Die nächstgelegene U-Bahnstation war geschlossen, er hatte das auf dem Weg von der Polizeistation hierher schon bemerkt. Er mußte zur nächsten gehen. Dort würde es ein Telefon geben.

Durch das Gehen wurde ihm ein wenig wärmer, doch prikkelten seine Füße schmerzhaft, als die Blutzirkulation wieder einsetzte. Der Gedanke, wie er den Hörer abnehmen und die Nummer wählen würde, ließ ihn schneller und schneller gehen. Vielleicht würde Annie abheben. Vielleicht war sie schon vor langer Zeit nach Hause gekommen. Er rannte jetzt schon beinahe. Warum hatte er nur so lange rumgestanden, ohne anzurufen? Vielleicht wartete sie schon sehnsüchtig auf seinen Anruf und saß mit den Kindern und Audrey zusammen im warmen Wohnzimmer.

Das blau-rote Zeichen der U-Bahnstation kam näher, und er rannte die letzten hundert Meter. Keuchend schlitterte er auf dem rutschigen Bürgersteig. Beim Fahrkartenschalter gab es zwei Münztelefone in übelriechenden Holzhäuschen. Er hob den Hörer ab und holte japsend Luft. Die Leitung war tot, das Telefon defekt. Im gleichen Augenblick quetschte sich ein beleibter Mann in die andere Telefonzelle und begann gemächlich, die Nummer zu wählen. Martin stellte sich so hin, daß der Mann ihn sehen mußte, und hielt seine Münze in die Höhe. Ungerührt drehte ihm der Mann den Rücken zu und begann, sich zu unterhalten.

Martin zählte die Sekunden und überlegte sich, was er sagen wollte. *Annie? Du bist in Sicherheit, Gott sei Dank...*

Der beleibte Mann hängte abrupt auf und befreite sich aus der engen Zelle. Martin nahm den noch warmen Hörer von der Gabel und wählte.

»Hallo?«

Es war Audreys Stimme. Der Piepton kam dazwischen, und

Martin warf die Münze ein. Aber er wußte bereits: Annie war nicht nach Hause gekommen.

»Nein«, sagte Audrey. »Nichts Neues. Aber sie kann ja immer noch beim Einkaufen sein ...«

Martin blickte in die viereckige Öffnung des U-Bahn-Eingangs hinauf. Es begann, dunkel zu werden. Von irgendwoher klang Musik, ein verjazztes Weihnachtslied. Das mußten Straßenmusikanten sein, die am Fuß der Rolltreppe spielten. Annie war nicht mehr beim Einkaufen. Er wußte, wo sie war...

Er sagte: »Bisher wurden zwei Menschen lebend geborgen. Zwei Männer. Ich habe einen Polizisten an der Absperrung gefragt. Mehr weiß ich auch nicht. Aber sie arbeiten dort immer noch sehr intensiv. Sie hoffen, weitere Verschüttete bergen zu können.«

Martin ließ seine Augen über die Kritzeleien an den Wänden des Telefonhäuschens schweifen – Namen, Telefonnummern, *Ruf doch Susi an... Kim und Viv waren hier.* Millionen von Menschen gab es hier in der Stadt. Warum sollte es gerade Annie sein?

»Mehr weiß ich nicht«, wiederholte er noch einmal hilflos. »Ich bleibe hier, bis sie die Suche einstellen.«

Audreys Stimme klang ruhig. Natürlich wollte sie nicht, daß die Kinder hörten, was sie sagte.

»Ich habe den Fernseher ausgeschaltet, Martin, für den Fall, daß sie... etwas sehen könnten. Aber ich habe in der Küche Radio gehört. Drei Menschen sollen noch verschüttet sein.«

»Lebend?«

»Sie meinten, es wäre möglich. Aber ich glaube, es war eher nur die Vermutung des Reporters. Acht Menschen fanden den Tod.«

Das wußte er auch. Er hatte sich zu der Einsatzzentrale durchgekämpft und gefragt. Der Beamte zeigte zwar wie seine Kollegen auf der Polizeistation Verständnis, doch wußte er nichts Neues. Acht Leichen waren bislang geborgen und identifiziert worden. Annie war nicht dabei. Aber er wollte partout nicht sagen, ob die Rettungsmänner noch damit rechneten, weitere Verschüttete zu bergen. Der Radioreporter, wer immer er war, hatte da fast mehr in Erfahrung gebracht, dachte er dumpf.

»Ich gehe zurück und warte«, sagte er. »Kannst du bei den Kindern bleiben, Audrey?«

»Selbstverständlich.«

Martin fiel auf, daß sie jetzt nicht mehr sagte, Annie würde sicherlich bald nach Hause kommen.

Er hängte auf und drängte sich durch die Menschenmenge, die sich, paketbeladen, in die U-Bahnstation ergoß. Die meisten schauten nach hinten. Die Faszination der Katastrophe war größer als das Ärgernis, zu einer anderen Station umgeleitet zu werden. Das machte ihn wütend. Er begann auf der vereisten Straße zum Unfallort zurückzugehen. Fast höhnisch wirkte der Torso des Kaufhauses, der seitlich in den Himmel ragte.

Martin zog seinen Mantel fester zu und wünschte, er hätte Stiefel an. Dann kam das Geräusch. Zuerst ein unangenehmer Windsog, der ihn dazu veranlaßte, den Kopf noch ein wenig mehr einzuziehen. Danach ein starker Windstoß, der die Straße hinunterfegte. Aber dann ließ der Wind ein wenig nach, und das Geräusch hätte es ebenso tun sollen.

Statt dessen verstärkte sich ein anderes, zunächst undefinierbares Geräusch, das Martin durch Mark und Bein ging. Es war ein dumpfes Rollen wie ein Donnergrollen, das allerdings viel näher an der Erde war wie ein Donner. Dem ersten Dröhnen folgte ein fernes Brausen, das menschliche Schreie verschluckte. Den Bruchteil einer Sekunde dachte Martin: *noch eine Bombe.* Er war fast schon darauf gefaßt, von der Druckwelle erfaßt und zur Seite geschleudert zu werden. Reglos stand er da und starrte in die Dunkelheit, die der Schneeregen noch undurchdringlicher machte. Das Blaulicht und die Scheinwerfer waren doch eben noch dort drüben gewesen. Er konnte sie nicht mehr sehen. Eine dicke Staubwolke hüllte alles ein.

Martin begann zu laufen.

Es hatte keine Vorwarnung gegeben.

Der Polizeikommandant hatte mit einer Gruppe von Bombenspezialisten in der Nähe des Einsatzleitfahrzeugs gestanden. Er spürte den Windsog und sah besorgt nach oben. Die zerklüftete Fassadenecke schwankte. Noch während er ein Kommando hinausschrie, hörte er das Gepolter von herunterfallenden Gesteinsbrocken.

»Zurück«! schrie er. »Raus hier!« Die Männer rannten um ihr Leben – zu der schützenden Sicherheit ihrer Fahrzeuge. Ein Feuerwehrmann lag am Boden. An der Neigung seines Helmes konnte man sehen, daß er nach oben sah.

Und dann stürzte mit ohrenbetäubendem Getöse die Fassade in sich zusammen, schien für einen Augenblick mitten in der Luft innezuhalten und fiel dann in das zerstörte Innere des Kaufhauses. Eine Staubwolke wirbelte auf und zog den scharfen Geruch von pulverisiertem Mauerwerk nach sich. Hustend hielt der Kommandant sich die Hände vor Nase und Mund und starrte auf die Staubwolke.

Die Segeltuchplanen waren niedergerissen worden. Das Schutzdach aus Brettern und Gerüstteilen war verschüttet, und mit dem halben Körper aus dem heraushängend, was einst eines der festlich geschmückten Schaufenster war, lag mit dem Gesicht nach unten ein Feuerwehrmann, die Beine unnatürlich unter dem Körper verdreht.

In der Dunkelheit hörte sich das Getöse wie eine weitere Explosion an, eine Wiederholung des Schreckens. Er erfaßte sie, drang durch Mark und Bein und ließ ihre Körper erzittern. Über ihnen lagerte der Geruch des Terrors.

»Steve!«

Er hörte, wie Annie seinen Namen hinausschrie, nur einmal, dann war der Schrei erstorben, und der Donner rollte weiter. Er hatte das Gefühl, wieder zu fallen, aber diesmal war es noch schrecklicher, weil es nichts gab, wohin er fallen konnte. Stattdessen fiel alles andere um ihn herum. Steve drehte seinen Kopf, bis sein Nacken schmerzte, und zog die Schultern hoch, als ob das ihn schützen könnte. Um ihn herum regnete es rote Felsbrocken, und er wußte, er würde in diesem tosenden Meer aus Stein ertrinken.

Er verspürte keine Schmerzen, nur Todesangst. Es wollte einfach nicht aufhören.

Da war immer noch der Donner, allerdings jetzt etwas gedämpft. Ein zorniges, unterdrücktes Grollen. Der Steinregen fiel immer noch, wenn auch feiner. Er hatte all die Luft zum Atmen einfach weggespült.

Luft.

Steve würgte, als der Staub in seine Lungen kam. Krampfartig schnappte er nach Luft, und er wand sich, bis der Schmerz in seinem Bein wieder da war. Er wollte schreien, aber dazu fehlte ihm der Atem. Er hatte keinen Atem, um zu husten, und keine Luft, um zu atmen.

Das Schwarz wurde noch undurchdringlicher und drückte schmerzhaft auf ihn.

Steve schloß die Augen. Vergessen hüllte ihn ein, so süß und angenehm wie der Schlaf eines Kindes.

Nie wieder wollte er den Schmerz spüren und diese Luft riechen, die sich wie eine Maske auf sein Gesicht gelegt hatte. Aber es war nicht zu umgehen, er wurde ins Bewußtsein zurückgezerrt. Jeder Atemzug zerriß ihm schier die Brust und füllte doch nicht seine Lungen.

Stöhnend lag er in der dunklen Stille. Die Stille. Das Geräusch war verstummt. Das Ding, was immer es war, war gekommen und wieder gegangen und hatte ihn alleine zurückgelassen. Dann dämmerte noch etwas in seinem unfreiwillig wiedererlangten Bewußtsein. Im Nebel der Todesangst versuchte er, sich zu erinnern. *Nicht allein,* hämmerte es in seinem Kopf. Er versuchte, seine Gedanken auf seinen Körper zu konzentrieren. Seine Schulter und sein ausgestreckter Arm waren noch da, wo sie hingehörten. Auch seine Finger spürte er, und sie hielten immer noch die Hand der Frau.

»Annie.«

Krächzend kam der Name heraus, und er mußte nach Luft schnappen. Die Hand in seiner fühlte sich schlaff und eiskalt an. Einen Augenblick lag er ruhig, um Kräfte zu sammeln, dann rief er noch einmal ihren Namen.

»Annie!«

Das Schweigen wurde zur Qual. Irgend etwas war mit einem Mal anders. Steve betastete ihre Hand und entdeckte ihr Handgelenk, dünn und nackt. Seine Finger tasteten weiter, fanden die rauhe Kante des Mantelärmels und darunter ein wollenes Ärmelbündchen.

Etwas war anders. Was war es bloß? Noch einmal streifte er über den sandigen Stoff.

Stoff.

Sein Kopf schmerzte. Jeder Gedanke kostete ihn eine qualvolle Anstrengung. Vorher war doch ganz sicher nur ihre Hand zu spüren gewesen. Seine Schulter schmerzte immer noch von den Bemühungen, sie zu erreichen. Doch jetzt konnte er ihren Arm spüren, bis zu ihrem leicht gebeugten Ellbogen. In der Stille konnte Steve das angstvolle Pochen seines Herzens hören. Er öffnete den Mund in der Hoffnung, der stauberfüllten Luft etwas Sauerstoff entziehen zu können.

Er konnte nur an eines denken, unendliche, angsterfüllte Sekunden lang. Er hielt ihren Arm, der nicht mehr Teil ihres Körpers war. Irgend etwas hatte ihn abgetrennt. Panik und Entsetzen erfaßten ihn, und er wünschte sich nichts so sehr wie wieder das Bewußtsein zu verlieren. Aber sein Verstand trotzte diesem Wunsch, sein Kopf versuchte, sich mit dem Gedanken zu befassen, denn er wußte, er mußte sich damit abfinden.

Er biß sich auf die Unterlippe, um nicht laut aufzuschreien. Ängstlich versuchte er noch einmal, nach ihren Fingern zu tasten und zog ihre Hand langsam zu sich.

Der Arm bewegte sich, wenn auch nur sehr schwer, weil der Ärmel des Mantels auf dem rauhen Untergrund hängenblieb. Aber er bewegte sich, so daß er ihn näher an sich heranziehen konnte, bis seine Finger Zentimeter um Zentimeter den Ellbogen erreichten und weitertasten konnten. Er biß sich weiter auf die Lippen, um einigermaßen darauf gefaßt zu sein, wenn er plötzlich Knochen und rohes Fleisch spüren würde.

Aber da war nur Stoff und dann die Schulterrundung.

Plötzlich, als ob sein Bewußtsein immer nur einen Gedanken verarbeiten könnte, kam ihm ein neuer Gedanke. Ihr Pulsschlag. Er könnte versuchen, ihren Puls zu fühlen. Seine Finger tasteten sich zurück und nestelten an dem wollenen Ärmelbündchen. Langsam drehte er ihre Hand, so daß sie mit der Innenseite nach oben lag, und befühlte die Haut am Handgelenk. Nichts – nichts – dann plötzlich hatte er die richtige Stelle. Ein schwaches, unregelmäßiges Pochen.

Steve seufzte tief auf, ein Atemstoß, der wieder kleine Wolken aus Ziegelstaub aufwirbelte. Sie lebte. Es war Annies Arm, und sie hielten sich immer noch an den Händen. Er klammerte sich daran wie an eine Rettungsleine.

Wieder versuchte er, einen klaren Gedanken zu fassen. Was war passiert? Er mußte für Annie wieder neue Hoffnung schaffen...

Da war zuerst der Donner, und danach war die Lawine gekommen. Sie waren nicht weiter hinuntergefallen, aber alles andere um sie herum war ins Rutschen gekommen. Steve wußte plötzlich ganz genau, daß sich die Welt der Dunkelheit um sie herum verändert haben mußte. Durch die tonnenschweren Massen hatte sich alles verschoben.

Er erinnerte sich noch, daß Annie seinen Namen geschrien hatte. Und was war dann passiert? War einer von ihnen unbeabsichtigt zur Seite gerollt, um der Geröllawine zu entkommen? Wenn das passiert war, dann hatte sich wohl etwas verschoben und einen von ihnen von der Last befreit, die sie niedergedrückt hatte. Steve versuchte, sich zu bewegen, versuchte, sein Bein dazu zu bringen, den krampfartigen Zuckungen seiner anderen Muskeln zu folgen. Der Schmerz wurde stärker, schoß bis zum Bauch hinauf, aber es gelang ihm, seine

Hüften ein wenig zu heben und sich zentimeterweise nach rechts zu ziehen. Wenn er seine Hand ausstreckte, konnte er Annie jetzt berühren. Seine Finger tasteten sich über die Falten ihres Mantels und dann nach oben. Er fühlte einen Knopf, einen zweiten, und dann wußte er seine Vermutung bestätigt. Die Entdeckung wirkte wie ein schmerzstillendes Mittel auf ihn.

Annie war in seine Richtung gerollt, als die Trümmer in Bewegung gerieten. Zuvor hatte sie auf dem Rücken gelegen, und ihr Haar war eingeklemmt gewesen. Jetzt lag sie auf der Seite, ihm viel näher. Ihre Hand war immer noch in seine Richtung ausgestreckt. Sie hatte ihre ganze restliche Kraft zusammengenommen, um sich auf die Seite zu wälzen, und sie muß dabei ihre Haare aus der Verklemmung herausgerissen haben.

Sie war unter der schweren Feuerschutztür eingeklemmt gewesen. So hatte sie es gesagt. Er erinnerte sich – vor ewigen Zeiten –, sie ihr aufgehalten zu haben. Sie hatte schräg auf ihr draufgelegen und ihre rechte Seite eingeklemmt. Er versuchte, die Tür mit einem Arm zu ertasten, vergebens. Also war wohl die Tür durch die herabstürzenden Massen weitergekippt worden und hatte Annie freigegeben. Aber die Tür war auch ein Schutzschild gewesen. Was schützte sie jetzt? Steve starrte in die undurchdringliche Dunkelheit. Wenn die Gesteinsmassen wieder ins Rutschen geraten würden, dachte er entmutigt, dann wäre es auch mit ihnen zu Ende.

Zum ersten Mal dachte Steve, er wäre vielleicht sogar dankbar für dieses Ende.

Und dann, wie eine schwache, kleine Flamme, kam der Entschluß: Nein. Seine Finger tasteten wieder nach Annies Handgelenk, nach dem schwachen Pulsschlag.

Martin rannte schnell und mit großen Schritten.

Die Staubwolke verzog sich nach oben und zeigte noch einmal ihren blassen Unterbauch.

Die Schaulustigen waren weniger geworden, nachdem es

dunkel und kälter geworden war, aber Martin sah auch, wie einige wieder zum Schauplatz des Geschehens zurückkehrten, nachdem das Echo des Donnergrollens erstorben war.

Ohne zu überlegen rannte er weiter, bis er die gaffende Menschenmenge erreicht hatte, die mit offenen Mündern auf die blau- und orangefarbenen Rauchschwaden starrte, dort oben, wo gerade noch die Vorderfront des Kaufhauses gestanden hatte... Gehetzt sah er sich um, dann schob er die vor ihm stehenden Menschen einfach beiseite. Er kletterte unter der Absperrung durch und rannte weiter in Richtung der ehemaligen Kaufhausfassade. Hier liefen auch andere Leute wie ziel- und planlos umher, und ihre Stiefel knirschten auf den Ziegelbrocken und den Glasscherben. Vor ihm trugen zwei Männer eine Bahre, und eine Gruppe von anderen stand um einen auf dem Boden liegenden Feuerwehrmann. Die Tragbahre wurde aufgeklappt und der Mann draufgelegt. Niemand achtete auf den schweren Helm, der ihm vom Kopf fiel und über die Trümmer rollte. Martin schaute in die Mitte des Kaufhauses, wo sich ein rauchender Berg aus Brettern, Ziegeln und Gerüstteilen auftürmte. Unten lag das blaue Segeltuch, wie ein Umhang hindrapiert.

Martin stolperte mit ausgestreckten Händen vorwärts.

Annie war dort unten. Er war fest entschlossen, sie mit seinen bloßen Händen auszugraben. Um ihn herum waren lauter uniformierte Polizisten mit Helmen und Feuerwehrmännern mit blitzenden Uniformknöpfen. Er folgte ihnen einfach, an dem riesigen Loch vorbei, wo einmal die großen Eingangstüren waren, und hinein in den dicken Staub, den ihnen der Wind von dem Trümmerhaufen entgegenblies.

Die Arbeit an der neuerlichen Unfallstelle war bereits in vollem Gang. Die Männer arbeiteten mit Schaufeln, mit Pickeln und mit den bloßen Händen. Martin drängte sich weiter nach vorn. Der breite, blaue Rücken vor ihm drehte sich um und hievte einen Gesteinsbrocken in Martins Hände. Martin spürte momentan nicht, wie schwer er war. Er drehte sich mit

Schwung um, gab ihn an den nächsten Mann in der Kette weiter und hielt die Hände auf, um von seinem Vordermann den nächsten Brocken in Empfang zu nehmen. Vor Anstrengung entblößte er die Zähne und spürte, wie sich die Spannung des entnervenden Nichtstunkönnens langsam löste. Er half ihr jetzt mit seinen Händen. Er wollte zu ihr. Hände aufhalten, das Gewicht abfangen, herumschwingen, weitergeben und wieder Hände aufhalten. *Ich lasse sie nicht weggehen. Sie muß zurückkommen.* Die Worte dröhnten in seinem Kopf, schwollen zu einem verzweifelten Chor an, während er keuchend die Trümmer weiterreichte. Er sah die Männer um sich herum nicht mehr, er sah nur mehr Annie.

Er sah, wie sie zu Hause darauf wartete, daß er am Abend heim kam. In ihrem Gesicht leuchtete Freude auf, wenn sie ihn sah. Er sah, wie sie konzentriert die Stirn runzelte und ihren Kopf zur Seite neigte, wenn sie Thomas beim Lesen zuhörte. Und er sah sie lachen, wenn sie mit Benjy, der auf ihrer Hüfte saß und wie ein Wonneproppen aussah, scherzte.

Er dachte an ihren warmen Körper neben sich im Bett. Wie vertraut war ihm ihr Körper, der sich weich an seinen schmiegte. Er spürte ihre Wärme in sich aufsteigen und vergaß einen Augenblick die hektischen Rettungsarbeiten um sich herum.

Annies Großzügigkeit und Stärke und ihre echte Liebe zu ihrer Familie standen kämpfend neben ihm. Wenn sie nun tot war und all die Wärme, die sie immer gegeben hatte, für immer verloren war, wie sollte er das ertragen? Und wenn sie nun nicht tot war, sondern schwer verletzt verschüttet, was mußte sie wohl an Qualen aushalten! Ach, könnte er doch ihre Schmerzen mit ihr teilen! Mechanisch nahm er den nächsten Mauerbrokken, der ihm zugereicht wurde, und gab ihn weiter.

Wenn ich nur an deiner Stelle dort unten sein könnte, Annie. Ich liebe dich. Wußtest du das? Ich wollte, ich hätte es dir öfter gesagt. Ich wollte, ich hätte dir gesagt, wie sehr ich dich liebe.

Ungeduldig zitterte er. Ihm konnte es nicht schnell genug gehen, und am liebsten hätte er ewig so weiter gearbeitet. Mit schweißverklebten Haaren wartete er auf die nächste Ladung. Aber da traf Verstärkung ein. Mit Sirenengeheul kamen weitere Rettungsmannschaften zum Ort des Geschehens. Martin ließ die Arme sinken und trat beiseite. Die Scheinwerfer leuchteten auf einen Raum in dem verbliebenen Restgebäude, und die Rettungsmänner eilten dorthin. Martin kletterte auf Händen und Füßen über den Trümmerberg und versuchte, ein Brett zu bewegen, das herausragte. Die Illusion einer übermenschlichen Stärke zerplatzte wie eine Seifenblase. Hilflos zerrte er an dem Brett. Der Schweiß trocknete eisig auf seinem Gesicht.

Plötzlich fühlte er eine Hand auf seiner Schulter.

»Was machen Sie da?«

Es war natürlich ein Polizist, der in seinem Übermantel und der hohen Kappe vor ihm stand.

»Meine Frau ist da drunter«, sagte Martin. Er sah den Polizisten an und bemerkte, wie der offizielle Gesichtsausdruck einen Augenblick einem mitfühlenden wich. Er ist sehr jung, dachte Martin – das alte Klischee, als ob das wichtig wäre. Sicherlich nicht älter als zwanzig. Nur wenig älter als er und Annie gewesen waren, als alles begonnen hatte.

»Kommen Sie bitte mit, Sir!«

Martin nickte hilflos. Seine Hände wollten unbewußt immer noch nach Steinen greifen, um sie weiterzureichen. Er folgte dem Polizisten zu den Stufen des Einsatzleitfahrzeugs. Drinnen sah er Telefone auf einer Bank und eine Reihe von wartenden Männern. Es war sehr warm und stickig nach der Kälte draußen.

»Meine Frau«, erklärte er, »ich möchte sie hier rausholen.«

»Sind Sie sicher, daß sie dort unten ist?«

Martin schüttelte den Kopf, dann aber murmelte er: »Ja, ja, ich bin sicher. Wo sonst sollte sie nach so langer Zeit jetzt noch sein...« Die Worte sprudelten aus ihm heraus.

»Die Restfassade ist immer noch stark einsturzgefährdet«, sagte der dienstälteste Polizeibeamte ruhig. »Außer Rettungsmännern kann ich niemanden in die Nähe lassen. Das Beste, was Sie tun können, ist, die Rettung Ihrer Frau, falls sie tatsächlich dort unten ist, den geschulten Fachkräften zu überlassen.«

»Ich möchte helfen«, wiederholte Martin.

»Das habe ich schon verstanden«, erwiderte der Polizeibeamte. »Aber was ist, wenn ich Sie dorthin gehen lasse und Ihnen fällt ein Stück Mauerwerk auf den Kopf?«

Der Polizeibeamte knetete seinen Nasenrücken zwischen den Fingern. Martin spürte, daß die Männer mitfühlend sein wollten, aber auch von seiner Beharrlichkeit irritiert waren.

»Vielleicht wollen Sie zur Polizeistation dort unten gehen«, schlug ein anderer vor. »Ich gebe Ihnen einen Hilfspolizisten mit, und Sie bekommen eine Tasse Tee. Wir melden uns bei Ihnen, sobald wir irgend etwas Neues wissen.« Er zeigte mit dem Finger auf eines der Telefone.

»Ich möchte gerne so nahe wie möglich bleiben«, beharrte er.

»Dann müssen wir Sie leider bitten, an der Absperrung zu warten. An der inneren Absperrung gleich dort drüben.« Der Beamte zeigte nach hinten über seine Schulter. »Wollen Sie, daß jemand mitkommt?«

Martin dachte an die jungen, frostroten Gesichter der Polizisten, die er heute gesehen hatte.

»Nein«, sagte er. »Danke, es wird schon gehen.«

Sie nickten und warteten, bis er gegangen war und sie mit ihrer Arbeit fortfahren konnten.

»Im Radio... hieß es, daß noch drei Leute verschüttet sind. Stimmt das?«

Der Beamte zögerte einen Augenblick und sagte dann: »Ja. Vor dem Einsturz war mindestens einer noch am Leben. Wir haben jemand rufen gehört. Es gibt also noch Hoffnung – sozusagen.«

Martin stand auf, mühsam, wie ein alter Mann.

Annie, warst du es, die da unten geschrien hat?

Man brachte ihn zu der Absperrungslinie zurück. Martin ging zu der dem Einsatzleitfahrzeug nächsten Stelle und wartete, so wie er es schon seit Mittag getan hatte.

Hinter ihm kam, von ihm unbemerkt, Bewegung in die Menschenmenge. Erst als ihm jemand auf die Schulter klopfte, drehte er seinen Kopf halb um, ohne das Kaufhaus aus den Augen zu lassen.

»Hallo. Ich bin Mike Bartholomew von der BBC.« Der Mann mit dem Mikrophon hatte ein Kamerateam hinter sich. »Ich sah sie eben aus dem Einsatzleitfahrzeug kommen. Können Sie uns etwas Neues sagen?«

Martin drehte sich mit einem Ruck um und hätte dem Reporter beinahe das Mikrophon aus der Hand geschlagen.

Annie, warst du es, die da unten geschrien hat?

»Nein«, schrie er ihn an. »Ich kann Ihnen, verdammt noch mal, nichts Neues sagen.«

Abrupt drehte er dem Reporter den Rücken zu und starrte mit tränenverschleierten Augen auf das Scheinwerferlicht bei der Kaufhausruine.

Steve hob die Schultern und nahm unter größten Anstrengungen seine allerletzten Kräfte zusammen, um sich noch ein paar Zentimeter nach rechts zu ziehen. Er mußte sich ausruhen danach und lag mit fest zusammengepreßten Lippen eine Weile unbeweglich da, bis der unsägliche Schmerz ein wenig nachließ. Dann spannte er die Muskeln für einen weiteren Versuch.

Wenn er nahe genug an sie herankäme, dachte er, könnte er ihr vielleicht irgendwie helfen. Annie lag sehr still da, und ihr Puls war beängstigend schwach.

Die letzten paar Zentimeter, die sie voneinander trennten, kosteten Steve all seine Kraft. Sein Kopf sank erschöpft herunter, und in seinen Ohren spürte er den Druck, wenn er nach Luft schnappte.

Endlich hatte er es geschafft. Er hielt ihre Hand krampfhaft fest, während er sich auf den nächsten und wieder den nächsten

Atemzug konzentrierte. Solange er versuchte, zu Annie zu gelangen, hatte er seine schlimmste Befürchtung einfach beiseitegeschoben – die Befürchtung nämlich, daß die Luftzufuhr, wo immer sie herkam, durch den Rutsch abgeschnitten worden war. Jetzt registrierte er, daß die staubdicke Luft sich allmählich legte. Mit jedem Atemzug ging es ein wenig leichter, und obwohl ihn der Staub immer noch zum Husten reizte, strömte Sauerstoff in seine Lungen. Er glaubte sogar, einen kalten, frischen Luftzug in seinem Gesicht zu spüren.

Er lag auf der Seite, das Gesicht Annie zugewandt. Er spürte ihre Nähe und hatte plötzlich die Vorstellung, sie wären wie zwei Liebende im Dunkeln. Vorsichtig ließ er ihre Hand los und fühlte ihren Puls. Der Pulsschlag war immer noch zu spüren. Er ließ ihr Handgelenk los und tastete nach ihrem Gesicht.

Mit den Fingerspitzen fuhr er die Konturen ihres Gesichts nach und versuchte, sie mit seinen Händen zu »sehen«. Ihr Haar lag zerzaust über ihrer Wange, und er strich es ihr aus dem Gesicht. Ihre Stirn war kalt, aber sie lebte. Als er ihre Oberlippe berührte und sie bis zu dem verkrusteten Mundwinkel nachfuhr, öffnete sie den Mund, und er spürte ihren schwachen Atem auf seiner Handfläche.

Seine Finger tasteten weiter, über ihr Kinn und den Kieferknochen entlang. Außer der verkrusteten Stelle am Mund war ihr Gesicht unversehrt.

Er hielt einen Moment inne. Sein verwirrter Kopf konnte immer noch lediglich einen Gedanken fassen. *Was war eigentlich passiert?*

Was war es genau für ein Geräusch gewesen. Ein langes, abnehmendes Donnergrollen. Keine Explosion, eher ein Einsturz. Vielleicht war ein weiterer Teil des Kaufhauses eingestürzt. Ob die Rettungsarbeiten das womöglich ursächlich bewirkt hatten oder die Rettungsmänner vielleicht auch verschüttet worden waren...

Diesen Gedanken wollte er nicht wahrhaben und wies ihn weit von sich. Sie würden ganz bestimmt kommen, aber wie lange würde es wohl noch dauern? Er dachte wieder an die für immer verlorene Uhr. Sie lagen jetzt beide anders.

Annies Wange war unter seiner Hand ein wenig wärmer geworden. Wieder begann er, mit den Händen zu tasten. Ihr Haar griff sich staubig an, aber sonst war nichts zu spüren. Mit den Fingern fuhr er hindurch, konnte jedoch kein klebriges Blut fühlen. Langsam, so vorsichtig er konnte, hob er ihren Kopf und schob seinen Arm darunter. Ihr Schädel war hart und rund, keine weichen Stellen, nichts Klebriges. Das war zumindest ein kleiner Hoffnungsschimmer. Sie schien keine Kopfverletzungen zu haben. Er legte ihren Kopf so, daß er bequem auf seinem Arm lag. Dann streichelte er mit seiner freien Hand über ihr Haar.

Gleichsam als Belohnung bewegte sich Annie ein bißchen und murmelte etwas. »Ginner« – ? Er bemühte sich, sie zu verstehen. *Kinder*, konnte es das gewesen sein?

»Annie?«

Zuerst flüsterte er ihren Namen, dann wiederholte er ihn, lauter, nachdrücklicher. Es kam keine Reaktion, und sie bewegte sich auch nicht mehr.

Steve gab nicht auf. Er fuhr mit seiner Hand von ihrem Kopf zu ihrem Hals und dann über den zerdrückten Stoff ihres Mantels.

Auf Höhe ihres Brustbeins hielt er inne. Irgend etwas auf dem Stoff fühlte sich steif an. Er tastete weiter und faßte in eine klebrige Masse, die er so gefürchtet hatte. Blut – es war durch ihre Kleider gesickert. Es war noch warm an der Seite, auf der sie lag, und er reichte nicht weit genug über ihre Taille, um zu spüren, wie weit das Blut gesickert war. Auch auf den Steinen und Trümmern unter ihrem Körper konnte er mit Staub vermischtes Blut spüren. Um sicherzugehen, nahm er etwas davon in den Mund. Es schmeckte tatsächlich nach Blut und Staub. Als er noch einmal mit der Hand an jene Stelle langte, schien der Blutfleck größer geworden zu sein.

Verzweifelt ließ Steve seinen Kopf zurückfallen. Pulvriger

Staub legte sich auf sein Gesicht. Unwillkürlich mußte er an die Erde auf einem Sargdeckel denken. Annie blutete, und sie würde in seinen Armen verbluten.

Er brüllte in die Dunkelheit: »Wann kommt ihr denn endlich, ihr..., ihr...? Warum holt ihr uns nicht hier raus?«

Der Schrei kam nur als Krächzer aus seiner Kehle, und er fühlte den trockenen Schmerz des Durstes im Hals.

Seine Schreie verhallten ungehört – es hatte keinen Sinn. »Annie«, murmelte er. Er drehte seinen Kopf wieder so, daß er sich ihrem Gesicht zuwandte. Seine Stirn berührte fast die ihre.

»Ich bin hier«, flüsterte er ihr zu.

Plötzlich fühlte er sich schwach, träge und fast angenehm erschöpft. Die dicke Luft legte sich wie eine Decke über sie. Wenn der Durst nicht wäre, dachte er, könnte er einschlafen. Wie zwei Liebende, mit Annie in seinen Armen. Wenn er seinen Kopf nur ein wenig neigte, könnte er ihre Wange küssen...

Annie. Nicht Cass und nicht Vicky. Eine fremde Frau, deren Gesicht er sich ertastet hatte.

Steve zwang sich, die Augen offen zu halten.

Nicht einschlafen. Nur nicht einschlafen. Er mußte irgend etwas tun, denken, grübeln, egal, nur mußte er bei Bewußtsein bleiben.

Über der Erde warfen die starken Scheinwerfer einen klar abgegrenzten elliptischen Lichtkegel auf das dunkle Loch in der Mitte des Kaufhauses. Die Rettungsmannschaften waren massiv verstärkt worden, und es wurde schneller und hektischer gearbeitet. Der Einsturz hatte zwei Rettungsmänner verletzt, aber die Gefahr war nun vorbei. Selbst die Verletzten waren vergessen, nachdem sie in Sicherheit gebracht worden waren. Entschlossen konzentrierten sich die Rettungsmänner auf die Stelle, wo das Schutzgerüst aufgestellt gewesen war. Die Segeltuchplane war wieder so befestigt worden, daß sie zumindest einen geringen Schutz gegen den Wind und den Schneeregen bot. Davor standen Polizisten Wache und hörten das Hacken vieler Pickel und das vibrierende Poltern der Preßluftwerkzeuge.

Es war zehn Minuten nach fünf. Zweiundvierzig Minuten waren seit dem Einsturz der Vorderfront des Kaufhauses vergangen. Es war kaum zu glauben, aber die Rettungsmannschaften hatten sich bereits wieder bis zum Erdgeschoß vorgearbeitet und schickten sich an, ins Basement vorzudringen.

Annie lag mit dem Kopf in ihrer Mutter Schoß. Es war ein warmer Tag, und sie hatte im Garten gespielt. Sie wußte das, weil sie den Geruch des zerdrückten Grases, dort, wo der Teppich gelegen hatte, noch in der Nase hatte, und den herben Geruch der Geranien in den Blumenkästen am Fenster. Dann hatte sie sich irgendwie verletzt. Vielleicht war sie auf dem Weg hingefallen und hatte sich die Knie aufgeschlagen, oder sie hatte sich den Kopf an der Küchentür gestoßen, die der Wind aufgerissen hatte.

Weinend war sie zu ihrer Mutter gelaufen, die ihr die Wunde gewaschen und die Tränen getrocknet hatte. Dann waren sie zusammen in das kühle Wohnzimmer gegangen. Auf dem Klavier und auf dem niedrigen Tisch beim Kamin standen Fotos von Mami und Daddy, als sie jung waren, und von Annie und ihrem Bruder am Strand. Alles war wunderschön aufgeräumt und sehr ruhig. Annie lag auf der Couch. Sie trug Sandalen, die mit einem Lochmuster in Form einer aufsteigenden Sonne verziert waren, dazu weiße Knöchelsöckchen, ein grünes Baumwollkleid und Schleifen im Haar. Ihre Mutter strich ihr die Haare aus dem Gesicht.

Annie lächelte zufrieden. Während sie dalag, durchflutete sie ein warmes, angenehmes Gefühl, das ihr eigenartig und doch so wichtig vorkam. Für einen kurzen Moment erlebte sie ihre ganze Kindheit von neuem an einem einzigen Tag, all die Sommernachmittage, Geburtstage, Festtage und die vielen Gutenachtgeschichten an langen Winterabenden. Sie drehte ihren Kopf ein wenig und spürte die Hand ihrer Mutter. Sie wollte die Hand halten, wußte aber, alles würde wie eine Seifenblase zerplatzen, wenn sie es versuchte.

Noch einen Augenblick blieben ihr die schönen Bilder erhalten, dann war alles wie weggeblasen. Eine so perfekte und vollständige Vision der Kindheit erlebte man als Kind selbst nie. Das Kind sieht sein eigenes Leben eher als ein Durcheinander von Bruchstücken, Enttäuschungen, flüchtigen Vergnügungen und einer Vielzahl von Ungereimtheiten.

Sie fror, es war keineswegs mehr angenehm kühl. Und sie war kein Kind mehr – die kostbare, glänzende Vision war verschwunden. Aus der Entfernung sah Annie, wie sie sich aufsetzte und die Beine von der Couch baumeln ließ. Sie rannte zur Tür, die Haarbänder flogen im Wind wie weiße Schmetterlinge. Ihre Mutter hatte die Hände im Schoß gefaltet und sah ihr mit traurigem Gesicht nach.

Es war nun nicht mehr ihre Mutter, sondern Annie selbst, die auf die langen Rechtecke blickte, die die Sonne durch die offene Tür auf den Parkettboden warf. Der Schmerz stach ihr in die Seite, und die Tränen in ihren Augen schmerzten. Kinderstimmen drangen aus dem Garten zu ihr. Irgendwie stand sie auf und ging zum Fenster. Es war nicht das kleine Mädchen mit den Haarbändern, das dort draußen spielte. Es waren Thomas und Benjamin. Benjamin saß in seinem Tretauto, Thomas kletterte in den Birnbaum hinauf. Sie riefen nach ihr, und sie konnte nicht zu ihnen gehen und ihnen auch nicht antworten. »Kinder«, sagte Annie schließlich mit großer Anstrengung.

Irgend jemand hörte ihr zu, das spürte sie. Es war beruhigend, in der Dunkelheit mit dem Schmerz nicht allein zu sein. Er war ihr sehr nahe, und sie hörte ihn sagen: »Ich bin hier.«

Annie wollte ihn nach draußen bitten: »Komm raus und sieh dir die Kinder an«, aber sie konnte nicht. So sah sie ihnen eben zu, wohl wissend, daß er ihr nahe genug war, um zu sehen, was sie sah.

Sie waren in ihr Spiel vertieft. Benjy kam den Weg heruntergetrollt und runzelte die Stirn. Tom ließ die Beine von einem Ast herunterbaumeln und tat so, als ob er Angst hätte, herunterzufallen. Sie winkte ihnen zu, aber sie erwiderten ihre Geste nicht. Eigentlich hätte sie diese Bilder als genauso friedlich und ruhig empfinden müssen wie die aus ihrer eigenen Kindheit. Aber es war so kalt in diesem Garten. Die Bäume waren kahl, und es sah nach Schnee aus. Auf den Mauern hatte sich eine Reifschicht gebildet, und der Wind war schneidend kalt. Die Kinder waren dort draußen allein.

Annie wußte, warum es so kalt und so traurig war. Sie hatte Angst, sie zu verlassen. Sie fühlte, wie schwach sie war und daß sie es nicht schaffen würde. Ihre Liebe war ihnen unverbrüchlich jede Minute zur Verfügung gestanden. Das konnte doch nicht hier in der Dunkelheit mit einem Schlag zu Ende sein?

Annie entfernte sich vom Fenster und ging durch die Räume, die voller Erinnerungen waren. Im Spielzimmer hatten die beiden die Köpfe über der Modelleisenbahn zusammengesteckt. In ihrem Schlafzimmer sah Annie die Korbwiege, in die sie Tom gelegt hatte, als sie ihn als Baby nach Hause gebracht hatte. Er lag unter der weißen Decke, ein winziges, warmes Bündel. Die Kinder sahen sie am Küchentisch an. Benjys Mund hatte einen Marmeladenrand. Ihre fröhlichen Kinderstimmen lärmten durch das Haus, und sie hörte sie oben herumtollen.

Von ihr waren in dem Haus keine Spuren zu sehen. Sie wollte gerne dort sein, aber irgend etwas Schreckliches hatte sie daran gehindert, zurückzukehren. Sie spürte die Liebe ihrer Kinder und wußte, wie sehr sie sie brauchten, aber der Kreis, der sie zusammenhielt, war brutal durchbrochen worden. Der Traum von ihrer Kindheit war ebenfalls von einem Kreis umspannt gewesen, der allerdings war nicht durchbrochen. Wie sehr wünschte sie sich, auch den anderen Kreis geschlossen zu halten, aber er hatte sich aufgelöst, wie Kreise im Wasser.

Der Verlust schmerzte unerträglich. Annie stöhnte, und sofort legte sich der Arm, der sie hielt, fester um sie.

»Tom«, sagte sie. »Benjy.«

»Annie«, sagte der Mann zärtlich wie ein Liebhaber in der Intimität der Dunkelheit. »Halt aus. Sie holen uns hier raus. Ich kann sie schon hören.«

Annie verstand nicht, was er meinte. Sie war im Garten gewesen und hatte ihren Kindern beim Spielen zugesehen.

Steve horchte. Die Geräusche der Schaufeln und Bohrer waren jetzt viel lauter, und er zuckte ein wenig zusammen, als er das scharfe Metall direkt über seinem Kopf hörte. Größere Sorge machte ihm allerdings die Tatsache, wie schnell Annie schwächer wurde. »Denke nur weiter an deine Kinder«, sagte er. »Du wirst bald wieder bei ihnen sein. Ich wünschte, ich hätte auch Kinder. Noch nie zuvor habe ich mir das gewünscht. Jetzt tue ich es.« *Jetzt ist es zu spät.*

Das Scharren über seinem Kopf war jetzt viel näher, aber er fühlte sich von Minute zu Minute weiter davon entfernt. Und er lächelte, ohne zu wissen warum. Er legte seine Hand auf Annies Wange, um ihr näher zu sein.

»Wenn ich Kinder hätte«, sinnierte er, »würde ich es anders machen. Nicht so, wie es bei mir war. Es müßte ganz anders sein. Soviel wäre sicher. Vielleicht war das der Grund, warum ich mit Cass keine haben wollte. Daran habe ich früher nie gedacht.«

Annie drehte ihren Kopf ein wenig, vielleicht um besser zu hören, vielleicht um ihm näher zu sein. Er legte seine Hand an ihre Wange.

»Soll ich es dir erzählen? Ich habe dir ohnehin schon alles andere erzählt. Viel ist es sowieso nicht.«

Er begann zu erzählen und Annie hörte zu. In ihrem Dämmerzustand verwischten sich die Grenzen zwischen ihren beiden Söhnen und dem kleinen Jungen, den Steve beschrieb, so daß Steve und Tom und Benjy zusammen vor ihr den Weg hinunterliefen und ihre Stimmen vom Wind zu ihr getragen wurden.

Natürlich war er schon vorher in der Wohnung gewesen. An

dem Tag, an dem ihn seine Mutter mit seinem Koffer hinbrachte, kannte er die Wohnung fast so gut wie seine eigene. Drei Stockwerke ging man ausgetretene Steinstufen hinauf, in denen geheimnisvolle funkelnde Bruchstücke glitzerten. Dann ging es in das Wohnzimmer, wo Großmutter auf sie wartete. Dahinter war die Küche, deren Linoleumboden Sprünge aufwies. Um die Beine des grauen Emailleofens hatte sich jeweils ein Fettrand gebildet, in dem Haare klebten, ein Anblick, bei dem ihm unweigerlich schlecht wurde.

»Hier sind wir also, Mum«, sagte seine Mutter. Ihre allzu überschwengliche Stimme bedeutete ihm, daß sie etwas vorhatte, was ihm ganz und gar nicht gefiel.

Seine Großmutter hatte lediglich mit dem Kinn gezuckt und gesagt: »Das sehe ich.«

Er war schon öfter bei seiner Großmutter gewesen. Der kleine Raum hinter der Küche, in dem er, wenn auch ungern, schlief, hatte keine Fenster. Wenn er am Morgen aufwachte, war es dunkel darin, auch wenn die Sonne in der High Street schien.

Seine Mutter hatte seinen Koffer in den Raum getragen. Als sie ihn gepackt hatte, war ihm aufgefallen, daß die Dinge, die sie hineinlegte, für mehr als eben nur mal zwei Tage waren.

Großmutter hatte den Wasserkessel aufgesetzt und Tee gekocht. Seine Mutter hatte ihren im Stehen getrunken, sich dabei eine Zigarette angezündet und aus dem Fenster gesehen. Sie sah ihn nicht an, und das machte ihm Angst.

Als sie ausgetrunken hatte, kam sie zu ihm und umarmte ihn. Sie sagte: »Steve, du mußt mir jetzt ganz gut zuhören. Ich muß für eine Weile weg. Und du bleibst hier bei Großmutter, bist ein braver Junge, und ich hole dich sobald wie möglich wieder nach Hause zurück.«

Er hatte sich elend gefühlt und nur genickt, weil er wußte, daß es keinen Sinn hatte zu widersprechen. Und so war seine Mutter weggegangen und hatte ihn bei seiner Großmutter zurückgelassen. Er war in sein Zimmer gegangen, hatte die Spielzeugautos ausgepackt und auf dem Küchenboden hintereinander aufgestellt. Dabei vermied er ängstlich den Blick auf die Fettränder um den Ofen.

Seine Mutter hatte ihn von Zeit zu Zeit besucht, zuerst öfter, dann seltener. Anfangs hatte sie Geld gebracht, und das gefiel seiner Großmutter. »Vielleicht nächste Woche«, antwortete sie immer auf Steves Frage, wann er denn nach Hause dürfte. Dann kam sie ohne Geld, und das machte seine Großmutter wütend.

Schließlich kam sie gar nicht mehr. Jetzt lag er in der Dunkelheit und versuchte, sich daran zu erinnern, wie das damals gewesen war.

Es war eine harte Zeit, die ihm ewig lang vorkam, weil alles immer gleich war, außer, daß er größer wurde. Er konnte sich genau an die Umgebung erinnern. Da gab es eine Schule aus grauem Backstein mit einem umzäunten Hof. Nach der Schule hatte er bei den Fertighäusern am Ende der Straße gespielt und bei den Bombenruinen, aus denen Weidenröschen sprossen. Er hatte alles so erlebt wie seine Freunde auch. Und wenn er überhaupt etwas Besonderes erlebt hatte, dann hatte er es wohl wieder vergessen.

Als seine Großmutter einmal wütend auf ihn war, hatte er sie angeschrien: »Ich gehe weg von hier. Ich werde meinen Daddy finden und ihm alles erzählen.«

Trocken hatte seine Großmutter darauf geantwortet: »Das haben schon ganz andere versucht, mein Junge.« Ungefähr zur gleichen Zeit hatte er erfahren, daß seine Mutter mit ihrem Freund nach Kanada gegangen war.

Etwa ein Jahr später, nach Monaten ohne irgendeine Nachricht von ihr, hatte sie Großmutter in einem Umschlag etwas Geld geschickt. In dem beiliegenden Brief hatte seine Mutter den Wunsch geäußert, einen Teil auf eine spezielle Weihnachtsüberraschung für Steve zu verwenden. Die Großmutter sollte mit ihm ins West End gehen, um ihm bei Selfridge's –

sie hatte den Namen unterstrichen – den Weihnachtsmann zu zeigen.

»Ich war acht – oder vielleicht neun Jahre alt. Zu alt für den Weihnachtsmann. Meine Mutter hatte vergessen, daß ich älter geworden war. Ich war ihr wahrscheinlich als Sechsjähriger im Gedächtnis geblieben. Aber wir gingen trotzdem. Wir fuhren den ganzen Weg mit dem Bus, und ich erinnere mich an jede Einzelheit.«

Der Weihnachtsmann hatte ihn nicht sonderlich interessiert. Ein alter Knabe mit Watte im Gesicht. Aber alles andere war für ihn wie ein Blick ins Paradies. Sie waren mit den Rolltreppen an Spiegelsäulen vorbeigefahren, in denen er die Kauflustigen aufwärts gleiten sah. Er konnte von oben auf die anderen Stockwerke hinunterschauen, in denen sich Waren türmten, kunstvoll erleuchtet, dekoriert und glitzernd. Niemand außer ihm, nicht einmal seine Großmutter, schien von der Pracht besonders beeindruckt gewesen zu sein. »Einige können sich das leisten«, war Großmutters einziger Kommentar. Aber er hätte hier den ganzen Tag zubringen können, einfach nur mit Schauen und Staunen. Und dann die Leute, die so aufgeputzt in Pelzmäntel gekleidet umhergingen. Nachdem seine Großmutter ihn endlich weggezogen hatte, waren sie noch durch die Oxford Street gegangen und vor jedem geschmückten Schaufenster stehengeblieben. Zusammen tranken sie Tee bei Lyons', und er hatte sich einen Tisch in der Ecke an der Tür ausgesucht, um die Taxis und die großen Autos besser beobachten zu können.

An jenem Tag stand sein Entschluß fest, wie und wo er später einmal leben wollte.

»Ich weiß noch genau, wie grau alles bei Großmutter aussah. Grau und häßlich.«

Danach war alles nur mehr eine Frage der Zeit.

Annie war so ruhig. Er strich ihr übers Haar und flüsterte: »Hast du das alles gehört, Annie? Bist du noch da?«

Sie hatte es gehört, und sie konnte die Kinder vor sich sehen.

Sie blieben vor einem Schaufenster stehen und drückten sich die Nasen platt, um einen Christbaum zu bewundern, der mit klaren Glaskugeln geschmückt war, die in allen Regenbogenfarben schillerten. Um den Baum herum lagen Geschenke, die in rotes Papier gewickelt und mit roten Seidenbändern verschnürt waren.

Sie konnte ihre Gesichter nicht sehen, aber die Kinder sahen so klein und verletzlich aus, wie sie da vor dem hellerleuchteten Fenster standen. Sie wollte sie an sich ziehen, aber sie konnte es nicht. Sie schaffte es nicht einmal, ihre Arme um den Mann zu legen, der sie wärmte und sie mit seiner Stimme tröstete. Sie drehte ihren Kopf ein wenig und spürte, daß er ihr angestrengt zuhörte.

»Kinder«, sagte sie noch einmal.

Steve nickte erschöpft in der Dunkelheit.

»So ist's recht, Annie. Mach weiter so. Sie holen uns hier raus. Kannst du sie nicht hören?«

Sie konnte sehen, daß sie immer noch den Christbaum anstarrten, hören konnte sie sie jedoch nicht. Da waren andere Geräusche, Kratzen und Scharren. Annie nahm ihre ganze Kraft zusammen und sagte: »Ja.«

Die Rettungsmannschaft arbeitete schweigend im Scheinwerferlicht. Alle paar Minuten hielten sie inne und horchten. Wenn nichts zu hören war, dann gruben sie weiter nach unten. Der Kommandant im Einsatzleitfahrzeug hatte seinen Finger an seinen Schnauzbart gelegt. Martin wartete an der Barrikade und ließ keinen Blick von der Segeltuchplane.

Kinder, dachte Steve. *Wenn ich eine Tochter hätte.*

Die Tränen liefen ihm über das Gesicht, und er dachte, wie dumm es doch war, um sie zu weinen, wo sie doch nie geboren worden war.

Ich hätte ihr ein Pony gekauft, dachte er. Und sie hätte Ballettstunden nehmen dürfen und hätte weiße Satinschuhe zum

Tanzen gehabt. Und wenn sie siebzehn ist, kaufe ich ihr ein Auto und komme an ihrem Geburtstag mit ihr die Treppe herunter. Vor dem Haus steht dann das neue Auto geparkt. Ich öffne die Haustür, dachte er, und sage: da ist es...

Als sich die Tür vor Steves geistigem Auge öffnete, sah er einen Lichtstrahl.

Dieser schien ihm direkt ins Gesicht und blendete ihn so stark, daß es schmerzte. Er kniff die Augen zusammen und sah leuchtende Ringe vor sich. Als sie verschwunden waren, öffnete er die Augen wieder und der Lichtkegel war größer und noch heller geworden.

Er schrie mit staubbedeckter Stimme: »Hier, hier unten!«

Das Licht blinkte und ging aus. Einen Augenblick lang war er schrecklich enttäuscht, aber dann wurde ihm klar, daß es ein Kopf war, der sich vor den Lichtkegel geschoben hatte und auf sie herunterschaute. »Hier unten«, wiederholte er. Und dann: »Bitte, macht schnell.«

»Ganz ruhig«, kam die Stimme von oben. »Wir sind gleich bei Ihnen.«

»Macht schnell«, flehte Steve. »Sie verblutet.«

Er sah Annie an. Ihre Augen waren geschlossen, und sie lag wie im Tiefschlaf da. Ihre Wimpern hoben sich dunkel von ihrem mit Staub bedeckten Gesicht ab.

»Annie«, flüsterte er ihr zu. »Wir haben es geschafft. Sie sind hier.«

Sie antwortete nicht, aber er hielt sie fester und versuchte, mit seiner freien Hand den Schmutz von ihrem Gesicht zu entfernen.

Der Lichtschein verbreiterte sich. Er hörte die Männer miteinander sprechen, Anordnungen wurden erteilt, und die Arbeiten gingen rasch und routiniert weiter. Die Frau in seinen Armen sah so erschöpft aus. Ob es jetzt womöglich doch schon zu spät war?

»Bitte beeilen Sie sich«, flehte er wieder. Sie wollten allerlei von ihm wissen, aber jetzt, da es so weit war, war er zu müde, um zu sprechen. Die Fragen häuften sich in dem Maße, in dem die Rettungsmänner näher kamen. Steve sah das Licht auf ihren Helmen und auf ihren glänzenden Stiefeln leuchten.

»Wie heißen Sie?«

»Ist das Ihre Frau?«

»Wissen Sie ihren Namen?«

»Ich bin durstig«, sagte Steve.

Sofort ließen sie eine kleine Flasche Wasser hinunter. Mit seiner freien Hand griff er nach ihr und hob den Kopf gerade hoch genug, um die Flasche an seinen Mund zu kippen. Das Wasser lief klar und kühl an seinen Lippen entlang und am Kinn herunter. Er ließ den Kopf wieder fallen.

Dann nannte er seinen Namen. – »Sie heißt Annie. Ich glaube, sie ist schwer verletzt.«

»Das wird schon, machen Sie sich keine Sorgen.« Er wußte, sie wollten ihn nur beruhigen. »Wir werden versuchen, einen Arzt zu euch hinunterzubringen.«

Kurze Zeit darauf schwang sich jemand neben ihn nach unten und wirbelte neuen Staub auf. Steve nahm alle seine Kräfte zusammen, um den Schmerz aushalten zu können, wenn man ihn berührte. Seit der Lichtschein da war, war auch der Schmerz wieder stärker geworden. Am liebsten hätte er vor Schmerz geschrien. Der Arzt kroch zu ihnen.

»Ich heiße Tim«, sagte er, und Steve dachte, es war fast wie bei einer Party. Er wollte lachen, aber der Schmerz in seinem Bein ließ ihn schnell davon abkommen. »Und da oben sind Dave und Tony, Roger und Terry. Sie verstehen ihr Handwerk. Wir haben Sie bald wieder draußen.«

Man reichte dem Arzt eine Tasche hinunter. Er hatte auch eine starke Taschenlampe bei sich, die in Steves Augen blendete. Das Licht war so grell für seine Augen, daß er Annies Gesicht nicht mehr sehen konnte. Und er sah auch die Nadel nicht, die der Arzt in seinen Arm stieß.

Der Schmerz ließ nach. Steve lag ruhig da und beobachtete den schwarzen Schatten des Arztes zwischen ihnen beiden. Er beugte sich über Annie, tastete sie ab und besah sich den klebrigen Fleck auf ihrem Mantel. Steve hörte ihn in seiner Tasche kramen. Die medizinischen Instrumente klirrten metallisch.

»Sie wird doch nicht sterben, oder?« Nach einem Augenblick sagte der Arzt ruhig: »Ich weiß es nicht.« *Beeilt euch, verdammt noch mal. Warum dauert das so lange?*

»Okay, Steve«, rief ihm jemand zu. »In ein paar Minuten ist es soweit.«

Der Polizeieinsatzleiter kauerte am Rand des Lochs. Im Licht des Scheinwerfers konnte er die Farbe des Mantels, den die Frau trug, erkennen. Er war blau und sie trug schwarze Stiefel. »Die Beschreibung stimmt, Sir.« Einer der Männer hatte die im Computer gespeicherten Beschreibungen der vermißten Personen abgefragt. »Und der Mann ist bei Bewußtsein. Er sagt, sie heißt Annie.«

Der Einsatzleiter nickte. Einen Augenblick lang dachte er an seine eigene Frau.

»Wie lange?« fragte er den Einsatzleiter der Feuerwehr.

»Zehn, fünfzehn Minuten.«

Die Männer arbeiteten unter Einsatz all ihrer Kräfte schweigend und verbissen vor sich hin. Ein Trägerbalken mußte entfernt werden, ehe die kleineren Trümmerstücke beseitigt werden konnten. Wenn das geschehen war, konnten die Verschütteten herausgeholt und auf Tragbahren gelegt werden.

Der Polizeikommandant sah auf den Arzt hinunter und dann auf die wartende Sanitätermannschaft. Hinter der Segeltuchplane waren die Krankenwagen aufgefahren.

»Ihr Mann wartet dort drüben an der Absperrung«, sagte er. Einer seiner Leute wollte sich schon in Bewegung setzen, aber der Kommandant hielt ihn zurück: »Warten Sie. Warten Sie noch fünf Minuten, bis wir sie wirklich hier oben haben. Er steht jetzt nur im Weg rum, und wenn sie nicht bei Bewußtsein ist, kann er ihr ohnehin nicht helfen. Holen Sie ihn in den Wagen und sagen Sie es ihm.«

Steve wußte nicht, wie lange es letztlich dauerte.

Der Arzt wartete neben ihm und hielt eine Flasche und Schläuche hoch, die in Annies Arm führten. Die Feuerwehrleute versuchten, Witzchen zu machen, als sie näher kamen. »Gleich werden Sie eine hübsche Krankenschwester am Bett haben und Liebling der Station sein.«

»Wie spät ist es?« wollte er wissen. »Zehn nach sechs. Sie müssen jetzt ohnehin gehen. Das Kaufhaus schließt.«

Jetzt mußte er lachen. Es war ein schwaches Lachen, mit dem er sein Glücksgefühl noch nicht so recht zum Ausdruck bringen konnte. Er mochte die Feuerwehrmänner und den Arzt. Es war nicht alles zu Ende. Es gab noch Hoffnung.

Als die Männer in ihren Helmen und Stiefeln schon dicht bei ihnen waren, drehte Steve noch einmal den Kopf, um Annie anzusehen. Ihre Augen waren jetzt offen, und sie sahen ihn unverwandt an.

»Siehst du«, sagte er und lächelte. »Ich wußte, wir würden es schaffen.«

Sie sah den Arzt und die Feuerwehrmänner an. Die Augen in dem schmutzgeschwärzten Gesicht drückten Angst aus. Dann sah sie wieder Steve an. Ihre Lippen bewegten sich, und er hörte sie, ein einziges Mal nur, seinen Namen sagen.

»Fertig?« fragte der Feuerwehrmann. Der Arzt nickte. Besorgt preßte er die Lippen zusammen.

»Wir bringen Annie zuerst raus«, sagten sie zu Steve. »Sie müssen sich noch ein, zwei Minuten gedulden.«

Es mußte schmerzhaft für sie sein. Steve ballte die Hände zu Fäusten zusammen und wünschte, er könnte ihr ein wenig von dem Schmerz abnehmen, wenn sie sie jetzt auf die Trage legen würden. Er wollte ihre Hand halten, aber der Arzt fühlte ihren Puls. Sie begannen sie hinaufzuziehen, und er sah den dunklen, unheilvollen Fleck an der Stelle, wo sie gelegen hatte. Ihre Augen waren wieder geschlossen. Die Trage schwankte ein wenig, und sowohl der Arzt wie auch die Rettungsmänner griffen schnell zu, um sie zu halten.

Annies Haare fielen nach hinten, und er dachte zurück, als er – vor langer, langer Zeit – die Tür für sie öffnen wollte und ihm dabei ihr langes, auf die Schulter fallendes Haar auffiel. Jetzt war es staubgrau und unregelmäßig abgerissen, dort, wo sie sich gewaltsam befreit hatte.

Plötzlich war alles um ihn wieder dunkel, und die Stunden, die sie zusammen verbracht hatten, waren wieder da.

Man hatte sie ihm weggenommen.

Steve blinzelte in die schmerzhafte Helligkeit der Scheinwerfer hinauf. »Annie«, sagte er. »Ich liebe dich.«

Martin folgte dem Polizisten die Stufen des Einsatzleitwagens hinunter. Er wußte jetzt Bescheid. Sie war dort, und sie lebte.

Er ballte die Hände in den Taschen zu Fäusten, bis die Fingernägel sich in die Handflächen gruben. Die blauen Segeltuchplanen blähten sich vor ihm auf. Man hielt den steifen Vorhang für ihn zur Seite, und er schlüpfte hindurch. In dem kalten, grellen Licht der Scheinwerfer beobachteten einige Männer gespannt ihre Kollegen, die etwas nach oben zogen. Martin stürzte nach vorne und sah Annie auf der Trage liegen. Ein Arzt hielt ihren Kopf. Ihr Arm lag blaß neben ihr, wo man ihr den Mantelärmel aufgeschnitten hatte.

Martin blickte nach unten und sah einen Mann dort liegen. Der Platz, an dem sie gelegen hatte, war winzig. Die Hand des Mannes öffnete und schloß sich mehrere Male ins Leere.

Man trug Annie von diesem schrecklichen Ort fort. Martin rannte auf die andere Seite der Trage und schickte mit klopfendem Herzen Stoßgebete zum Himmel.

Bitte. Laß sie leben. Laß sie leben. Bitte. Sie verließen das blaue Schutzdach.

Als sie sich aus dem Bereich der Kaufhausruine hinausbewegten, blitzten von allen Seiten Lichter auf. Blitzlichter, überall. Unmut erfaßte ihn, aber dafür war jetzt keine Zeit. Annie wurde in den Krankenwagen gebracht, und die Doppeltüren schlossen sich hinter ihnen. Als der Wagen anfuhr, sah Martin den Widerschein des Blaulichts, das sich über ihren Köpfen zu drehen begann.

Zwei Krankenschwestern und ein zweiter Arzt bemühten sich schon während der Fahrt um Annie. Martin zwängte sich noch dazwischen an ihre Seite.

Annie öffnete wieder die Augen. Sie waren glasig vor Schmerz, aber sie blickte umher und sah dann Martin an. Die Enttäuschung war ihr ins Gesicht geschrieben. Es schien, als hätte sie jemand anderen erwartet.

Er nahm ihre Hand und hielt sie fest, aber sie lag schlaff und kalt in der seinen.

– VIER –

Die Türen der Unfallstation waren bereits geöffnet, als der Krankenwagen vorfuhr. Die Trage, auf der Annie lag, wurde herausgehoben und auf einem Gestell mit Rädern abgestellt. Martin rannte neben dem Arzt her. Für einen Moment schlug ihm der kalte Schneeregen ins Gesicht, dann schlossen sich die Krankenhaustüren hinter ihm, als ob er in einen weißen Tunnel hineingeschleust worden wäre.

Annie wurde bereits aus seinem Blickfeld gerollt. Rasch lief er ihr nach. Ihr Gesicht war so weiß und so abwesend, daß er fürchtete, sie sei bereits tot. Ein angsterfülltes, kummervolles Stöhnen entrang sich seiner Kehle.

Eine Schwester im blauen Kleid mit weißen Manschetten legte ihre Hand auf seinen Arm. »Sind Sie der Ehemann?«

Er nickte, unfähig, auch nur einen Satz zu sprechen.

»Kommen Sie mit in mein Büro. Ich bringe Ihnen eine kleine Stärkung, während Sie warten.«

Man führte ihn zu einem Stuhl mit hölzernen Armlehnen in der Ecke des kleinen Zimmers. Die Schwester brachte ihm Tee in einer Plastiktasse. Martin nippte daran, ohne zu schmecken, was er trank. Er war nur dankbar für die Wärme des Getränks.

Sie darf nicht sterben! Die Worte gingen ihm unaufhörlich durch den Kopf, aussprechen konnte er sie noch nicht.

Der diensthabende Unfallchirurg und sein Oberassistent waren bei Annie.

Der Unfallchirurg hatte dienstfrei gehabt, als das Krankenhaus alle verfügbaren Kräfte von den Pathologen bis zum Pförtner zusammentrommelte. Dreißig Minuten später war er auf seiner Station und hatte seither pausenlos gearbeitet. Mit seinem Team hatte er bislang fünfundvierzig Opfer versorgt und eben von der Polizei gehört, daß ein weiterer Verwundeter auf dem Weg sei. Den Polizeiangaben zufolge sollte dies dann der letzte sein. Es war noch ein weiterer Mann unter den Trümmern, aber er war bereits tot.

»Der vorletzte«, sagte er knapp zu seinem Kollegen. Er rieb sich mit der Hand rasch über das Gesicht und zog dann seine Handschuhe über.

Annies Haut war fahl und fühlte sich feuchtkalt an, und ihr Atem war sehr flach.

»Blutdruck?«

»Nicht meßbar.«

Ihr Puls ging sehr schnell.

Der Arzt riß Annies Mantel auf und entfernte das blutgetränkte Kleid. Ihr Magen war voller Blutergüsse und steinhart. Die Ärzte sahen sich kurz an, und der Unfallchirurg gab ruhig seine Anweisungen.

»Blutkonserven bereithalten. Blutgruppe feststellen. Sofort den OP vorbereiten.« Er ging zum Telefon, um das Chirurgenteam zu verständigen, das oben wartete.

Fünf Minuten später war Annie auf dem Weg dorthin.

Sie war nicht mehr bei Bewußtsein, als Steve hereingebracht wurde. Der Schmerz in seinem Bein war trotz des Morphiums unerträglich, aber er versuchte, sich unter der Decke, die man über ihn gebreitet hatte, zu drehen, um eventuell einen Blick auf Annie zu erhaschen. Die Unfallstation war jetzt ungewöhnlich, fast unheilvoll ruhig. Dann standen plötzlich viele Leute um ihn herum und sahen zu ihm hinunter.

»Annie«, sagte Steve nachdrücklich. »Ich möchte wissen, wo sie ist.«

Es wurde geflüstert. Dann sagte jemand beruhigend: »Sie ist in guten Händen. Auf dem Weg in den OP. Jetzt wollen wir uns mal dieses Bein ansehen.«

Er spürte rasende, bohrende Schmerzen. Steve starrte nach oben in die grellen Kreise der starken Lampen. Nach außen bildeten sie Räder in Regenbogenfarben, nach innen wurde das

Licht hart und hell. Er biß die Zähne zusammen, um nicht schreien zu müssen. Endlich richtete der Arzt sich auf und ließ sein Bein los. »Sie haben im Oberschenkelknochen des linken Beines eine böse Fraktur«, sagte er ruhig. »Ich denke, wir sollten sie auch in den OP bringen und den Knochen nageln. Während Sie unter Narkose sind, können wir uns auch gleich ein paar andere Kleinigkeiten vornehmen.«

Die Schmerzen machten Steve hilflos und zornig. *Warum mußten sie nur immer so sprechen,* dachte er.

Aber er war zu müde, um etwas sagen zu können. Mit geschlossenen Augen dachte er an Annies blasses Gesicht im Schein der Rettungsscheinwerfer und wartete, daß man ihn narkotisieren würde.

Der Unfallarzt war mit seiner Arbeit fertig und ging in den Gang hinaus. Er streckte sich, um die von der Anstrengung verspannten Muskeln zu lockern, und freute sich auf einen Whisky in der Bar gegenüber. Doch die Stationsschwester wartete auf ihn. Barsch erinnerte sie ihn daran, daß Annies Mann immer noch in ihrem Büro wartete.

Der Arzt sah verdutzt drein und blickte dann noch einmal zu Steve zurück. »Ich dachte, *er* wäre ihr Mann.«

Die Schwester schüttelte den Kopf. »Ihr Mann sitzt in meinem Büro. Er steht unter ziemlichem Schock.« Der Arzt seufzte. »Na, dann gehe ich wohl besser zu ihm.«

Als Annie ihre Augen öffnete, war um sie herum überall gleißendes Licht. Die Helligkeit erschien ihr zunächst formlos und verschwommen, aber dann begann sie sich zu langen Rechtekken zu formieren, die durch dunklere Flecken getrennt waren. Sie versuchte, den Kopf zu drehen, und bemerkte, daß dies nicht möglich war. Diese schreckliche Entdeckung ließ sie erschauern, und sie starrte mit weitaufgerissenen Augen in das Licht. Das Licht war zwar beruhigend, aber sie wollte mehr sehen, sie wollte sehen, was um sie herum war, und sie konnte es nicht. Mit aller Kraft machte sie einen neuerlichen Versuch, aber sie spürte nur Schmerzen, überall Schmerzen, als ob die Luft um sie herum davon erfüllt wäre. Annie fühlte ein Stöhnen in ihrer Kehle aufsteigen, das aber nicht herauskonnte, weil irgend etwas blockiert war.

Dann kam ein Gesicht auf sie zu und verdunkelte die hellen Rechtecke. Annie betrachtete es aufmerksam. Es war ein Mann im weißen Mantel mit einem hohen Kragen. Wie eine Barbierjacke, dachte sie. Der Mund des Mannes bewegte sich, und sie stellte fest, daß er wohl mit ihr sprach. Als er aufhörte zu reden, lächelte er, aber seine Augen beobachteten irgend etwas hinter ihrem Kopf.

Sie versuchte, ihn zu fragen, was er tat. Ihre Zunge bewegte sich, und dann hatte sie das Gefühl, zu ersticken. Ihr Magen rebellierte gegen den Schlauch in ihrem Hals.

Das Gesicht des Mannes bewegte sich wieder, und jetzt hörte sie, was er sagte. »Das hilft Ihnen noch eine Weile beim Atmen, Annie. Sie machen das sehr gut.«

Also war sie im Krankenhaus. Steve hatte gewußt, daß man sie rechtzeitig rausholen würde. Annie wollte wieder nach seiner Hand greifen. Ihre Finger bewegten sich, aber die Hand war zu schwer. Auch da hatte sie überall Schläuche. Sie konnte den Gummi an ihrem Handgelenk spüren.

Sie war sehr müde, schloß die Augen, und die hellen Rechtecke verschwanden.

»Sie wird doch nicht sterben, oder?«

Martin hatte den ganzen Abend im Krankenhaus gewartet. Es war Mitternacht, als sie Annie endlich aus dem OP brachten. Der Chirurg kam zu Martin in den stickigen Warteraum. Seit Stunden hatte er dort gesessen und den Fliesenboden angestarrt. Der Arzt teilte Martin mit, daß Annie bei dem Anschlag schwere innere Verletzungen erlitten hatte. Die Milz mußte wegen eines Risses entfernt werden, ein tiefer Leberriß konnte genäht werden. Weitere innere Verletzungen wurden nicht festgestellt, aber sie hatte Frakturen in der rechten Schulter und im Oberarm und tiefe Schnitte und böse Prellungen an Beinen und Oberschenkeln. Die Ärzte hofften, daß sie bald aus der Narkose erwachen und ihr Zustand sich stabilisieren würde.

»Kann ich zu ihr?« hatte Martin gefragt.

»Wir bringen sie zunächst in die Intensivstation«, antwortete der Chirurg vorsichtig. »Ich glaube nicht, daß es heute abend Grund zur Besorgnis gibt. Wir wollen versuchen, ihren Blutdruck etwas aufzumöbeln. Sie sollten jetzt nach Hause gehen und zu schlafen versuchen. Kommen Sie morgen früh wieder. Die Schwester wird Sie sofort verständigen, wenn sich etwas Neues ergibt.«

Martin war nach Hause gefahren. Seine Mutter war inzwischen eingetroffen, um für die Kinder zu sorgen. Sie saß in der Küche und wartete auf ihn. Martin schüttelte erschöpft den Kopf, als er in die vertraute Umgebung kam. War es wirklich erst ein paar Stunden her, daß Annie hier war? Er wiederholte, was er von dem Chirurgen erfahren hatte und ging dann nach oben, um nach den Kindern zu sehen. Benjy sah aus wie immer, lag zusammengerollt im Bett und hatte die Decke fest über den Kopf gezogen. Tom hingegen warf sich unruhig im Bett herum und murmelte ängstlich im Schlaf.

Martin legte sich nieder, schlief ein, schreckte jedoch mehrmals hoch, weil er glaubte, das Telefon gehört zu haben.

Am nächsten Morgen fuhr er unverzüglich ins Krankenhaus. Zuvor hatte er am Telefon von der Krankenschwester gehört, daß es »ziemlich schlecht« um Annie stünde. Ein Arzt war ständig bei ihr.

Martins Auto stand immer noch in der kleinen Seitengasse in der Nähe der Kaufhausruine, wo er es gestern abgestellt hatte. Er fuhr mit der U-Bahn zum Krankenhaus. Alle Fahrgäste, die auf dem Weg zur Arbeit waren, hielten Zeitungen vor ihren Gesichtern, auf deren Titelseite über den Bombenanschlag berichtet wurde. Die reißerischen Schlagzeilen der Boulevardpresse tanzten vor seinen Augen. Martin drehte sich weg und starrte durch das schwarze Fenster. Er hatte nur einen Gedanken: *Annie, Annie.*

In einem kahlen kleinen Raum neben den Doppeltüren der Intensivstation traf Martin auf den Arzt. Der Chirurg, der Annie operiert hatte, war abgelöst worden, und der diensthabende Arzt stellte sich als Spezialist für Nierenkrankheiten vor.

Martin hörte wie betäubt zu. In den frühen Morgenstunden hatten Annies Nieren aufgehört zu arbeiten, und man hatte sie an die Dialyse gehängt. Ihr Blutdruck war weiter gefallen, hatte sich aber jetzt stabilisiert.

»Ich fürchte, man kann einfach nur abwarten«, sagte der Arzt.

»Sie wird doch nicht sterben, oder?« wiederholte Martin. Er sah, wie die Muskeln unter der frischrasierten Wange des Arztes zuckten. Wie oft mußte der Arzt wohl diese Frage hören? *Wird meine Frau sterben? Wird mein Mann sterben?* Plötzlich erfaßte er mit einem Schlag die Tragweite des Ereignisses. Panischer Schrecken überkam ihn. Warum mußte es ausgerechnet Annie sein?

»Ihre Frau ist jung und gesund. Ich glaube, sie hat gute Chancen. Aber Genaueres werden wir erst in ein, zwei Tagen wissen.«

»Kann ich jetzt zu ihr?«

»Die Schwester bringt Sie hin.«

Er bekam einen weißen Mantel übergezogen und Plastiküberzüge über seine Schuhe.

Martin folgte der Schwester in dem blauen Kleid und dem gestärkten Häubchen durch die Doppeltür. Er registrierte im Vorbeigehen nur kurz einen hellerleuchteten Raum, der in kleine Zellen unterteilt war. In jedem Bett lag eine leblose Gestalt an Schläuche und Maschinen angeschlossen. Dann blieb die Schwester stehen. Er sah an ihr vorbei und erblickte Annie. Er wußte, es war Annie, weil er sie an der Haarfarbe erkannte. Aber ihr Gesicht war eingefallen, und ihre Wangen und die Haut unter ihren Augen schienen blutunterlaufen. Sie hatte

Schläuche im Mund, in der Nase, an den Handgelenken und am Knöchel. Das weiße Krankenhaushemd, das sie trug, war vorne offen, und Martin konnte einen Schlauch sehen, der in ihren Brustkorb hineingelegt war. Ihr Bett war eingerahmt von feindseligen Maschinen. Über ihrem Kopf hing eine Flasche dunkles, rotes Blut, das in ihren Arm hineintröpfelte. Unter dem Hemd war ihre Schulter mit einem weißen Heftpflaster verklebt und am Magen war ein Wundverband. Martin fand es schrecklich, sie in diesem Zustand zu sehen. Ihr Körper erschien ihm so entmenschlicht, als ob die Maschinen von ihm Besitz ergriffen hätten, und Annie selbst irgendwohin, ganz weit weg gegangen wäre.

Ein Krankenpfleger deutete mit Kopfnicken auf einen Stuhl an der Seite des Bettes. »Wollen Sie hier eine Weile bei ihr sitzen?« fragte er freundlich.

Er war Ire, bemerkte Martin automatisch. Die Intensivstation war voll von lautlos umherhuschendem Pflegepersonal. Es mutete ihn seltsam an, daß diese Menschen, obwohl sie einen irischen Akzent, eine dunkle Hautfarbe oder sonst etwas hatten, was sie voneinander unterschied, für ihn trotzdem Teil dieser flackernden, piepsenden Maschinen waren.

»Schade, daß Sie nicht eine Minute früher gekommen sind. Sie war eine Zeitlang bei Bewußtsein«, sagte ihm der Krankenpfleger. »Jetzt ist sie wieder eingeschlafen.«

Martin setzte sich zu ihr. Er wollte ihre Hand nehmen, hatte jedoch Angst, die Schläuche herauszuziehen. So berührte er nur ihre Fingerspitzen.

Martin saß eine Stunde bei ihr, doch sie gab kein Lebenszeichen von sich. Er dachte, wie sie zu Hause gewesen war, wie flink sie sich in der Küche bewegte und wie ausgelassen sie mit den Jungen im Garten herumtobte. Ungeduldig und zornig rutschte er auf dem unbequemen Stuhl hin und her. Er war wütend auf die Menschen, die ihr das angetan hatten, und er war bestürzt, als er feststellte, daß er sich über Annie ärgerte, weil sie fortgegangen war, und er sie nicht erreichen konnte.

Martin betrachtete die Geräte wie Rivalen, die ihn von ihr trennten.

»Wofür sind die?« wollte er wissen und zeigte mit dem Kopf auf die Monitore.

»Puls, Blutdruck und EKG«, erwiderte der Krankenpfleger. »Diese Skala überprüft den venösen Druck, und diese Schläuche sind für das Dialysegerät.«

Und so wurde sie, weit, weit weg, am Leben gehalten.

Nach einer Stunde stand er steif vom Sitzen auf und verabschiedete sich von dem Krankenpfleger. Benjy und Tom warteten zu Hause.

Ohne nach rechts oder links zu schauen verließ Martin die Station.

»Wie geht es ihr?« fragte Steve.

»Sie macht sich«, sagte man ihm. »Ihr Mann ist bei ihr.«

Steve hatte an die Stunden gedacht, die sie miteinander durchgemacht hatten. Die Dunkelheit erschien ihm immer noch realer als das abgetrennte Stückchen hellerleuchtetes Krankenzimmer, in dem er lag. Er konnte die Krankenschwestern hinter den Vorhängen hin- und herlaufen hören, aber genauso deutlich hatte er noch Annies flüsternde Stimme im Ohr. Jetzt, da die Dunkelheit gewichen war, wollte er Annie sehen und mit ihr reden. Sie waren so vertraut miteinander geworden. In den langen Stunden des Wartens waren sie Freunde geworden, und einer gehörte praktisch zur Familie des anderen. Aber Annie lag oben auf der Intensivstation, und ihr Mann war an ihrer Seite.

Gegen Abend hatte Steve sich von den Narkosemitteln erholt. Er wußte das, denn obwohl die Erinnerung an gestern noch voll da war, konnte er genau zwischen den Geschehnissen gestern und der Realität jetzt im Krankenhaus unterscheiden. Gleichsam als Bestätigung seiner Erkenntnis kam eine Krankenschwester mit einem gestärkten Häubchen herein, zog die Vorhänge zurück und lächelte ihn an.

»Na also. Jetzt, wo Sie wieder richtig wach sind, sollen Sie doch auch was von der Welt sehen.«

Steve sah gegenüber vier Betten. Neugierig beäugten ihn die anderen. Der Tisch in der Mitte des Zimmers war ein einziges Blumenmeer. Er legte sich in die Kissen zurück und genoß verzückt die verschwenderischen Farben.

Annie wachte wieder auf und bemerkte, daß die hellen Rechtecke über ihrem Kopf blasser geworden waren. Wenn man die Lichter runtergedreht hatte, so viel konnte sie sich zusammenreimen, dann mußte es jetzt nachts sein. Wie viele Nächte waren schon vergangen? Sie wollte schlucken, aber der Schlauch in ihrem Mund brachte sie zum Würgen.

Eine Krankenschwester schaute sie an. Annie sah ganz deutlich den Kontrast zwischen ihrer dunklen Gesichtsfarbe und dem weißen Häubchen auf ihrem Haar.

»Hallo, meine Liebe«, sagte die Krankenschwester. »Ihr Mann war den ganzen Abend hier, aber jetzt ist er nach Hause gegangen. Er bat mich, Ihnen zu sagen, daß alles in Ordnung ist. Tom und Benjy lassen grüßen, und Sie sollen sich keine Sorgen machen. Und das werden Sie auch nicht, versprochen?«

Die Krankenschwester lächelte sie an, und Annie fiel wieder der warme Kontrast von Hell und Dunkel in ihrem Gesicht auf. Sie versuchte, *Martin* zu sagen, aber der Schlauch hinderte sie daran. Wieder wurde ihr klar, daß sie weder sprechen noch sich bewegen konnte. Die Schmerzen, die sie dort unten in der Dunkelheit gequält hatten, waren jetzt noch schlimmer. Allerdings war sie hier in Sicherheit. Die Krankenschwester lächelte so freundlich und zuversichtlich. Doch die Angst stieg immer wieder in ihr hoch. Wo war Steve? Sie konnte nicht einmal den Kopf drehen, um zu sehen, ob er in ihrer Nähe war. Er würde verstehen, was vor sich ging. Schließlich war er die ganze Zeit über bei ihr gewesen. Sie hatte seine Worte noch immer deutlich im Ohr. Sie konnte sich sogar ganz genau die gebeugte Gestalt seiner Großmutter vorstellen, wie sie durch die schäbige

Wohnung schlurfte, und Steves eigene Wohnung mit großen abstrakten Gemälden an den weißen Wänden. Warum war er nicht da?

Wieder versuchte sie zu sprechen, diesmal wollte sie seinen Namen rufen, so wie sie es in der Dunkelheit getan hatte. Aber er antwortete nicht, und die dunkelhäutige Krankenschwester legte ihre warme Hand auf Annies Arm.

»Nun bleiben Sie mal ganz ruhig liegen. Sie wollen doch nicht alle meine Maschinen durcheinanderbringen, oder?«

Annie versuchte zu denken. *Was für Maschinen?* Die Antwort lag irgendwo außerhalb ihres Auffassungsvermögens, wie der äußere Ring eines der Lichter über ihrem Kopf außerhalb ihres Gesichtskreises war. Ihre Hilflosigkeit erschien ihr unerträglicher als die Schmerzen, und sie fühlte, wie Tränen in ihren Augen aufstiegen und aus den Augenwinkeln liefen.

Die Krankenschwester beugte sich über sie und tupfte sie weg. »Na, na, was haben wir denn da«, hörte Annie sie murmeln. »Dazu gibt es überhaupt keine Veranlassung. Sie machen alles ganz prächtig.«

Am frühen Morgen kamen zwei Beamte eines Antiterrorkommandos zu Steve. Steif saßen sie an seinem Bett und stellten Fragen, mitfühlend, aber beharrlich.

»Es tut mir leid«, sagte Steve. »Da war nichts. Ich habe für die junge Frau die Tür aufgehalten, und in dem Moment ging die Bombe los. Ich habe niemanden sonst gesehen und auch nichts Ungewöhnliches bemerkt.«

Es ist einfach passiert, dachte er erschöpft. Es ist passiert, und zufällig waren Annie und ich gerade dort. Und noch einige andere. Wir beide haben Glück gehabt. Wir leben noch. Annie, bist du noch da?

Ein dankbares Glücksgefühl wollte sich allerdings noch nicht so recht einstellen. Er war noch wie betäubt und erinnerte sich lediglich daran, neben Annie in der Finsternis gelegen zu haben. Mehr wußte er nicht. Die Beamten bedankten sich bei ihm, steckten ihre Notizblöcke ein und verschwanden. Der nächste Besucher war Bob Jefferies. In der Notaufnahme hatten sie Steve nach Namen und Adressen gefragt.

Cass? hatte er überlegt. Nein, nicht Cass. »Oder einfach jemand, dem wir Bescheid sagen können, daß Sie hier sind«, versicherten sie. Schließlich nannte er Bob Jefferies' Namen, eigentlich mehr, weil Bob sein Geschäftspartner und weniger weil er ein engerer Freund war als ein Dutzend anderer.

Und dann kam Bob, eine stattliche Erscheinung in seinem teuren Mantel, und brachte einen von Steves italienischen Koffern mit. Am Bettende blieb er stehen und schaute auf Steves abgestütztes Bein, auf die Verbände an Händen und Brustkorb und schließlich in sein Gesicht.

»Mein Gott, Steve«, sagte er schließlich, »so kannst du dich bei der Weihnachtsfeier im Büro nicht sehen lassen.«

Steve ließ seinen Kopf in die Kissen zurücksinken und versuchte ein Lachen. Aber es wollte ihm noch nicht so recht gelingen und erstarb ihm auf den Lippen.

Bob sah in sein fahlgraues Gesicht und fragte: »Ist es schlimm?«

»Nein. Schmerzhaft, aber es kommt wieder in Ordnung.« Der Chirurg hatte ihm bei der Visite gesagt, der komplizierte Oberschenkelbruch sei genagelt worden. Aber es würde voraussichtlich normal heilen, und er würde das Bein wieder voll bewegen können. »Ich werde allerdings eine Weile nicht auftreten können. Monate vielleicht.«

Bob hievte den Koffer auf das Bettende. »Hm. Broadway fällt also flach?«

Diesmal versuchte Steve erst gar nicht zu lachen.

»Hab' ich nicht gefragt.«

»Na so was.«

Die gespielte Heiterkeit sollte Bobs linkische Bemühungen, möglichst unauffällig sein Mitgefühl auszudrücken, vertuschen. Und Steve seinerseits tat wiederum so, als brauche er dieses Mitgefühl nicht.

Bob packte den Koffer aus. Steve sah, daß er ihm seinen Bademantel, Schlafanzug und Toilettenbeutel gebracht hatte. Es war seltsam, Bob mit diesen Sachen hantieren zu sehen.

»Tut mir leid, daß ich dich damit belästigen mußte«, entschuldigte sich Steve. »Ich wollte, ich könnte mehr für dich tun.« Bob sah ihn nicht an. »Ich konnte beim besten Willen keinen Rasierapparat finden.«

»So intim sind wir wohl nicht. Wußtest du nicht, daß ich mich naß rasiere?« – »Ach, mit diesem ausgefransten Bündel von Tierhaaren, das in deinem Badezimmer steht, seifst du dir dein *Kinn* ein? Laß gut sein. Sicherlich findet sich eines der hübschen Mädchen hier bereit, dich zu rasieren.«

Mit einem Mal hatte Steve das Bedürfnis, die Augen zu schließen. Die Anstrengung, der Steve zu sein, den Bob kannte, ermüdete ihn, und weiter gab es momentan nichts zu besprechen.

Bob sah Steves Erschöpfung und packte rasch die restlichen Sachen aus – einige Bücher und eine Flasche Johnnie Walker Black Label.

»Könnte ich davon etwas haben?« fragte Steve. Bob leerte das Wasser aus dem Glas, das auf dem Nachtkästchen stand, und goß zweifingerbreit Whisky ein. Steve nippte davon und der vertraute, weltliche Geschmack schien seine Verbindung mit Bob wiederherzustellen.

»Das tut gut. Danke.«

Bob trat mit dem leeren Koffer ein wenig zurück.

»Sie wollen niemand außer mir reinlassen, und ich darf nur zehn Minuten bleiben. Aber sie lassen alle grüßen. Alle, hörst du?«

Steve wußte. Er meinte all die Leute, mit denen er zusammenarbeitete. Die Nachricht hatte sich sicherlich wie ein Lauffeuer verbreitet.

»Und Marian, natürlich. Wenn wir irgend etwas für dich tun können, Steve...«

Marian war Bobs Frau. Steve nickte.

»Danke. Vielen Dank.«

»Soll ich noch irgend jemanden verständigen? Jemand besonders?«

Steve dachte einen Augenblick unlustig nach. »Na ja, Cass vielleicht. Und Vicky Shaw. Die Nummern stehen in dem Adreßbuch auf meinem Schreibtisch. Jenny weiß wo. Sag ihnen, mir geht es gut.« – »Ja, gut. Sag mal, sollen wir dich nicht in ein Einzelzimmer verlegen lassen. Wo du einen Fernseher und ein Telefon hast?«

Steve sah sich in dem Zimmer mit den halb zugezogenen Vorhängen um. Er hatte noch mit keinem gesprochen, ihre Anwesenheit war ihm jedoch durchaus angenehm. Und das Blumenmeer in der Mitte des Raumes war ihm ebenfalls lieb geworden.

»Das ist schon recht hier. Bob, ich hatte gestern eine Verabredung mit Aaron Jacobs wegen der Fruchtsaftwerbung...« – »Jetzt denk doch nicht schon wieder an die verdammte Arbeit. Ist doch jetzt völlig unwichtig.«

Bob ist ein netter Kerl, dachte Steve. Seit Jahren arbeiteten sie zusammen, hatten unzählige Stunden miteinander verbracht, häufig miteinander gegessen, aber nie zuvor hatte Steve seinen Partner von dieser Seite betrachtet. Bob stand da, nestelte verlegen an seinem Mantel herum und wollte offenbar irgend etwas Tröstliches oder Aufbauendes sagen.

»Eine Bitte hätte ich schon noch«, sagte Steve. Bob horchte auf, bereitwillig und erleichtert zugleich.

»Da war ein Mädchen. Sie hieß Annie. Wir waren dort unten die ganze Zeit zusammen. Wir haben miteinander geredet. Wir hielten uns an den Händen. Ohne sie wäre es... schrecklich gewesen.«

»Ja. Ich habe darüber in den Zeitungen gelesen. Allerdings nicht viel.«.

»Sie ist hier, irgendwo. Sie haben sie vor mir hier eingeliefert. Könntest du herausfinden, wie es ihr geht? Wie es ihr wirklich geht?«

»Überlaß das nur mir.«

Bob würde das schon machen. Da konnte Steve ganz beruhigt sein. Er brauchte jetzt nur noch zu warten, welche Nachrichten Bob bringen würde.

Sie verabschiedeten sich voneinander, und Bob ließ Steve allein zurück.

Annie ging es sehr schlecht.

Nach der Notoperation bekam sie eine Lungenentzündung. Man hatte ihr einen Luftröhrenschnitt gemacht und sie an die Herz-Lungenmaschine angeschlossen. Die Maschine atmete ruhig für sie. Mit massiven Antibiotika ging man gegen die Infektion der Lunge vor. Ihre Nieren hatten völlig versagt, deshalb übernahm das Dialysegerät diese Arbeit. Einen ganzen Tag lag sie in tiefer Bewußtlosigkeit. Dann, als ob ihr Körper jegliche Selbstheilungskraft verbraucht hätte, begann sie zu bluten. Sie blutete aus der Operationswunde, aus den Schnitt- und Schürfwunden und aus den Öffnungen, die man ihr zur Aufrechterhaltung der Lebensfunktionen beigebracht hatte.

Martin saß an ihrem Bett und betrachtete ihr Gesicht. Nicht einmal ihre Hand konnte er halten, denn schon durch die leichteste Berührung bekam sie große blaue Flecken. Ihr Gesicht war mit blutunterlaufenen Stellen übersät, so daß es aussah, als sei sie böse verprügelt worden. Er saß und wartete und war dem Verzweifeln nahe.

Der diensthabende Arzt der Intensivstation hatte Martin erklärt, Annies Blut habe keinen Gerinnungsfaktor mehr. Über den Tropf würde sie jedoch mit allen lebenswichtigen Dingen versorgt. Martin sah zu, wie die Flaschen und Plastikbeutel langsam in ihren geschundenen Körper tropften. Selbst ihr Haar schien seine Farbe verloren zu haben. In grauen Strähnen lag es auf dem Kissen. Ihre Lippen waren leichenblaß, bleifarbene Ringe rahmten ihre Augen.

Auch Steve wartete. Bobs beharrliche Nachforschungen hatten ihn schließlich zu dem Chirurgen gebracht, der Annie operiert hatte, und dieser war schließlich persönlich zu Steve gegangen, um mit ihm zu reden.

»Wie geht es ihr?« wollte Steve wissen. Der Chirurg sah ihn forschend an, als wollte er ergründen, wieviel er ihm sagen sollte. »Ich habe sechs Stunden lang ihre Hand gehalten«, erläuterte Steve. »Ich möchte wissen, was mit ihr passiert.«

»Sie hat eine Lungenentzündung und ihre Nieren arbeiten nicht. Sie hat außerdem Probleme mit der Blutgerinnung. Das alles zusätzlich zu den üblichen postoperativen Problemen und ihren anderen, geringfügigen Verletzungen.« – »Wird sie es schaffen?« Steve beobachtete das Gesicht des Arztes, konnte jedoch nicht entdecken, daß dieser etwas verbergen wollte. Nach einer kleinen Denkpause sagte er:

»Ich glaube, ihre Chancen stehen fünfzig zu fünfzig. Das wird sich in den nächsten zwei Tagen zeigen.«

»Vielen Dank«, sagte Steve.

Zwei Tage vergingen.

Der dritte Tag war Heiligabend, und im Krankenhaus kam die übliche, erzwungene Fröhlichkeit auf, die so typisch ist für alle Krankenhäuser um diese Zeit. Die Oberschwester trug eine Glitzergirlande über ihrem Häubchen, Weihnachtsdekorationen wurden angebracht, und Steve konnte einen großen Christbaum in dem Tagesraum sehen, der die Männer- von der Frauenstation trennte.

Die zweireihig stehenden Betten, die Blümchenvorhänge und der kleine Ausblick durch die Türen am Ende des Zimmers waren ihm ein vertrauter Anblick geworden. Es fiel ihm auf, daß er seine Mitpatienten inzwischen mindestens ebensogut kannte wie Bob Jefferies oder einen anderen seiner Freunde.

Am Tag des Bombenanschlags war bei den Frauen und den Männern eine Achtbettenstation freigemacht worden, um die Opfer aufzunehmen. Nach und nach waren sie hierher gebracht worden und hatten schon bald festgestellt, daß ihr gemeinsam erlittenes schreckliches Erlebnis sie mehr verband, als dies Jahre einer normalen Bekanntschaft hätten tun können. Es war für sie ein ungeschriebenes Gesetz, den Bombenanschlag selbst nie zu erwähnen. Aber alle waren fest entschlossen, ihr Schicksal zu meistern – der Zeitungsverkäufer, dessen Stand vor dem Kaufhaus von Trümmern und Glasscherben begraben wurde, der Kaufhausbotenjunge, fünf andere Männer, die Weihnachtseinkäufe gemacht hatten, und Steve. In den paar Tagen, in denen sie auf der Station waren, war Steve, ohne es zu wollen, eine Art Held geworden. Teilweise lag das daran, daß er am schwersten verletzt und am längsten verschüttet war. Der eigentliche Grund jedoch war die unheimliche Menge von Geschenken, die täglich für ihn eintrafen. Natürlich bekamen sie alle jeden Tag Karten, Blumen und Geschenke. Es war ja schließlich Weihnachten. Die Welt wollte ihr Mitgefühl zeigen, und der Tisch in der Mitte der Krankenstation lieferte dafür den besten Beweis.

Aber Steves Geschenke, von Kollegen, Freunden und Kunden, stellten alles andere in den Schatten. Da gab es geräucherten Lachs, Champagner und Whisky kistenweise, Geschenkpakkungen mit Schokoladentrüffeln, Obst und Blumen in großen Henkelkörben aus Weidengeflecht. Zuerst war ihm das peinlich gewesen, und er wollte sich eigentlich nur an den Blumen erfreuen. Die anderen Geschenke gab er an seine Mitpatienten und die Schwestern weiter. Dementsprechend wurde jedes neue Geschenk mit großem Interesse begrüßt, und so begann er sich auch daran zu freuen.

Am Heiligabend kam von Bob Jefferies und einigen Freunden aus der Filmbranche ein Fernseher und ein Videorecorder. Dazu Videokassetten von zwei Dutzend neuen Spielfilmen, von denen einige noch nicht einmal angelaufen waren.

Der Botenjunge kam zu Steves Bett herübergeschlichen und lugte neugierig in die Schachtel. »Ich kenne noch keinen einzigen dieser Filme.«

»Du hast jetzt genügend Zeit, sie dir alle anzuschauen, Mitchie.«

Lediglich auf diese unverbindliche Weise wollten sie an die Geschehnisse der vergangenen Tage erinnert werden. Vor einer direkten Anspielung schreckten sie alle noch zurück. Steve dachte an Annie, die irgendwo in einem anderen Stockwerk lag und überlegte, was sie wohl miteinander reden würden, wenn sie hier wäre anstelle der bunt zusammengewürfelten Gruppe von Freunden.

Um sechs Uhr öffnete eine der Krankenschwestern mit einigen Schwierigkeiten eine von Steves Champagnerflaschen. Der Korken knallte und sprang über den polierten Linoleumboden. Silbriger Schaum sprudelte in die Zahnputzgläser. Die Krankenschwestern reichten die Gläser herum, und der alte Zeitungsverkäufer neben Steve nippte an seinem Glas und schmatzte mit den Lippen.

»Nun«, sagte er, »ich habe schon schlechtere Weihnachten erlebt.« Dankbar sah er zu der Oberschwester mit der Glitzergirlande hinüber. »Jetzt würde ich gern nur noch einmal so alt sein wie du, Stevie.«

Die Art, wie der alte Mann sprach, und daß er ihn Stevie nannte, erinnerte Steve an seine Großmutter. Der Gedanke an sie, die Weihnachtsgirlanden und die Vorstellung, wie der alte Mann sonst Weihnachten verbringen mußte, machten ihn traurig. *Ich wollte, ich wäre noch einmal so alt wie du.* Wozu? dachte Steve.

Er hatte nicht mehr geweint, seit er ein kleiner Junge war, aber jetzt traten ihm Tränen in die Augen. Er wollte aufstehen und weggehen, so wie er immer in einer solchen Situation die Einsamkeit gesucht hatte. Aber sein gebrochenes Bein und die Schmerzen hinderten ihn an seinem Vorhaben. Seine Ohnmacht kam ihm voll zum Bewußtsein, und er merkte, wie sehr er von ihnen abhängig war. Steve stellte sein Champagnerglas auf sein Nachtkästchen und bohrte sein tränennasses Gesicht in die Kissen.

Die anderen sahen es und blickten taktvoll weg. Steve wußte, daß sie untereinander fröhlich anstoßen würden, um von seinem plötzlichen Gefühlsausbruch abzulenken. Wie seltsam war doch alles, was um ihn hier vorging.

Er lag da und wartete, daß die Tränen aufhören würden, und dachte an Annie. Annie war ihm vertrauter als sonst jemand auf der Welt, und er hatte Angst, daß sie sterben müßte.

»Du darfst nicht sterben«, flüsterte er, wie er es getan hatte, als sie verschüttet waren. *Du wirst nicht sterben, versprich mir das!*

Die Angst trocknete seine Tränen.

Ganz bewußt drehte er sich nun wieder den anderen zu und nahm sein Champagnerglas.

Später kam noch eine Gruppe von Medizinstudenten vorbei und führte eine Weihnachtspantomime auf. Für die Terroropfer gaben sie sich besondere Mühe. Steve sah ihnen mit eingefrorenem Lächeln zu.

Danach wurde die Beleuchtung zurückgedreht, und er konnte die Krankenschwestern weiter hinten kichern hören. Plötzlich stand ein Mann neben seinem Bett.

Er hatte ein eckiges, angenehmes Gesicht. Um die Augen sah er müde aus. Er war groß, stand ein wenig gebeugt da und sah auf Steve hinunter, als ob er nicht sicher wäre, ob er sich nicht lieber wieder rausschleichen sollte.

»Schon gut«, sagte Steve bestimmt. »Ich habe nicht geschlafen.«

Der Mann rieb sich mit der Hand über das Gesicht.

»Die Schwester sagte, ich könnte Sie kurz besuchen.«

Steve drehte die Lampe an seinem Bett an. Der Lichtkreis umfaßte sie beide innerhalb des von dem Vorhang umgebenen Raums.

»Ich bin Annies Mann«, sagte der Mann. *Sie ist tot. Sie sind gekommen, um mir zu sagen, daß sie tot ist.*

Steve versuchte sich aufzusetzen, um das besser verkraften zu können, was Martin ihm da zu sagen hatte. »Wie geht es ihr?« fragte er tonlos. Und dann sah er, wie sich in den müden Linien im Gesicht von Annies Mann erschöpfte Erleichterung abzeichnete. »Sie wird es schaffen«, sagte Martin. »Heute abend habe ich es erfahren.« Steve schloß für eine Minute die Augen. Er sah Annie vor sich, wie sie ausgesehen hatte, als die Rettungsscheinwerfer auf ihr Gesicht geleuchtet hatten. Und dann sah er noch eine andere Annie vor sich, wie sie vor dem Bombenanschlag gewesen sein mußte. Sie lachte, hatte rosige Wangen, und die langen Haare flatterten um ihr Gesicht. Steve öffnete abrupt die Augen.

»Gott sei Dank«, entfuhr es ihm.

Jetzt, da er so erleichtert war, sah er Martins Erschöpfung um so deutlicher. Er zeigte auf den Stuhl neben seinem Bett, und Martin ließ sich darauffallen.

»Wenn Sie das Nachtkästchen aufmachen«, sagte Steve sanft, »finden Sie eine Flasche Scotch.«

Martin reichte ihm die Flasche, und Steve goß den Whisky in das Wasserglas. Martin umklammerte das Glas und nahm dann einen kräftigen Schluck. »Danke«, sagte er.

Steve wartete, bis Annies Mann wieder aufblickte, und fragte dann vorsichtig: »Was haben sie gesagt, die Ärzte?« Martin zuckte mit den Achseln, als könne er es immer noch nicht so recht glauben, daß sie nach all den schrecklichen Dingen, die sie bedroht hatten, doch weiterleben würde.

»Sie hatte Lungenentzündung, aber das haben sie mit Antibiotika in den Griff bekommen. Sie war durch einen Luftröhrenschnitt an die Herz-Lungenmaschine angeschlossen, aber angeblich wird das in ein paar Tagen überflüssig sein. Und ihre Nieren haben wieder zu arbeiten begonnen. Sie haben es mir gezeigt. Man sieht das alles am Monitor und an den Aufzeichnungen an ihrem Bettende. Ihr Blut hatte keinen Gerinnungsfaktor mehr, müssen Sie wissen. Sie hatte so viel Blut verloren, daß es nicht mehr so reagierte, wie es sollte. Sie haben ihr Blutplasma gegeben, und alle möglichen anderen Dinge, und jetzt funktioniert es wieder. Die Operationswunde wird jetzt heilen. Es wird ihr jetzt ziemlich schnell besser gehen, sagen sie.« Martins Hände ruhten auf dem Bettlaken. Er hielt das Wasserglas lose umfaßt. »Es war so schrecklich, sie so sehen zu müssen, mit all den Maschinen und Geräten, als ob Annie ihnen gehörte und nicht mehr mir. Ich konnte nicht einmal ihre Hand halten, weil sie davon noch mehr blutunterlaufene Stellen bekam.«

Martin hielt den Kopf gesenkt, und Steve wartete wieder. Er sah Annies Hilflosigkeit in aller Deutlichkeit vor sich. Aber dann blickte Martin auf, und Steve sah, daß er lächelte. Noch einmal zuckte er mit den Achseln. »Aber jetzt geht es aufwärts mit ihr. Heute abend war sie bei Bewußtsein. Sie kann nicht sprechen wegen der künstlichen Beatmung. Aber sie lächelte mich an.«

Steve mußte zur Seite schauen, um seine Eifersucht zu verbergen.

Er versuchte, sich klarzumachen, daß Martin *ihr Mann* war und dachte daran, daß Martin den ganzen Tag und die halbe Nacht gebangt hatte, und auch die Tage danach. Aber weder sein Mitgefühl noch rationale Überlegungen konnten seine Eifersucht dämpfen.

Martin merkte davon nichts und trank den restlichen Whisky. Er mußte seine Erleichterung einfach mit jemandem teilen. Am liebsten hätte er es der ganzen Station erzählt, und auch den Schwestern, die am anderen Ende der Station fröhlich feierten. Ein breites, törichtes Lächeln durchbrach sein versteinertes Gesicht. Der Whisky stieg ihm zu Kopf und brannte angenehm im Magen.

»Sie hatte einfach den Willen, weiterzuleben, wissen Sie«, murmelte er. »Sie wollte es einfach, ganz stark.«

Steve dachte zurück. »Stimmt«, sagte er. »Sie war sehr mutig dort unten.«

Martin bewegte seine Hand, als wollte er sie Steve entgegenstrecken, tat es dann aber doch nicht.

»Ich wollte Sie natürlich wissen lassen, daß es ihr besser geht.« Er lächelte wieder. »Und ich wollte... Ihnen danken, daß Sie ihr geholfen haben.«

Bei all der Erleichterung, mit der er sich auf den Weg gemacht hatte, den Fremden zu besuchen, bemerkte Martin, daß er Steve beobachtete. Er sah wieder den Ort des Geschehens vor sich, und wie er in den winzigen Raum hinuntergesehen hatte, in dem die beiden all die schrecklichen Stunden gewartet hatten.

Der Raum war kleiner als ein Bett. Es war eher wie ein Grab, dachte er und erinnerte sich an einen mittelalterlichen Grabstein, den Annie und er in irgendeiner Kathedrale gesehen hatten. Sie waren auf Urlaub gewesen. Lange bevor die Kinder zur Welt kamen. Das steinerne Paar lag Schulter an Schulter auf dem Grabstein, und zu ihren Füßen hatte der Steinmetz auch noch ihren Lieblingshund verewigt. Annie und Martin hatten gemeinsam den lateinischen Spruch entziffert: *Der Tod konnte sie nicht trennen.*

Annie hatte tief aufgeseufzt und fand das sehr romantisch. Martin hingegen fand den beengten Raum unter dem Grabstein eher bedrückend. Sie fanden es beide ein wenig schauerlich, mußten dann lachen und gingen danach ins Seitenschiff, um die bunten Glasfenster zu bewundern.

Das Bild jener schrecklichen, beengten Vertrautheit stand jetzt wieder vor Martin. »Ich bin so froh, daß es ihr besser geht«, sagte Steve.

Diese müden Worte drückten keineswegs seine wahren Gefühle aus, und das war gut so. »Ich habe oft an sie gedacht. Wie es ihr wohl ginge. Wissen Sie, mir brauchen Sie nicht zu danken. Wir haben uns gegenseitig geholfen. Uns sozusagen abgewechselt: wenn einer Angst hatte, tat der andere so, als ob es keinen Grund dafür gäbe. Ich hätte... ohne Annie nicht so lange durchhalten können.«

Steve fiel auf, daß es plötzlich sehr ruhig auf der Station geworden war. Annies Mann sah ihn an. Normalerweise hatte er sicher einen ganz entspannten und humorvollen Gesichtsausdruck und freundliche Augen. Ein netter Mann. Und ganz sicherlich auch ein guter Mann.

Rasch sagte Steve: »Und was ist mit den Kindern? Benjy, und Tom? Sie... vermissen sie doch bestimmt?«

»Ja«, antwortete Martin. »Tun sie.«

Mit ruhiger Stimme fuhr Steve fort: »Wissen Sie, wir haben uns unterhalten. Lange Zeit, bis zu dem Zeitpunkt, an dem die Mauer einstürzte. Wir haben über alles Mögliche gesprochen. Sie hat mir von Ihnen erzählt, von den Kindern und von dem Haus. Und darüber, daß sie nicht sterben und ihre Lieben zurücklassen wollte.«

Martin bohrte reibend mit den Fingern in seinen Augen. Er war ganz benommen vor Erschöpfung und Erleichterung. »Ich wußte, sie würde so etwas sagen. Annie gibt nicht auf. Sie hat auch hier im Krankenhaus nicht aufgegeben. In dem Raum mit all den Maschinen.«

»Wie schön.« Noch einmal müde Worte.

Martin stand auf. »Den Kindern geht es gut. Für Tom ist es schlimmer, weil er weiß, daß sie hier im Krankenhaus ist, er aber nicht zu ihr darf. Sie lassen niemanden zu ihr, außer mir.«

Steve war wieder eifersüchtig. Wenn Martin doch jetzt endlich gehen würde. Dieser machte jedoch keine weiteren Anstalten.

»Und wie geht es Ihnen?«

Steve zuckte mit den Achseln. »Gebrochenes Bein, Schnitt- und Schürfwunden. Nichts Schlimmes.«

Martin sah sich in der diffus beleuchteten Station um. »Nicht sehr weihnachtlich hier. Was ist mit Ihrer Familie?»

»Ich bin nicht verheiratet. Habe außerdem ohnehin nicht viel für Weihnachten übrig.«

Martin nickte. »Annie liebt Weihnachten«, sagte er. Dann streckte er Steve seine Hand entgegen. Sie schüttelten sich die Hände.

Martin lächelte. »Ich sollte jetzt besser gehen. Die Kinder werden sicher schon um 5 Uhr früh auf sein.«

»Sehen Sie zu, daß Sie etwas Schlaf bekommen.«

»Ja«, sagte Martin. »Jetzt wird das möglich sein.«

Nachdem Martin gegangen war, lag Steve lange Zeit wach. Die Tatsache, daß Annie gesund werden würde, war für ihn wie ein gutes Omen. Weiter dachte er noch nicht.

Alles war ruhig, als Martin nach Hause kam. Seine Eltern waren bereits zu Bett gegangen, also setzte er sich in die Küche und genehmigte sich noch einen Whisky. Er dachte an die Weihnachtsfeiern der vergangenen Jahre und wieviel Spaß sie an den alljährlich wiederkehrenden Ritualen hatte, die peinlich genau befolgt werden mußten. Annie hatte die großen roten Filzstrümpfe zum Aufhängen für die Kinder genäht, und Martin wußte, sie würden sie erwartungsvoll an ihren Bettenden aufgehängt haben.

Wenn sie gestorben wäre ...

Die Vorstellung war ihm immer noch so grauenvoll, daß er das Whiskyglas umklammerte, bis seine Knöchel weiß wurden.

Aber Annie würde nicht sterben. Ihr Zustand machte ihm immer noch Angst, aber er war sicher, daß sie überleben würde.

Für einen Moment war er richtig glücklich. Es war Weihnachten, die Kinder schliefen oben und Annie würde überleben.

Er stellte das leere Glas ab, ging in das Kinderzimmer und holte die roten Strümpfe. Dabei betrachtete er einen Augenblick lang die schlafenden Gesichter. Dann ging er in ihr gemeinsames Schlafzimmer, wo Annie die Geschenke ordentlich hinten im Kleiderschrank versteckt hatte. Nacheinander holte er sie heraus und füllte die Strümpfe damit. Wie liebevoll und sorgfältig sie selbst die kleinsten Geschenke ausgesucht hatte. Es war ganz klar, wer was bekommen sollte. Annie hatte die kleinen, häuslichen Dinge immer so reibungslos und voller Engagement geregelt. Warum hatte er ihr das bloß nie gesagt, warum hatte er es nicht einmal bemerkt?

Als er fertig war, legte er die prall gefüllten Strümpfe auf die Betten zurück. Dann trug er die großen Geschenke nach unten und legte sie mit den anderen unter den Baum.

Die bunten Lichter bildeten eine farbig glühende Pyramide in dem düsteren Raum. Martin sah, daß die Kinder am Kamin ein Glas Whisky und ein Stück Früchtebrot für den Weihnachtsmann hingestellt hatten, und eine fein säuberlich geschälte Karotte für das Rentier.

Darauf hatte Annie immer bestanden. »Warum sollte das arme alte Rentier leer ausgehen?« hörte er sie fragen. Thomas hatte sicher seine Großmutter daran erinnert, alles genauso herzurichten.

Martin lächelte, als er den Whisky in die Flasche zurückgoß. Dann schlang er die Karotte und das Früchtebrot gierig hinunter. Eigentlich hatte er ja seit dem Bombenanschlag fast nichts gegessen.

»Komm, Weihnachtsmann«, hätte Annie jetzt gesagt, »laß uns ins Bett gehen.« Er sehnte sich nach der Wärme ihrer Hand, die seine nahm, und nach dem vertrauten Gefühl, neben ihr zu liegen.

Martin drehte die Christbaumbeleuchtung ab und ging nach oben. Er wollte für die Kinder ein fröhliches Weihnachten machen, auch wenn ihm selbst nicht danach zumute war. Annie zuliebe.

Die Kinder wachten sehr früh auf, wie er es geahnt hatte. Zuerst kam Benjy, dann Thomas zu ihm und schleppten die Strümpfe hinter sich her. »Schau!« rief Benjy. »Er war hier.«

»Ist alles in Ordnung?« flüsterte Thomas.

Martin hob die Bettdecke hoch, und die beiden kletterten in das Bett. Sie schienen nur aus spitzen Ellbogen zu bestehen.

»Schsch. Weckt eure Großeltern nicht auf. Ja, Tom, es ist gut. Alles wird gut.«

»Hey, Daddy. Frohe Weihnachten.«

Er hielt sie beide fest. Atemlos lauschten sie auf das geheimnisvolle Knistern in den Strümpfen.

»Nun«, sagte Martin, »wollt ihr nicht hineinschauen, was euch der Weihnachtsmann gebracht hat?«

Das ließen sich die Kinder nicht zweimal sagen.

Martin sah zu, und obwohl er die Sachen erst, wie es ihm schien, vor etwa einer Stunde in die Strümpfe hineingepackt hatte, ließ er sich doch von dem begeisterten Auspacken mitreißen. Für Benjy, der gern zeichnete und baute, waren dicke, runde Faserstifte in fluoreszierenden Farben dabei, die er mit seinen noch ungelenken Fingern gut greifen konnte. Und Malblöcke mit orangefarbenen, schwarzen und lilafarbenen Blättern, sowie Bücher zum Ausmalen. Auch Bausteine fehlten nicht, die mit einem leisen Klicken ineinander paßten, und Puzzles, die man ausmalen und selbst auseinanderschneiden konnte.

Für Thomas, aufgeweckt und kämpferisch, waren Quizspiele und ein Miniaturroboter dabei. Außerdem Spielsachen, die man so verändern konnte, daß sie zu anderen Spielsachen wurden, und ein Modellflugzeug zum Zusammenbauen, das immer wieder zurückkam. Beide Jungen bekamen die heißersehnten Weltraumwaffen, die Martin eigentlich gar nicht schätzte. Aber er war so vertieft, mit den Kindern ihre Entdekkungen zu teilen, daß er gar nicht daran dachte, daß Annies weiches Herz wieder einmal über ihre Prinzipien gesiegt hatte.

Endlich saßen alle drei zufrieden inmitten einer Masse von aufgerissenem Geschenkpapier und Päckchen.

»Einfach spitze«, bemerkte Thomas und setzte sich zufrieden zurück. Dann dachte er unvermittelt an die grauenvollen letzten Tage und sein Gesicht verdüsterte sich.

»Ich wollte, Mami wäre hier.«

Martin legte seinen Arm um ihn. »Sie wird bald wieder bei uns sein«, versprach er ihm. »Gestern ging es ihr viel besser. Sicher darfst du auch bald zu ihr.«

Toms Gesicht erhellte sich wieder.

»Und dann zeig' ich ihr mein neues Gammagewehr.«

»Ich zeig' ihr auch meine Geschenke«, stimmte Benjy ein.

»Los jetzt«, sagte Martin, »ab mit euch in eure Zimmer. Ich mache Tee für Oma und Opa und werde ihnen von Mami erzählen.«

Er stieg über das Chaos am Boden. Die Kinder hopsten und sprangen um ihn herum.

Es wird alles gut, beruhigte er sich selbst, es wird alles gut.

Er öffnete die Vorhänge. Es fehlten nur noch wenige Stunden zum Weihnachtsmorgen.

Der erste Weihnachtsfeiertag spielte sich genauso ab, wie Steve es sich vorgestellt hatte. Die Frauen von der gegenüberliegenden Station, denen es nicht so schlecht ging, kamen in rosa- und türkisfarbenen Morgenmänteln herüber, um frohe Weihnachten zu wünschen. Danach gaben sich die Besucher die Klinke in die Hand. Nach dem Krankenhauspater, der mit dem Krankenhauschor Weihnachtslieder sang, kamen die Sozialberater, von denen einige Frau und Kind mitgebracht hatten. Den kleineren Kindern war die Sache zu langweilig, und sie schlitterten über den auf Hochglanz polierten Boden. Schließlich filmte noch ein Fernsehteam, wie die Bombenopfer das Weihnachtsfest verbrachten.

Als das Festessen hereingefahren wurde, hatte Steve das Gefühl, eben erst gefrühstückt zu haben. In der Tat war es allerdings schon Essenszeit. Ein Unfallstationshelfer teilte den Truthahn, der in der Mitte des Krankenzimmers auf einem fahrbaren Wagen stand, und die Schwestern schwirrten mit den beladenen Tellern hin und her. Auch Wein aus Steves unerschöpflichem Depot wurde eingeschenkt, und so feierte man feuchtfröhlich in den Tag hinein.

Nach dem Essen sank der alte Zeitungsverkäufer zufrieden lächelnd in seine Kissen zurück und hielt ein lautstarkes Mittagsschläfchen.

Am Nachmittag kamen die Angehörigen der Familien zu Besuch. Ehefrauen, Kinder und Großeltern. Jedes Bett war von einer lauten Menschentraube umlagert.

Als er das laute »Klick-klick« von sehr hohen Absätzen hörte, wußte Steve, wer es war, ohne aufzusehen.

Cass trug den Pelzmantel, den sie sich nach einem Fototermin in Rom gekauft hatte. Die Felle waren mehrfach geschoren und gefärbt worden, bis sie gar nicht mehr wie Pelz aussahen, und das einzige, was noch an Tierfelle erinnerte, waren die Schwänze, die wie Quasten an den Schultern wippten. Den Fellhut hatte sie so tief in das Gesicht gezogen, daß nur mehr die scharlachroten Lippen zu sehen waren. Cass hatte sich so auffallend und wirklichkeitsfremd hergerichtet wie das Titelmädchen eines Modemagazins. Ihr Auftritt wirkte wie elektrisierend auf die Umgebung. Die einzelnen Grüppchen drehten sich um und starrten sie eine unendliche Minute lang erst mal an. Cass stand neben Steves Bett und sah auf ihn hinunter. »Hallo.«

»Cass«, sagte er. »Und noch dazu an Weihnachten.« Er versuchte sich zu erinnern, wann er sie zum letztenmal gesehen hatte – vergeblich. Es mußte Monate her sein. Wie viele Monate?

Cass legte ihren Pelz ab. Sie trug ein cremefarbenes Futteralkleid aus Kaschmir darunter. Es sah so glatt und seidig aus wie das Fell einer Siamkatze, ein Tier, dem sie ohnehin vergleichbar war. Steve wußte, daß ihre Augen dieselbe geheimnisvolle, verschleierte Tiefe hatten wie die einer Katze, weil Cass kurzsichtig und zu eitel war, um eine Brille zu tragen.

»Du siehst gut aus«, sagte er und mußte innerlich über die schamlose Untertreibung lächeln. Denn wie immer war Cass eine vollkommene Schönheit. »Kann man von dir wiederum nicht behaupten.«

»Danke.«

Sie setzte sich auf den Bettrand. Ihre Beine unter dem kurzen Strickrock waren sehr lang. Die puderfarbenen Strümpfe ließen die Beine perfekt glatt erscheinen.

»Ach Liebling, so habe ich das doch nicht gemeint. Ich meinte, es sieht bös aus.« – »Schon gut. Ich weiß, wie du es gemeint hast.«

Schon gehen wir wieder auf Konfrontationskurs, dachte Steve. Da war wieder diese fast bewußte Unfähigkeit, einander zu verstehen. Es war kaum zu glauben, daß dieses hübsche Mädchen mit den weit auseinanderstehenden, unergründlichen Augen jemals seine Frau gewesen war.

Sie schaute um sich und schauderte: «Uh, ich hasse Krankenhäuser. Wie hältst du das hier nur aus?«

»Oh, das läßt sich ganz gut aushalten. Ich liege hier und höre den Menschen zu. Beobachte die Krankenschwestern; da gibt es eine sehr bemerkenswerte Rothaarige. Ich denke nach und schlafe. Es gibt Schlimmeres.«

Cass lachte und schlug die Beine übereinander. »Kann ich mir kaum vorstellen. Armer schwarzer Kater.«

Steve dachte, daß er sie genauso attraktiv fand wie damals, als er sie zum erstenmal sah. Wenn sie neben ihm läge, würde er mit seiner Hand über die Kurve ihrer Taille und die seidenweiche Rundung ihrer Hüften streicheln. Er wußte, daß sie dann aufstöhnen und ihn mit ihren weit auseinanderstehenden Augen verträumt ansehen würde.

Steve rutschte unruhig unter seiner Bettdecke hin und her, soweit es das Gewicht des Gipses zuließ.

»Macht das Bein Probleme?« erkundigte sich Cass unschuldig.

»Nein. Es ist nicht das Bein.« Am Tonfall seiner Stimme konnte sie erraten, was er meinte. Sie lachte, zufrieden mit der Wirkung, die sie erbrachte. Und doch kannte er sie kaum, überlegte Steve. Genausowenig wie sie ihn. Annie und er waren sich viel vertrauter, und dabei hatte er lediglich ihre Hand gehalten und ihren Kopf gestreichelt, um sie zu trösten.

Cass betrachtete ihn und fragte spitz: »Hat Vicky dich besucht?«

»Vicky? Ja, sie war vorgestern da. Sobald auch andere Leute, außer der engsten Verwandtschaft, mich besuchen durften. Sie ist jetzt über Weihnachten nach Hause nach Norfolk gefahren.« Cass schmollte ein wenig. »Warum mußtest du Bob Jefferies als deine engste Verwandtschaft angeben. Das sah aus, als hättest du niemand anderen.«

Steve seufzte. »Dich hätte ich ja wohl schlecht angeben können, meine Liebe. Wir haben uns seit Monaten nicht gesehen. Ich wußte nicht einmal, ob du im Lande bist.«

»Ich war hier. Und wäre natürlich sofort gekommen.« Cass nahm seine Hand und schaute mit geneigtem Kopf auf ihre ineinander verschlungenen Finger hinunter. »Wußtest du das nicht?« Nach einem Augenblick sagte Steve: »Nein, das wußte ich nicht. Du bist gegangen, hast du das vergessen?«

Cass neigte ihren Kopf noch ein wenig stärker, so daß ihr cremeblondes Haar ihr Gesicht verdeckte. Weiter hinten auf der Station drehte jemand ein Radio an, und sie hörten einen hohen Knabensopran Weihnachtslieder singen.

»Steve, ich...«

Mit einer raschen Bewegung deutete er an, daß er nicht zuhören konnte und wollte. Er öffnete seine Hand plötzlich, so daß ihre auf die Bettdecke fiel.

»Bob war da. Er veranlaßte alles Notwendige, und soviel gab es ja auch gar nicht zu tun.«

Cass wandte ihm ihr Gesicht zu, und er konnte sehen, daß sie verletzt und irritiert war. So wie es von Anfang an immer gewesen war. »Es hat keinen Sinn, nicht wahr?« fragte sie. Er wollte sie streicheln, ließ das aber dann doch sein. Es hatte wirklich keinen Sinn, von vorn anzufangen, denn es gab keine Richtung, in die er und Cass gemeinsam gehen konnten.

»Nein«, sagte Steve schließlich, und das Wort stand zwischen ihnen.

Nach einem Augenblick strahlte Cass ihn an. »Nun, ich habe nicht vor, gleich wieder zu gehen, nachdem ich den langen Weg hierhergekommen bin. Warum wollen wir uns nicht unterhalten? Worüber wollen wir sprechen?«

»Erzähl mir, was du getrieben hast.« Begeistert schilderte sie all ihre Fototermine und die damit verbundenen Reisen. Sie war sechs Wochen in New York gewesen, in Singapur, in Rom und auf Sizilien. Sie war ausgebucht, sehr erfolgreich und bewegte sich noch immer in der Jet-set-Welt, in die sie und Steve einst gemeinsam hineingerutscht waren. Endlich hatte sie alles erzählt, und sie sahen sich wieder schweigend an.

Cass sagte plötzlich in einem ganz anderen Tonfall: »Du siehst so elend aus. Warum sprichst du nicht darüber, was passiert ist?«

»Es ist eben einfach passiert. An so viel kann ich mich auch gar nicht erinnern. Außer daß ich Schmerzen hatte, und daß es sehr dunkel war.« Er wollte mit Annie darüber reden. Mit niemand anderem.

»Ich habe die Bilder im Fernsehen gesehen.« Cass schauderte. »Bevor ich wußte, daß du dort warst. Da war noch jemand mit dir zusammen verschüttet, nicht wahr?«

»Ja. Eine Frau. Wir haben uns unterhalten und uns gegenseitig ermutigt. Das machte die Sache leichter.«

Mehr konnte er beim besten Willen dazu nicht sagen. Cass schien das zu verstehen.

»Es tut mir leid«, sagte Steve. »Ich bin sehr müde.«

Sofort stand sie auf und schwang sich ihren Pelzmantel über die Schulter, daß die Schwänze hin und her baumelten.

»Ich weiß. Dann werde ich jetzt gehen. Ich habe dir nicht einmal etwas mitgebracht.«

Steve lachte. »Danke. Kein Bedarf. Die Kollegen vom Büro haben halb Harrod's hierhergeschleppt.«

Cass grinste. »Kann ich mir vorstellen.« Es waren die ersten ganz natürlichen Sätze, die sie miteinander gewechselt hatten, und sie lächelten sich an.

Plötzlich beugte sich Cass zu ihm hinunter und küßte ihn. Ihr Haar fiel auf seine Wange. Unwillkürlich mußte Steve an den Abend denken, an dem sie ihn verlassen hatte. Cass in ihrem schwarzen Spitzen-BH und den French Knickers. Mit einer Hand zog er ihren Kopf zu sich herunter und küßte sie. Schließlich war es Cass, die sich von ihm freimachte.

»Benimm dich.«

»Geht sowieso nicht anders – mit dem Gips.« Cass tat so, als ob sie enttäuscht wäre und zog einen Schmollmund. Es war alles gut gelaufen, dachte Steve. Sie hatten sich beide ganz passabel durch den Besuch hindurchmanövriert. Cass zog ihren Fellhut tief in die Stirn.

»Auf Wiedersehen, mein Lieber.«

»Auf Wiedersehen, Cass.«

Ihr selbstbewußter, anmutiger Gang ließ die Pelzschwänze an ihrem Mantel hin und her schwingen. Sie sah sich nicht um.

Der alte Zeitungsverkäufer richtete sich in seinen Kissen auf, sobald sich die Tür hinter ihr geschlossen hatte.

»Wer war denn das, Junge?«

»Meine Ex-Frau.«

Er lachte glucksend. »Sah mir gar nicht so ex aus.«

Steve lachte. »Der äußere Schein trügt, Frankie. Besonders bei Cass.«

»Nun.« Der alte Mann ließ sich wieder zurücksinken. »Da würde ich nicht nein sagen. So viel kann ich dir sagen.«

Steve ließ den Blick schweifen und sah sich auf der Station um. Es sah aus wie nach einer Party. Überall standen leere Stühle kreuz und quer. Aufgerissenes Geschenkpapier lag herum. Es waren nur noch wenige Besucher da. Steve lächelte, als er die Augen schloß. Er schlief sofort ein.

Die Lichter an der Decke waren jetzt klar. Annie sah die rechteckigen Neonlichtkassetten mit dem milchigen Glas jetzt ganz deutlich. Sie kannte auch die Gesichter aller sie betreuenden Krankenschwestern. Der Achtstundenrhythmus, in dem sie abwechselnd auftauchten, war ihr erklärlich, weil sie an der ihrem Bett gegenüberliegenden Wand eine große, weiße Uhr erkennen konnte. Der irische Krankenpfleger mit dem Namen Brendan hatte Dienst. Annie mochte ihn am liebsten, weil er sehr vorsichtig war und ihr nie weh tat, wenn er den Verband wechselte oder ihr eine Spritze gab. Sie beobachtete ihn in seiner weißen Jacke, als er etwa ablas und eine Zahl auf der Karte am Fußende ihres Bettes eintrug. Hinter ihm konnte Annie die

Oberschwester an ihrem Schreibtisch sitzen sehen, der auf einem Podest in der Mitte des Raumes stand. Brendan war mit seinen Eintragungen fertig und beugte sich über sie. »So, das hätten wir, meine Liebe«, sagte er, »zumindest für die nächste Stunde. Liegen Sie bequem?«

Sie konnte ihren Kopf gerade so weit bewegen, um ein Nicken anzudeuten. Als sie versuchte, ihn anzulächeln, spürte sie, wie ihre verschwollenen Lippen zitterten.

»Na, prächtig«, freute sich Brendan. Er stand einen Augenblick ruhig da, den Kopf zur Seite geneigt. Dann sagte er: »Horchen Sie, können Sie es hören?«

Ganz weit weg glaubte sie etwas zu vernehmen. Es waren Menschen, die sangen, eine warme, vertraute Melodie, ein altbekanntes Weihnachtslied. »Ist das nicht schön«, flüsterte Brendan. »Das ist unser Krankenhauschor. Er kann es mit den besten Chören der Welt aufnehmen.«

Annie dachte, wie schön es wäre, wenn Martin das auch hören könnte. Er hatte bis vor kurzem an ihrem Bett gesessen, hatte sie dann zum Abschied geküßt und war gegangen. Sie mochte es, wenn er an ihrem Bett saß. Manchmal erzählte er ihr kleine, alltägliche Geschichten über die Kinder und über das Haus. Dann wieder leistete er ihr einfach nur schweigend Gesellschaft, und das war sehr tröstlich, weil ihr das Zuhören noch schwerfiel. Nur wenn Martin ihre Hand hielt, war ihr das unangenehm. Da wollte sie lieber den anderen Mann, Steve, neben sich. Den Mann, der ihre Hand im Dunkeln gehalten hatte. Der Gedanke verwirrte sie, und sie versuchte, ihn zu verdrängen.

Annie lag da und hörte den schönen Stimmen zu. Dann überkam sie wieder eine warme Schläfrigkeit. Sie fühlte sich im Schlaf so sicher, außer wenn sie anfing zu träumen.

Eine Woche später saß Steve an einem jener so absurd frühen Krankenhausmorgen in dem Armsessel neben seinem Bett. Er durfte jetzt bereits seit mehreren Tagen aufstehen.

Man hatte ihm aus dem Bett geholfen, ihn mit Krücken versorgt, und dann versucht, ihn aufrecht hinzustellen. An der Ferse seines Gipsbeines war ein kleiner Stöpsel befestigt worden. Vor den ersten schwankenden Schritten mit den Krücken durfte er den Gehgips auf den Boden stellen, um sein Gleichgewicht zu halten. Nur sein Gewicht durfte er nicht darauf verlagern. Mehrere Tage hatten ihm eine Krankenschwester und eine Krankengymnastin geholfen, auf und ab zu gehen, jedesmal ein bißchen weiter.

Frank und Mitchie und die anderen Männer hatten ihm nach seinen ersten mühsamen Versuchen Beifall geklatscht.

Während die Krankenschwestern sein Bett machten, wartete er in seinem Armsessel. Eine der Schwestern sah ihn über die Schulter an.

»Ich habe Neuigkeiten für Sie, Steve. Eine meiner Freundinnen arbeitet in der Intensivstation. Gestern hat sie mir erzählt, daß Ihre Leidensgenossin heute dorthin verlegt wird.« Sie zeigte mit dem Kopf in Richtung der Tür, die vom Tagesraum zur Frauenabteilung führte. »Sie können sich also bald besuchen.«

»Ach«, sagte die andere Krankenschwester, »ist das nicht schön?«

Steve sah auf die Tür und auf den Lichtschein, der durch die Fenster auf den Boden fiel. Seine Finger bewegten sich nervös auf dem Metallschaft der Krücken, die gegen seinen Sessel gelehnt waren.

»Wann?« fragte er. »Wann werden sie sie runterbringen?«

Die Krankenschwestern sahen sich an. »Nach der Visite, denke ich.«

Jetzt, da die Zeit gekommen war, verspürte Steve plötzlich Angst. Ihm war flau im Magen. Annie war ihm so wichtig. Und er hatte durch sie gelernt, mit dem, was ihnen widerfahren war, fertig zu werden.

Er wollte sie sehen, wollte mit ihr neu anfangen.

Und doch hatte er Angst. Was würde sein, wenn Annie ihn mit dem kalten, höflichen Gesicht einer Fremden ansah?

Das durfte nicht sein.

Steve umklammerte seine Krücken und hielt sie fest, während er auf die Tür der anderen Krankenstation starrte.

Brendan und eine Krankenschwester halfen Annie aus dem Bett. Sie hatten ihr eines ihrer eigenen Nachthemden angezogen, und sie sah auf ihre Beine hinunter, die unter dem Rüschensaum hervorschauten. Sie schienen nicht die ihren zu sein, waren sehr dünn und blau marmoriert von Venen und blutunterlaufenen Stellen. Brendan brachte ihren blauen Wollmorgenmantel und half ihr, ihren linken Arm in den Ärmel zu stecken. Ihr rechter Arm war in einer Schlinge, also legte er den Morgenmantel nur darüber und band den Gürtel in der Taille fest.

Neben ihrem Bett stand ein Rollstuhl bereit. Sie hoben sie hinein und zogen ihr ihre Hausschuhe an.

»Na, wer sagt's denn!« strahlte Brendan sie an.

Endlich wieder ein Mensch, dachte Annie. Seit einer Woche, seit sie den Weihnachtschor gehört hatte, hatte sich ihr Körper allmählich wieder gefangen. Sie war wieder ein Mensch aus Fleisch und Blut, nicht mehr durch Schläuche mit komplizierten Maschinen verbunden. Endlich war sie wieder ein Individuum mit ihren eigenen Kleidern in Farben und aus Stoffen, die sie selbst ausgewählt hatte. Ihr ging es wieder so gut, daß sie diesen geräuschgedämpften, summenden Raum mit der hellen Beleuchtung und den unbeweglichen Körpern verlassen durfte.

Brendan setzte den Rollstuhl in Bewegung.

Plötzlich bekam Annie Angst. Sie war an das Zimmer gewöhnt. Krankenschwestern, Ärzte und Maschinen hatten ihr in letzter Zeit alles abgenommen. Jetzt war sie plötzlich wieder für sich selbst verantwortlich. Die Türen kamen näher, und sie hatte Angst, was sie wohl jenseits dieser Türen erwartete. Die Hand in ihrem Schoß ballte sich zur Faust, und sie bemerkte, wie schwach sie war.

Die weiß gekleideten Krankenschwestern kamen zur Tür, um sich zu verabschieden. Selbst die Oberschwester kam aus ihrem Stationszimmer.

»Alles Gute!« riefen sie fröhlich. »Brav sein, dort unten, wo wir nicht auf Sie aufpassen können!«

»Warum sollte sie wohl brav sein wollen?« protestierte Brendan. Die Türen öffneten sich.

Annie atmete tief durch. Jetzt war es so weit, ein Zurück gab es nicht. Heute nachmittag, dachte sie bei sich, könnte sie Thomas und Benjy sehen.

Annie drehte sich um und lächelte den Krankenschwestern zu.

»Danke«, sagte sie. Alle winkten, und die Türen schlossen sich hinter ihrem Rollstuhl.

Annie sah den langen Krankenhausgang vor sich. Brendan pfiff ein Liedchen, während er ihren Rollstuhl schob. Sie bemerkte, daß der Übergang von der Wand zu dem kastanienbrauen Kunststoffboden beigefarbig gestrichen war und Stoßspuren aufwies. Ein Krankenhelfer ging an ihnen vorbei, und Annie sah einen winzigen Triangelriß am Saum seines Mantels. Eine Gruppe von Lernschwestern in leuchtend rosa Uniformen sahen wie Gestalten auf einem Gemälde der naiven Malerei aus. Das Licht kam ihr viel zu hell vor, so als ob sich ein dünner Schleier gehoben hätte und plötzlich alle Konturen an Schärfe gewonnen hätten. Draußen war ein grauer Tag, doch Annie kam es vor, als wäre der Gang von hellem Sonnenschein durchflutet. Auch konnte sie verschiedene Geräusche ganz klar definieren – Brendans Pfeifen, das Klirren eines Teewagens, Schritte und Stimmen, Straßenverkehr. Selbst das Nageln eines Dieselautos draußen auf der Straße registrierte sie.

An den Aufzugtüren beobachtete sie mit hypnotischem Blick den beleuchteten Stockwerkanzeiger. Die Türen öffneten sich mit einem pneumatischen Zischen. Im Innern der grün gestrichenen Aufzugkabine roch es so stark metallisch, daß Annie sich zu Brendan umsah, um zu sehen, ob auch er irritiert war. Er lächelte sie an. »Alles in Ordnung, meine Liebe?«

Er drückte den Knopf. Der Aufzug fuhr so schnell nach unten, daß Annie einen Augenblick das Gefühl hatte, das Bewußtsein zu verlieren. Aber schon war der Spuk vorüber, und die Türen öffneten sich wieder. Annie blinzelte in das grelle Licht, als sie wieder in einen langen Korridor einbogen, in dem viele Schritte widerhallten. Am Ende des Ganges war eine Krankenstation. Es ging für Annie alles so schnell, daß sie das Gefühl hatte, Brendan würde laufen.

Die Schwingtür öffnete sich und sie fuhren weiter. Annie stockte der Atem, als sie das Blumenmeer, die blumenbedruckten Vorhänge, die Düfte, die Farben und das Licht-und-Schattenspiel auf dem kräftig roten Fußboden wahrnahm. Es war, als hätte es für sie nur zuerst die schreckliche Finsternis, danach eine von aller Farbigkeit ausgeblutete Welt, und nun wieder eine lichtdurchflutete Umgebung gegeben. »Es ist wunderschön hier«, flüsterte sie. Brendan lachte. »Station Nr. 2 hat schon viele Namen bekommen. Aber ›wunderschön‹ hat sie noch niemand genannt.«

Ein Bett stand für sie bereit. Die Laken waren so weiß wie ein tiefverschneiter Hügel. Brendan sprach mit den Schwestern der Station. Annie konnte zwar die verschiedenen Tonlagen ihrer Stimmen unterscheiden, verstand jedoch nicht, was sie redeten. Durch das Fenster hinter ihrem Bett sah sie rote Ziegelmauern, Fenster, Regenrinnen, Tauben, die auf Mauervorsprüngen vor sich hindösten, ein Wirrwarr von Einzelheiten, die sie alle gesondert registrierte.

Auf ihrem Nachtkästchen stand ein Christstern in einem Blumentopf. Annie hatte das aggressive Rot dieser Blumen nie gemocht. Jetzt glaubte sie noch nie etwas Schöneres als diese scharlachroten Deckblätter und die buschigen, gezackten grünen Blätter darunter gesehen zu haben. Sie hatte das Bedürfnis, ihre saftige Kühle mit den Fingerspitzen zu berühren. Auf dem Bett lag ein weiterer, in Zellophan verpackter großer Blumenstrauß. Eine der Schwestern hielt ihn hoch, damit Annie ihn besser sehen konnte. Es waren Chrysanthemen, in allen Farbschattierungen von Reinweiß bis zum tiefen Hellbraun. Gelbe, gekräuselte Seidenbänder mit Schleifen hielten das knisternde Zellophan zusammen. Man gab ihr die beigelegte Karte, und Annie las die ungelenke Handschrift des Floristen.

Beste Wünsche für eine baldige Genesung. Die Schüler und Lehrer von Rusholme. Rusholme war die Schule, die Thomas besuchte.

Ganz unvermutet brach sie in Tränen aus. Die plötzliche Konfrontation mit Gefühlen, die ihr entgegengebracht wurden, ließ den Schutzwall, den sie um sich errichtet hatte, zusammenbrechen. Annie spürte, wie verwundbar sie geworden war. Sie saß in ihrem Rollstuhl, und die Tränen liefen ihr die Wangen hinunter.

»Es tut mir leid«, schluchzte sie. »Ich weiß wirklich nicht, warum Blumen mich zum Weinen bringen.«

»Schon gut«, tröstete sie Brendan. Eine Krankenschwester nahm die Blumen. »Ich stelle sie für Sie ins Wasser. Bin allerdings nicht besonders gut im Arrangieren von Blumen.«

Sie halfen ihr ins Bett. Die Laken fühlten sich glatt und frisch an unter ihren Füßen, die Kissen waren weich. Die Tränen trockneten auf ihrem Gesicht, und Annie schniefte ein wenig.

»So ist's schon besser«, lobte Brendan. Als sie es bequem hatte, küßte er sie auf die Wange und verabschiedete sich winkend von ihr.

»Sie haben das prima gemacht. Wir sind da oben stolz auf Sie.«

»Dieser Brendan«, seufzte die Krankenschwester, die die Vase mit den Chrysanthemen brachte. Sie zog den Vorhang um Annies Bett zu. »Wir lassen Sie jetzt allein, damit Sie wieder zur Ruhe kommen.«

Annie lag ruhig da und betrachtete alles, als ob sie noch nie etwas derartiges gesehen hätte. Das Licht fiel auf die weiße

Bettwäsche, das cremefarbige Rohrgestell des Bettes und auf das Blumenbouquet auf ihrem Nachttisch.

Ganz langsam streckte Annie ihre Hand aus und fuhr mit der Fingerspitze der wächsernen Rundung eines Chrysanthemenblattes entlang. Das intensive Gelb der Blume schien das Licht in sich aufzunehmen und es dann so warm und voll wie glänzendes Gold zurückzustrahlen.

In diesem Augenblick durchflutete Annie ein tiefes Glücksgefühl. Ihr wurde ganz warm und wohlig. Ihre Hand fiel herab und sie sank entspannt in ihre Kissen zurück.

Die Welt war ihr noch nie so schön oder so einfach vorgekommen. Sie begriff mit einem Mal, daß sie weiterleben würde, und wie kostbar das Leben überhaupt war. Ein Gefühl der Dankbarkeit überkam sie und durchströmte sie von den Zehen bis zur Brust und zum Hals, bis es ihr förmlich die Kehle zuschnürte. Das Licht tanzte und blendete ihre Augen, ihre Ohren, so schien ihr, waren so voll davon, daß die üblichen Krankenhausgeräusche übertönt waren.

Annie lächelte. Sie war überwältigt von der großartigen Schönheit des Geschenkes, das sie bekommen hatte, und dessen Widerschein alles um sie herum in Glück und Glanz tauchte. Selbst ihre Hände, die auf der Zudecke lagen, erschienen ihr wunderschön. Die Bilder vor ihrem geistigen Auge waren so eindringlich, daß sie sogar die winzigen Blutgefäße in ihren Adern unter der blutunterlaufenen Haut pulsieren sah.

Annie war schwach, aber sie war gleichzeitig wieder unerschütterlich stark. Ich lebe, versicherte sie sich selbst. *Ich werde nie wieder Angst haben.*

Annie lächelte immer noch vor sich hin, als sich die Vorhänge am Fußende ihres Bettes ein wenig teilten. Zuvor hatte sie Flüstern gehört, und jetzt folgte die aufmunternde Einladung aus dem Mund einer Krankenschwester: »Nur zu. Es geht ihr ganz gut.«

Der Vorhang öffnete sich ein wenig weiter und ein Mann trat vor. Er bewegte sich mühsam auf Krücken, und eines der von oben herabhängenden Blumengebinde blieb an seiner Schulter hängen. Der Mann schüttelte es ab, ohne seinen Blick von Annie abzuwenden.

Annie sah, daß er die Stirn leicht runzelte, was Besorgnis, aber auch Konzentration ausdrücken konnte. Seine Augenbrauen waren sehr dunkel, dunkler als sein Haar, und sie waren über der Nasenwurzel zusammengewachsen. Um den Mund waren tiefe Falten eingegraben, und sie sah, daß seine Hände die Krücken verkrampft umklammerten.

Sie hatte sein Gesicht noch nie gesehen, aber sie kannte ihn besser als sonst jemanden.

»Steve«, sagte sie sanft.

Die Stirnfalten glätteten sich.

Annie verdeckte mit einer Hand ihr geschundenes Gesicht, nahm die Hand jedoch wieder weg, als ihr einfiel, daß sie vor Steve nichts zu verbergen hatte.

Er sah sie immer noch unverwandt an und sagte schließlich: »Du siehst glücklich aus.«

»Ich bin es auch«, antwortete sie. Sie streckte ihm ihre gesunde Hand entgegen, eben jene Hand, die er all die gemeinsamen Stunden gehalten hatte. Steve legte seine Krücken beiseite und hielt sich am Bett fest. Langsam humpelte er ihr entgegen, bis er ihre Hand halten konnte.

Die Erinnerung an die Berührung hielt beide regungslos gefangen. Es dauerte eine gute Zeit, bis einer von ihnen es wagte, sich zu bewegen.

Steve kam näher und beugte sich neben ihr über das Bett. Mit seiner anderen Hand fuhr er ihr unter die abgerissenen Haarenden an den Nacken. Dann lehnte er sich rasch und ohne weitere Überlegung über ihr Gesicht und küßte sie auf die Wange.

Annie fühlte, wie ihr die Schamröte ins Gesicht stieg, als ob sie noch ein kleines Mädchen wäre.

»Du siehst so glücklich aus«, wiederholte er, und Annie mußte lachen.

»Ich sehe schrecklich aus.«

»Nein, Annie, das ist nicht wahr.«

Steve sah weder die Prellungen, noch die ungesund blasse Hautfarbe, noch die halbverheilte blutige Kruste an ihrem Mundwinkel. Er sah Annie, wie er sie sich vorgestellt hatte, als ihr Mann ihm gesagt hatte, daß sie überleben würde. Lachend, wie eben gerade, mit dem blonden Haarschopf, der ihr Gesicht einrahmte. Sie hatte blaue Augen und eine warme Hautfarbe. Sie war weder schön noch besonders auffallend, aber sie war voller Leben.

»Schau«, sagte Annie. Sie hob ihre beiden miteinander verschlungenen Hände hoch und zeigte auf die dicht gerollten Blütenblätter der gelben Chrysantheme.

Sie sahen gemeinsam die Blumen an und all die alltäglichen Dinge, die herumstanden, einen Wasserkrug aus Plastik und ein Glas, das abgeschlagene, hölzerne Nachtkästchen, die Vorhänge und die freudlose Aussicht aus dem Fenster. Sie dachten beide an die Todesangst in der Finsternis und ihre Angst, so etwas Gewöhnliches und Natürliches womöglich nie wieder zu sehen. In Annie stieg wieder jenes Glücksgefühl auf, das sie in Wogen überflutete, auf denen sie sich am liebsten davontragen lassen wollte. Sie sah Steve ins Gesicht und bemerkte, daß er ihr Gefühl teilte.

Sie lächelten sich an, triumphierend vor Stolz, daß sie überlebt hatten. Steve hob ihre Hand und berührte ihre Knöchel mit seinem Mund. Einen Augenblick lang gab es nichts zwischen ihnen zu sagen. Sie wußten schon alles voneinander, und doch mußten sie hier, im warmen Tageslicht, noch einmal von ganz vorne anfangen.

Dann plapperten sie plötzlich beide gleichzeitig los und hielten inne, halb beschämt, halb lachend, wie Teenager.

»Was wolltest du sagen?«

»Nein, du zuerst«, sagte Steve.

»Ich wollte dich gerade fragen, wie es dir eigentlich geht. Ist dein Bein schlimm verletzt?«

Er erzählte ihr kurz, spielte aber seine Verletzung herunter. Annie lauschte der so vertrauten Stimme und versuchte, sie mit seinem Gesicht und der Form seines Kopfes in Verbindung zu bringen. Sein gutes Aussehen überraschte sie. In ihrer Vorstellung, in der Dunkelheit dort unten, war er ein stämmiger Mann mit groben Gesichtszügen gewesen. Aber dieser Steve war schlank, und sie konnte davon ausgehen, daß er vor dem Unglücksfall sehr sportlich gewesen sein mußte. Sein dunkles Haar war sehr kurz geschnitten, was ihn jünger aussehen ließ als er wirklich war. Er hatte tiefe Stirnfalten und scharfe Linien am Mund, die Lippen selbst jedoch waren lustig geschwungen. Wenn er lächelte, konnte sie nicht anders als ebenfalls zu lächeln. »Ich bin über deinen Gesundheitszustand bestens informiert«, erklärte Steve.

»Wieso das?«

»Ich bin immer auf dem laufenden gehalten worden. Meistens von den Krankenschwestern, einmal von dem Chirurgen, der dich operiert hat. Und an Heiligabend hat mich dein Mann besucht.«

»Martin hat dich besucht?« Annie war erschrocken.

»Er hat mir erzählt, daß du gesund werden würdest. Er sagte, du hättest ihn angelächelt.«

»Kann mich nicht erinnern.« Annie dachte an die verschwommenen Lichter über ihrem Kopf, den peinigenden Schmerz und Brendan, dessen Kopf sich über sie beugte. »Ich kann mich an Weihnachtslieder erinnern. Der Krankenpfleger hat mir nachher gesagt, es sei Weihnachten. Was hat Martin sonst noch erzählt?« – »Er wollte mir danken, daß ich dir geholfen habe.« Steves Augen bekamen einen Ausdruck, den Annie sich nicht erklären konnte. »Ich habe ihm gesagt, das wäre nicht nötig, weil wir uns gegenseitig geholfen hätten.«

»Ja«, sagte Annie.

Erinnerungen stiegen in ihnen auf. Annie wußte, daß sie unbedingt mit Steve reden mußte. Nicht mit Martin, denn ihm über die Todesangst zu erzählen, würde alles wieder von neuem aufwühlen. Nur mit Steve zusammen konnte sie diesen Alptraum aufarbeiten.

»Hast du immer noch Angst?« fragte er mit sanfter Stimme.

Annie sah sich noch einmal um, sah die Blumen auf dem Nachtkästchen an und das Muster auf den Vorhängen. Das Licht war nicht mehr so grell. »Nein. Ich habe keine Angst mehr. Hier im Krankenhaus sind wir doch sicher, oder? Du hast es ja immer gewußt. Weißt du das? Das erste, was mir einfiel, als ich mit all den Schläuchen in mir aufwachte, war: *Steve sagte, sie würden rechtzeitig kommen.* Ich versuchte wieder, deine Hand zu halten, aber ich konnte mich überhaupt nicht bewegen. Damals hatte ich Angst. Ich hatte überall Schläuche. Ich konnte sie auf meiner Haut spüren.« Annie griff sich mit den Fingern an ihren Mundwinkel. »Jetzt habe ich nur mehr im Traum Angst. Ich träume, daß wir wieder verschüttet sind und daß wir nicht gerettet werden. Und daß wir keine Luft zum Atmen haben. Dann wache ich auf und glaube zu ersticken. In den schlimmsten Träumen bin ich ganz alleine – du bist nicht bei mir.«

Steve nahm ihre Hand und hielt sie fest. Sie hielten die Handflächen aneinander und schlangen die Finger ineinander. »Erinnerst du dich?« fragte er. »Ich war damals bei dir. Und ich bin jetzt da.« Als ob er fürchtete, ihr könnte die Situation plötzlich zu vertraut erscheinen, sagte er rasch: »Träume sind Schäume. Sie haben nichts zu sagen.«

»Wirst du bleiben?« wollte Annie plötzlich wissen. »Damit wir miteinander reden können?« Sie hatten schon so lange miteinander gesprochen. »Ich meine nicht jetzt. Aber irgendwann?«

»Ja«, versprach er. »Ich brauche das auch.«

Er hörte Schritte. Nicht zu lange, hatte ihn die Stationsschwester gebeten, als sie ihn hereingeführt hatte. Steve ließ Annies Hand los. Er klopfte auf den Gips unter seinem Bademantel.

»Ich werde noch Wochen hier verbringen«, sagte er fröhlich.

»Noch lange, nachdem sie dich hier rausgeworfen haben. Ich glaube, wir werden noch reichlich Gelegenheit haben, uns zu unterhalten.« Er zeigte mit dem Kopf in Richtung der Vorhänge. »Ich bin in der Station nebenan. Dazwischen gibt es einen ganz entzückenden Tagesraum. Da liegen viele Zeitschriften aus und mindestens ein Dutzend blutrünstige Videofilme. Ich kann es kaum erwarten, dir alles zu zeigen.« Annie lächelte ihn an. »Da freue ich mich schon drauf.« Die Stationsschwester zog unvermittelt die Vorhänge zurück. Annie sah die anderen Patientinnen, die zu ihr herüberschauten, und viele Blumen.

»Überanstrengen Sie sie nicht«, sagte die Schwester. Sie musterte Steve und sagte spitz: »Hätten Sie's auf dem Stuhl nicht bequemer?« Das war, dachte Annie, ihre feine Art zu sagen: »Stehen Sie gefälligst vom Bett auf!« Steve amüsierte sich darüber, ebenso wie sie selbst, das spürte sie. »Schon«, antwortete Steve mit gespieltem Bedauern. »Aber ich konnte mich mit dem Gips nicht hinsetzen. Ich wollte sowieso gehen und Annie in Ruhe lassen. Können Sie mir bitte helfen?«

Annie registrierte, wie charmant er war. Eilfertig kam die Krankenschwester herbei.

»Ich komme wieder, sobald man mich läßt«, versprach er Annie.

Langsam humpelte er, gestützt von der Schwester, zu seiner Station zurück. Ohne zu wissen, warum sie es tat, rief ihm Annie nach: »Benjy und Tom kommen mich heute nachmittag besuchen. Ich habe sie seit damals nicht mehr gesehen.«

Steve blieb stehen und sah sie an. »Freut mich für dich«, sagte er ernst. Dann führte ihn die Krankenschwester durch die Türen des Tagesraums.

Bis zur nachmittäglichen Besuchszeit waren es noch drei Stunden. Annie versuchte, geduldig zu sein.

Nacheinander kamen die anderen Frauen von der Station vorbei, um ein wenig zu plaudern. Zwei von ihnen waren ebenfalls durch den Bombenanschlag verletzt worden. Einige Bombenopfer waren bereits entlassen worden, und andere Patienten hatten die Betten übernommen. Annie hörte andere Tragödien und Krankheitsgeschichten, und jedes Schicksal verblaßte, sobald ein neues an seine Stelle trat.

Sie hatte vergessen, Steve zu fragen, ob er wütend war, weil ihnen das widerfahren war. Sie sah zur Tür und dachte an ihn. Er hatte ihr versprochen, wiederzukommen. Dieses Versprechen setzte sich als Fixpunkt in ihrer ansonsten richtungslos umhertreibenden Gedankenwelt fest.

Genau um halb drei kamen Martin und die Kinder zu Besuch. Sicherlich hatten sie draußen schon lange ungeduldig auf den Beginn der Besuchszeit gewartet. Annie sah sie sofort. Sie standen suchend am Eingang der neuen Krankenstation. Martin hielt schützend seine Arme um die Kinder. Tom blickte ängstlich und sehr ernst um sich. Benjy hingegen schwang fröhlich Martins Hand und blickte auf all die Betten. Plötzlich streckte er seinen kleinen Arm aus und krähte:

»Da ist Mami. Dort drüben.«

Annie empfand wieder jenes Glücksgefühl. Sie streckte ihren gesunden Arm aus.

Tom kam zuerst angerannt. Kurz vor ihrem Bett blieb er plötzlich stehen. »Bist du okay?« fragte er und musterte ängstlich ihr Gesicht.

»Ja, Tommy, alles in Ordnung.« Ihre Stimme beruhigte ihn. Er fiel ihr um den Hals, und sie umarmte ihn, rieb ihre Wange an seinem Haar. Sie küßte seinen Kopf und spürte, wie ihr Tränen in die Augen stiegen.

»Ich bin so froh, daß es dir besser geht«, murmelte er an ihrer Schulter. »Weihnachten macht ohne dich nur halb soviel Spaß.«

»Ich weiß«, flüsterte Annie. »Aber nächstes Jahr wird es wieder ein Weihnachten geben. Und noch viele weitere.«

Benjy hielt Martins Bein umklammert und beobachtete sie, neugierig und doch ängstlich. Annie war noch nie länger als einen Tag von ihm weggewesen, und sie wußte, daß er jetzt mißtrauisch sein mußte. »Na komm schon, Ben«, sagte sie sanft. Martin setzte ihn auf ihr Bett. Sie wollte ihn an sich drücken, sein rundes Gesicht liebkosen und ihn festhalten und nie wieder loslassen. Aber sie beherrschte sich, um ihn nicht zu erschrecken. Sie umarmte ihn lächelnd und erklärte fröhlich: »Tut mir leid, daß du mich in der anderen Station nicht besuchen durftest. Die Ärzte waren sehr streng, weißt du. Hier ist es viel besser, du kannst zu mir kommen, wann immer du Lust hast.« – »Ich will, daß du nach Hause kommst«, forderte Benjy. »Jetzt sofort.«

Alle lachten, und der kleine Junge streckte seinen Arm aus und befühlte die Wunden in ihrem Gesicht.

»Tut das weh?« fragte er neugierig, und Annie antwortete:

»Nicht sehr. Benjy, hör zu. Ich komme heim, sobald ich kann. Das verspreche ich dir.«

Sie blickte über die Köpfe der Kinder zu Martin auf.

»Du siehst viel besser aus«, sagte er.

»Ich weiß.«

Annie wollte das Glücksgefühl, das sie durchströmte, mit ihnen allen teilen. Einen Augenblick überlegte sie, wie sie es am besten ausdrücken sollte, verwarf aber dann den Versuch, besonders vernünftig klingen zu wollen. Statt dessen sprudelte sie einfach los. »Als sie mich heute früh hier herunterbrachten, war mir, als wäre ich nach einem langen bösen Traum aufgewacht. Oder als ob ich lange blind gewesen wäre und plötzlich wieder sehen konnte. Alles war so klar, die Farben, die Formen, die Gesichter der Menschen.«

Steves Gesicht, dachte sie.

»Ich war so glücklich. Als ob es kein Elend, kein Unglück, nichts Schlimmes gäbe. Es dauerte nur eine Minute. Aber die werde ich nicht vergessen.« Sie bemerkte, daß Martin mit ihren Worten nichts anfangen konnte. Er hörte zwar zu, reagierte aber nicht, und so konnte sie ihre wunderbare Erfahrung nicht mit ihm teilen. Wenn sie mit dieser einfach beschriebenen Freude bei ihm nicht ankam, dann waren wohl ihre Worte nicht ausdrucksstark genug. Sie war ein wenig enttäuscht und gleichzeitig schuldbewußt.

»Verstehst du?« fragte sie bescheiden.

»Das ist ganz natürlich nach dieser nervlichen Anspannung«, antwortete Martin. »Mach mal schön langsam, Annie. Erwarte nicht gleich wieder zu viel von dir.«

»*Sei vorsichtig!*« Ich soll das Glück nicht in vollen Zügen genießen, dachte Annie. Warum eigentlich nicht? »Ich werde es nie vergessen«, murmelte sie vor sich hin. Dann wandte sie ihre Aufmerksamkeit wieder den Dingen des täglichen Lebens zu.

»Wie geht's zu Hause?« wollte sie wissen. Auch ihr Zuhause spürte sie plötzlich viel deutlicher.

»Oh«, antwortete Martin mit müdem Achselzucken, »wir kommen schon zurecht. Nicht wahr, Tom?«

Er erzählte ihr, daß seine Mutter half, wo immer sie konnte, und daß Audrey jeden Tag vorbeikam. Aber Annie wußte, daß die Versorgung der Kinder, die immer ihre Aufgabe gewesen war, jetzt schwer auf Martin lastete. Er hatte nicht so viel Geduld und würde außerdem in zwei Tagen nach den Weihnachtsfeiertagen wieder zur Arbeit gehen müssen.

»Jeden tag McDonald's?« fragte sie Tom, und er grinste sie an. »So ungefähr.«

Benjy lag ruhig mit seinem Kopf an ihrer Schulter und lutschte am Daumen. Annie dachte noch immer an das Haus. Es war so sehr Teil ihrer Person, fast wie ein Körperteil. Sie sah die Kacheln in der Küche, zwei oder drei hatten einen Sprung, die Flecken an den Wänden, den überquellenden Bügelkorb neben der Waschmaschine.

»Können wir irgend jemanden bekommen? Vielleicht nur stundenweise eine Haushaltshilfe?«

»Sehr teuer«, lehnte Martin ab. »Mach dir keine Sorgen. Wir kommen schon zurecht.«

Annie spürte, daß sie wieder gefordert wurde. Sie war gleichzeitig schuldbewußt und erleichtert, daß sie die Forderungen nicht erfüllen konnte. Das Krankenhaus war für sie momentan ein friedlicher Zufluchtsort, und sie erinnerte sich an das strahlende Licht, das sie hier umflutet hatte. Zum erstenmal seit Geburt der Kinder wurde sie nicht von ihnen voll in Anspruch genommen. Sie liebte ihre Kinder, konnte sie aber nicht versorgen. Noch nicht.

»Vielleicht meine Mutter?« fragte sie. »Wie geht es ihr?«

»Mmh. Immer gleich. Sie will dich besuchen kommen. Kannst du das schon verkraften?«

Annie zupfte an einem Faden in ihrem Bettlaken.

»Sag ihr, sie soll kommen. Wann immer sie möchte.«

Sie plauderten noch einige Minuten. Die Kinder erzählten von Weihnachten und übertrafen sich gegenseitig an Lautstärke, als sie ihre Geschenke schilderten.

»Wunderbar«, freute sich Annie. »Wie gerne wäre ich bei euch gewesen!«

Familie. Sie war um sie herum vollzählig versammelt und wartete darauf, daß sie die Fäden wieder in die Hand nehmen würde. Es war schwierig, es allen recht machen zu wollen, dachte sie.

Ihr Kopf und ihr Rücken schmerzten jetzt ganz stark.

Endlich stand Martin auf. Widerwillig entließ sie die Kinder aus ihrer Umarmung.

»Komm bald wieder. Morgen vielleicht?« Martin küßte sie und sie berührte seine Wange.

»Vielen Dank, daß du da warst.«

»Wo sollte ich sonst sein?« flüsterte er.

Sie hielten sich eine lange Minute an den Händen. Dann fiel Martin plötzlich etwas ein, und er holte eine Tasche, die er am Bettende abgestellt hatte.

»Ich habe dir was mitgebracht. Lauter lebenswichtige Dinge.«

Annie lugte in die Plastiktasche. Da war ein Glas mit Marmite-Brotaufstrich, ein weiteres mit Sardellenpaste, Dinge, die sie sehr gern mochte. Dann noch eine große Schachtel Bendick's Bittermints. Sie schenkten sich diese Pfefferminztaler immer als Zeichen der Versöhnung oder des Trostes. Und schließlich steckte in der Tüte noch die neueste Ausgabe ihrer Gartenzeitschrift und das Gartenbuch, über dem Annie oft an langen Winterabenden brütete. Jeden Winter machte sie Listen von Pflanzen, die sie im Frühjahr pflanzen wollte. Wenn es dann so weit war, haperte es allerdings mit der Durchführung ihrer Pläne.

Die kleinen Mitbringsel waren ein Zeichen dafür, wie gut sie sich kannten und wie sehr sie in ihrem gemeinsamen Leben miteinander verwachsen waren.

Was sonst noch? fragte sich Annie. Die Frage quälte sie. »Ich liebe dich«, sagte sie entschlossen.

»Ich weiß. Ich dich auch.« Er nahm die Anoraks der Kinder und zog Benjy an. »Kommt Kinder.«

»Bis morgen. Bis morgen«, riefen sie ihr zu. Annie winkte ihnen nach. Martin nahm Benjy an die Hand, und Tom trottete neben ihm im Strom der Besucher, die jetzt das Krankenhaus wieder verließen.

Annie lag steif in ihren Kissen. Sie fragte sich, warum sie Steve nicht erwähnt hatte. Eigentlich hätte sie Martin erzählen sollen, daß Steve sie besucht hatte.

Dann aber wußte sie auf einmal: *Nein*. Das war etwas anderes. Sie beide hatten zusammen etwas erlebt, was mit ihrer Familie nichts zu tun hatte. Und eben diese Tatsache war wichtig, wegen der Angst und wegen der anderen Dinge, über die sie heute mit Steve gesprochen hatte.

Wenn alles vorbei sein würde, wenn die Träume aufgehört hätten und es ihr wieder gutgehen würde, dann würde auch er wieder ein Fremder für sie sein.

– FÜNF –

Annie stand am Fenster des Tagesraums. Drei Stockwerke unter ihr war eine enge Nebenstraße, die auf beiden Seiten mit parkenden Autos vollgestellt war. An der Ecke war ein Schnellimbiß, und sie beobachtete, wie die Angestellten der umliegenden Gebäude dort ein und aus gingen. Es kam ihr alles sehr weit entfernt vor, so als ob sie im Kino sitzen und einen Film mit einem exotischen Schauplatz anschauen würde.

Der unterschiedliche Tagesablauf verstärkte noch ihr Gefühl, von dieser Welt dort draußen völlig abgeschieden zu sein. Sie wußte, daß all die Menschen dort unten jetzt Mittagszeit hatten, im Krankenhaus hingegen war das Essen schon vor gut anderthalb Stunden serviert und Teller und Bestecke wieder abgeräumt worden. Gerade war der Teewagen mit den klappernden, weißen Tassen und Untertassen und der großen Emaillekanne durchgefahren worden. Annie hatte keinen Tee gewollt, sich aber trotzdem eine Tasse geben lassen und sie mit in den Tagesraum genommen. Die Krankenschwestern ermutigten sie jetzt dazu, aufzustehen und herumzugehen. Sie bewegte sich sehr langsam und ging leicht nach vorne geneigt, aber jeder Schritt, so schmerzhaft er auch war, brachte ihr auch Befriedigung. Jeder einzelne dieser Schritte erinnerte sie an das Glücksgefühl, das sie durchströmt hatte, als man sie von der Intensivstation hierher gebracht hatte und sie wußte, daß sie überleben würde.

Annie stellte ihre Tasse auf die Fensterbank und sah sich in dem Raum um. Da gab es plastiküberzogene Sessel mit Armlehnen, zwei Sofas, niedrige Tische mit Metallrahmen, auf denen sich Stapel von Zeitschriften türmten. An den beigefarben gestrichenen Wänden hingen einige Poster und Drucke. Vorhänge, Teppich und die Luft selbst waren von Zigarettenrauch geschwängert. Am anderen Ende des Zimmers qualmten zwei alte Männer unentwegt vor dem Fernsehschirm. Annie vermutete, daß sie auf die Übertragung der Pferderennen warteten. Eine Frau in einem geblümten Morgenmantel las eine Zeitschrift, und eine andere strickte verbissen an einer langen rosafarbenen Schlange.

Gestern und vorgestern hatten sich Annie und Steve hier getroffen. Als sie sich gestern trennten und auf ihre Stationen zurückgingen, hatten sie nicht über ein drittes Zusammentreffen gesprochen. Statt dessen hatten sie sich nur angesehen und gelächelt. Beiden kam es eigenartig vor, sich an einem solchen Ort zu verabreden.

Doch hatte Annie heute in den Spiegel gesehen, ehe sie ihre Station verließ. Sie hatte die hohlen Wangen in ihrem blassen Gesicht bemerkt und sogar einen Augenblick an Lippenstift gedacht. Dann aber hatte sie sich vorgestellt, daß die Farbe in ihrem blassen Gesicht viel zu grell wirken würde. So hatte sie nur einfach ihre Haare so gebürstet, daß sie ihre Wangen verdeckten, und dabei beschlossen, demnächst mit einer Schere die gespaltenen Enden abzuschneiden.

Sie hatte die Hand auf dem Fensterbrett liegen und blickte hinaus, als Steve hereinhumpelte. Er sah sie im Gegenlicht. Ihr dichter Haarschopf schimmerte rötlich. Sie drehte sich sofort zu ihm um. »Hast du einen Fünfer gesetzt, Steve, wie ich es dir gesagt habe?« Einer der alten Männer vor dem Fernseher rief es zu Steve hinüber.

Steve blieb stehen und dachte: *Sie hat auf mich gewartet.*

Er schüttelte den Kopf. »Nein, Frank, habe ich leider nicht.« Der Zeitungsverkäufer schnalzte mit der Zunge. »Wird dir leid tun, mein Sohn. War ein todsicherer Tip.« Er glotzte wieder auf den Bildschirm.

Annie und Steve sahen einander an und mußten lachen. Auch gestern hatten sie wie Schulkinder über jede Kleinigkeit gekichert.

Annie versuchte, ernst zu bleiben, und erkundigte sich: »Wie geht's dem Bein heute?«

»Juckt entsetzlich. Direkt unter dem Gips.« Die Frau mit dem Strickzeug sah zu ihm auf und hielt ihm dann eine ihrer Stricknadeln hin. »Hier. Stecken Sie sie in den Gips und kratzen Sie sich tüchtig damit.«

Steve sah das Kratzinstrument ernst an. »Ich müßte meinen Schlafanzug ausziehen, um an den Gips ranzukommen.«

Die Frau strahlte ihn an. »Tun Sie sich keinen Zwang an, junger Mann.«

Die andere Frau kicherte hinter ihrer Zeitschrift.

»Dann soll es doch lieber weiter jucken«, murmelte Steve. Er ging zu Annie, zog sich einen Stuhl heran und drehte ihn mit der Rückenlehne zu den anderen. Sie setzten sich in ihre Ecke und sahen sich an. »Oh Gott, dieser Raum«, seufzte er. »Du könntest es dir doch leisten, dich in eine hübsche Privatklinik verlegen zu lassen«, schlug ihm Annie aufgeräumt vor. »Da hättest du deine Ruhe. Menüauswahl und echte Kunstwerke an den Wänden.«

Sie bemühte sich, ihre Angst nicht durchklingen zu lassen, daß er das wirklich tun könnte. Er saß da und hatte die Hände um die Sessellehne geschlungen. Seine Krücken lagen ordentlich zu seinen Füßen.

»Nein, das könnte ich nicht«, sagte er. »Ich möchte hier bleiben, weil du da bist.« Annie spürte ein gleichzeitiges Aufwallen von Freude und Panik. Das Gefühl nahm ihr fast den Atem, und ihr Herz klopfte bis zum Hals. Sie fühlte, wie nah seine Hand auf der Sessellehne der ihren war. Sie wollte sie streicheln, ließ es dann aber bleiben. Sie hob ihre Arme und steckte ihre Hände in den jeweils entgegengesetzten Ärmel ihres Morgenmantels. So umarmte sie sich selber und schloß ihn aus.

Steve hatte sie beobachtet und verstand, was die Geste ausdrückte. Sie bemerkte es und bedauerte ihre Impulsivität. Sie sah sein markantes, hageres Gesicht und den grauen Schimmer in seinem dunklen Haar. Steve war mehr als nur ein Mann, der neben ihr im Tagesraum des Krankenhauses saß. Er war ihr Freund und ihr Tröster gewesen, ihre Familie und ihre lebenswichtige Verbindungslinie in all den Stunden, deren Terror sie immer noch jeden Tag im Traum von neuem durchlebte. Die Erinnerung und auch die Angst waren noch sehr stark, und Steve gehörte unverbrüchlich zu diesem Lebensabschnitt.

Aber er bedeutete ihr mehr als nur das, einfach weil er der Mann war, der er war. Und das hatte ganz und gar nichts mit dem Bombenanschlag zu tun.

Annie wußte, es wäre falsch, vor etwaigen Forderungen Steves Angst zu haben. Er war ihr Freund und würde es immer sein. Ihre Hände glitten wieder aus ihren Ärmeln heraus. Jetzt konnte sie nicht zu ihm hinübergreifen und machte statt dessen eine hilflose, kleine Geste.

»Ich bin hier«, sagte sie schlicht. »Bitte geh nicht in eine andere Klinik.« Über Steves Schulter sah sie, wie die Frau neugierig von ihrem Strickzeug aufsah. Und mit der Intuition füreinander, die da war, ob sie es wollten oder nicht, verstand Steve und wechselte das Thema.

»Wann haben sie dir die Armschlinge abgenommen?« fragte er unverbindlich und zeigte mit dem Kopf darauf.

Sie war dankbar für den Übergang. Verletzungen und Krankheiten waren das Hauptgesprächsthema auf allen Stationen. Annie und die anderen Frauen erzählten sich alle diesbezüglichen Neuigkeiten als erstes in der Früh und als letztes am Abend nach der Visite, und dann noch zwischendurch, wenn die Schwestern mit den Medikamenten und den Verbänden kamen.

»Heute morgen«, erklärte sie ihm, »als der Bewegungstherapeut die Runde machte. Ich habe zwar immer noch einen festen Verband an der Schulter, aber immerhin kann ich meine Hand und meinen Ellbogen bewegen.« Annie streckte ihren Arm aus und bewegte ihn mühsam. Die Frau konzentrierte sich wieder auf ihr Strickzeug. Die Geschichte kannte sie schon.

»Das hört sich gut an«, sagte Steve. »Ich war heute morgen unten im Gymnastikraum. Sie ließen mich stundenlang Gewichte ziehen, damit meine Arme und Schultern wieder in Schwung kommen.«

Und so erzählte er ruhig weiter über seine Behandlungen.

Aber Annie wußte, daß er nicht bei der Sache war, genauso wenig wie sie es war. Er hatte ihre Hand genommen und drehte sie um, so daß er jeden einzelnen Finger und die Form der Fingernägel genau betrachten konnte. Mit seinen Fingerspitzen fuhr er über die Narben, die die Schläuche und Nadeln an ihrem Handgelenk hinterlassen hatten. Sie spürte die leichte Berührung, als ob es sein Mund an ihrem Hals wäre. Sie wußte, daß er sie ansah, aber sie brachte es nicht fertig, ihren Kopf zu heben und ihm in die Augen zu schauen. »Das ist sehr klug ausgedacht, die Muskeln müssen gegeneinander arbeiten, weißt du...« Annie wagte es nicht, sich zu bewegen. Womöglich hätte Steve näherrücken oder ihre Hand loslassen können. *Wie dumm,* dachte sie verschwommen, *was will ich denn nun eigentlich?*

Auch Steves Hände waren mit halbverheilten Schnitten übersät. Sie konnte sich so genau an die Länge und die Form seiner Finger erinnern. War der Tastsinn so viel stärker ausgeprägt als das visuelle Gedächtnis? »Das ist sehr wichtig. Sonst erschlaffen sie einfach, weil sie nicht gebraucht werden...«

Annie sah zu ihm auf. Ihre Augen trafen sich, und Annie sah die Frage in Steves Gesicht, konnte jedoch nicht einmal im entferntesten an eine Antwort denken. Die beiden Frauen hinter ihnen waren aufgestanden. Die jüngere mit der Zeitschrift hielt der älteren mit dem Strickzeug die Tür auf. Zusammen gingen sie hinaus und ließen einen Schwall Krankenhausluft herein.

»Sie sind weg«, sagte Annie.

Die beiden alten Männer saßen weiterhin mit dem Rücken zu ihnen wie gebannt vor dem Fernseher. Annie fiel auf, daß sie seit dem Bombenanschlag und der Finsternis zum erstenmal mit Steve sozusagen allein war – ohne Krankenschwestern und Mitpatienten um sich herum.

Wenn sie zusammen waren, schienen sie so ungeheuer weit weg von allem zu sein, selbst innerhalb der winzigen Welt zweier Krankenhausstationen. Einen Augenblick lang hätte Annie glauben können, die Wirklichkeit ginge nicht über die stickige Luft des Tagesraums hinaus. Wieder sah sie auf ihre ineinander verschlungenen Hände hinunter.

»Das ist sehr eigenartig«, flüsterte sie.

»Was ist eigenartig, Annie?«

»Das.«

Ihre Hand bewegte sich in seiner, ganz leicht. Es war nur ein kaum spürbares Anspannen der Muskeln. Steve hätte sich gewünscht, sie hätte es fertiggebracht zu sagen, *du und ich*, oder *wir, hier*. Er dachte daran, wie sie ihm von Matthew erzählt hatte. Ich habe es mir leicht gemacht. Ich habe den Weg des geringsten Widerstands gewählt. Das waren ihre Worte gewesen. Er sah sie an und versuchte, ihren Mut zu ermessen. Aber Annie hatte ungeheure Mutreserven. Er wußte das.

»Ich will dich so vieles fragen«, sagte Annie. Die Worte sprudelten nur so heraus. »Alles mögliche. Mir fehlt das Ende zu vielen Geschichten, die du mir erzählt hast, als wir verschüttet waren. Ich denke daran, wenn ich eigentlich schlafen sollte. Einfach aus Feigheit, weil ich Angst vor den Alpträumen habe.«

»Schieß los«, ermunterte sie Steve. Annie lächelte. »Ich möchte wissen, ob du zornig warst«, sagte sie, »weil sie uns das angetan haben. Wer immer sie sind.«

Er hatte ihr in die Augen gesehen. Das Blau verstärkte sich noch durch die dunklen Augenringe.

»Zornig?« Steve überlegte einen Augenblick. »Nein. Traurig, wegen der anderen Opfer. Nicht zornig meinetwegen. Wieso sollte ich?« Da war wieder die kleine Bewegung ihrer Hand in seiner. »Es ist einfach passiert, und wir waren zufällig gerade dort. Weiter nichts. Es ist schwierig, seinen Zorn auf ein

Vakuum zu richten. Jetzt bin ich einfach ungeheuer glücklich. Du hast mich neulich angesteckt. Bist du zornig, Annie?«

»Nein. Nicht meinetwegen. Traurig wegen der anderen so wie du. Ich bin zornig wegen der Kinder, wegen Benjy, weil er mich braucht. Und wegen Martin. Für ihn war es schlimmer als für mich.« Annie sah Steve an. »Ich kann mir nicht vorstellen, wie ich reagiert hätte, oder ob ich es überhaupt hätte ertragen können. Das Warten auf Nachricht, ob Martin noch am Leben ist. Und dann wieder das Warten, ob er durchkommt.« Ihre blauen Augen waren fest auf sein Gesicht gerichtet.

»Ich bin sicher, du wärst sehr mutig gewesen«, sagte Steve nach langer Zeit. »Ich weiß, wie tapfer du bist.«

»Du hast mir dort unten geholfen, tapfer zu sein.«

Ein Pendel schwang zwischen ihnen. Es brachte die Luft mit seinen Bogenschwüngen in Bewegung. Der Bombenanschlag und die Stunden der Dunkelheit hatten es in Gang gesetzt, dachte Steve. Mit der Zeit würde es wieder langsamer schwingen, und irgendwann würde es ganz stillstehen. Dann würden sie es wissen. Er konnte sie um nichts bitten, solange es noch schwang.

Sie saßen einander gegenüber und hielten sich immer noch an den Händen.

»Hast du gedacht, wir würden sterben?« fragte Annie ihn.

»Zum Schluß hatte ich Angst, daß sie uns nicht rechtzeitig finden würden.«

»Ja. Ich kann mich nicht mehr an das Ende erinnern. Ich weiß nur, daß du erzählt hast. Von deiner Großmutter und von deiner Kindheit. Es ging bei mir alles durcheinander, du und Thomas und Benjy. Ihr ranntet alle drei weg von mir, und ich schaffte es nicht, euch einzuholen.

»Jetzt hast du es geschafft«, sagte Steve sanft.

»Ja, jetzt habe ich es geschafft«, wiederholte Annie.

Annie streckte ihm ihre andere Hand entgegen, und er legte ihre beiden Hände zwischen seine. Sie dachte daran, daß sie vor Entscheidungen Angst gehabt hatte, und auch daran, daß sie jetzt keine Wahl hatte. Die Stunden, in denen sie verschüttet war, hatten ihr wohlgeordnetes Leben total durcheinandergebracht, und es würde nie wieder alles so wie früher sein. »Wenn wir nicht Angst gehabt hätten zu sterben«, sagte Annie, »hätten wir uns nicht so viele Dinge erzählt.«

»Tut dir das leid?«

Sie sah zu ihm auf. Einen Augenblick lang sah sie wieder das Gesicht eines Fremden vor sich, ein Gesicht, wie sie es gesehen hätte, wenn sie sich in dem Kaufhaus in der Tür umgedreht hätte. Wenn es in diesem Moment nicht passiert wäre, wäre sie einfach die Treppen hinuntergegangen.

Aber dann. Dann kam der ungeheure Luftstoß, das Donnergrollen und die unerträglichen Schmerzen. Sie waren da rausgekommen. Ein Gefühl der Erleichterung überkam sie wieder, und jenes unbeschreibliche Glücksgefühl wallte wieder auf. Sie lächelte und sah, daß Steves Augen ihr Lächeln erwiderten.

Er kannte ihre Gedanken. Er war ihr so nah wie ihre Familie, er war Teil ihrer selbst. Keineswegs ein Fremder.

»Nein«, antwortete sie endlich, »nichts tut mir leid.«

Er wärmte ihre Hände, indem er sie zärtlich rieb. Annie sehnte sich nach seiner Umarmung. Er hatte sie im Dunkeln festgehalten, und sie wollte diese Berührung noch einmal erleben. Sie blickte auf ihre verschränkten Hände und auf den blauen Stoff ihres Morgenmantels über ihren Knien. Sie war sich ihres Körpers bewußt, so zusammengeflickt er auch war. Und sie spürte das Blut in sich pulsieren. Sie spürte die Narben und die neue, rosige Haut. Es ging aufwärts mit ihr. Ein Taumel der Freude erfaßte sie. Über ihre Finger gab sie ihn an Steve weiter.

»Annie«, flüsterte er.

Regungslos sahen sie sich an. Das Bedürfnis, einander nahe zu sein, ließ keine Worte aufkommen.

Wieder eine hermetisch abgeschlossene Welt, dachte Annie erschrocken. Das Krankenhaus umschloß sie beide, so wie es die zersplitterten Trägerbalken und geborstenen Wände getan hatten. *War es deshalb in Ordnung?*

Ihre Haut prickelte. Steve kam mit seinem Gesicht ganz nahe heran. Sie sah ihm in die Augen und betrachtete die dunkelgraue, goldgefleckte Iris.

Annie spürte, daß in ihrem Körper etwas vor sich ging. Sie fühlte sich nackt. Farbe schoß ihr ins Gesicht, und sie schlug beschämt die Augen nieder. Steve senkte ebenfalls seinen Kopf. Einen Augenblick lang berührten sich ihre Köpfe an der Stirn.

Am anderen Ende des Zimmers hievte sich einer der alten Männer aus dem Stuhl. Im Hintergrund hatte man die ganze Zeit leicht gedämpft den hysterischen Fernsehsprecher gehört, der das Pferderennen kommentiert hatte. Jetzt klickte der Aus-Knopf und es trat Ruhe ein.

Steve hob seinen Kopf. Der Kreis war durchbrochen, und Annie dachte: *Nein, bitte, nicht jetzt.*

Gleichzeitig empfand sie jedoch ein Gefühl der Erleichterung, das ihre Haut abkühlte.

»Hat es dein Pferd geschafft, Frank?« rief Steve. Er drückte Annies Hände noch einmal und ließ sie dann los. Sie faltete sie und ließ sie in ihren Schoß fallen.

»Nö«, brummelte Frank. »Der Klepper ist wie ein einbeiniger Vogel Strauß gelaufen.«

Er schlurfte durch das Zimmer in ihre Richtung, um auf die Wanduhr zu schauen.

»Noch fünf Minuten bis zur Besuchszeit. Gleich werden sie alle hier hereinströmen und palavern und palavern. Warum können sie mich nicht in Ruhe meine Pferderennen sehen lassen. Allerdings«, er blinzelte Annie zu, »Steves Besucher möchte ich auch wieder nicht versäumen. Sie sollten sie mal sehen.« Seine Hände malten vielsagende Konturen in die Luft. Dann stapfte er in Richtung seiner Station.

Annie und Steve lachten. Auch dieses gemeinsame Lachen verband sie. »Er sieht mich«, erklärte Steve, »als eine Kreuzung zwischen Warren Beatty und Frank Harris. Ziemlich weit von der Realität entfernt, das kann ich dir sagen.«

»Wer kommt heute zu dir zu Besuch?«

»Vicky.«

»Hm.«

Sie verstanden sich ohne viele Worte. Als ob sie Lebenspartner wären, dachte Annie. Es war so leicht, gemeinsam mit Steve zu lachen. Es war warmherzig und angenehm. »Und du?«

»Martins Mutter und Tom und Benjy.« Steve streckte sich ächzend nach seinen Krücken. Annie konnte sich inzwischen leichter bewegen und reichte sie ihm. Er legte seine Ellbogen in die gepolsterte Rundung und verlagerte sein Gewicht auf die Metallbeine.

»Danke.« Er drehte sich halb zu ihr um und sah sie an. »Kommt dir das nicht absurd vor? Krücken, Bandagen. All das hier. Zwei geschundene Körper ...«

»Es geht vorbei«, unterbrach ihn Annie.

»Hoffentlich bald.«

Annie gab keine Antwort. Noch war sie nicht wieder ganz gesund, und in ihrer Bedachtsamkeit wollte sie noch nichts davon wissen, was danach kam.

Langsam gingen sie in entgegengesetzter Richtung davon. Annie dachte an die Welt draußen, die nach Steve und ihr griff, um sie auseinanderzureißen. Die Vorstellung quälte sie. Sie blieb im Gang stehen und drehte sich um.

»Morgen?« fragte sie.

Steve nickte ernst. »Natürlich.«

Doch dann strahlte er plötzlich über das ganze Gesicht, und Annie fühlte wieder die Röte in ihre Wangen steigen. Es war, als ob sie sich schon in den Armen lägen. Annie zog ihren blauen Morgenmantel enger zu und drückte die Tür zur Frauenstation auf. Martins Mutter und die beiden Jungen kamen ihr entgegen.

»Mami!«

Irgend jemandes Mutter, erinnerte sich Annie. Steve hatte das gesagt, als seine Frau ein Kind haben wollte. Nur irgend jemandes Mutter. Der Gedanke machte sie wütend – Gott sei Dank. Er war arrogant und hatte fast alle die männlichen Eigenschaften, von denen sie sich abgewandt hatte, als sie Martin heiratete. Annie beugte sich hinunter, um ihre Kinder zu umarmen. Sie zog sie fest an sich.

Als sie sich wieder aufrichtete, drückte ihr ihre Schwiegermutter einen Kuß auf die Wange und rief: »Annie! Liebling, du siehst heute viel besser aus. Du hast ja richtig rote Bäckchen.«

»Mir geht es auch besser, Barbara«, sagte Annie bestimmt. »Ich tue auch was dafür. Ich möchte nämlich so bald wie möglich nach Hause.«

»Ich wollte, du wärst schon daheim. Daddy läßt uns überhaupt nichts machen«, jammerte Thomas. »Momentan ist es ganz schlimm.«

»Ach, du armes Würstchen.« Annie legte ihren Arm um ihn. »Armer Daddy. Wann fängt die Schule wieder an?« Thomas starrte sie ungläubig an. »Montag. Das weißt du doch.« »Natürlich. Tut mir leid.« Es war ihr entfallen. Diese kleine Vergeßlichkeit machte ihr wieder die beiden Welten deutlich, die eine, die sie zurückholen, und die andere, die sie hierbehalten wollte. Schultage. Der ordentlich geregelte Tagesablauf, die Kinder, die hin und zurück chauffiert werden mußten, das Einkaufen, Kochen, Aufräumen und die ruhigen Abende mit Martin, wenn sie sich beim Abendessen die Neuigkeiten des Tages erzählten. Und hier, die hohen, weißen Betten mit den Vorhängen, die schrecklichen Träume, das Auf und Ab der Schmerzen. Und Steve. Annie betastete ihren Mundwinkel. Die Schnittwunde war fast verheilt. Ihr Körper hatte wieder neues Leben in sich.

»Mami, hörst du zu?«

»Ja, natürlich, Schatz.«

Sie machten es sich um das Bett herum bequem. Benjy hatte ihr eine Reihe von selbstgemachten Zeichnungen mitgebracht, und nun mußte sie raten, was sie darstellen sollten. Thomas wollte, daß sie mit ihm ein neues Buch las. Sie hörte interessiert den Geschichten zu, die sie zu erzählen hatten, und versuchte, ihre Aufmerksamkeit gleichmäßig zu verteilen, warf hin und wieder etwas ein und ermutigte sie weiterzureden.

Auch Barbara wollte mit ihr reden. Sie plapperte unermüdlich drauflos. Barbara war eine freundliche, offene, einfache Frau, mit der Annie nie besonders warm geworden war. Dafür stand sie ihrer eigenen Mutter zu nahe.

Annie bemühte sich, ebenso auf Barbaras Schilderungen einzugehen, wie Martin zurechtkam, was die Nachbarn gesagt hatten und dachten, wie brav die Kinder waren, wie gut der Notbetrieb zu Hause funktionierte. Und daß sie sich für Annie wünschte, daß es ihrer Mutter besser gehen würde.

Sie dachte daran, wie die Bilder ihrer Jugend an ihr vorüberzogen, als sie mit Steve verschüttet war. Sie hatte in dem kühlen Wohnzimmer ihrer Eltern mit dem Kopf im Schoß ihrer Mutter gelegen. Annies Mutter hatte sie zweimal besucht, seit Annie auf Station war. Es waren kurze Besuche, kaum länger als zehn Minuten, und die ganze Zeit hatte Annies Mutter sich mit ihren dünnen, weißen Fingern am Arm ihres Mannes festgeklammert. Sie war um Annies willen besonders fröhlich gewesen.

Während Barbaras Redefluß an ihr vorbeizog, erschauderte Annie; sie dachte liebevoll und ängstlich zugleich an ihre Mutter. In die Angst mischte sich ein plötzlicher, starker Groll auf die Verpflichtungen, denen sie sich in der anderen Welt zu stellen hatte. Die Ansprüche der Liebe, dachte sie bitter. Zahlbar an Eltern, Ehegatten, Kinder.

Sie erschrak vor ihrem Egoismus. Reuevoll begann sie Barbara überschwenglich für alles, was sie tat, zu loben. Sie vertiefte sich noch einmal in die Zeichnungen und in das Buch und versuchte, alles zu geben.

Der Besuch dauerte nur eine Stunde, aber Annie war froh, als sie vorbei war. Ihr Kopf schmerzte, und die lange Narbe an ihrem Bauch brannte. Sie wußte, daß sie sich allzu hastig verabschiedete, und als die Kinder weg waren, packten sie Schuldgefühle und sie wünschte sie sich zurück.

Sie schob das Tablett mit dem Abendessen unbeachtet zur Seite und döste vor sich hin, bis Martin nach der Arbeit bei ihr vorbeischaute. Er setzte sich auf den Stuhl neben ihrem Bett und streckte seine langen Beine aus. »Du siehst müde aus«, sagte er.

»Bin ich auch ein bißchen. Aber heute nachmittag fühlte ich mich wunderbar. Ganz stark.«

»Das ist gut. Was war heute sonst noch los?«

Das Interesse, das Martin ihr entgegenbrachte, nährte ihr schlechtes Gewissen. Mein Mann, dachte sie. Eine Hälfte von mir. Annie setzte sich ein wenig auf und betrachtete ihn. Sie würde ihm erzählen, daß sie mit Steve gesprochen hatte. Würde ihm jetzt alles wahrheitsgetreu erzählen, jetzt, wo es eigentlich nichts zu berichten gab.

Die Worte wollten nicht kommen. Sie versuchte, sich einige Sätze im Kopf zurechtzulegen, aber nichts kam über die Lippen. Statt dessen hörte sie sich fröhlich sagen: »Schau. Sie haben mir die Schlinge vom Arm abgenommen.« Sie hob den Arm hoch, und Martin nahm ihre Hand und verschränkte ihre Finger ineinander.

»Das ist ja wunderbar.«

Annie plagten von neuem Schuldgefühle. Sie versuchte sich einzureden, daß sie sich grundlos quälte. Aber irgend etwas mußte doch da sein, sonst würde sie nicht so empfinden. »Barbara war mit den Kindern da, weißt du ja. Ben brachte einen ganzen Stapel Zeichnungen mit, und Tom wollte lesen. Barbara redete unaufhörlich, und die Kinder nahmen meine ganze Aufmerksamkeit in Anspruch. Sie waren nur eine Stunde da, und ich bekam schreckliche Schmerzen. Jetzt habe ich deshalb ein schlechtes Gewissen.«

Martin zog seinen Stuhl näher an ihr Bett, um sie umarmen zu können. »Du Arme«, sagte er. »Ist doch ganz natürlich. Du meinst, du könntest Bäume ausreißen, aber die Wirklichkeit sieht halt doch noch ein wenig anders aus. Mach' dir doch nicht so viele Gedanken. Wir kommen zu Hause sehr gut zurecht.«

Annie nickte und legte ihren Kopf an seine Schulter.

»Was war sonst noch?« wollte er wissen. »Irgend etwas Neues?«

»Nein«, antwortete sie. »Eigentlich nicht.«

Sie schloß die Augen. Er ist so gut zu mir, dachte sie. Gut und lieb, und sie liebte ihn. Vielleicht war es nicht gerade eine überschäumende Liebe, die sie beide verband, aber sie war so unendlich kostbar. *Setze sie nicht aufs Spiel,* hörte sie eine innere Stimme warnen und hätte beinahe laut losgelacht. Die Vorstellung, etwas aufs Spiel zu setzen, wenn man unter Tonnen von Schutt lebendig begraben gewesen war und im Krankenhaus nur mühsam zum Leben zurückfand, erschien ihr äußerst absurd. Sie schob die Gedanken beiseite.

»Erzähl mir von deinem Tag«, bat sie Martin. »Alles. Jede Einzelheit.« Ihr scharfer Ton überraschte ihn, und sie erklärte: »Ich fühle mich hier so isoliert. Von dir und allen wichtigen Dingen getrennt.«

»Es dauert nicht mehr lang«, tröstete er sie. »Ich habe vorhin mit der Stationsschwester gesprochen. Sie sagt, du machst dich prächtig.«

Nach Hause, dachte Annie und wußte nicht recht, wie sie dazu stand. Bald würde sie nach Hause gehen.

»Erzähl«, beharrte sie.

Er legte den Arm bequemer um sie.

»Also. Laß mich überlegen. Heute morgen hatte ich eine Besprechung mit den Hotelfritzen von Bayswater. Sie wollen rechtzeitig zur Sommersaison fertig sein. Da führt überhaupt kein Weg hin – was die noch alles machen wollen ...«

Annie hörte mit geschlossenen Augen zu und stellte sich vor, sie wären zu Hause. Sie würden auf dem schäbigen Chesterfieldsofa vor dem Kaminfeuer sitzen. Die Katze würde in dem Schaukelstuhl gegenüber vor sich hindösen. Die Kinder schliefen oben. Auf der unteren Ablage des Fernsehtisches stapelten sich Zeitungen und Zeitschriften. Die große Standuhr im Gang tickte gemütlich vor sich hin. Die Vorhänge waren zugezogen und schlossen die Gefahren der Dunkelheit aus. Martin sprach leise weiter, während Annie anhaltend versuchte, die vertraute Atmosphäre ihres Zuhause heraufzubeschwören.

Schließlich flüsterte er: »Schläfst du?« Sie schüttelte den Kopf.

»Nein. Ich denke nach.«

Annie öffnete die Augen, und er beugte sich über sie, um sie zu küssen. Mit den Fingern strich er ihr das Haar aus dem Gesicht und drehte es zu sich. Ihre Lippen berührten sich. »Beeil dich und werd' recht schnell gesund. Ich will dich mit nach Hause nehmen. Ich brauche dich so sehr, Annie. Ich liebe dich.«

Liebe. Brauchen. Die Verpflichtungen mußten eingehalten werden. Annie nickte, unfähig, etwas zu sagen.

Als Martin gegangen war, lag Annie ruhig da, betrachtete die Blumen auf ihrem Nachtkästchen und die ausgeblichenen aufgedruckten Blumen auf den Vorhängen. Die frischen waren so viel lebendiger. Sie konnte die saftigen Stengel zwischen ihren Fingern spüren, und der Duft, den die Blütenblätter ausströmten, war stärker als der Krankenhausgeruch. Nur der direkte Kontrast ließ die Blumen auf dem Vorhang so armselig erscheinen. Ansonsten wären Farben und Formen durchaus akzeptabel gewesen.

Annie blickte weg und drehte den Blumen ihren Rücken zu. Sie wollte nicht weiterdenken.

Während sie so dalag, beschloß sie, morgen nicht in den Tagesraum zu gehen. Dann könnte sie auch ihre Schuldgefühle abbauen. Sie wollte den ganzen Tag auf der Station verbringen und würde Steve gar nicht zu Gesicht bekommen. Sie würde einfach unterbrechen, was sich da anbahnte, wovor sie Angst hatte.

Martin verließ das Krankenhaus durch das Hauptportal. Der kalte Wind, der sich zwischen den hohen Gebäuden fing, war nach der stickigen Krankenhausluft besonders stark zu spüren. Er steckte seinen Kopf tiefer in den Mantelkragen und beschleunigte seinen Schritt. Sein Auto war in einer kleinen Nebenstraße geparkt, aber als er dort angelangt war, machte er keine Anstalten, wegzufahren. Plötzlich hatte er es nicht mehr eilig. Die Hände lose am Steuerrad, starrte er durch die Windschutzscheibe in die Dunkelheit.

Annie ging es besser. Jeden Tag konnte er die Fortschritte sehen, die sie machte, und er beobachtete jedes Genesungszeichen sehr sorgfältig. Und doch kam sie nicht zu ihm zurück. Er hatte fest daran geglaubt, solange er ihre Hand gehalten hatte und die Maschinen ihre Lebensfunktionen aufrechterhalten hatten. Jetzt aber sah er, daß seine Erwartungen nicht erfüllt wurden. Die Bombe hatte mehr bewirkt als nur Annies Körper arg verletzt. Sie hatte einen Krater zwischen ihnen aufgerissen, und Martin wußte, daß er nicht hinüberspringen konnte.

Annie hatte Angst und Schmerzen erlebt, er nicht. Wie sehr er sich auch zu verstehen bemühte, er schaffte es nicht, und er gestand sich ein, daß er es nicht konnte.

Dieser Mann konnte es. Steve konnte es, weil er alles mit ihr durchlebt hatte. Wie absurd war es doch, dachte Martin bitter, ihn darum zu beneiden.

Martin ließ die Hände vom Steuerrad sinken und nach unten baumeln. Er öffnete und schloß die Finger, als wollte er etwas greifen, das ihm immer wieder entglitt. Er dachte daran, wie Annie sich von ihm wegbewegt hatte. Ihre äußere Gestalt war noch da, aber sie selbst war woanders.

Für ein paar Sekunden ließ Martin seinen Kopf auf das Steuerrad sinken. Er hatte alle Hände voll zu tun, zur Arbeit zu gehen und nebenbei Haushalt und Kinder zu versorgen. Wie konnte er von seiner Position nachvollziehen, was in Annie vorging, die beinahe gestorben wäre? Und wer hatte mit *ihm* diesen Beinahe-Tod durchgestanden?

Mit Steve, wiederholte Martin immer wieder. Er warf seinen Kopf nach hinten und wühlte nach den Autoschlüsseln. Er fuhr nach Hause, sehr schnell, um sich von seinen Gedanken abzulenken.

Annie träumte.

Um sie herum herrschte wieder totale Finsternis. Es war keine leere Dunkelheit. Sie war greifbar, schwer und bedrohlich und hatte scharfe Ecken, die sich in sie hineinbohrten. Es war kein Ton zu hören, und doch hing ein schreckliches Geräusch in der Luft, das jeden Augenblick zu explodieren drohte. Das Geräusch würde die schwere Tonnenlast auslösen, die sie zerschmettern würde. Sie versuchte, sich zu bewegen, auf allen vieren zu kriechen, sich aufzurichten, stolpernd davonzulaufen, von Panik erfüllt. Aber es gab keine Möglichkeit, keine Hoffnung auf ein Entrinnen. Es herrschte absolute Stille. Annie war mutterseelenallein und konnte nicht entkommen. Niemand würde sie retten, weil es hier sonst niemanden gab. Niemand konnte ihr beistehen, und wenn das Geräusch schließlich käme, würde niemand bei ihr sein. Sie spürte die eisige Kälte in ihrer Brust, tief in ihrem Herzen, und die Zerbrechlichkeit ihrer ausgestreckten Arme und Beine.

Und dann hörte sie wieder das Donnergrollen.

Es war ein dumpfes Grollen, weit weg, unter und über ihr, schrecklich, unversöhnlich und endgültig. Annie wachte auf. Der Schreckensschrei war ihr in der Kehle steckengeblieben. Es war immer derselbe Traum, und sie wachte immer im gleichen Augenblick auf.

Sie hatte die Knie an den Körper gezogen und die Hände zu Fäusten geballt. Schlotternd vor Angst wartete sie, daß es besser würde, so, wie es immer gewesen war. Ihr Rücken und ihre Schulter waren schweißnaß.

Steve.

Sie konnte nur an ihn denken. Sie sehnte sich nach ihm mit einem verzweifelten, fast unerträglichen Verlangen. Sie wollte neben ihm liegen und seine Hand über ihre Augen legen. Sie wollte, daß er ihr tröstliche Worte in das Ohr flüsterte, so wie er es in der Dunkelheit getan hatte, die ihr jetzt weniger furchterregend vorkam als die Finsternis ihrer Träume. Steve sah und verstand alles, und es war undenkbar, daß er jetzt nicht bei ihr war.

Annie saß aufrecht im Bett. Ihr Nachthemd klebte eiskalt an ihrer Haut. Sie strich sich das feuchte Haar aus dem Gesicht.

Sie starrte zu der Tagesraumtür. Dahinter war der Tagesraum mit dem jetzt dunklen Fernsehschirm. Und wiederum dahinter war die Station, in der Steve in diesem Moment schlief.

Sie sah sein Gesicht vor sich, ganz deutlich. Sie fühlte seinen Händedruck und die Berührung mit seiner Stirn, die einen Kreislauf schloß, den sie nie wieder unterbrechen wollte. An jenem ersten Nachmittag hatte er ihre Wange geküßt, und heute hatte er sie wie ein Liebhaber angelächelt.

Hilflos kämpfte sie gegen ihre Sehnsucht an.

Sie ließ ihren Kopf gegen die angezogenen Knie fallen, umschlang sich selbst und empfand den stechenden Schmerz an der Operationswunde fast als Wohltat. Sie konnten jetzt nicht zusammen sein. Daß sie es schon vorweggenommen hatten, mit der Berührung ihrer Hände in der Dunkelheit, das war nur der ganz brutale Streich, den das Schicksal ihnen gespielt hatte. Sie starrte wieder in Richtung der anderen Station, als könne sie durch die Mauern und Türen sehen, die sie von Steve trennten.

»Verdammt noch mal«, flüsterte sie. »Verdammt noch mal.«

Eine Lernschwester, die ihren Kontrollgang machte, hatte bemerkt, daß Annie wach war. In ihrer rosafarbenen Uniform kam sie zu Annies Bett.

»Ist alles in Ordnung?«

»Ja«, sagte Annie. »Ich habe nur geträumt. Schlecht geträumt.« Die Schwester schüttelte Annies Kissen auf und zog das Bettlaken glatt.

»Soll ich Ihnen etwas zu trinken bringen? Vielleicht heiße Milch, und etwas zum Einschlafen?«

Die Blumen waren für die Nacht weggestellt worden. Die Blumen auf den Chintzvorhängen sahen nach Kinderzimmer aus, freundlich und beruhigend in dem gedämpften Licht.

»Ja«, sagte Annie. »Vielen Dank. Etwas zum Einschlafen.«

Endlich schlief sie ein und hatte das Gefühl, kaum geschlafen zu haben, als sie schon wieder geweckt wurde. Inzwischen war ihr die tägliche Krankenhausroutine nichts Neues mehr. Eine Gruppe von Ärzten kam vorbei, untersuchte sie und murmelte dann geheimnisvoll an ihrem Bettende.

Daran war Annie gewöhnt.

Der Oberarzt strahlte sie an, nachdem die Visite beendet war. »Wir sind sehr zufrieden mit Ihnen. Ihre Nieren funktionieren normal, und alles andere heilt sehr gut.«

»Ich gebe mir auch Mühe«, erwiderte Annie und erinnerte sich unweigerlich an Unterredungen, die sie in ihrer Schulzeit mit ihrer Lehrerin gehabt hatte. »Ich will nach Hause.«

»Oh, da möchte ich mich noch nicht festlegen. In zwei oder drei Wochen werden wir weitersehen.«

Annie nickte geduldig. Ihre Genesung, ihre Rückkehr zu Martin und den Kindern lag jetzt in ihrer Hand. Darauf mußte sie sich jetzt konzentrieren. Sie streckte sich unter der Bettdecke und spürte ihre schmerzenden Sehnen und die lädierte Schulter.

Die Vormittagsstunden erschienen ihr endlos. Das Mittagessen wurde gebracht und wieder abgeräumt, die Teewagen klapperten vorbei, und schließlich verfiel die Station in die übliche nachmittägliche Schläfrigkeit. Annie lag da, beobachtete die Frau gegenüber mit ihrer Strickerei und versuchte einzuschlafen. Es gelang ihr nicht, und so setzte sie sich die Radiokopfhörer auf und hörte zehn Minuten lang einem unverständlichen Hörspiel zu. Weitere zehn Minuten vergingen, dann zwanzig, und Annie bemerkte, daß sie auf die Tür zum Tagesraum starrte. Dann schlug sie, ohne bewußt eine Entscheidung getroffen zu haben, die Bettdecke zurück. Sie zog ihren blauen Morgenmantel an, band ihn sorgfältig zu und ging zur Tür. Steve saß im

Tagesraum. Er hatte den Himmel durch die großen Fenster betrachtet. Es war windig draußen, und graue Wolken türmten sich hinter den Dächern und Kaminen der gegenüberliegenden Gebäude. In dem Raum hielten sich noch ein halbes Dutzend anderer Leute auf, und alle versuchten, den Fernseher zu übertönen.

Annie ging zu seinem Stuhl, und er sah zu ihr auf.

Wie dumm von mir, dachte sie, ihn einfach wegleugnen zu wollen. Sie wollte die Hand auf seine Schulter legen, unterließ es aber. »Ich dachte, du kämst heute nicht«, sagte Steve.

»Ich wollte auch nicht.«

Er nickte, und sie fragte sich, ob er verstand, warum. Ein Stuhl wurde für sie gebracht, und sie rückte ihn ein wenig ab, ehe sie sich setzte. Steve musterte ihr Gesicht. Die Farbe und das Licht, die er gestern darin bewundert hatte, waren verschwunden. Es sah verschlossen aus, so als ob die Annie, die er kannte, sich woanders hin zurückgezogen hätte.

»Aber nun bist du doch gekommen.« Sie senkte den Kopf und ihr Haar fiel nach vorne. Steve blickte auf ihren Scheitel und war gerührt von ihrer kindhaften Verletzlichkeit.

»Es kam mir... stur vor, nicht zu kommen.« Dann blickte sie wieder auf, ihm direkt in die Augen. »Steve. Wenn ich dir gestern... irgendwelche Hoffnungen gemacht habe, dann muß ich dir heute sagen, daß ich sie nicht erfüllen kann.«

Er sah die Entschlossenheit in ihrem Gesicht. Sie würde sehr entschlossen handeln. Diese Gewißheit verstärkte seine Achtung vor ihr.

»Es waren keine Hoffnungen. Ich habe es als Bekenntnis verstanden.«

Sie machte eine rasche Handbewegung, um ihn am Reden zu hindern. »Ich hatte das Gefühl, wir wären über das natürliche Maß, was wir füreinander sein können – nämlich Freunde – hinausgegangen.«

Steve lächelte verschmitzt. »Kannst du mir sagen, was du in unserer Situation unter ›natürliches Maß‹ verstehst?«

In der folgenden Stille fühlte Annie den Treibsand unter ihren Füßen hinwegdriften. Sie dachte daran, was schon hinter ihnen lag, und was möglicherweise noch kommen konnte. Es gab nur einen möglichen Weg für sie, und der führte weg von Steve. Ihr Gesicht drückte ihre Unsicherheit aus.

»Oder was du mit ›Freunde‹ meinst?«

»Oh ja«, sagte Annie, »das kann ich sehr genau abgrenzen. Freunde sind weniger als das, was wir gestern waren.« Rasch fuhr sie fort, ehe er sie unterbrechen konnte. »Der Arzt hat mir heute früh gesagt, daß ich gute Fortschritte mache. Vielleicht darf ich schon in zwei Wochen nach Hause. Zu Hause – das ist bei Martin und unseren Kindern. Ich liebe meinen Mann.« Sie hob ihr Kinn, als wollte sie damit ihren Worten besonderen Nachdruck verleihen. »Ich will ihn nicht betrügen und ihn nicht verletzen. Wenn ich nach Hause darf, soll alles wieder wie vorher sein.«

»Annie. Es kann nie mehr wie vorher sein.«

Steve war sicher, daß ihre Worte nicht das ausdrückten, was sie fühlte. Er blickte in ihr schmales, blasses Gesicht und versuchte, ihre Gedanken zu lesen, aber sie hatte sich ihm verschlossen. Sie sah sehr klein aus, wie sie da in ihrem Stuhl saß. Und doch war sie ihm so wichtig.

Er wollte zu ihr hinübergreifen und von ihr hören, daß sie nicht die Wahrheit gesagt hatte, und ihr dann sagen, wie sehr er sie brauchte. Steve erinnerte sich ganz deutlich, wie schal ihm sein bisheriges Leben vorgekommen war, als er verschüttet neben Annie lag. Mit Annie zu reden und ihr zuzuhören, hatte ihm die Kraft gegeben auszuhalten. Jetzt waren sie, kaum zu glauben, hier zusammen. Steve sah sich in dem öden Raum um. Die anderen Patienten saßen resignierend und freudlos in ihren Stühlen. Im Gegensatz dazu war er glücklich, am Leben zu sein. Wie traurig, daß diese stumpfen Menschen dieses Gefühl nicht mit ihm teilen konnten. Er wußte, daß Annie es konnte. Um so stärker hatte es ihn getroffen, daß Annie die Chance zu diesem Glück nicht wahrnehmen wollte.

Aber schließlich würde sie damit das Glück ihrer Familie aufs Spiel setzen. Sein Ärger verflog so schnell, wie er gekommen war. Annie war einfach selbstlos, das war alles. Steve lächelte wieder verschmitzt. Er selbst war sein ganzes Leben egoistisch gewesen, und es war eine Ironie des Schicksals, daß er sie jetzt, wo er anders dachte, verlieren sollte.

Die Luft im Raum war abgestanden, und die Fenster waren fest geschlossen. Draußen trieben graue Wolkenmassen vorbei, und das Geräusch des Windes unterstrich noch die stickige Stille.

Auf jeden Fall wollte Steve Annie wissen lassen, wie viel ihm an ihr gelegen war. So viel Egoismus wollte er sich schließlich doch erlauben. Er horchte auf die Stimmen aus dem Fernsehapparat und auf eine Frau, die sich drei Stühle weiter über die Krankenhausbehandlung beklagte. Der Wind rüttelte an den Fenstern, und Steve saß schweigend in seinem Stuhl. Er wollte Annie an sich ziehen und festhalten, doch seine Hände umklammerten nur die Armlehne des Stuhls. Das hätte er nur tun können, wenn sie alleine und gesund gewesen wären, wenn einfach alles anders gewesen wäre. Auch fielen ihm hier im Tagesraum keine Worte ein, die nicht zu abgedroschen geklungen hätten. Steve hatte immer gewußt, wie man mit Frauen reden mußte. Er hatte ihnen erzählt, was sie hören wollten, und sie hatten es akzeptiert. Er hatte verlangt, was er haben wollte, und hatte es bekommen.

Hatte man ihn auch in dem Maße abgelehnt, wie er es verdient hatte? Vielleicht. Oder vielleicht hatten ihn auch die vielen Frauen abgenutzt? Er dachte an Cass und an ihre halb verwirrte, halb trotzige Miene. Cass hatte ihn nicht abgenutzt. Steve spürte den bitteren Geschmack des Ekels vor sich selbst auf der Zunge. Und jetzt, da er Annie gegenübersaß, wußte er nicht, was er sagen sollte. Alles würde den Anschein erwecken, als wollte er sich einen Vorteil verschaffen, und alles, was ihm in den Sinn kam, würde hohl und leer klingen.

Er blickte zu ihr, wie sie in sich versunken in ihrem blauen

Morgenmantel dasaß. Eine blonde Frau mit blauen Augen, deren Farbe sich mit dem Licht änderte. Nicht mehr so jung, weder so aufregend schön wie Cass noch so direkt-weiblich wie Vicky. Aber Annie war von einer Schönheit, wie Steve sie nie zuvor gesehen hatte. Der Gedanke, sie zu verlieren, sie einfach gehen lassen zu müssen, ließ gleichermaßen Wut und Sehnsucht und Eifersucht in ihm auflodern. Unruhig rutschte er in seinem Stuhl umher. Er war körperlich und seelisch unfähig, zu ihr zu gelangen. *Ich liebe dich.*

Nein, nicht einmal diese einfachen Worte würden es bringen. Sie waren zu zart für diesen derben Raum mit den Teetassen, den Aschenbechern und den zerfledderten Zeitschriften. »Annie.«

Er konnte nur noch ihren Namen wiederholen, so wie er es im Dunkeln getan hatte, um sie bei Bewußtsein zu halten. Damals hatte er auch die anderen Worte gesagt, aber sie hatte sie nicht mehr gehört. Man hatte sie nach oben gezogen, weg von ihm, hinauf in den Lichtkreis, der das dunkle Loch, in dem sie verschüttet lagen, einrahmte.

»Annie. Es kann niemals mehr wie vorher sein«, wiederholte er. »Du kannst das Geschehene nicht ungeschehen machen.«

»Ich weiß.« Die Worte kamen sehr deutlich aus ihrem Mund, so, als bemühte sie sich, ein Zittern in der Stimme zu verbergen. »Wir sind hier in diesem Zimmer zusammen wegen eines schicksalhaften Ereignisses. Ich bin der Überzeugung, daß wir verhindern können, daß dieses Ereignis unser ganzes Leben verändert.«

Sie wagte es nicht, ihn anzusehen, weil sie sich gar nicht so sicher war, aber sie spürte, daß er sich nach vorne lehnte, um jede Nuance ihrer Worte zu verstehen. »Wenn wir beide uns irgendwo anders kennengelernt hätten, sagen wir einmal auf einer Party, dann wäre da nichts gewesen, was uns einander nähergebracht hätte. Wir wären aneinander vorbeigegangen, wie wir es auch in dem Kaufhaus getan hätten, wenn die Bombe nicht explodiert wäre. Sie ist aber explodiert, und wir hatten Glück, daß wir nicht wie andere Menschen umgekommen sind. Aber es war eben doch nur ein schicksalhaftes Ereignis. Wir dürfen nicht zulassen, daß mehr daraus wird.«

Annie spürte, daß Steve sie ansah, sie mit seinen Blicken fixierte. Sie konnte sogar spüren, wie fest er seine Armlehnen umklammerte.

»Da *ist* mehr, mein Liebes.«

»Ich bin nicht dein Liebes«, flüsterte sie. »Ich kann es nicht sein.«

Annie ließ den Kopf nach vorne sinken und bedeckte ihr Gesicht mit den Händen. Ihr Haar fiel nach vorne und ließ die Ohrläppchen frei. Steve wollte sich hinüberbeugen und sie küssen, ihr das Haar zurückstreichen und ihre Wange, ihren Hals und ihre Handflächen küssen.

Er wendete seinen Blick ab. Der Fernseher lief immer noch mit voller Lautstärke, und Frankie und sein Freund thronten davor und glotzten in die Mattscheibe. Mitchie las eine Zeitung, und Sylvia mit dem Strickzeug quasselte unermüdlich vor sich hin. Keiner achtete auf die beiden, aber Steve empfand ihre Anwesenheit als ungeheuer störend.

Annie sah nicht auf. Sie schob ihren Stuhl noch ein wenig zurück und starrte schweigend auf den Boden.

»Also, was sollen wir tun?« fragte Steve. Sie zuckte müde mit den Achseln. »Nichts. Gesund werden und nach Hause gehen, denke ich.«

»Sieh mich an, Annie.«

Sie hob ihren Kopf. Er wollte mehr von ihr. Er erwartete Mut an Stelle der festgefahrenen Treue zu Martin, die sie ihm anbot. »Meinst du das wirklich? Willst du das wirklich?«

Sein Gesicht kann sehr kalt aussehen, dachte Annie. Sie nickte steif. Die Enttäuschung über ihr Verhalten war ihm deutlich ins Gesicht geschrieben. Aber sie war erleichtert, es gesagt zu haben. Die Angst war nun ein wenig gewichen, statt dessen machte sich ein anderes, kälteres, endgültigeres Gefühl breit. Bedauern, dachte Annie. Die Unvermeidlichkeit brachte sie beinahe zum Lächeln.

»Und bis dahin?« fragte Steve ruhig. »Wir können uns weiter hier sehen und miteinander reden.« Sie zögerte, bemerkte, daß sie sich selbst belog. »Wie Freunde. Warum nicht? Wir sind doch Freunde, oder?«

Plötzlich griff er an ihr Handgelenk und hielt es fest, zu fest. »Worüber sollen wir als Freunde reden? Über Pferderennen?« Er zeigte mit dem Kopf in Richtung Fernseher. »Über Sylvias Strickzeug? Nichts, was uns zu sehr an zu Hause erinnert, wahrscheinlich. Damit es nicht zu gefährlich wird.«

Annie hörte die Bitterkeit in seinen Worten. Er mag es nicht, zurückgewiesen zu werden, dachte sie. Das ist er nicht gewöhnt. Aber bereits als sie dies dachte, wußte sie, daß sie ihm Unrecht tat. Für sie würde der Verlust genauso bitter sein wie für Steve. Sie blickte in den Raum. Es war eine künstliche Welt, in der sie hier zusammen waren. Zu Hause würde das anders werden. Dann würden auch die Träume aufhören. Und vielleicht würde im normalen Alltag auch diese Mischung von Bedauern und Glückseligkeit dahinschwinden, die Steve bei ihr auslöste. Es mußte die künstliche Welt des Krankenhauses sein, redete sich Annie ein. Die Isolation ließ die Gefühle anschwellen, die sie ansonsten weggesteckt hätte.

Sie versuchte fröhlich zu klingen, als sie antwortete: »Wir können über alles reden. Das haben wir doch schon geübt, oder?«

Noch während sie sprach, wußte sie, daß sie feige war. Tat sie nur wieder brav ihre Schuldigkeit, oder drückte sie sich nur einfach vor der Herausforderung?

Annie dachte kurz an Matthew. Matthew war gegangen. Steve wußte das. Sie mußte sich wieder entscheiden und fühlte sich in einen großen windigen Raum versetzt, aus dem alle vertrauten Dinge hinweggewirbelt worden waren. Und dann ein tiefes Bedauern, denn sie selbst brachte nicht den Mut auf, sich in diesem Raum zu bewegen. Steve ließ ihr Handgelenk los und umklammerte wieder die Armlehne. Annie war ihm nahe genug, um zu bemerken, daß er vor Hilflosigkeit zitterte.

Aber dann sagte er nur einfach: »Schön, daß du sagst, was du fühlst«, und lächelte sie an.

Nein, dachte Annie. *Was ich fühlen muß*. Wieder kam das Gefühl des Bedauerns hoch.

»Schau.« Steve nickte zu dem Fernseher hinüber. »Heute nachmittag läuft *Double Indemnity*.«

»Kenn' ich noch nicht. Martin weiß sicher alles über den Film. Wer der zweite Kameramann war, wer die Szenenbauten gemacht hat. Er ist der Filmfan der Familie, nicht ich.«

»Ein sehenswerter Film. Soll ich unsere Stühle hinbringen?« fragte Steve.

Wie seltsam ihre Bekanntschaft doch war. Nie waren sie zusammen essen gewesen, nie zusammen im Kino oder im Theater, nicht einmal in normalen Kleidern kannten sie sich. Das war aber alles unwichtig. Vielleicht hatte sie in ihrem Leben mit Martin zuviel Wert auf solche Dinge gelegt. Was für sie, für Annie und Steve, wichtig war, war die Gemeinsamkeit und das Verständnis, die sich in der Dunkelheit entwickelt hatten.

Annie starrte auf die flimmernde Mattscheibe. Hatte das ausgereicht, um sich zu verlieben?

Sie wußte die Antwort, ohne länger darüber nachzudenken. Es hatte ausgereicht.

Sie standen auf, halfen sich gegenseitig und plazierten ihre Stühle nebeneinander hinter Frank und die anderen.

Annie wollte zu Steve sagen: *Warte*. Er blieb stehen, bis sie bequem saß, und ließ sich dann mühsam in seinen Stuhl sinken. Sie saßen so nah beieinander, daß sich ihre Ellbogen berührten.

Nach einigen Augenblicken drehte er sich zu ihr und sah sie an. Die Bitterkeit war aus seinem Gesicht gewichen, und er lächelte sie an. »Wir können zusammen fernsehen. Wie im wirklichen Leben. Dabei kann ja nichts passieren, oder?«

»Ich weiß nicht«, antwortete Annie leise und dachte: er merkt ganz genau den Unterschied zwischen dem, was ich sage, und dem, was ich fühle.

Sie setzte sich bequem hin, und beide taten so, als würden sie wie im richtigen Leben zusammen einen Film im Fernsehen anschauen. Als der Film vorbei war, standen sie auf und gingen in entgegengesetzter Richtung auf ihre Stationen.

Der Tag, an dem *Double Indemnity* gelaufen war, setzte Maßstäbe. Annies Genesung machte rasche Fortschritte. Ärzte und Krankenschwestern konnten sich nicht genug darüber wundern, wie schnell es mit ihr aufwärtsging. Jeden Tag fühlte sie sich ein wenig stärker. Die Spaziergänge auf der Station waren längst Routine geworden. Sie ging hinunter zur Heilgymnastik und hinauf, um Brendan zu besuchen. Er schürzte die Lippen und umkreiste sie einmal, ehe er bewundernd pfiff.

»Nicht schlecht. Wissen Sie, auf Sie hätte ich nicht unbedingt wetten wollen. Ein, zwei Tage sah es gar nicht gut mit Ihnen aus.« Annie lachte ihn an: »Hätten Sie doch ruhig gewettet. Ich bin ziemlich zäh.«

»Ach ja? Erzählen Sie, wie geht es Ihrem gutaussehenden Freund?«

»Steve geht es auch besser. Er ist nur ungeduldig.«

»Manche Leute haben wirklich Glück.« Brendan seufzte. »Wenn ich verschüttet worden wäre, dann bestimmt neben einer uralten Dame. Nicht so wie Ihr gutaussehender Held.«

»Also geplant habe ich das nicht«, protestierte Annie.

»Glück, habe ich gesagt.«

Annie ruhte, schlief soviel sie konnte und war dankbar für den Schlaf, außer er brachte ihr wieder die Angstträume. Brav aß sie alles auf, was sie vorgesetzt bekam, und ihr Gesicht verlor das kantige Aussehen einer Kranken. Sie unterzog sich allen Tests und Übungen, die man ihr vorschrieb, und gewann in zunehmendem Maße ihre Kräfte wieder. Ihre Familie und ihre Freunde kamen sie besuchen, und jeden Abend saß Martin an ihrem Bett und erzählte ihr die Neuigkeiten des Tages. Immer wieder versuchte sie, umgeben von den inzwischen nur allzu vertrauten geblümten Vorhängen, sich die heimelige Atmosphäre zu Hause vorzustellen.

Am nächsten fühlte sie sich Steve. Wenn sie sich trafen, gab sie sich betont unverbindlich. Es fiel ihr sehr schwer, und beide wußten, wie unehrlich sie waren.

Wenn sie sich im Tagesraum trafen, sprachen sie über die Bücher, die sie gerade lasen, über die Fortschritte, die ihre Gesundheit gemacht hatte, über die Zeitungsnachrichten. Aber die künstliche Barriere, die Annie aufgestellt hatte, bewirkte nichts. Manchmal glaubte sie sogar, das unverbindliche Geplauder, zu dem sie sich zwangen, verstärkte den anderen, den stummen Dialog, zwischen ihnen nur noch.

Eines Morgens saß Annie auf dem Stuhl neben ihrem Bett. Auf Vorschlag der Stationsschwester hatte Martin ihr einige Kleidungsstücke gebracht, und sie hatte sich einen Rock und einen Pullover angezogen. Die Kleider kamen ihr dick und seltsam vor, und mit den Hauspantoffeln fühlte sie sich sehr schlampig gekleidet.

Es war keine Besuchszeit, und so wunderte sich Annie, als sie aufsah und ihre Mutter auf ihr Bett zukam. Sie stützte sich auf einen Stock, und ihre Knöchel standen knorrig heraus, wenn sie ihn umfaßte. Annie stand auf, ging ihrer Mutter entgegen und legte den Arm um ihre Schultern.

Ängstlich fragte sie: »Was ist denn los? Ist etwas passiert?«

»Ganz und gar nicht«, antwortete ihre Mutter. »Dein Vater hat mich auf den Weg sonstwohin hier aussteigen lassen. Und die Stationsschwester war so freundlich, mich reinzulassen. Und da bin ich nun.«

Annie konnte sehen, wie stolz ihre Mutter auf ihre Leistung war. Die kleine Reise alleine von den Krankenhaustüren bis zur Station war ein Triumph für sie. Mutter und Tochter lächelten sich an. Ein kleiner Hoffnungsschimmer flackerte auf. Vielleicht würde sie doch wieder gesund. Annie umarmte sie.

»Schön, daß du da bist. Setz dich auf diesen Stuhl, Tibby.«

Annies Mutter hieß eigentlich Alicia, aber seit ihrer Kindheit hatten alle sie Tibby gerufen. Jetzt benützten auch Thomas und Benjy diesen Namen.

Klingt besser als Oma. So schön kuschelig, war Toms Kommentar.

»Natürlich – wie eine Katze«, hatte Tibby zugestimmt. Sie stand den beiden Jungen sehr nahe, und es bereitete ihr großen Kummer, daß sie schon nach wenigen Minuten müde wurde, wenn sie mit ihnen zusammen war. Vor ihrer Krankheit hatte sie mit ihnen minutiös geplante Tagesausflüge gemacht und sorgfältig gepackte Picknickkörbe mitgenommen.

»Das hast du aber schlau angestellt, daß sie dich reingelassen haben«, lobte Annie. »Die sind da sehr streng.«

Tibby war müde und nahm dankbar die Sitzgelegenheit an. »Konnten mich ja schlecht wieder wegschicken. Wo ich doch schon einmal da war, mit Stock und überhaupt. Ich wollte dich sehen. Man hat mir vorgeschlagen, einen Erholungsurlaub – so nennen sie das jetzt – zu machen.«

Der Hoffnungsschimmer erlosch sofort, und Annie sah Finsternis vor sich. Sie fror und war grundlos zornig.

»Wann? Warum hat keiner von euch etwas gesagt?«

»Da gab's nichts zu sagen. Jim ist einverstanden. Nur ein Erholungsurlaub.«

»Natürlich«, sagte Annie wie betäubt, »das wird dir guttun.«

Natürlich. Tibby war fünfundsechzig, sah aber älter aus. Ihr Haar war schütter, und ihre Arme und Beine sahen so dünn aus, daß man Angst bekam, sie würden abbrechen. Annie fragte sich, wie lange es wohl noch dauern würde. Jetzt sah sie die Befriedigung ihrer Mutter, alleine zur Station gelangt zu sein, in einem anderen, viel kälteren Licht.

Tibby lehnte sich im Stuhl zurück und betrachtete ihre Tochter. »Wie schön, dich in Kleidern zu sehen. Was ist mit deinem Haar?«

Sie bemühte sich wieder krampfhaft um die Fröhlichkeit, die sie auch für ihre anderen Besuche eingeübt hatte. Annie hatte sie damals wohl akzeptiert, aber inzwischen ging es ihr wieder so gut, daß sie Tibbys eingefrorenes Lächeln durchschaute. Ihr wurde schwer ums Herz, doch schließlich antwortete sie:

»Ich lasse es mir schneiden, sobald ich nach Hause komme. Das wird schon sehr bald sein, hat man mir versprochen.« Sie dachte daran, daß es ihr wieder ganz gut gehen würde, wenn sie nach Hause käme. Aber bei Tibby würde das anders sein. Annie erinnerte sich, daß sie mit Steve darüber gesprochen hatte, während sie sich an der Hand hielten und in die pechschwarze Finsternis starrten. Ob ihre Mutter wohl ebenso zornig war ob des nahen Todes, und ob ihr auch alles leid tat, was sie nicht mehr tun konnte. Nein, hatte Steve gesagt. *Deine Mutter hat dich groß werden sehen. Und sie hat ihre Enkel gesehen.*

Sie setzte sich neben Tibby und nahm ihre abgemagerte Hand. Annie wollte ihrer Mutter nahe sein und das Beste aus der ihnen noch verbleibenden gemeinsamen Zeit machen.

»Tibby, was sagen sie? Die Ärzte. Sag es mir ehrlich.«

»Daß du gute Fortschritte machst.« Tibby lächelte durchsichtig.

»Du weißt ganz gut, daß ich nicht von mir spreche. Was ist mit diesem Erholungsurlaub. Wie lange soll er dauern?«

Plötzlich hörte Annie in ihren eigenen bohrenden Fragen die ungehaltenen Stimmen von Thomas und Benjy. Du bist meine Mutter. Du kannst mich nicht einfach verlassen. Ich brauche dich, und du gehörst hierher an meine Seite. Wieder das Pflichtgefühl, dachte Annie. Tibby zuckte mit den Achseln und sagte leise: »Nun, Liebling, du kennst diese Krankheit. Sie verschwindet nicht einfach. Man weiß nie so genau, welchen Verlauf sie nehmen wird. Sie tun, was sie tun können, und sie sagen mir, was sie wissen, weil ich danach frage. Man will ja schließlich wissen, woran man ist. Eine Erholung wird mir guttun, sagen sie. Und für deinen Vater ist es auch eine Erleichterung.«

»Eigentlich wollte ich dir helfen«, sagte Annie kläglich.

Tibby mußte lachen. »Was könntest du denn tun?«

»Papa im Haus helfen, vielleicht.«

»Liebling, meinst du ernsthaft, du könntest in meinem Haus Ordnung schaffen?«

Annie mußte nun auch lachen. Sie sah das blitzblank geputzte, makellose Haus ihrer Mutter vor sich und daneben als Kontrast das bunte Durcheinander in ihrem Haus. Annies Einstellung zu häuslicher Ordnung war schon mehrfach Gegenstand von Auseinandersetzungen zwischen Mutter und Tochter gewesen.

»Ich bin sicher, in deinem Haus ist alles tipptopp.«

Tibby nickte und lächelte schwach: »Das ist es, und so wird es auch bleiben, solange ich damit etwas zu tun habe.«

Annie fragte sich, wie lange das wohl noch sein würde. Sie konnte sich schon jetzt nicht mehr vorstellen, wie Tibby das Parkett wienerte und die großen alten Spülbecken schrubbte. Mit Steve hatte sie darüber gesprochen, wie traurig es war, daß der Lebensinhalt ihrer Mutter ein Haus war. Wie glücklich war sie dabei gewesen? Sie drückte Tibbys Hand. »Ich mußte an dich und das Haus denken, während wir ... während ich darauf wartete, ausgegraben zu werden. Ich sah es ganz deutlich vor meinen Augen. Ich war wieder ein kleines Mädchen in einem grünen Baumwollkleid mit weißem Kragen und weißen Bändern im Haar.«

»An das Kleid kann ich mich noch erinnern«, sagte Tibby. »Ich weiß noch den Tag, an dem wir es für dich gekauft haben.« Sie beugte sich näher zu Annie und faßte sie stärker an der Hand. »Es war sehr heiß, mitten in einem langen, prächtigen Sommer. Du warst sechs oder sieben und hast den ganzen Tag mit Janet gespielt. Erinnerst du dich an Janet? Ihr wart unzertrennlich. Dann beschloß ihre Familie wegzuziehen, und du hast eine ganze Woche geweint und darauf bestanden, daß du nie wieder eine ›beste Freundin‹ haben wolltest.«

»Ich kann mich überhaupt nicht an sie erinnern«, wunderte

sich Annie. »Dein Vater und ich gingen einkaufen und erstanden das grüne Kleid für dich. Als wir dich abholten, spieltest du mit Janet im Garten. Ihr habt euch gegenseitig aus einer Gießkanne bespritzt.«

»Erzähl weiter«, ermunterte Annie sie, und Tibby lächelte. Sie begann zu erzählen. Einige Erinnerungen brachten sie zum Lachen, bei anderen mußte sie seufzen. Sie wußte Geschichten aus Annies Kindheit, die Annie noch nie zuvor gehört hatte. Sie erzählte von Annies Geburt.

Annie hörte zu und beobachtete das Gesicht ihrer Mutter. Tibby hatte das Bedürfnis zurückzudenken und auch in ihren Gedanken alles zu ordnen, so wie Annie und Steve es getan hatten. Während sie zuhörte, schoben sich die Erinnerungsebenen übereinander und ergaben neue Perspektiven; ihre eigenen Erinnerungen hatten durch das Zusammensein mit Steve eine neue, leuchtende Dimension bekommen, und nun kamen die Erzählungen ihrer Mutter hinzu, die über Annies Erinnerungsvermögen hinausreichten.

»Du warst immer ein lustiges, braves kleines Mädchen«, sagte Tibby schließlich. »Mit dem Gedächtnis ist das so eine Sache. Ich weiß noch genau, wie du acht Jahre alt warst, das ist fast dreißig Jahre her, aber ich weiß kaum noch, wie Thomas letzte Woche aussah. Und am allerwenigsten weiß ich, ob ich letzten Samstag den Milchmann bezahlt habe, oder wie das Mädchen in dem Buch heißt, das ich gerade lese.«

»Ich weiß«, lächelte Annie, wohl wissend um den Wahrheitsgehalt dieser Selbsterkenntnis. »Tibby, ich wollte, wir könnten uns länger unterhalten.« Sie wollte damit sagen: solange dies noch möglich ist, aber ihre Mutter erschrak ein wenig und sah auf ihre Uhr. »O Gott, ich wollte mich vor einer Viertelstunde unten mit Jim treffen. Er meinte, die Schwester würde uns zu zweit noch weniger hineinlassen. Du weißt ja, wie er sich jetzt aufführen wird.«

Ungeduldig würde er sein, das wußte Annie.

»Ich komme mit dir runter.«

»Schaffst du das?«

»Natürlich.« Ich schaffe das leichter als du, dachte Annie traurig. Ich bin viel kräftiger.

Sie standen auf. Annie war viel größer als ihre Mutter. Tibby schien in sich zusammenzusinken. Sie legte ihre Hände auf Annies Arme und sagte plötzlich: »Ich kann alles ertragen. Schließlich tun das andere Menschen auch mit entsprechender Würde. Aber ich glaube nicht, daß ich es hätte ertragen können, wenn du gestorben wärst. Nicht jetzt, Annie, nach alldem.«

Ihr Gesicht verzog sich. Tränen stiegen ihr in die Augen.

Deine Mutter hat dich groß werden sehen. Hat ihre Enkel gesehen.

»Tibby.« Annie legte die Arme um ihre Mutter und schmiegte ihre Wange gegen ihren Kopf. »Ich bin nicht gestorben«, flüsterte sie. »Ich wollte nicht sterben.«

Einen langen Augenblick standen sie da und hielten sich fest. Dann schluchzte Tibby auf.

»Ich kam, um dich aufzuheitern«, sagte sie mit tränenerstickter Stimme. Annie ließ sie los und nahm rasch Mantel und Tasche ihrer Mutter. »Das hat sich Barbara zur Aufgabe gemacht. Überlassen wir es ihr.« Annie lächelte angestrengt, so wie es ihre Mutter sonst immer getan hatte, aber Tibby reagierte ironisch. Annies Beziehung zu Martins Mutter hatte schon immer Anlaß zu kleinen Scherzchen zwischen Mutter und Tochter gegeben.

»Arme Barbara ...« reagierte Tibby mit gespieltem Protest.

»... aber sie meint es doch gut«, vollendete Annie den Satz automatisch. »Komm. Machen wir uns auf die Socken, sonst braust Papa ohne dich davon.«

Arm in Arm gingen sie zur Stationstür.

Annie brachte Tibby sicher nach unten. Ihr Vater wartete in der Halle und sah alle paar Sekunden auf seine Uhr. Er begrüßte Annie mit einem Kuß, begann dann aber gleich über die Unpünktlichkeit Tibbys zu zetern, die sich redlich zu wehren wußte, wie sie es in vielen Jahrzehnten gelernt hatte. Tibby war immer sehr knapp dran, und Jim sah seine Lebensaufgabe darin, sie deshalb ewig zurechtzuweisen. Annie war wie immer sehr ärgerlich darüber – das war eben ihre Rolle in der Szene. Sie versuchte ihrem Vater klarzumachen, daß Zeit genug war, da sie sich sicher war, daß sie für den Rest des Tages nichts Wichtiges mehr vorhatten. Dabei wußte sie aber, daß ihr Vater nichtsdestotrotz auf Einhaltung eines genauen Zeitplanes bestehen würde.

Vielleicht, dachte sie, könnte sich Tibby auch ein wenig von den Marotten ihres Vaters erholen. Sie verabschiedeten sich, und Annie sah ihnen vom Treppenabsatz nach, wie sie gemeinsam fortgingen. Die versäumte Zeit würde sicherlich auch noch weiter ein Diskussionsthema sein. Sie konnte sehen, wie Tibbys Kopf hin und her wippte, während sie sich verteidigte. Verhaltensmuster eines gemeinsam verbrachten Lebens.

Wieder fragte sie sich, ob ihre Eltern überhaupt jemals zusammen glücklich waren.

Und Martin und ich? Sind wir jetzt anders? Werden wir in zwanzig Jahren auch so sein?

Annie ging langsam. Die Beine wurden ihr schwer. Es dauerte geraume Zeit, bis sie wieder auf ihrer Station war.

Zwei Tage später sagte man ihr, sie dürfe am Freitag nach Hause. Das war in drei Tagen.

»Natürlich müssen Sie uns noch öfter in der Ambulanz besuchen und diverse Tests machen. So leicht kommen Sie bei uns nicht davon«, teilte ihr der Chirurg gutgelaunt mit. »Sie müssen auf Ihre Nierenfunktion achten, und wir müssen weiterhin Bluttests machen. Aber ich denke, bis zum Wochenende wird es Ihnen so gut gehen, daß Sie zu Ihrer Familie nach Hause können.«

»Danke«, sagte Annie.

Sofort rief sie Martin an.

»Das sind gute Nachrichten«, freute er sich.

»Nicht wahr?«

In ihren eigenen Ohren klang ihre Stimme sehr dünn. Sie sprachen noch einige Minuten.

Martin machte euphorisch Versprechungen und Pläne. »Wir werden alle für dich sorgen. Du mußt dich einfach nur ausruhen. Audrey und Barbara sorgen für die Kinder, und ich werde mir Urlaub nehmen. Annie?«

»Ja, ich höre.«

»Wenn es dir dann besser geht, unternehmen wir beide etwas zusammen. Nur wir beide. Barbara wird die Kinder übernehmen. Wir könnten nach Paris fahren. Oder nach Venedig. Wie wär's mit Venedig?«

»Ja«, sagte Annie. »Das könnten wir machen.«

Sie blickte auf den roten Fliesenboden und auf die Spitzen ihrer Hausschuhe. Sie versuchte sich vorzustellen, wie es wohl sein würde, nach der Zeit hier, und stellte fest, daß sie es nicht konnte. Gleichzeitig wollte sie, daß ihre Stimme kräftiger klingen sollte und so voll von Optimismus wie Martins.

»In einigen Wochen wird alles wieder so sein, als wäre nie etwas passiert«, versprach er.

Das war es, was Martin sich wünschte, dachte Annie. Er wollte mit ihr so weiterleben wie vorher.

Du kannst Geschehenes nicht ungeschehen machen, Annie. Was war aber dann damit gemeint?

»Ich muß los, Schatz. Ich komme heute abend, wie immer. Ich kann es kaum erwarten, dich nach Hause zu holen. Ich liebe dich, Annie.«

»Ja. Ja, ich liebe dich auch.«

Sie legte den Hörer auf die Gabel und ging langsam den Gang entlang. Sie rechnete aus, daß seit dem Bombenanschlag fünf Wochen und zwei Tage vergangen waren. In all diesen Tagen war das Krankenhaus ihre Welt gewesen. Jetzt wurde ihr klar, daß sie kaum jemals darüber hinausgedacht und geplant hatte. Ihre Entschlossenheit, möglichst bald gesund zu werden, hatte sich auf den Augenblick konzentriert, in dem sie das Krankenhaus verlassen würde dürfen, aber jetzt stand auf einmal das *Danach* plötzlich und unerbittlich vor ihr.

Annie ging an der Küche vorbei, wo die Tabletts abgeladen wurden. Es roch nach gekochtem Gemüse, vermischt mit Antiseptikum. Zum erstenmal seit Wochen nahm sie den Krankenhausgeruch wahr. Die Tagesschwester von der Männerstation kreuzte ihren Weg und lächelte sie an.

»Gute Neuigkeiten«, freute sie sich. »Das haben Sie gut gemacht.« Annie blickte auf ihre schwarzbestrumpften Waden und die polierten schwarzen Schuhe. Sie wußte, daß sie das Krankenhaus bereits wie ein Besucher betrachtete, nicht wie ein Patient. Annie ging auf ihre Station. Sylvia kam sofort vorbei und wollte näheres wissen.

»Ich habe gehört, Sie dürfen am Wochenende nach Hause. Freuen Sie sich?«

»Oh ja. Ich kann es kaum erwarten.«

Annie gab die Antwort, die man von ihr erwartete. Dabei wurde sie sich um so mehr der Wahrheit bewußt. Sie hatte Angst, von hier wegzugehen. Das Krankenhaus hatte sie wie eine Schutzhülle umgeben. Zunächst einmal mußte die Krankheit überwunden werden.

Steve hatte das natürlich gewußt, und er wartete. Annie lächelte gequält. Sie hatte sich bemüht, so schnell wie möglich nach Hause entlassen zu werden, und jetzt wollte sie nirgends ohne Steve hingehen. Sie hatte gekämpft, um gesund zu werden, damit sie zu Martin zurück könnte. Jetzt mußte sie feststellen, daß nur die Zeit im Krankenhaus ihr wirklich Sicherheit bieten konnte. Wenn sie und Steve wieder zu Hause wären, dann würde es sehr viel schwierigere Entscheidungen geben als nur die Alternative, ob sie in den Tagesraum gehen sollte oder nicht.

Annie überlief es kalt. Wieder hatte sie das Gefühl, in einem Raum zu sein, in dem ein ungewohnter, salziger Wind blies.

An diesem und am nächsten Tag saß sie mit Steve im Tagesraum beisammen und sagte ihm nicht, daß sie nach Hause entlassen werden würde. Noch deutlicher als sonst wurde ihr bewußt, daß ihre Gespräche auf zwei Ebenen abliefen. Da war einmal das banale Gespräch, das jeder hören konnte, der vorbeikam oder sich einen Stuhl herzog und sich zu ihnen setzte.

Dann gab es noch einen anderen, einen stummen Dialog, der immer lauter in Annies Ohren wurde. *Hör mir zu, Annie,* sagte Steve. *Du mußt dich entscheiden, früher oder später.*

Und sie wiederholte beharrlich: *Warte. Ich weiß nicht, was ich tun soll. Ich habe Angst. Ich habe Angst zu bleiben, und ich habe Angst zu gehen.*

Am dritten Tag war Steve gereizt und ruhelos. Sie beobachtete, wie er verkrampft in seinem Stuhl saß, sich dann ungeduldig hochzog. Er humpelte zum Fenster, starrte auf die Straße und kam wieder zu ihr zurück. Sie wußte, daß ihn das Warten verrückt machte und der Gedanke, daß sie nicht zusammen sein konnten. Sie wünschte sich, bei ihm bleiben zu können.

»Wie lange wird es bei dir noch dauern?« fragte sie vorsichtig. »Irgendeine Vorstellung müssen sie doch jetzt schon haben!«

»Das weißt du doch genausogut wie ich.« Seine Stimme klang scharf. »Nicht ehe die Röntgenaufnahmen eine Knochenneubildung zeigen. Vielleicht in sechs Wochen. Dann Heilgymnastik. Mein Gott, Annie, wie soll ich sechs Wochen überleben – ohne dich?«

»Ich darf nach Hause.« Die Worte kamen tonlos heraus.

Steve drehte sich mühsam mit einem Ruck zu ihr um. Er war ihr sehr nahe. Annie fühlte ihr Herz klopfen. »Ich dachte mir schon, daß es bald sein würde. Wann?«

»Morgen.«

Er stand ganz ruhig da. Sie sah seinem Gesicht an, daß er es nicht glauben wollte, und auch sie wollte es lieber nicht wahrhaben.

»Warum hast du es mir nicht gesagt?«

»Ich denke«, sagte Annie leise, »weil ich so tun wollte, als würde es dann nicht geschehen.«

Sie sahen sich gegenseitig an, hungrig, begehrlich.

»Ich will nicht, daß du gehst.«

»Ich will dich nicht verlassen.«

Endlich war es raus. Wieviele Tage habe ich nutzlos verstreichen lassen, dachte Annie verzweifelt.

Steve nahm seine Krücken. Er sah sich im Zimmer um, auf den unvermeidlichen Fernseher, die regennassen Fenster, die interessenlosen, kranken Gesichter der anderen.

»Komm, hierher«, sagte er.

Annie tat, wie ihr geheißen. Wenn er ihr die Kleider vom Leib gerissen und sie gebeten hätte, sich neben ihm auf den Boden des Krankenzimmers zu legen, hätte sie es getan, einfach weil er es so wollte.

Aber er führte sie weg, zu der Tür, die in den Gang führte. Alle ihre Sinne waren besonders geschärft. Deutlich hörte sie das metallische Klicken der Krücken auf dem Boden.

Ein paar Schritte weiter war eine Tür mit einem kleinen runden Fenster darin. Steve lugte durch das Fenster und öffnete dann die Tür. Annie wußte, was in dem Zimmer war, denn den gleichen Raum gab es auch auf der Frauenstation.

»Wohin gehst du?« flüsterte sie.

»Komm«, wiederholte er.

Annie folgte ihm, und Steve zog die Tür hinter sich zu.

Das Zimmer war nicht besetzt. Es war ein Einzelzimmer mit einem hohen, schmalen Fensterschlitz, der auf eine düstere Ziegelmauer des Krankenhauses hinausging. Es gab ein hohes Bett, das mit steif gestärkter Bettwäsche und schön aufgeschüttelten Kissen hergerichtet war. Der Rollwagen war am Fußende und ungewöhnlich leer, ohne den sonst üblichen Krimskrams. Ansonsten gab es in dem Raum nur zwei karge Stühle, einen Paravant und ein Waschbecken mit weit hervorstehenden Metallarmaturen.

Während sie sich schweigend ansahen, waren draußen Schritte zu hören.

»Es wird niemand hier herein kommen«, beruhigte Steve.

»Ich weiß.«

Steve lehnte eine seiner Krücken gegen die Wand. Er nahm Annies Hand und hüpfte mit der anderen Krücke die paar Meter bis zum Bett. Er zog sie mit sich, und sie folgte ihm ohne zu zögern. Steve erreichte das Bett und setzte sich. Dann ließ er die zweite Krücke fallen und nahm zärtlich ihre Hände. Sie kam zu ihm, so nahe, daß sich ihre Körper berührten. Sie sah sein Gesicht, seinen Mund, die Wellenlinie seiner Oberlippe und den Muskel, der darin zuckte. Die Brust war ihr vor Schmerz und Glück wie zugeschnürt.

Er hob ihre Hände zu seinem Mund und ließ seine Lippen über ihre Handknöchel gleiten. Annie spürte seine weiche Zunge zwischen seinen Zähnen. Sie öffnete die Lippen und atmete tief durch. Der süße Schmerz in ihrer Brust verstärkte sich.

Dann ließ Steve ihre Hände los und nahm ihr Gesicht in seine Hände, sah ihr in die Augen, und weiter hinein, bis in ihr Herz. Und dann neigte er langsam seinen Kopf zu ihr und sein Mund berührte ihren. Er drehte ihr Gesicht erst zur einen, dann zur anderen Seite und küßte ihre Mundwinkel.

In diesem Augenblick empfand Annie nur Glück. Sie lächelte, während er sie küßte, und er zog sie noch ein bißchen näher an sich, so nahe, daß sich ihr Körper nach hinten bog.

Er umschlang sie mit den Armen, und ihre Körper klebten hungrig aneinander. Annie vergaß ihre körperliche Schwäche und den öden Raum ebenso wie die Welt, die draußen auf sie wartete. Es gab nur mehr Steve. Sie öffnete bereitwillig den Mund, als er dies mit seinem forderte, und seine plötzlich aufwallende Leidenschaft rieb ihre Haut auf und löste Wellen der Lust in ihrem ganzen Körper aus.

Annie hörte, wie sie mit erstickter Stimme *Ohh* hauchte. Steve ließ von ihr ab und sah ihr wieder in die Augen. Seine

Augenlider waren schwer, und sie sah die goldgefleckte Iris. Sie zitterte. Hinter Steves Schulter sah sie den weißen Bettüberzug, der jetzt völlig zerdrückt war. Sie legte ihren Kopf auf Steves Schulter, rieb sich an seinem Frotteemantel und fühlte die Wärme seiner Haut an ihrer Wange. Der Puls an seiner Halsschlagader antwortete ihrem eigenen Herzklopfen. Sie schloß die Augen, dachte an gar nichts mehr und drückte ihre Lippen auf die zuckende Stelle an seinem Mund.

»*Annie.*« Er keuchte.

»Ja.«

Sie küßten sich jetzt sehr zärtlich, und Annie sah einen Augenblick lang winzige beleuchtete Äderchen in ihrem Kopf, so schön wie glitzernd vereiste Winterbäume, hinter denen sich das Sternenfirmament erhebt.

Sie konnten sich nur langsam voneinander lösen. Ihre Finger blieben ineinander verschlungen. Annie öffnete wieder die Augen. Hinter Steve war noch immer das Bett und der cremefarbene Rollwagen mit den schwarzen Gummirollen. Sie musterte sorgfältig den Paravent, die Tür mir dem kleinen Durchguck und das Fenster mit dem Ausblick auf die feuchten Mauern und Abflußrohre. Sie dachte an das Krankenhaus, die Schwestern, die Mitpatienten mit ihren neugierigen Blicken. Das hier war wie ein Mikrokosmos der Welt, in die sich Steve und sie abgesondert hatten, mit der Möglichkeit, jederzeit durch das kleine Türauge entdeckt zu werden. Sie war immer noch von Glückseligkeit durchströmt, doch Schmerz und Ungewißheit fanden ihren Weg zurück in ihr Herz.

Steve betrachtete ihr Gesicht, und sie wußte, daß er ihre Gedanken lesen konnte. Er strich ihr eine feine Haarsträhne aus dem Gesicht, die sich in ihrem Mundwinkel verfangen hatte, und ließ dann seine Finger unter ihr Haar an den Nacken gleiten. »Du weißt doch, Annie«, sagte er, »daß wir, du und ich, am Ende angefangen haben. Wir beide, bei lebendigem Leib in der Finsternis begraben, am Ende unseres Weges. Es ist schwierig, zurückzugehen und das Versäumte nachzuholen.«

Mit verschmitztem Lächeln zählte er die versäumten Stadien ihrer Beziehung auf. »Wie geht es Ihnen? Was machen Sie? Wie, wo und für wen? Ja, ich war auch auf Tausenden solcher Partys. Warum machen wir das? Ich frage mich wirklich. Noch einen Drink? Sie denken auch so? Wir müssen verwandte Seelen sein. Wir können uns ruhig weiter unterhalten, Ihr Gatte sieht nicht her. Langweile ich Sie? Nehme ich Sie zu sehr in Beschlag? Nein? Hat mich sehr gefreut. Ja, noch einen Drink. Noch ein Schwätzchen. Was, so spät ist es schon? Sehen wir uns wieder? Zum Mittagessen. Ja, zum Mittagessen, aber sehr bald.«

»Du scheinst ja sehr viel Übung zu haben«, sagte Annie. Steve schüttelte den Kopf, und sie sah seinem Gesicht an, daß er die Wahrheit sagte.

»Damit schon. Aber nicht mit diesem hier. Das ist mir noch nie passiert. Ich kann genausowenig wie du erklären, daß wir Fremde waren, und was wir jetzt sind. Ich kann es nicht verleugnen, Annie, und jetzt, da ich dich in meinen Armen halte, weiß ich, daß es dir genauso geht. Ich kann es auch nicht rechtfertigen – wenn ich daran denke, was es für deine Familie bedeutet. *Warte.*«

Bei diesen Worten hatte sie versucht, sich loszureißen, aber er hielt sie fest.

»Zwischen uns, mein Liebes, hat es niemals die üblichen gesellschaftlichen Banalitäten einer Zweierbeziehung gegeben. Wir kamen zueinander, nur weil wir uns zufällig während dieses verdammten Bombenanschlags an einem bestimmten Ort befanden. Das war Realität, und das ist es noch immer.« Er faßte mit den Fingerspitzen unter ihr Kinn, so daß sie zu ihm aufsehen und endlich seinen Blick erwidern mußte. »Ich habe dich noch nie zum Essen ausgeführt. Wir haben uns nie heimlich auf einen Drink getroffen, und so weiß ich nicht einmal, ob du lieber Weißwein oder Wodka Martini trinkst. Wir haben all diese Dinge nicht miteinander erlebt, und wir werden es auch nicht tun, nicht jetzt. Ich bin froh darüber, weil ich glaube, du hättest ohnehin so was nicht gemacht. Und wir haben uns noch nicht geliebt, obgleich ich dich mehr begehre, als ich je irgend jemanden in meinem ganzen Leben begehrt habe.«

Annie wußte, daß er die Wahrheit sprach. Sie spürte, wie ihr die Röte ins Gesicht schoß, aber sie hielt seinem Blick stand.

»Ich würde jetzt sofort mit dir schlafen, wenn wir das könnten«, flüsterte sie.

Steve beugte sich nach vorne und drückte seine Lippen noch einmal fest auf ihre.

»Danke«, sagte er. Er lächelte, aber der Pulsschlag war immer noch an seinem Hals zu sehen. »Darauf komme ich zurück. Jetzt möchte ich dir nur noch eins sagen.« Er hielt inne, suchte nach Worten, und Annie bemerkte, daß er ebenso verletzlich wie sie selbst war. Er zuckte mit den Achseln, fast wie ein kleiner Junge, und sagte dann so leise, daß sie Mühe hatte, es zu verstehen: »Du weißt doch, daß ich dich liebe, Annie, oder?«

In der Stille, die folgte, hörte sie Echostimmen in ihrem Kopf: *Ich liebe dich, Annie,* und da war es wieder, dieses wohlige Glücksgefühl in ihrem Bauch. Sie hob Steves Hände und berührte ganz leicht mit dem Daumen seine Knöchel.

Draußen auf dem Korridor waren eilige Schritte zu hören, eine Tür wurde aufgestoßen und schloß sich wieder mit einem Zischen und einem dumpfen Schlag. Aus der Ferne hörte man am großen Lift einen Rollwagen rattern.

Es war ganz ruhig im Raum, und die Geräusche draußen machten den Unterschied zwischen hier und dort nur um so deutlicher. Sie war mit Steve in dieser kleinen Kiste versteckt. Martin hatte ihr gesagt: *ich liebe dich,* und auch das war die Wahrheit.

»Ich wußte es«, sagte Annie schließlich und fand, daß ihre Worte sehr holprig klangen. Sie versuchte, das wettzumachen, indem sie schnell fortfuhr: »Steve, ich habe nicht...«, aber er hinderte sie am Weiterreden.

»Das ist alles«, sagte er. »Ich wollte, daß du es weißt, bevor du gehst. Wirst du darüber nachdenken, Annie?«

Sehr bedächtig sagte Annie: »Ich werde an nichts anderes denken können.« Das war ihr Zugeständnis. Sie kämpfte mit den Tränen. »Ich will nicht weg von hier, Steve. Ich...«

Nicht einmal sie selbst wußte, was sie gesagt haben würde, wenn Steve nicht seine Hand auf ihren Mund gelegt hätte.

»Denk darüber nach«, wiederholte er. Steve bewegte sich mühsam bis zum Bettrand, und Annie wußte, daß er dachte: *diese Bandagen, diese Krücken.* »Es wird nicht mehr lange dauern«, versuchte sie ihn zu trösten. »Sie werden dich auch bald entlassen.«

»Bevor sie das tun – wirst du mich besuchen kommen?«

»Wie all die anderen?« Annie lächelte und malte mit den Händen eine aussagekräftige Kurve, wie es Frank getan hatte. Steve nahm ihre Hände und küßte sie.

»Nein, nicht so. Wirst du kommen?« Annie wußte, daß sie es tun würde. Nur mit dieser Aussicht konnte sie überhaupt den Gedanken ertragen, ihn zu verlassen.

»Ja«, sagte sie einfach. »So oft ich kann. Das verspreche ich dir.«

»Es wird nicht mehr lange dauern«, wiederholte er, und sie sahen sich nüchtern an.

»Was wirst du Martin sagen?« Er konnte nicht anders als die unvermeidliche Frage stellen.

Annie ließ ihre Hände kraftlos sinken. Sie sah zum Fenster und ging dann langsam im Zimmer auf und ab. Dutzende von anderen Fenstern gingen ebenfalls in den dunklen Hinterhof hinaus. Sie sah Vorhänge, Schränke und an einem Fenster das steife Häubchen einer Schwester, die an ihrem Schreibtisch saß.

Wie betäubt antwortete sie: »Ich werde Martin gar nichts sagen. Es gibt – noch – nichts zu erzählen, oder? Ich will ihm nicht wehtun.« Annie bemerkte, daß sie laut nach vernünftigen Erklärungen suchte. Sie verstand selbst nicht, was mit ihr passierte. »Ich muß nachdenken«, sagte sie leise. Steve nickte verständnisvoll. Annie ging zu ihm zurück und legte ihren

Kopf an seine Schulter. In dem Wirrwarr von Gefühlen dominierte plötzlich wieder das Glück. Sie hatten alles miteinander durchgestanden, und sie waren immer noch zusammen.

Mit seinem Mund an ihrem Haar flüsterte er: »Wir sollten jetzt gehen.« Auch Annie wollte jetzt, an dem Punkt, den sie erreicht hatten, aufbrechen. Einen Augenblick noch genoß sie es, in seinen Armen zu liegen, dann löste sie sich von ihm. Sie bückte sich, um die verhaßten Krücken aufzunehmen, und reichte sie ihm.

Steve ließ die Augen nicht von ihr und dachte, daß er noch nie in seinem Leben jemanden so deutlich und so innig gesehen hatte wie Annie in diesem Augenblick. Mit ihrer Hand an seinem Ellbogen machten sie sich in Richtung Tür auf. Plötzlich bekam er einen Krampf in seinem gesunden Bein, so daß er schwankte und sich auf Annie stützte, die unter seinem Gewicht schier zusammenbrach. Es dauerte eine Weile, bis sie beide wieder die Balance gefunden hatten. Sie prusteten vor Lachen, und Annie mußte sich am Türpfosten festhalten. Sie dachte: wie kann es so etwas geben, aus Schmerz und Angst plötzlich dieses befreiende Lachen und das Glück, einen Fremden zu lieben?

Und doch war es passiert. Nun gab es kein Zurück mehr.

»Das ist überhaupt nicht lustig«, protestierte Steve, nachdem sie sich wieder beruhigt hatten. »Ich bin hilflos.« Annies Augen blitzten auf.

»Um so besser. Denk doch mal, was sonst passiert wäre.« Sie schlüpfte hinter ihm vorbei und glättete das Bettzeug. »So. Jetzt wird die Schwester überhaupt nichts merken.«

»Da wäre ich nicht so sicher. Wahrscheinlich hat sie uns durch ein Guckloch beobachtet.«

»Aha, jetzt rückst du damit raus.« Annie lugte durch das Guckloch in der Tür. Als sie sich zu ihm umdrehte, machte sie wieder ein ernstes Gesicht. Sie beugte sich zu ihm und drückte ihren Mund auf seinen.

Sie sprachen kein Wort. Es war auch nicht notwendig.

Annie bewegte sich zuerst. Langsam öffnete sie die Tür. Sie vergewisserte sich, daß niemand im Gang war, und ging dann rasch weg, ohne sich umzusehen, so als habe sie Angst, sich nie mehr von ihm trennen zu können, wenn sie es nicht jetzt täte.

Martin holte sie am nächsten Morgen ab.

Annie hatte ihre Tasche schon gepackt und wartete auf ihn. Sie saß auf dem Stuhl neben ihrem leeren Bett. Sylvia sah ihn von ihrem Bett aus als erste und gab die Nachricht weiter: »Da kommt er, Liebes.«

Sie stand auf und ging ihm entgegen. Er küßte sie auf die Wange, und beide wußten, daß die ganze Station zusah. Annie spürte, wie vertraut er ihr war, und hatte gleichzeitig Angst, die sichere, kleine Krankenhauswelt zu verlassen. Martin nahm ihre Tasche. »Fertig?«

»Ich will nur noch auf Wiedersehen sagen.«

Die Krankenschwestern und die anderen Patienten standen schon aufgereiht an der Tür. Annie sah, wie eine Schwester sich stillschweigend davonmachte. Martin stand neben ihr, als Annie sich von allen einzeln verabschiedete. Die guten Ratschläge und Glückwünsche ließen einen Kloß in ihrem Hals entstehen, und sie war den Tränen nahe.

Gerade war sie am Ende der Reihe angelangt, als sich die Tür öffnete und die Schwester, die zuvor so verstohlen verschwunden war, mit allen Männern der angrenzenden Station, die gehen konnten, zurückkam. An der Spitze des Zuges stand Frankie, der Zeitungsverkäufer, mit einem großen Strauß zellophanverpackter Rosen im Arm.

Strahlend streckte er sie ihr entgegen. »Das ist für Sie, mein Täubchen. Sie sind ein tapferes Mädchen. Alles Gute von uns allen.«

Steves dunkler Haarschopf überragte alle anderen.

Gar nicht tapfer, dachte Annie. Einen Augenblick glaubte sie, von ihren zwiespältigen Gefühlen buchstäblich in zwei Hälften gerissen zu werden. Sie ließ sich die Blumen in die

Hand drücken und küßte Frankie auf die Wange. Auch andere umarmten sie, aber inmitten der Menge fühlte sie eine Hand auf ihrer Schulter und wußte, daß es Steve war. Sie nickte, wich seinem Blick aus und stolperte mit ihren Blumen vorwärts. Irgendwie bekam sie noch mit, daß Martin Steve die Hand reichte. Sie riefen ihr nach: »Alles Gute, Annie. Denk an uns – wir müssen noch hierbleiben.«

Martin führte sie am Ellbogen. Sie nahm sich fest zusammen und sah sich um: die Gesichter erschienen ihr nur mehr als undeutliche Farbkleckse. Nur in Steves Gesicht konnte sie jede Einzelheit ganz deutlich sehen.

»Danke«, sagte sie und bemühte sich, ihre Stimme fest klingen zu lassen, »für die Blumen, für alles. Paßt auf euch auf.« Martin führte sie weg, und sie spürte Steves Blick in ihrem Rücken. Er blieb mit seinen Krücken zurück und sah sie fortgehen.

Die Welt draußen schien von Menschen und Verkehrslärm zu vibrieren. Annie saß auf dem Beifahrersitz und ließ sich vorsichtig durch das Verkehrsgewühl kutschieren. Martin saß am Steuer und pfiff leise vor sich hin. An einer roten Verkehrsampel lehnte er sich zu ihr hinüber und küßte sie auf die Wange. »Wie fühlst du dich?« Er strahlte sie an.

»Komisch«, antwortete sie, und da ihr das zu unpersönlich klang, beeilte sie sich hinzuzufügen: »Wunderbar.«

Martin sah zu ihr hinüber, und als er wieder anfuhr, sagte er: »Du mußt es langsam angehen lassen, auch wenn du dich gut fühlst, und sie dich deshalb auch entlassen haben. Wir haben alles für dich organisiert.«

Annie legte ihre Hand auf sein Knie und sah auf seine Cordhosen. »Danke«, sagte sie.

Es ging nun die vertraute Steigung in Richtung Zuhause hinauf, vor ihnen ein endloser Strom von Lastwagen und Bussen, über die Stahlbrücke, die Annie so gut von ihrem Weg mit den Kindern in den Park kannte. Sie betrachtete sie neugierig, als würde sie sie zum erstenmal in ihrem Leben sehen. Oben, am Ende der Steigung, drehten sie ab und fuhren nun in ruhigere Straßen. Sie kannte die kleinen Eckläden. Und dann fuhren sie an der U-Bahnstation vorbei, zu der Annie vor sechs Wochen geeilt war, um ihre letzten Weihnachtseinkäufe in der Stadt zu erledigen.

Eine Minute später waren sie am Ende ihrer Straße angelangt. Sie sah ihr Haus, die roten, mit Gelb abgesetzten Ziegel, die Erkerfenster unter dem kleinen, spitzen Dach. Der Wagen hielt an, und Annie sah die Gesichter der Kinder an den Scheiben der Schlafzimmerfenster.

Martin nahm ihre Hand. »Ich habe nicht allen Leuten erzählt, daß du heute nach Hause kommst. Sie wollten nämlich alle zur Begrüßung kommen, aber ich dachte, du wolltest vielleicht nicht so viel Aufsehen.«

Annie lächelte ihn an. Wie fürsorglich er doch war. Aber so war er immer.

»Prima«, sagte sie. »Sie können gerne alle an einem anderen Tag kommen.«

Martin half ihr aus dem Wagen, und sie gingen Hand in Hand den Weg zu ihrem Haus.

»Thomas und Ben haben sich etwas Besonderes ausgedacht. Bist du bereit?«

Sie nickte verwundert, und Martin öffnete die Eingangstür.

In der Halle hingen überall handbemalte flatternde Papierstreifen. Riesige ausgeschnittene Buchstaben baumelten von der Decke und ergaben zusammen die Worte: WILLKOMMEN ZU HAUSE MAMI. Einen Augenblick stand Annie wie erstarrt, dann stiegen Tränen, andere Tränen, in ihr auf. Und dann hielten es die Kinder nicht mehr aus und tobten laut johlend die Treppe hinunter.

»Gefällt es dir? Warst du überrascht?« wollte Tom wissen.

»Ich habe die Bänder angemalt«, rief Benjy. »Alle. Sie gehen die ganze Treppe hinauf. *Schau*, Mami.«

Annie schaute auf und sah Barbara lächelnd aus der Küche kommen. Durch die offene Tür sah sie ein gemütliches Kaminfeuer flackern. Das Haus war warm, gemütlich und strahlte eine wohlige Atmosphäre aus. Tränen verschleierten ihre Augen und liefen ihr die Wangen hinunter.

»Warum weinst du?« fragte Benjy, und sie drückte ihr Gesicht gegen seine warme Wange.

»Weil ich froh bin, wieder zu Hause zu sein.«

Barbara umarmte sie, und dann nahmen die Kinder sie an die Hand, und sie ließ sich von ihnen nach oben ziehen. Das Schlafzimmer war mit herrlichen Blumen geschmückt, und ihr Bett war schon aufgedeckt. Auf den Kissen saß ein kleiner, abgenutzter Teddybär.

»Ich habe meinen Teddy hierhergebracht, damit du Gesellschaft hast«, verkündete Benjy lauthals.

»Ich habe ihm gesagt, daß du wahrscheinlich keinen großen Wert auf seinen alten Teddy legst«, ergänzte Thomas.

»Oh, doch. Natürlich.«

Sie setzte sich auf das Bett und spürte das vertraute Nachgeben unter ihrem Gewicht. Die Kinder umringten sie aufgeregt.

»Du mußt nicht wieder zurück, oder?« Thomas gab sich Mühe, seine Angst zu verbergen.

»Nein, Liebling, ich muß nicht wieder zurück.« Annie legte den Arm um ihre Kinder und sah aus dem Fenster. Während sie den vertrauten Blick auf Schieferdächer, Erkerfenster und kahle Bäume genoß, dachte sie nach.

Alles war beim alten, und doch war alles anders.

Müde legte sie ihre Wange auf Benjys weiches Haar.

Martin stellte die Rosen vom Krankenhaus in eine Glasvase. Ihre Farbe erinnerte sie an Blut und an Steve, wie er regungslos im Krankenhauskorridor stand und ihr nachsah.

Martin kam zu ihr herüber und berührte mit den Fingern ihre Wange. »Geht's dir gut?«

»Ja«, log Annie, »natürlich geht's mir gut.«

– SECHS –

Annie bereitete das Abendessen zu. Langsam werkelte sie in der Küche, nahm Töpfe aus den Küchenschränken und holte die Zutaten aus der Speisekammer. Es schien lange Zeit her zu sein, seit sie zum letztenmal so etwas gemacht hatte. Anfangs kochte Barbara für die ganze Familie, aber bald schon stand Annie selbst wieder am Herd. Sie wunderte sich über sich selber, wie wenig es ihr gefiel, jemanden anderen in ihrer Küche wirtschaften zu lassen. *Ich muß wohl doch ziemlich stark nach Tibby kommen*, dachte sie. Heute abend sollte ihr erstes großes Abendessen steigen. Es war Martins Idee. »Du hast noch keine Willkommensparty gegeben«, hatte er sie eines Abends erinnert. »Jetzt, wo es dir besser geht, sollten wir alle irgendwohin essen gehen. Wir könnten Gail und Ian einladen.« Gutgelaunt hatte er noch drei weitere Paare aufgezählt, alles alte Freunde und Nachbarn.

»Das kostet ein Vermögen, sie alle einzuladen«, gab Annie zu bedenken.

»Oh, es kann doch jeder selbst zahlen.« – »Du kannst doch nicht Leute zu einer Feier einladen und sie dann selbst zahlen lassen«, protestierte Annie. Hunderte solcher Diskussionen hatten sie im Laufe der Jahre immer wieder geführt. Annie mußte lächeln, als sie daran dachte.

»Lade sie hierher ein. Ich mache ein Chili oder so was ähnliches.«

»Schaffst du das?«

»Ja«, hatte sie geantwortet, »ganz sicher schaffe ich das.«

»Ich werde dir helfen.«

Martin hatte seine warme Hand auf ihre gelegt und dann den Fernseher angemacht, um Nachrichten zu sehen.

Und dabei war es geblieben. Drei Paare waren zum Abendessen eingeladen, und weil sie alles so machen wollte, wie alle es gewohnt waren, hatte Annie sich entschlossen, eine richtige Mahlzeit zuzubereiten. Sie war eine gute Köchin, und ihre Einladungen waren bei ihren Freunden sehr beliebt. Also hatte sie ein aufwendiges Menü geplant und war einkaufen gewesen, während Benjy im Kindergarten war. Die Kinder sahen fern. Annie stellte die große Kasserolle ab, die sie aus dem Schrank geholt hatte, und ging ins Wohnzimmer.

Tom saß mit angezogenen Knien auf der Couch. Sein Kinn war in seinen Pullover versunken, seine Augen auf den Bildschirm fixiert. Benjy lag auf dem Fußboden. Rund um seinen Kopf standen Haarsträhnen senkrecht ab. Viel zu lang, registrierte Annie automatisch. Ich muß mit ihm zum Friseur.

»Möchtet ihr ein Sandwich mit Erdnußbutter, bevor ich zu kochen anfange?« fragte sie. Keine Antwort, und keiner der beiden würdigte sie auch nur eines Blickes. Sie wiederholte die Frage etwas lauter, was für sie schon fast wie Schreien klang.

»Oh ja, gut«, sagte Tom, und Benjy erklärte: »Ich will dasselbe wie Tom«, so wie er es immer sagte.

Annie machte die Sandwiches in der Küche, brachte sie den Kindern und fing dann mit den Vorbereitungen an.

Sie machte eine Fülle aus Spinat und Kalbsleber und füllte damit die ausgebeinte Lammschulter, die der Metzger zurückgelegt hatte. Sie rollte den Braten und band ihn sorgfältig zusammen. Dann briet sie ihn scharf an. Der Geruch des fettigen Fleisches war ihr unangenehm.

Annie sah auf die Uhr. Es war fast sechs Uhr. Sie hatte vorgehabt, den Teigmantel für den Braten selbst zuzubereiten, aber dafür war es schon zu spät. Deshalb holte sie aus der Tiefkühltruhe ein Paket Blätterteig und legte es zum Antauen heraus. Währenddessen machte sie sich an die Vorspeise. Sie hatte die Seezungenmousse schon dutzende Male gemacht, aber heute schien der Fisch voller winziger, haarfeiner Gräten zu sein, die ihr Schwierigkeiten machten, und außerdem klebte die silbrige

Fischhaut überall dort, wo sie nichts zu suchen hatte. Ihre Finger waren ungeschickt und steif.

Die Küchenmaschine surrte unangenehm laut in ihrem Kopf.

Thomas kam in die Küche und bat: »Kann ich noch ein Sandwich haben?«

Annie wollte eben ungeduldig antworten: »Jetzt wartest du gefälligst bis zum Abendessen«, als ihr auffiel, daß die Zeit für das Abendessen der Kinder längst vorbei war. Nervös klapperte sie mit den Töpfen und suchte nach einem sauberen Schneidbrett. Rasch machte sie Bohnen auf Toast mit pochierten Eiern.

Sie stellte den Kindern das Essen auf den Tisch, und Benjy brummelte: »Das mag ich nicht.«

»Ich habe heute abend keine Zeit für etwas anderes. Entweder du ißt das, oder du gehst hungrig ins Bett.«

Die Kinder aßen schweigend ihre Bohnen und sahen zu ihr hinüber. Jetzt ist das Gemüse dran, und dann habe ich zehn Minuten für den Teigmantel, rechnete sie sich aus. Gott sei Dank hatte sie die Zitronencreme schon am Abend zuvor zubereitet und in einer Glasschüssel im Kühlschrank aufbewahrt. Gleichzeitig fiel ihr ein, daß sie vergessen hatte, Käse zu kaufen. Martin müßte ihn auf dem Nachhauseweg mitbringen. Er sollte eigentlich schon dasein, dachte Annie ungehalten. Sobald ihr bewußt wurde, daß sie ungehalten war, verstärkte sich dieses Gefühl noch. Da läutete das Telefon. Es war Martin.

»Tut mir leid, Liebes. Ich hatte noch so lange mit einem Kunden zu tun. Ein Nörgler sondergleichen. Aber jetzt komme ich. Ist alles in Ordnung?«

»Alles wunderbar«, sagte Annie. Es entstand eine Pause.

»Ach, du Arme. Und es sollte doch deine Party sein. Ich verspreche dir, ich mache alles, was noch zu tun ist.«

»Kannst du aus dem Delikatessengeschäft Käse mitbringen?«

»Wird gemacht.«

Annie ging zum Spülbecken zurück und machte sich an die fettigen Töpfe. Ich will das eigentlich gar nicht machen, dachte sie plötzlich ganz bewußt. Ich will für diese Leute nicht kochen und auch nicht noch den ganzen Abend mit ihnen verbringen. Plötzlich liefen ihr Schauer über den Rücken. *Diese Leute* waren ihre Freunde, und solche Einladungen hatten ihnen früher immer Spaß gemacht. Es fröstelte sie, als ihr klarwurde, wieviel Überlegungen sie jetzt mit früher anstellte.

Vor der Bombe? Oder war es nicht die Bombe, sondern Steve?

Annie schob den Gedanken weit von sich weg und beschäftigte sich statt dessen damit, die Arbeitsflächen zu reinigen und die Türen der Küchenschränke zuzuschlagen, um das Chaos zu verbergen. Auf wunderbare Weise brachte sie es auch fertig, daß das Spülbecken wieder leer war und die Küche sauber aussah.

Sie nahm die Teller der Kinder und sagte entschuldigend: »Ich bin nicht böse, Ben. Ich hab's nur eilig.«

Sie gab ihnen Fruchtjoghurts, und während sie sie auslöffelten, rollte sie den angetauten Blätterteig aus. Sie setzte die Lammschulter in die Mitte des Rechtecks, schlug die Teigränder mit flinken Händen ein, schnitt die Überreste ab und drückte die Nahtstellen mit den Fingern gut zu. Den restlichen Teig rollte sie zu einer Kugel, wellte ihn noch einmal aus und schnitt mit einer Messerspitze Teigstücke in Blattform aus. Damit verzierte sie den Teigmantel. Es sah gut aus, und alles war glattgegangen. Sie bepinselte ihr Werk noch mit verquirltem Ei, dann war es fertig für den Backofen. In diesem Augenblick hörte sie Martin an der Tür.

»Daddy«, riefen die Jungen wie aus einem Munde und liefen ihm entgegen. Er kam mit Benjy auf dem Arm herein, sah besorgt zu Annie und ließ dann seine Augen in der Küche wandern.

»Wunderbare Düfte und eine Szene vollkommener häuslicher Harmonie«, murmelte er. »Ich hatte etwas anderes erwartet.«

»Wenn du vor einer Stunde gekommen wärst, hättest du auch was anderes gesehen.«

»Ich habe schon gesagt, daß es mir leid tut, Annie. Ich habe den Käse mitgebracht.« Wie zur Entschuldigung hielt er ihr die Tragetasche vor die Nase.

Jetzt war sie unwillkürlich auf Martin wütend, aber zu müde, um sich auf ein Streitgespräch einzulassen.

»Du kannst dich schon umziehen gehen. Ich bringe einstweilen die Kinder ins Bett und mache, was sonst noch zu tun ist.«

»Danke«, sagte sie, immer noch wütend. Doch sie wußte, es würde den Abend noch schlimmer machen, wenn sie auch noch auf Martin schlecht zu sprechen wäre.

Langsam ging sie die Treppe hinauf und duschte sich. In dem blauen Morgenmantel, der sie an Steve erinnerte, nahm sie dann aus dem Kleiderschrank in ihrem Schlafzimmer ihr Lieblingskleid heraus. Es war ein aufregendes schwarzes Jerseykleid, das sich an den richtigen Stellen an den Körper schmiegte. Annie zog das Kleid über und begutachtete sich in dem großen Spiegel. Sie war zu dünn dafür, es hing wie ein Leichentuch von ihren Schultern herunter. Der schwarze Stoff ließ ihr Gesicht fahl aussehen. Ihre natürliche Gesichtsfarbe hatte sie noch nicht wieder.

Während sie ihr bleiches Spiegelbild betrachtete, schoß ihr der Gedanke durch den Kopf, daß sie jemand anders sah, nicht sich selbst. *Steve,* dachte sie hilflos, *du weißt, wer ich bin. Bin ich das?*

Dann zog sie das Kleid rasch wieder über den Kopf und verhedderte sich in der Eile in den Rockfalten. Noch einmal ging sie die Kleiderbügel durch und entschied sich schließlich für ein leuchtend rotes Hemd und enge Hosen. Das schwarze Kleid verbannte sie in die hinterste Ecke des Kleiderschranks.

Als sie umgezogen war, stellte sie sich wieder vor den Spiegel. Sie begann sich zu schminken, betonte ihre Augen mit grauem Lidstrich und ihre Wangen mit Rouge. Mit einem kleinen Pinselchen trug sie Lipgloss auf und betrachtete sich wieder im Spiegel. Den kleinen Pinsel hielt sie dabei noch zwischen den Fingern. Die optimistischen Farben, die sie aufgetragen hatte, nahmen sich auf ihrer kalkweißen Haut wie Clownschminke aus. Annie seufzte, nahm ein Wattebällchen und rubbelte sich die Schminke fast ganz wieder ab. Um die ausgefransten Haarenden auszugleichen, hatte ihr Friseur ihr die Haare viel kürzer als gewöhnlich geschnitten. Annie zupfte daran mit einem Kamm, als wollte sie sie länger machen, um ihren nackten Hals zu verdecken. Dann ließ sie den Kamm unmutig fallen.

Martin kam herein und stellte sich hinter sie. Sie sahen sich im Spiegel an.

»Du siehst sehr hübsch aus«, sagte er und fuhr mit seinen Fingern die ungeschützte Haaransatzlinie entlang. »Mir gefällt dein Haar so. Es erinnert mich an die Zeit, als wir uns kennengelernt haben.« Annie neigte ihren Kopf ein ganz klein wenig von der Berührung weg, und er ließ die Hand sinken. Sie lächelte flüchtig, um die peinliche Situation zu überbrücken.

»Ich gefalle mir nicht. Ich habe zuerst das schwarze Kleid anprobiert, sah aber absolut häßlich darin aus.«

»Rot ist besser«, sagte Martin.

Bei diesen Worten drehte er sich von ihr weg und suchte im Schrank nach einem frischen Hemd. Annie beobachtete ihn im Spiegel und dachte über die kleinen Nuancen in der Gestik und in der Ausdrucksweise nach, mit denen sie einander verstanden. Ihr innerer Abstand dazu überraschte sie.

Trotzdem wollte sie die Stimmung des Abends retten.

»Tut mir leid, daß ich vorhin wütend war«, versuchte sie den ersten Schritt.

»Ich wäre gerne früher gekommen, wenn es möglich gewesen wäre.«

»Ich weiß.« Annie nahm ein Hemd für ihn aus der Kommode und reichte es ihm. »Ich war in heller Aufregung. Ich hatte Angst, mit den Vorbereitungen nicht fertig zu werden oder etwas Ungenießbares produziert zu haben.«

»Annie, Liebling.« Martin hatte das frische Hemd angezogen und kam mit offenen Knöpfen auf sie zu. Er legte seinen Arm um sie, und Annie spürte seinen vertrauten Körper, ohne davon berührt zu sein. »Du kochst doch immer gute Sachen. Und selbst wenn heute alles schiefgegangen wäre und wir nur trockene Kekse anzubieten gehabt hätten, meinst du wirklich, daß es deinen Freunden etwas ausgemacht hätte?«

»Ich glaube nicht«, antwortete Annie traurig. »Nur... nur, wenn ich überhaupt etwas mache, dann soll es gut sein, etwas Besonderes.« Martin lachte und ließ von ihr ab. »Weißt du was? Auf deine Weise bist du ebenso eine Perfektionistin, wie Tibby es ist.«

»Ich glaube, das stimmt«, sagte Annie sehr leise, »das ist mir selber gerade bewußt geworden.«

Einen Augenblick stand sie gedankenverloren im Zimmer.

Martin zog sich fertig an und holte sie in die Wirklichkeit zurück: »Benjy ist schon im Bett. Ich habe ihm versprochen, du würdest ihm noch gute Nacht sagen.«

Annie sprang fast schuldbewußt auf und sagte: »Ich geh' schon.«

Benjy lag unter seiner Superman-Bettdecke, aber Annie konnte an seiner Kopfstellung sehen, daß er noch wach war und auf sie wartete. Als sie sich auf seine Bettkante setzte, faltete er seine Arme zufrieden auf der Bettdecke und sah sie an. Zu der innigen Zuneigung und dem Gewicht der damit verbundenen Verantwortung gesellte sich jetzt ein weiteres, widersprüchliches Gefühl. Sie hätte es näher definieren können, lenkte aber ihre Gedanken ganz bewußt davon weg. Sie beugte sich über Benjy und küßte ihn, und er umklammerte sie mit seinen Ärmchen ganz fest. Er roch sauber und nach Baby, und sein feines Haar war die Kinderausgabe von Martins Haarschopf.

»Du darfst nie mehr fortgehen und dir weh tun«, forderte er.

Benjys Ängste hatten sich in Alpträumen und plötzlichen Wutanfällen gezeigt, und Annie war erleichtert zu hören, daß er sie jetzt in Worte faßte.

»Nein.« Sie strich ihm beruhigend das Haar aus der Stirn. »Ich gehe nicht weg. Ich bleibe hier bei dir.«

»Und bei Tom und Dad.«

»Natürlich.«

Sie sah auf die Wand hinter seinem Bett, die er mit Buntstiften bekritzelt hatte, und dachte: *unmöglich*. Dabei wußte sie selbst nicht genau, ob es unmöglich war, etwas zu ändern, oder ob es unmöglich war, daß das Leben so weitergehen würde.

Sie deckte Benjy überall gut zu.

»Gute Nacht, Häschen. Schlaf gut.«

»Wirf mir noch Kußhände zu.« Das verlangte er jeden Abend, und nur so ließ er sich überreden, bis zum nächsten Morgen alleine zu bleiben. Brav fügte sich Annie dem täglichen Ritual und warf ihm von der Tür aus Kußhände zu, bis er, endlich zufrieden, den Kopf ins Kissen sinken ließ. Sie drehte das Nachtlicht an und schloß leise die Tür.

Thomas war im Bad, und sie rief ihm durch die Tür zu: »Zieh deinen Morgenmantel über, wenn du fertig bist, und komm noch eine halbe Stunde runter.«

Martin war schon in der Küche und stellte Gläser auf einem Tablett zurecht. Wie ein eingeübtes Team taten sie alles, was noch getan werden mußte. Annie hatte das Gemüse hergerichtet und deckte nun den Tisch. Hastig polierte sie das Silberbesteck, ehe sie es auf den Tisch legte. Sie nahm die Servietten aus dem Sideboard und stellte betrübt fest, daß sie schlecht gebügelt waren. Den mehrarmigen Zinnleuchter, ein Hochzeitsgeschenk, bestückte sie mit einfachen, weißen Kerzen. Die Vorbereitungen machten wie früher Spaß. Annie lächelte verschmitzt, als sie wieder an den Ausspruch: »genau wie Tibby« dachte. Und doch hatte sie eigentlich immer über ihre Mutter etwas herablassend gelächelt, die auf Gästehandtücher mit passenden Seifen in Porzellanmuscheln bestand.

»Wie weit sind wir?« fragte Martin.

»Fertig, gerade.«

»Na, siehst du«, strahlte er, als ob er alles geschafft hätte. »Überhaupt kein Problem.«

Es hatte wenig Sinn, jetzt noch ihren Unmut kundzutun, dachte Annie, wenn sie nicht den ganzen Abend verderben wollte. Sie lächelte und setzte sich neben Thomas auf die Couch. Er hatte nasse, glatt nach hinten gekämmte Haare, sein Gesicht glänzte vor Sauberkeit, und er arbeitete sich systematisch durch eine Schüssel Cashewnüsse.

Fünf Minuten später, ganz pünktlich, klingelte es an der Tür. Der ganze Abend verlief so wie Dutzende anderer Abende in vielen Jahren. Die sechs Besucher waren alte Freunde. Martin und Annie kannten eines der Paare seit ihre Collegezeit. Thomas war seit langem mit den Kindern des zweiten Paares eng befreundet, und das dritte Paar war Martins Geschäftspartner mit Frau. Wie es bei langjährigen Freunden üblich ist, hatten sie viele gemeinsame Erinnerungen an Wochenendausflüge, Ferien und Alltagsprobleme. Da gab es Anspielungen und Witze, die nur die Eingeweihten verstanden, und sobald sie alle beisammen waren, brauchte man um den Fortgang der Konversation nicht zu fürchten.

Alle sechs Gäste hatten Annie im Krankenhaus besucht, ihr Blumen und Geschenke mitgebracht und ihr angeboten, auf die Kinder aufzupassen. Sie hatte sie auch nach ihrer Rückkehr vom Krankenhaus gesehen, aber alle waren sich einig, daß der heutige Abend ihre eigentliche Genesungsfeier sein sollte. Sie fühlte die Wärme, die von dieser Abendgesellschaft ausging. Es gab Champagner, und Annie trank zwei Gläser, um in Stimmung zu kommen.

Aber sie wußte, daß sie dahintrieb, zwar lächelnd, aber getrennt von den anderen.

Sie sah, wie Tom Oliven und Nüsse herumreichte, und ging dann in die Küche, um nach dem Fisch zu sehen. Als sie zurückkam, war sie irritiert, daß alle Augen erwartungsvoll auf sie gerichtet waren. »Schlafenszeit, Tom«, flüsterte sie ihm zu, um ihre Verwirrung zu verbergen.

Widerwillig machte er sich auf den Weg nach oben. Alle riefen ihm noch fröhlich gute Nacht zu. Annie ging mit ihm bis zur Treppe und umarmte ihn. Das Licht am oberen Treppenabsatz war gedämpft und beruhigend, und Annie blickte irgendwie sehnsüchtig in die Dunkelheit hinter ihrer Schlafzimmertür.

Als sie wieder zu den Gästen kam, erzählte Martins Geschäftspartner Ian gerade von einem Urlaub, den er und Gail zusammen mit Martin und Annie in der Provence verbracht hatten.

»Das ist zehn Jahre her, ob du es glaubst oder nicht!«

»Neun«, verbesserte Martin.

Es hatte zwei Wochen lang so heftig geregnet, daß sie Gummistiefel tragen mußten, wenn sie die Toilette im Freien benutzen wollten. Ein Golfschirm diente als zusätzlicher Schutz. Sie hatten endlos lange Bridge gespielt, unbefriedigend für alle Beteiligten, weil Gail und Ian gut spielten, während Annie und Martin Anfänger waren. Annie liebte die Wärme und war ob der fehlenden Sonne fast schwermütig geworden. Sie ließ es sich gefallen, daß sie deswegen jetzt ein wenig geneckt wurde und lächelte dazu.

»Ich muß die Fotos von damals hier irgendwo haben«, sagte Martin. »Ich habe sie neulich erst angeschaut, als Annie im Krankenhaus war.« Er kramte in einer Schublade und förderte einen gelben Umschlag zu Tage. Die Fotos gingen von Hand zu Hand, und es wurde viel gelacht und gekichert. Als sie bei Annie angelangt waren, betrachtete sie ihr eigenes Konterfei und die anderen. Ihr war, als sähe sie eine Gruppe von ehemaligen, schon halb vergessenen Zufallsbekanntschaften.

Sie gab Martin die Fotos zurück und ging wieder in die Küche. Sie zündete die Kerzen im Zinnleuchter an und betrachtete den Widerschein der Flammen im dunklen Glas der Gartenfenster – kleine Flammenovale, die zuerst unruhig flackerten und dann hell und ruhig brannten.

»Das Essen ist fertig«, rief sie.

Die Gäste kamen lachend plaudernd herein. Annie verzierte die Fischmousse mit kleinen Kerbelzweigen und servierte sie.

Bewundernd zollte ihr die Tischrunde Lob:

»Annie, wie du das nur machst.«

»Seht euch das bloß einmal an! Besonders du, Gail, mein Liebling.« Martin ging um den Tisch und schenkte Champagner nach.

Annie saß am anderen Tischende, Martin gegenüber. Die Lammschulter war in der Backröhre. Der Teigmantel sollte nun noch eine goldene Kruste bekommen, das Fleisch innen mußte noch rosa sein. Eigentlich hatte sie alles im Griff, doch der Champagner, der ihr zu Kopf gestiegen war, förderte auch einen anderen beunruhigenden Gedanken zutage. Vielleicht war es unnötig gewesen, ein solches Essen zuzubereiten. Vielleicht versuchte sie damit nur zu beweisen, daß sich nichts verändert hatte, was nun aber wieder ganz und gar nicht stimmte. Trokkene Kekse wären immerhin ein ehrliches Bekenntnis gewesen.

Lüge ich ihnen allen etwas vor? dachte Annie erschrocken. Zu ihrer Rechten griff David, der Vater von Toms Freund, nach der Champagnerflasche, die Martin am Tisch stehengelassen hatte, und schenkte ihr nach. Er hob sein Glas und sagte: »Auf dich, meine Liebe, und noch viele solche Einladungen.« – »Viele solche Einladungen«, wiederholte Annie und trank.

Der Abend verlief weiterhin so fröhlich. Nach einiger Zeit fand sie heraus, daß der Wein half, weil er ihre Wahrnehmung abstumpfte. Sie trug die Lammschulter auf und betrachtete dann, in ihren Stuhl zurückgelehnt, die Gesichter der anderen. Das Kerzenlicht machte die Atmosphäre sehr gemütlich, und der Raum war vom Duft guten Essens erfüllt. Eine der Frauen am Tisch trug lange glitzernde Ohrringe, und wenn sie sich beim Erzählen nach vorne beugte, schwangen die Ohrringe mit und blitzten feurig-bunt auf. Nachdem sie die Pointe ihrer Geschichte losgeworden war, brachen alle in schallendes Gelächter aus, und auch Annie stimmte ein.

»Nicht so wie unsere Annie«, sagte David auf die Bemerkung eines anderen Tischgastes hin und drückte ihr warm die Hand.

Annie blickte sich weiter in der Runde um. Das waren alle angenehme, gutmütige Leute, die gut gegessen und getrunken hatten und gemütlich beisammensaßen. Durch den Kerzenschein sah sie Martin an, und er bedeutete ihr nicht mehr und nicht weniger als die anderen. Genauso vertraut und genauso weit entfernt. Annie war plötzlich kalt, so kalt, daß sie in ihrem roten Hemd fröstelte. Sie waren alle Fremde, selbst Martin. Sie wußte, daß es nur einen wirklichen Menschen für sie gab – Steve. Wie nah sie ihm doch war! In ihrem Nacken stellten sich die feinen Härchen auf, als ob seine Hand darüberstreichelte. Ganz deutlich sah sie die Krankenstation vor sich. Die Lichter waren bereits für die Nacht heruntergedimmt, aber Steves Gesicht war klar zu sehen. Sie wußte, daß er an sie dachte, und die Gedanken verbanden sie wie eine Brücke. Sie sehnte sich so verzweifelt nach ihm, daß sie ihre Fingernägel in die Handflächen vergrub, um den Schmerz zu ertragen.

Ihre Einladung schien irgendwo weit weg über die Bühne zu gehen, und zwischen ihr und ihren Gästen war ein breiter, kalter Raum.

»Annie, geht's dir gut?«

Sie sah wieder die Ohrringe aufblitzen und konzentrierte ihr Lächeln darauf, um normal zu klingen. »Ja, danke, mir geht's gut. Wir wär's jetzt mit Nachtisch oder Käse?«

Sie schob ihren Stuhl zurück und ging schwankend zum Kühlschrank, dankbar für die Gelegenheit, aus dem Gesichtskreis der anderen zu verschwinden, bis sie sich wieder ganz unter Kontrolle hatte. Sie starrte in den Kühlschrank und auf die Zitronenspeise inmitten der üblichen Familienvorräte. Nichts von alldem hier war real. Die einzig wichtige Erfahrung, die sie je gemacht hatte, war die Dunkelheit, die sie mit Steve durchgestanden hatte. Das einzig wichtige Gefühl war das, was sie jetzt für ihn empfand.

»Ich bring's rein«, sagte Martin. Er holte über sie hinweg die Schüssel aus dem Kühlschrank und küßte sie auf die Wange. »Das war ein wunderbares Abendessen.«

»Freut mich«, flüsterte Annie. »Das wollte ich auch.«

Auf wunderbare Weise hatte niemand mitbekommen, wie wenig sie daran teilgenommen hatte. Sie löffelte gerade den Nachtisch, als Gail sich über den Tisch beugte. Mit weitaufgerissenen Augen sagte sie: »Jetzt weiß ich, was ich euch sagen wollte. Habt ihr eigentlich gewußt, daß die Frobishers sich trennen?«

Es gab einen Augenblick der entsetzten Überraschung, dann erleichtertes Aufseufzen.

Wir nicht. Ja, und...

»Kann ich nicht glauben.«

»Ich auch nicht.«

»Stimmt aber. Sie hat es mir erzählt. Er zieht aus, sobald er eine Wohnung gefunden hat. Sie sagte, es hätte schon lange gekriselt, und es wäre besser, wenn jetzt klare Verhältnisse geschaffen würden.«

»Komisch. Sie waren doch immer ein Herz und eine Seele. Händchenhaltend und so. Haben auf Partys auch immer miteinander getanzt.« Martin hielt eine neue Flasche Wein hoch. »Wer möchte? Habe ich euch schon meine Theorie erzählt?«

»Wahrscheinlich schon hundertmal.«

»Meine Theorie ist, daß die Leute, die sich so wunderbar glücklich miteinander geben, es in Wirklichkeit gar nicht sind. Bestes Beispiel sind die Frobishers.«

»Wohingegen Leute wie wir...«

»... die wir ständig miteinander herumnörgeln, über Geld streiten und darüber, wer versprochen hatte, nicht zu spät nach Hause zu kommen – diejenigen sind, die glücklich sind und nicht ohne einander leben können.«

Er sah durch den Kerzenschein auf Annie. Er hatte mit seinem Diskurs ganz unbefangen begonnen, aber während er sprach, hatte er versucht, zu Annie mit einer bestimmten Frage durchzudringen. Unausgesprochen stand sie im Raum, seit Annie nach Hause gekommen war. Wenn sie alleine waren, konnte er nicht darüber sprechen, und so hatte er diese Gelegenheit benutzt, Annie die Frage im Beisein ihrer Freunde über den Tisch zu schieben.

Liebst du mich noch? Natürlich war das banal. *Du machst dir doch nicht wirklich etwas aus ihm, oder? Außer daß ihr etwas miteinander durchgemacht habt...*

Annies Gesicht war farblos, zu weit weg von ihm, ihre Augen waren undurchsichtig.

In diesem Augenblick war sich Martin sicher.

Annie war von ihm weggegangen, und er würde kämpfen müssen, um sie zurückzugewinnen.

Er hörte sich reden und mit seinen Freunden lachen, um seine Angst zu verbergen, und plötzlich war auch ihr ganzes Leben nur mehr Schein. Martin leerte sein Glas, schenkte sich nach und trank wieder aus. Nein, dachte Annie, und Martins Worte klangen in ihr immer noch nach. So ist es nun wieder nicht. Nicht so sicher und einfach, wie Martin es darstellte. Wir zwei waren doch wirklich glücklich. Und dann änderte sich alles in einem Tag, in einer Stunde. Wie ist es dazu gekommen, und was kann ich jetzt tun? Die Frage ging ihr ständig durch den Kopf, aber sie hatte keine Antwort darauf. Endlich war der Abend vorüber.

Die letzte Tasse Kaffee und das letzte Glas Wein waren geleert, und nacheinander gingen die Freunde hinaus in die eisige, dunkle Nacht.

»Gute Nacht, ihr Lieben. Es war wunderbar, Annie. Du bist wirklich einsame Klasse.«

»Aber überanstreng dich nicht. Du siehst mir doch ein wenig abgespannt aus.« – »Also bis zum Samstag. Natürlich mit den Kindern.« Auf Wiedersehen. Gute Nacht.

Die Worte klangen freundlich und fremd in Annies Ohren, betonten ihre Isolation.

Martin sah sich in der Küche um. »Geh du schon nach oben.

Ich mache hier klar Schiff.« Er sah sie an, und da sie keine Antwort gab, wiederholte er bestimmt: »*Geh*, Annie.«

Sie ging, zu einsam und zu müde, noch irgend etwas zu tun. Sie legte sich nieder, ließ sich von der vertrauten Dunkelheit umfangen und horchte auf die Geräusche des Hauses. Sie fühlte sich wie ein Eindringling. Endlich kam Martin nach. Er machte das Licht an und ließ sich auf seiner Seite schwer auf das Bett fallen.

»Bist du noch wach?«

»Ja.«

Sie wußte nicht, was sie sagen sollte. Martin stand auf und ging im Zimmer auf und ab, während er sich auszog. Er war ein wenig angetrunken und stieß sich an den Möbeln. Dann schlüpfte er neben ihr unter die Bettdecke.

Einen Augenblick lagen sie beide nur still da. Dann legte Martin mit einer linkischen, besitzergreifenden Geste seine Arme um sie. Er zog ihren Körper an sich heran, sein Mund war an ihrem Ohr. Für Annie fühlte er sich warm und fest und vollkommen fremd an. Sie schloß die Augen. Er war ihr Mann. Plötzlich wurde ihr bewußt, wie zufällig alles gewesen war, all die Entscheidungen, die sie in ihrem Leben getroffen hatte – bis jetzt. Genausogut hätte sie David oder Ian heiraten können. Es könnte irgend jemand sein, irgend jemand, den sie kennengelernt hatte oder auch nicht, irgendjemand, der seinen Körper gegen ihren preßte. Es war ganz egal. Irgendwie war Steve so grausam und mit so brutaler Gewalt in ihr Leben eingedrungen, daß er der einzige Mann war, den sie kannte. Der einzige Mann, den sie begehrte – und er war nicht da. Annie lag regungslos und unbeteiligt da, während ihr Mann sie liebte. Und als es vorbei war, lag sie im Dunkeln und horchte auf sein Atmen, das Atmen eines Fremden.

Martin hatte sich halb weggedreht, aber er schlief nicht.

Annie war in seinen Armen gewesen, und in diesem Sinne war sie auch so großzügig gewesen, wie sie es immer war. Aber trotz des intimen Beisammenseins war sie unbeteiligt geblieben. Er spürte, daß sie weit weg war, und das machte ihn ratlos. Eine kalte Kluft hatte sich zwischen ihnen aufgetan, die ihre Gefühle schmerzvoll voneinander trennte.

Plötzlich stieg Zorn in Martin auf, der sich auf Steve richtete. Auf Annie konnte er nicht, noch nicht, wütend sein, weil sie einfach so viel durchgemacht hatte.

Er sah Steves Gesicht vor sich, wie er es an Heiligabend gesehen hatte, grau und abgehärmt auf den Krankenhauskissen. Und er erinnerte sich an den winzigen Raum, in dem Steve und Annie verschüttet waren, wo sie die schrecklichen Stunden verbracht hatten. Eigentlich hätte er sich seiner Eifersucht schämen müssen. Der Raum war ihm um so viel kleiner erschienen als die Bettkuhle, in der er jetzt neben Annie lag.

Plötzlich wurde er noch wütender, und er ballte die Hände unter der Bettdecke zu Fäusten. Er konnte kein Mitgefühl für Steve aufbringen, zumal er sich jetzt klar war, daß Steve ein ernstzunehmender Gegner sein würde. Er mußte ihn als Gegner, als Feind sehen, weil er ihn von Annie fernhalten wollte.

Meine Frau. Annie, in der Stille des Schlafzimmers.

Er dachte, sie hätte sich bewegt, und wartete atemlos, daß sie ihren Arm um ihn legen würde. Aber nichts dergleichen geschah, und mit der vom Wein beflügelten Phantasie malte er sich in allen Einzelheiten aus, wie er morgen früh in das Krankenhaus fahren, sich an Steves Bett aufpflanzen und ihm glattweg ins Gesicht sagen würde, er solle Annie gefälligst in Ruhe lassen. Sein Zorn und seine Entschlossenheit, Annie nicht herzugeben, waren mehr als ausreichend, jeden Widerstand zu brechen. Dessen war sich Martin sicher.

Als er endlich einschlief, verfiel er in unangenehme, quälende Träume.

Am Morgen war der Ärger verflogen. Als er sich rasiert hatte und unten das Geplapper der Kinder beim Frühstück hörte, wußte er, daß er nicht zu Steve gehen würde. Es entsprach nicht seiner Natur, eine Auseinandersetzung vom Zaun zu brechen, nicht einmal wegen Annie. Ganz besonders nicht wegen Annie. Er sah ihr blasses, erschöpftes Gesicht und schämte sich wieder. Sie war kaum genesen und mußte selbst sehr unglücklich sein.

Als es Zeit war, zur Arbeit zu gehen, legte Martin seinen Arm um sie und drückte sein Gesicht gegen ihr Haar. Sie erwiderte den warmen Druck, hielt aber ihr Gesicht abgewandt. Mit dieser kurzen Bestätigung verließ er das Haus.

Annie fühlte sich weiterhin allein. Das beeinträchtigte ihren Routinealltag nicht unerheblich.

Sie erledigte die Hausarbeit rein mechanisch. Sie ging einkaufen und betrachtete die vertrauten Regale, als hätte sie sie nie zuvor gesehen. Sie wusch und räumte Kleider auf, brachte die Kinder zur Schule und holte sie wieder ab. Jeden Tag fühlte sie sich körperlich ein wenig stärker.

Abends saß sie mit Martin zusammen und horchte beängstigt auf die Stille, die zwischen ihnen herrschte. Nachts kamen immer noch die Träume des Donnergrollens und der erstickenden Dunkelheit. Dann wachte sie zitternd und schweißgebadet auf, während Martin neben ihr schlief. Wenn sich der Ziegelstaub in ihrer Phantasie wieder gelegt hatte, berührte sie mit ihrer Hand seine warme Haut. Regelmäßig sprach sie im Krankenhaus vor, um sich untersuchen zu lassen und sich den nötigen Tests zu unterziehen. Geduldig wartete sie in den einzelnen Abteilungen. Zumindest vorübergehend war sie nicht für sich selbst verantwortlich. Wenn sie dann fertig war, und wirklich erst dann, genehmigte sie sich einen Besuch bei Steve.

Der erste Besuch fand schon ein paar Tage nach ihrer Entlassung statt, ihnen beiden war es jedoch wie viele schmerzliche Monate vorgekommen. An jenem Morgen hatte sie sehr sorgfältig überlegt, was sie anziehen wollte. Sie schminkte sich, und ihre Hände zitterten dabei so stark, daß sie mehrmals alles verschmierte. Annie betrachtete ihr Spiegelbild und kam sich wieder wie ein junges Mädchen vor. Sie mußte über die Vorstellung lachen, hatte aber trotzdem Herzklopfen wie ein Teenager. Als sie das ruhige Haus verließ und zur U-Bahnstation ging, erinnerte sie sich an das letzte Mal, als der Wind die Schneeflocken in die Luft wirbelte. An jenem Morgen war es ebenso kalt, aber Schneeglöckchen hatten sich in einer Ecke des Gartens unter der kahlen Hecke hervorgewagt, und daneben hatten die blassen Lanzetten der Krokusblätter schon die brüchige Erde durchstoßen. Als sie die Blumen sah, war ihr, als bewegte sie sich auf einen Lichtkegel zu. Es war wieder eben jenes Glücksgefühl, am Leben zu sein, das sie erfaßt hatte, als man sie aus der Intensivstation in ein normales Krankenhausbett brachte. Auch Steve hatte dieses Glücksgefühl empfunden, und deswegen fühlte sie sich um so stärker zu ihm hingezogen.

Einen Augenblick lang stand Annie auf der von Unrat übersäten Straße da und vergaß all ihre Angst und ihre Schuldgefühle. Sie lächelte, richtete sich auf und dachte: *was kommen soll, kommt.* Dann ging sie weiter, schneller, und fühlte sich glücklich und rundum stark. Die Passanten, die an ihr vorbeigingen, sahen sie an und schauten noch einmal. Annie aber sah nur das warme Licht und die ersten Frühlingsboten.

Als sie endlich durch die Türen zu seiner Station ging, sah sie ihn in einem Stuhl neben seinem Bett sitzen. Die Krücken standen in Reichweite. Sie atmete tief auf, denn die ganze Zeit im Lift nach oben hatte sie sich überlegt, was sie tun würde, wenn er nicht da wäre. Er war viel dünner und blasser als der Steve, den sie immer im Geiste vor sich sah. Wahrscheinlich sah er in ihrer Phantasie schon so gesund aus, daß er das Krankenhaus verlassen konnte. Es war Wunschdenken. Plötzlich fühlte sie sich nicht mehr abgesondert. Sie war einfach Annie mit dem klopfenden Herzen und dem vor ängstlicher Vorfreude trockenen Mund.

Dann schaute er auf und sah sie. Sie wollte loslaufen und gleichzeitig stehenbleiben.

Steve sah sie an, während sie auf ihn zukam und dachte: Sie ist wunderschön. Mir war das noch nie so bewußt wie jetzt.

Sobald sie ihm nahe genug war, streckte er ihr seine Hand

entgegen und Annie nahm sie. Sie hielten sich einen Augenblick aneinander fest. Mehr konnten sie unter den Augen der anderen nicht machen. Dann griff Steve nach seinen Krücken, und Annie sagte rasch:

»Bleib sitzen. Ich setze mich zu dir.« Sie holte sich einen Stuhl und stellte ihn neben seinen.

»Sechs Tage sind eine lange Zeit«, sagte Steve leise. Annie sah den Hunger nach ihr in seinem Gesicht und senkte den Blick zu Boden. Es war kurz vor der Besuchszeit, und die meisten Vorhänge um die Betten herum waren noch zugezogen, weil die Männer einen Mittagsschlaf hielten. Nur ein oder zwei Patienten schlurften hin und her, und einige Krankenschwestern erledigten ihre Arbeit. Eine der Krankenschwestern sah flüchtig zu ihnen herüber und schaute dann noch einmal, genauer. Grüßend winkte sie Annie zu.

Ob sie etwas merkten? fragte sich Annie. Natürlich mußten sie etwas merken. Wenn es in ihrem Gesicht ebenso deutlich zu sehen war wie in Steves...

Sie wandte sich wieder ihm zu und vergaß die Station um sie herum. Es war ihr egal. Nur Steve war hier wichtig.

»Heute hatte ich meinen ersten Termin«, sagte sie.

»Und du kommst mich nur besuchen, wenn du als Entschuldigung einen Termin angeben kannst?«

»Nicht als Entschuldigung«, begann sie und hielt dann inne. Das Krankenhaus war für sie ein Vorwand, denn nun könnte sie ganz unverbindlich zu Martin sagen: »Ach, übrigens, ich habe Steve auf der Station besucht. Nur schnell mal für fünf Minuten, weil ich schon da war. Er sieht schon viel besser aus.«

Aber natürlich würde sie Martin überhaupt nichts sagen. Überhaupt nichts, außer daß sie in der Hämatologie lange hatte warten müssen, und daß die Ärzte mit ihr zufrieden waren. Was ihr wirklich wichtig war, besprach sie nicht mehr mit Martin, damit die Rede nicht zu nah an diese Angelegenheit kam.

Annies Glück war ein wenig getrübt. Wenn Martin nichts davon wußte, war es ja eigentlich egal, wann sie Steve besuchen kam. Der Vorwand diente nur ihrem eigenen Nutzen, dachte Annie, weil sie nicht den Mut hatte, sich den Geschehnissen zu stellen.

»Schau nicht so«, sagte Steve.

»Ich weiß nicht, warum ich so tue, als ob wir uns nicht sehen«, grübelte Annie stirnrunzelnd. Was vorher klar war, war jetzt trübe. Steve beugte sich nach vorne und legte seinen Daumen zwischen ihre Augenbrauen.

»Komm, wann du kannst. Basta. Es ist ganz egal, wenn ich nur weiß, daß ich dich irgendwann sehe. Mehr will ich gar nicht von dir verlangen.«

Steve rutschte unruhig auf seinem Stuhl herum und versuchte, seine Ungeduld mit dem langsam heilenden Bein und der langweiligen Krankenhausumgebung in Zaum zu halten. Annie saß so nahe bei ihm, daß er den sauberen, leicht zitronigen Geruch ihres Haares in die Nase bekam. Und selbst bei der kurzen Berührung hatte er ganz intensiv ihre Haut gespürt und ihren Körper geahnt. Steve bemerkte plötzlich, mit welcher Kraft seine Liebe nach außen drängte. Ein solches Gefühl kannte er nicht, und er kam sich kindisch und hilflos vor.

Annie sah seine Ungeduld, und ihr Gesicht spiegelte ihr Verständnis wider. »Gehen wir ein bißchen auf und ab?« fragte sie. »Komm. Ich helfe dir aufstehen.«

Sie stützte ihn und reichte ihm seine Krücken. Er ließ sein Gewicht auf die Metallschienen fallen.

»Wir könnten in den Tagesraum gehen.« Er lächelte sie verschmitzt an. Langsam gingen sie durch das Krankenzimmer. Annie begrüßte die anderen Patienten fröhlich.

»Nein, sie werden mich hier nicht festhalten können.« *Wie wahr*, dachte sie. Annie stieß die Türen auf. Die abgestandene, rauchige Luft des Tagesraums schlug ihnen entgegen. Der Raum war leer, und doch plärrte der Fernseher. Steve ging zum Fenster, sah auf die Straße hinunter und lehnte dann seine Stirn gegen das Glas.

»Es ist wie im Gefängnis«, sagte er. Annie kam zu ihm, und

er manövrierte sich mühsam so hin, daß er seinen Arm um ihre Schultern legen konnte.

»Es wird nicht mehr lange dauern«, tröstete sie.

»Halte ich auch nicht aus«, antwortete er. Er wollte sie küssen, war aber mit seinen Krücken und seinem schweren, eingegipsten Bein reichlich unbeholfen. Und selbst wenn es ihm gelänge, näher an sie heranzukommen, dann würde sicherlich sofort die Tür aufgehen, und Frankie oder eine Schwester würde hereinkommen, oder der erste Pulk von Besuchern, die nach einer Zigarette gierten und Einzelheiten über Operationen wissen wollten. Er flüsterte: »Annie«, und wurde sich wieder seiner Hilflosigkeit bewußt. Rasch beugte sie sich über ihn und küßte ihn.

»Es wird nicht mehr lange dauern«, wiederholte sie.

Ich liebe dich, dachte er, und dies war ihm jetzt eine angenehme Last. »Warum gehen wir nicht ein bißchen auf dem Flur auf und ab?« schlug er vor. Sie machten sich auf den Weg. Als sie an dem kleinen Zimmer mit dem runden Guckloch vorbeikamen, lächelten sie sich wie zwei Verschwörer zu.

Langsam bewegten sie sich in Richtung des anderen Krankenhausflügels. Sie gingen eng nebeneinander und lauschten auf das eigenartige Geräusch ihrer Schritte auf dem hochglanzpolierten Boden. Nach einiger Zeit fragte Steve: »Wie ist es, wieder zu Hause zu sein? Sind die Kinder wieder zufrieden?«

»Geht schon«, antwortete Annie umsichtig. »Ermüdend, manchmal. Sie reagieren auf meine Abwesenheit abwechselnd mit Aufsässigkeit und auch wieder mit Anhänglichkeit. Ich hätte wohl darauf vorbereitet sein müssen, war es aber nicht. Wenn ich die Kraft hätte, hätte ich schon längst die Geduld mit ihnen verloren. Ich schlängele mich mit einer Art erschöpfter Duldsamkeit durch.«

Sie lächelte ihn an, und er sah sie so vor sich, wie sie zu Hause sein mußte. Plötzlich war er ganz ungeheuer eifersüchtig auf Martin und die Kinder. Er sagte etwas möglichst Unverbindliches und starrte nach vorne auf den Lichtschein, der durch die Türen am Ende des Korridors drang, wußte jedoch, daß Annie ihn ansah. Schweigend gingen sie weiter und erzählten sich dann von den Fortschritten, die sie bei ihrer Genesung gemacht hatten, ein passendes Thema für ein Krankenhaus.

Beide waren sich bewußt, daß wieder zwei Dialogebenen, die gesprochene und die unausgesprochene, entstanden. Über Martin wurde nicht gesprochen, obgleich er so nahe war, als ginge er als drittes Paar Schritte neben ihnen. Und obgleich sie über die Knochenbildung in Steves Bein sprachen, die erst stattfinden mußte, ehe er wieder gehen, ehe er das Krankenhaus verlassen konnte, fragten sie sich nicht: Was wird dann sein?

Sie waren am Ende des langen Korridors angelangt und machten kehrt.

»Es tut schon gut, wenn ich mich nur ein bißchen bewegen kann«, sagte er, und Annie nickte. Natürlich, damit konnte er sich wenigstens ein bißchen von der langweiligen Krankenhausroutine ablenken.

»Und du?« fragte er. »Was hat dein Nierenmensch gesagt?«

»Er war zufrieden. Ich habe mehr Glück als du. Bei mir geht's schneller.«

»Träumst du immer noch schlecht?«

»Ja. Donnergrollen und Finsternis und Todesangst.«

»Ich weiß.«

Sie sahen einander an, und es war wieder, als sei plötzlich das sterile Krankenhauslicht um sie herum ausgegangen. Das war es eben, dachte Annie. Er wußte es, und wenn sie in der Nacht aufwachte und Martins warme, gefühllose Haut berührte, dann machte sie ihm zum Vorwurf, daß er es nicht wußte und nicht wissen konnte.

»Die Träume werden aufhören«, versprach Steve.

»Ja.« Die Träume schon, aber nicht das andere. Hat Steve das auch gedacht? Das Gespräch, unausgesprochen, aber doch hörbar, kurz bevor die Feuerwehrleute sie erreicht hatten. Sie waren an der Treppe angelangt, die zwischen den beiden Flügeln hinunter in die Eingangshalle führte. Stimmen drangen zu ihnen herauf, und dann sahen sie die ersten Besucherströme, die sich mit Blumen und Tragetaschen die Treppen hinaufschoben. Sie beobachteten sie, und für einen Augenblick vergaß Annie, daß auch sie zu der Welt draußen gehörte. Die Besucher sahen anders aus, eigenartig in ihren dicken Mänteln, und sie fühlte sich Steve so nahe, wie sie es getan hatte, als sie nebeneinander im Dunkeln lagen.

Ob sie sich wohl jemals wieder so geborgen fühlen würde?

Die Besucher verteilten sich auf die verschiedenen Stationen, und Annie und Steve hörten Stimmen und Schritte näher kommen.

»Erwartest du heute jemanden?«

»Vielleicht.«

Annie war eifersüchtig, wenn sie an seine Besucher dachte, die sie am Rand miterlebt hatte. Sie zog den Gürtel ihres Mantels zu und sagte, eine Idee zu fröhlich: »Ich muß ohnehin gehen. Ben ist bei meiner Schwiegermutter. Er geht nur vormittags in den Kindergarten.« *Er will von meinen Kindern nichts hören,* dachte sie schmerzlich. Was kann ich ihm sonst erzählen? Welche Gemeinsamkeiten haben wir außer jenen schrecklichen Geschehnissen, die wir erlebt haben und der daraus entstandenen Verbundenheit, der wir nicht entgehen können?

Ich will ihr nicht entgehen, antwortete sie sich selbst.

Steve versuchte angestrengt das Gleichgewicht zu halten, um eine Hand freizubekommen, so daß er sie berühren konnte. Sein Gesicht war düster, fast zornig. Jetzt, da der Moment des Abschieds gekommen war, wollte Annie ihn schnell hinter sich bringen, ehe ihr das Herz zu schwer wurde.

»Ich komme wieder. Beim nächsten Termin«, brabbelte sie.

Steve versuchte immer noch, sie zu berühren, sie zu halten, als wollte er sagen: *Bleib, du kannst doch nicht gehen.*

Aber sie war schon auf dem Weg.

»Wirst du wirklich kommen?« fragte er beharrlich.

»Natürlich.«

Sie lächelte ihn an, und er sah ihr von der Treppe aus nach. Sie sah trotz des dicken Mantels klein und schmal aus. Wie hübsch ihr Gesicht doch gewesen war, als sie zu ihm kam. Dann bog sie um die Ecke, und er konnte sie nicht mehr sehen. Steve stützte sich einen Augenblick auf die Krücken und starrte auf den Platz auf dem Boden, wo sie gerade noch gestanden hatte. Dann humpelte er in sein Bett zurück.

Die Besuche danach liefen nicht viel anders ab. Annie wartete mit gebremster, ängstlicher Ungeduld auf den Tag des Besuchs, und wenn er dann schließlich da war, verliefen die kurzen Augenblicke mit Steve nur wie zusammenhanglose Fußnoten in ihren ständigen Gedanken an ihn. Sie sprachen miteinander, sahen sich dann schweigend an, und Annie wußte, daß sie nur wieder warteten.

Einige Zeit nach ihrem Besuch wurde Steve nach unten auf eine orthopädische Station verlegt. Die anderen Patienten dort waren entweder ganz unbeweglich, an komplizierten Stützvorrichtungen aufgehängt, oder sie bewegten sich mühsam auf Krücken und mit Laufgestellen. Keiner kannte Annie, und so konnte sie sich mit Steve treffen, ohne das Gefühl haben zu müssen, besonders beobachtet zu werden. Aber auch vom Personal kannte sie keiner, und so durfte sie nur zur Besuchszeit hinein, wie alle anderen auch. Manchmal mußte sie nach ihren Untersuchungen lange warten, bis Besucher auf den Stationen zugelassen waren. An anderen Tagen wiederum war die Schlange in der Ambulanz so lang, daß die Besuchszeit fast vorüber war, ehe Annie Steve besuchen konnte. Nie wieder fragte er sie, ob sie ihn auch besuchen würde, wenn sie keine Termine im Krankenhaus hätte. Sie selbst konnte nur ahnen, wie wichtig ihm ihre Besuche in der unerträglichen Monotonie des Wartens waren. Annie konnte ihre Sehnsucht zumindest ein wenig mit der Hausarbeit, dem Kochen und der Versorgung der Kinder verdrängen, aber Steve wurde im Krankenhaus nur ständig daran erinnert, daß er hier gefangen war.

Er wachte sorgsam darüber, daß niemand anderer zu Besuch kam, wenn Annie sich angesagt hatte. Die meisten so Vorgewarnten sahen ihn nur an und kamen seinem Wunsch widerspruchslos nach. Nur einmal – Zufall oder Neugier – kam Vicky. Annie war vor ihr da, und als Vicky sie beide sah, saßen sie nur einfach einträchtig da, darum bemüht, glücklich beieinander sein zu können. Die stille Szene bremste Vickys selbstbewußte Schritte. Aber sie hielt nur einen Augenblick inne und kam dann näher: »Hallo, Lieber, ich dachte mir, ich komme heute statt Donnerstag, weil...« Steve blickte auf, und als Vicky seinen Gesichtsausdruck sah, blieben ihr die Worte im Hals stecken. Die blonde Frau sah zu ihm, dann zu Vicky, die neue Bücher und Zeitschriften am Bettende ablud.

»Ich habe dich heute nicht erwartet«, sagte Steve sanft.

»Nein. Nun, ich habe am Donnerstag eine Konferenz, also beschloß ich...« Sie hörte wieder mitten im Satz auf. Irgend etwas spielte sich zwischen den beiden ab, das fühlte Vicky.

Die blonde Frau sagte: »Kommen Sie, setzen Sie sich. Ich wollte sowieso gerade gehen.« Vicky bemerkte, daß sie eine warme Stimme hatte und sich bemühte, freundlich zu lächeln. Annie machte Platz, damit Vicky ihren Stuhl näher rücken konnte. Während Vicky munter drauflos plauderte und Steve ihr zuhörte, trat Annie taktvoll zur Seite und betrachtete die glänzenden Buchdeckel der neuen Romane.

»Und deshalb bin ich heute nachmittag gekommen«, beschloß Vicky ihre Ausführungen. Sie hatte sich wieder unter Kontrolle. »Tut mir leid, daß ich hier so reingeplatzt bin. Willst du uns nicht vorstellen, wo ich nun schon einmal da bin?« Sie lächelte die andere Frau an.

»Das ist Annie.« Steve zögerte bei ihrem Namen, als wollte er ihn nicht preisgeben. »Und das ist Vicky.«

»Ach, jetzt weiß ich.« Vicky begriff plötzlich. »Sie waren... Sie waren an jenem Tag auch in dem Kaufhaus, nicht wahr?«

»Ja, das war ich«, sagte Annie leise.

»Es muß schrecklich gewesen sein.«

»Ich hätte es sicherlich nicht überlebt, wenn Steve nicht gewesen wäre.«

Vicky fiel auf, daß sie Steve bei diesen Worten nicht ansah. Als ob sie Angst hätte, die Fassung zu verlieren.

Einen Moment lang herrschte Schweigen, ehe Vicky mit gespielter Unbekümmertheit sagte: »Ihr hattet Glück, daß ihr zusammen ward.«

Weder Annie noch Steve sagten ein Wort. Vicky überbrückte die peinliche Stille mit Klatschgeschichten aus ihrer und aus Steves Welt.

Nach einigen Minuten, als es nicht mehr so aussehen konnte, als wollte sie weglaufen, sah Annie auf ihre Uhr und stand auf.

Steve hielt sie am Handgelenk fest. »Geh noch nicht.«

»Ich muß. Ich schau beim nächsten Mal wieder vorbei.«

Sie nahm ihre Tasche, und als sie sich bückte, war ihr Gesicht auf gleicher Höhe mit Steves Gesicht.

Vicky beobachtete gespannt, ob es einen Abschiedskuß auf die Wange geben würde, um daraus ihre Schlüsse zu ziehen, wie weit die Beziehung zwischen den beiden gediehen war. Aber obwohl beide einen Augenblick innehielten, küßten sie sich nicht. Sie sahen sich an, und dann fielen Annie ihre Haare ins Gesicht und bedeckten ihre Wangen. Sie nahm ihre Sachen und trat ein paar Schritte zurück.

»Auf Wiedersehen, Vicky«, sagte sie recht formell, und dann sehr viel leiser: »Auf Wiedersehen.«

Sie bringt nicht einmal seinen Namen über die Lippen, wenn jemand zuhört, dachte Vicky.

Annie ging fort, ohne sich umzusehen. Steves Gesicht wirkte düster und steif, und zum erstenmal wußte Vicky nicht, was sie sagen sollte.

Sie machte einen Versuch: »Sicher ist es sehr hilfreich, mit jemandem zu reden, der das auch durchgemacht hat.«

»Das ist es.«

Sie nahm ihren ganzen Mut zusammen und fragte: »Magst du sie?«

»Mögen?« Steve sah sie an, als hätte er sie nie zuvor gesehen. »Ja«, sagte er, und das Wort fiel wie ein harter Kieselstein in schwarzes Wasser.

Vicky ließ sich nichts anmerken, hatte sich zu gut in der Gewalt, um ihre Gefühle zu zeigen, aber bei sich dachte sie: *Das ist es also.*

Annie ging mit hochgezogenen Schultern fröstelnd zur U-Bahn. Hier mitten in der Stadt waren die Straßen voller Unrat, und es gab keine Frühlingsvorboten, die sie heute früh so glücklich gemacht hatten. Verstört dachte sie daran zurück, doch plötzlich gewann Eifersucht die Oberhand in ihren Gefühlen. Sie sah Vickys Gesicht vor sich mit glatter, heller Haut, jünger als sie. Steves Freundin sah klug und ein wenig hart aus. Sie war der Typ von ehrgeiziger, zielstrebiger Frau, die Annie immer ein wenig Angst eingejagt hatte. Und Steve hatte sich für sie entschieden. Er hatte ihr, unten in der Finsternis, von ihr erzählt. *Das war, ehe Vicky da war,* hatte er gesagt.

Annie atmete tief durch, um die Panik abzuwehren, die in ihrer Brust aufstieg. Sie dachte: Was habe ich für ein Recht, eifersüchtig zu sein. Ich gehe jetzt nach Hause zu meinem Mann und den Kindern. Ich habe keinerlei Anspruch auf Steve. Wir haben keinerlei Anspruch aufeinander.

Aber sie wollte gerne Anspruch haben. Das war die Wahrheit. Und als sie sich darüber klar wurde, fröstelte sie im Februarwind.

Es war auch eben jener Tag, erinnerte sich Annie später, an dem Martin zum erstenmal offen zeigte, daß er etwas ahnte.

Er war früher als gewöhnlich nach Hause gekommen. Annie wusch das Geschirr nach dem Abendessen der Kinder, und die Küche war noch unaufgeräumt. Benutzte Teller standen herum, auf dem Fußboden lagen Spielsachen und Buntstifte.

Sie hörte, wie Martin draußen seine Tasche abstellte und dann den Schlüssel ins Schlüsselloch steckte. Als sich die Tür öffnete, rollte Benjy, der vor dem Fernseher auf dem Boden gelegen hatte, zur Seite und schnappte sich Toms Legobausteine. Sofort hob ein wildes Protestgeheul an, und die beiden fielen lautstark übereinander her.

Annie nahm die Hände ruckartig aus dem Spülwasser. Es war kochend heiß, und sie hatte geglaubt, es schon aushalten zu können. Sie trocknete sich die verbrühten Hände an ihrem Rock ab und ging an Martin vorbei, ohne ihn eines Blickes zu würdigen. Sie packte ihre Kinder und zog sie auseinander. Unbeherrscht schrie sie sie an.

»Hört auf. Hört auf. Ständig müßt ihr euch zanken. Ich halte es nicht mehr aus. Ich halte es einfach nicht mehr aus. Hört ihr?« Vergeblich versuchte sie, einem der beiden einen Klaps auf das Hinterteil zu geben. »Ihr geht jetzt beide sofort nach oben. Ab ins Bett.«

»Daddy ...«

»Tut, was eure Mutter sagt«, sagte Martin ruhig.

Die beiden trollten sich, immer noch zankend. Als die Tür oben geschlossen war, ließ Annie die Schultern sinken. Ihr Zorn verflog so schnell, wie er gekommen war. Sie fühlte das Blut dumpf in ihrem Kopf pochen. »Hallo«, sagte Martin. »Kennst du mich noch?«

Annie sah ihn an. Er stand wie eingerahmt in der Eingangstür mit dem Schmutzfingerspuren, wie ein Möbelstück in dem bedrückenden Raum.

»Wie könnte ich dich vergessen?«

Sie ging zum Spülbecken zurück und holte die Teller heraus. Er kam zu ihr und nahm ihren Arm, so daß sie innehalten mußte. Ihr Kopf war über den weißen Spülwasserschaum gebeugt. Von oben hörte sie Poltern, dann das Einlaufen von Badewasser.

»Annie, jetzt reicht's aber. Was ist los mit dir?«

Das Badewasser wurde abgedreht, und in der plötzlichen

Stille zerplatzten die Schaumblasen im Spülbecken wie schmatzende Küsse. Annie hätte am liebsten gelacht.

»Nichts ist los.«

»Seit du wieder zu Hause bist, bist du entweder die schweigsame Märtyrerin oder eine feuerspeiende Xanthippe. Ich weiß, daß dir etwas Schreckliches zugestoßen ist ...«

Ist es so schrecklich, sich in einen Mann zu verlieben, mit dem man nicht verheiratet ist?

»... aber früher oder später mußt du es vergessen und wieder zu leben beginnen. Wenn du Hilfe brauchst, dann sei so gut und sage es. Und wenn es etwas anderes ist, dann sprich darüber. Aber laß deinen Zorn nicht an den Kindern aus.«

Er brach ab und es trat Stille ein. Er hatte ihr ganz bewußt ein Startzeichen gegeben. Aber Annie wußte, daß sie weder die richtigen Worte finden würde, alles abzuleugnen, noch ihn überzeugen konnte, daß doch alles in Ordnung war.

Martin seufzte und wandte sich von ihr ab. »Was ist jetzt zu tun?«

»Du könntest die Kinder baden und sie ins Bett bringen.«

»Gerne, wenn dir das eine Hilfe ist.«

Er ging hinaus und machte die Tür hinter sich zu. Kurz darauf hörte Annie alle drei im Bad sprechen und lachen. Sie machte sich daran, die Küche sauberzumachen und scheuerte den Spülstein, bis er glänzte und funkelte.

Später, als die Kinder schon im Bett waren, saßen sich Martin und Annie am Küchentisch gegenüber und aßen zu Abend.

Sag was, versuchte Annie sich zu ermuntern. *Sprich mit ihm.* Aber alles, was ihr einfiel, wäre zu riskant gewesen, und sie hatte Angst, ihr dünnes Verteidigungsnetz würde zerreißen, wenn die Wahrheit ans Tageslicht käme, und all ihr Elend und schuldbewußtes Glück würde aus ihr herausbrechen. Sie wußte, wie sehr die Wahrheit Martin wehtun würde, und sie hatte Angst davor, ihn zu verletzen, große Angst. Mehr Angst als vor der Dunkelheit ihrer Träume und der Leere, die sie empfand, als sie aufwachte und Steve nicht mehr an ihrer Seite war.

Und so saßen sie sich schweigend am Tisch unter dem Lichtkegel der Lampe gegenüber, und Martin blätterte gedankenlos in der letzten Ausgabe der *Architectural Review*.

Nach dem Abendessen, als der Abwasch erledigt war, murmelte Martin etwas von Zeichnungen, an denen er dringend etwas zu arbeiten hätte. Er nahm seine Tasche und ging in sein Studio unter dem Dach des Hauses.

Annie wußte nicht mehr, wie lange sie regungslos dagesessen hatte, als plötzlich das Telefon läutete. Automatisch stand sie auf, um abzuheben, in dem festen Glauben, daß es sicherlich für Martin war, irgend etwas im Zusammenhang mit seiner Arbeit, die er mit nach oben genommen hatte. Es gab auch einen Apparat im Studio, aber Annie hob in der Küche ab und meldete sich: »Hallo?«

Sie hörte, wie die Münzen in einer Telefonzelle durchfielen und dann Steves tiefe Stimme: »Annie?«

Sie lehnte sich an die Küchenwand, atemlos bei dem Gedanken, daß Martin oben den Hörer zuerst hätte abnehmen können.

»Du kannst mich doch nicht hier anrufen!«

»Hab ich doch gerade getan.«

Sie wußte genau, wo er jetzt war, sah ihn deutlicher vor sich als die Fliesen in der Küche und die Kinderzeichnungen an der Wand. Er war in dem langen Korridor vor der orthopädischen Station, wo die öffentlichen Telefone von grauen Plastikverkleidungen abgeschirmt waren. Die Lampen waren bereits auf gedämpftes Nachtlicht heruntergedreht und warfen Schatten in den Ecken. Die verhaßten Krücken hatte er sicher gegen die Wand gelehnt und stützte sich mit der freien Hand. Und dann der Gedanke an seine Hand, an die Wärme seiner Hand. »Was hättest du getan, wenn Martin abgehoben hätte? So getan, als wärst du falsch verbunden, oder was ähnlich Dummes?«

»Ich mußte dich hören. Annie, hör mir zu. Du brauchst auf Vicky nicht eifersüchtig zu sein. Du brauchst auf niemanden eifersüchtig zu sein und vor niemandem und nichts auf der Welt Angst zu haben. Dafür gibt es nicht den geringsten

Grund.« Er sprach sehr schnell und so leise, daß es fast wie ein Flüstern klang. Annie schloß die Augen und versuchte, ihn zu verstehen. »Das war es, was ich dir sagen wollte, bevor du zu Bett gehst. Ich liebe dich. Denk daran.«

Sie dachte an das kleine Krankenzimmer, in dem sie sich umarmt hatten. Er hatte damals nichts von ihr gefordert, ja er wollte nicht einmal, daß sie etwas sagte.

Jetzt hatte sie auf einmal das Gefühl, daß das damals Unausgesprochene sein Recht forderte. Ihr ganzer Körper bebte, bis sie schließlich den Mut fand zu sagen: »Ich weiß.« Und dann ein wenig hilflos: »Ich liebe dich auch.«

Sie hörte, wie er am anderen Ende der Leitung tief durchatmete. Mehr gab es im Moment nicht zu sagen. »Ich wollte, ich könnte dich berühren«, fügte Steve noch rasch hinzu.

»Bald«, versprach Annie.

»Gute Nacht, Liebes.« Er legte auf. Annie stand immer noch mit dem Hörer in der Hand da und hörte das monotone Freizeichen. Sie sah nach oben und dachte daran, daß sie geflüstert hatte, als könne sie Martin hören, der doch zwei Stockwerke über ihr arbeitete. Flüstern, vorgeben und schweigen für den Fall, daß ein ganz unverfängliches Thema plötzlich die Wahrheit an den Tag brächte. Täuschen und lügen, selbst wenn es nur darin bestand, daß etwas nicht gesagt wurde. So weit hatte sie ihr inneres Glück gebracht.

Mit ausgestreckter Hand tastete sie sich durch ihre eigene Küche, als wäre sie halbblind, und setzte sich auf einen Stuhl. Sie saß vornübergebeugt und hatte die Arme verschränkt. Nur Steves Stimme heute abend gehört zu haben, machte sie unsagbar glücklich, und die Zusicherung, die sie sich gegenseitig gegeben hatten, machte sie ganz schwindlig im Kopf.

Aber eben jenes Glücksgefühl stach ihr wie ein Messer ins Herz, wenn sie sich in der Küche umsah, und sie wußte, daß es hoffnungslos war, daß sie hier bei Martin und den Kindern gefangen war durch langjährige Liebe und Vertrautheit, die sie im Laufe der Jahre miteinander aufgebaut hatten.

Überschwang und Trauer vermischten sich und schnürten ihr die Kehle zu. Endlich raffte sie sich auf, schleppte sich wie eine alte Frau die Treppe hinauf und zog sich aus. Die Bettwäsche fühlte sich kalt und klamm an. Sie zog ihre Knie an und krümmte schmerzvoll den Rücken.

»Was soll ich bloß tun?« flüsterte sie, »was soll ich bloß tun?«

– SIEBEN –

Tibby war nun in ein Sanatorium gebracht worden.

Als Annie sie besuchte, war sie erstaunt, wie anders dieses Krankenhaus war als das, in dem sie behandelt worden war. Zimmer und Korridore waren mit Teppichen ausgelegt, die Wände mit Bildern geschmückt und die Aufenthaltsräume hübsch und gemütlich. Es roch nicht nach Medikamenten, und selbst die Schwesternkleidung sah nicht unbedingt wie eine Uniform aus.

Tibby schien glücklich zu sein.

»Es ist wie zu Hause«, lächelte sie, »nur ohne die vielen Verpflichtungen.«

Ihr Gesicht war fröhlich, aber in dem großen, chintzbezogenen Armsessel, in den Annie sie verfrachtet hatte, sah sie eingefallen und zerbrechlich aus. »Das ist gut«, sagte Annie fröhlich. »Hier scheint es nett zu sein.«

Es gab keinen Zweifel mehr am Zustand ihrer Mutter. Der Krebs war inoperabel, und obgleich die Schätzungen der Ärzte ganz bewußt vage gehalten waren, sprachen sie jetzt von Wochen und nicht mehr von Monaten. Tibby wußte Bescheid über ihre Krankheit und akzeptierte sie mit gelassenem, würdevollem Mut. In dem Sanatorium sollte sie es nur so bequem wie möglich haben und die Zeit, die ihr noch blieb, genießen. »Wann möchtest du wieder nach Hause?« fragte Annie sie.

Die Ärzte hatten es ihr, zumindest für absehbare Zeit, freigestellt, ob sie im Sanatorium bleiben oder lieber nach Hause wollte.

»Ach, Liebes, ich weiß es nicht. Es ist so bequem hier. Aber andererseits komme ich mir sehr faul vor, so ohne etwas zu tun. Ich kann doch noch arbeiten. Hoffentlich kommt Jim ohne mich mit dem Haus zurecht. An den Garten darf ich gar nicht denken. Du weißt schon, die Rosen.«

Annie dachte an den großen Eckgarten und die unzähligen alten Rosen, die über die Mauern wucherten. Tibby machte sich jedes Jahr im März daran, ihrem ungestümen Wuchs Einhalt zu gebieten und den Boden mit Nährstoffen zu versorgen. Es war sehr wahrscheinlich, daß sie dieses Jahr das Meer von rosa, weißen und goldfarbenen Blüten nicht sehen und den betörenden Duft, der abends in das offene Küchenfenster drang, nicht riechen würde. Annie sah auf ihre Hände und betrachtete dann ihre Handflächen, als könne sie etwas Interessantes in ihnen lesen. »Mach dir keine Gedanken wegen des Hauses«, sagte sie schließlich. »Vater schafft alles vorzüglich. Ich war gestern dort, und es sieht genauso aus wie immer. Und wenn du willst, daß ich mich um die Rosen kümmere, dann ist das gar kein Problem. Oder Martin kann es tun.«

Wieder zwei Dialogebenen, dachte Annie. Wir sitzen hier und reden über Rosen und über Abstauben, dabei denken wir beide: *Warum mußt du sterben?* Warum ist es ausgerechnet Tibby, und warum muß es jetzt sein. Es gibt hundert, tausend andere Dinge zu sagen. Sie machte einen Versuch: »Tibby, ich möchte...«

Aber ihre Mutter nahm ihre Hand, drückte sie leicht und legte sie zurück in ihren Schoß, als wollte sie damit sagen: »Ich möchte nicht darüber reden. Kannst du mir verzeihen?«

Laut sagte Tibby dann sanft: »Nun, vielleicht bleibe ich nur diese Woche hier und gehe dann nach Hause.« – »Gut«, gab sich Annie zufrieden, »wann immer du möchtest.«

Sie saßen und plauderten noch eine Weile in dem angenehmen Raum. Tibby wollte vor allem alles über ihre Enkel hören. Sie beugte sich im Lehnstuhl vor, begierig, die letzten Neuigkeiten zu erfahren. Thomas war gerade in eine Pfadfindergruppe eingetreten, und Annie erzählte, wie er am Abend zuvor mit geschwellter Brust in seiner neuen grünen Uniform zu seinem ersten Treffen aus dem Haus stolziert war.

Tibby nickte und lächelte: »Sie werden so schnell groß, beide.«

Sie hat dich groß werden sehen. Hat ihre Enkel gesehen.

Während sie versuchte, das Lächeln ihrer Mutter zu deuten, fielen ihr wieder Steves Worte ein. Sie erinnerte sich an die Todesangst, die sie selbst erlebt hatte, als sie glaubte, sterben zu müssen, aber schlimmer war ihr noch die Vorstellung, so vieles unfertig zurücklassen zu müssen. Fühlte Tibby das jetzt auch? Und wenn Tibby sich in dem sonnigen Zimmer mit den chintzüberzogenen Polstermöbeln und dem schwachen Geruch nach Möbelpolitur umsah, wurde ihr dann auch mit einem Mal bewußt, wie kostbar und schön dies alles war?

Tibby sah schmaler und zerbrechlicher aus als je zuvor, aber sie war hübsch frisiert und trug ihre eigenen adretten und dezenten Kleider. Sie war immer noch Tibby, aber bei aller Vertrautheit und Nähe, die, wie Annie glaubte, zwischen ihr und ihrer Mutter war, wußte sie doch nicht, was ihre Mutter jetzt fühlte oder brauchte. Das oberflächliche Gespräch über den Garten und die Kinder lief weiter, und Annie hatte das verwirrende Gefühl, daß keiner dem anderen wirklich zuhörte.

Sie wollte ihr zurufen: *geh nicht. Wir brauchen dich, wir alle. Sprich mit mir.*

»... aber bei dem Preis von Zuchtpflanzen heutzutage«, seufzte Tibby, »was bleibt einem da anderes übrig...?«

»Ich weiß. Aber ich habe noch nie Glück mit Stecklingen gehabt.« *Ich habe mit Steve gesprochen, dort unten unter dem Schutt.* Ich würde es immer noch tun, wenn ich es nur wagen würde, wenn es da nicht so viele Dinge gäbe, so viele unabänderliche Dinge. Tibby beugte sich noch ein wenig vor und berührte Annies Arm. »Geht es dir auch wirklich gut, mein Liebling. Du siehst mir ein wenig abgehärmt aus.«

Ich habe mich verliebt, Tibby, in einen fremden Mann. Am liebsten würde ich jetzt hier rausgehen, direkt zu ihm, wenn ich es nur fertigbrächte.

»Mir geht es gut. Meine Ärzte sagen, es wird eine Weile

dauern, bis ich wieder ganz fit bin, aber es ist alles bestens verheilt.« Ich mache es natürlich auch so. Ich rede mit niemandem, weder mit Tibby noch mit Martin. Nur mit Steve, und er versteht mich, ob ich die Worte ausspreche oder nicht.

Ach, könnte ich doch jetzt zu ihm gehen. Annie lächelte ihre Mutter an. Sie wußte, daß sie beide den Tränen nahe waren.

»Ich muß gehen.«

»Natürlich mußt du gehen. Thomas hat um vier Uhr Schluß, nicht wahr?«

Als Tibby ihr die Hand entgegenstreckte, sah Annie, daß der Saphir-Verlobungsring ihrer Mutter für ihre dünnen Finger viel zu groß geworden war. Tibby schob ihn instinktiv mit dem Daumen rasch an seinen Platz zurück. Annie beugte sich zu ihr und küßte sie auf die Wange. Dabei bekam sie den ungewohnten Geruch von Haarspray in die Nase. Tibbys Haar war zu schütter geworden, um ohne Hilfsmittel in der gewohnten Form zu halten.

»Ich komme morgen wieder.«

»Kannst du nicht Tom und Benjy mitbringen?«

»Wenn sie nicht zu anstregend für dich werden. Mich kosten sie den letzten Nerv.«

»Ich möchte sie gerne sehen.«

Wie viele Male wird es noch geben?

»Natürlich. Auf Wiedersehen, meine Liebe. Schlaf gut.«

Annie richtete ihrer Mutter noch einmal die Kissen. Als sie fortging, fühlte sie, wie ihre Mutter ihr nachsah, begierig; sie sah durch sie in die Vergangenheit und in die Zukunft, die sie selbst nicht mehr erleben würde.

Annie fuhr mit brennenden Tränen in den Augen nach Hause.

Am gleichen Abend erledigten Martin und Annie den großen Monatseinkauf im Supermarkt. Wie immer gingen sie am Abend mit den langen Öffnungszeiten und ließen die Kinder unter Audreys Aufsicht.

Es war der erste gemeinsame Einkauf, seit Annie aus dem Krankenhaus zurück war. Auf dem Weg zum Supermarkt saß sie auf dem Beifahrersitz und sah sich im Vorbeifahren die Ladengeschäfte an. Sie sah in die andere Richtung, fühlte aber, daß Martin sie von der Seite beäugte und das zwischen ihnen stehende Schweigen mit einem Stirnrunzeln quittierte. Inzwischen waren sie beim Supermarkt angekommen, und Martin parkte den Wagen in der Mitte einer der vielen Reihen von parkenden Autos. Zusammen gingen sie dann über den Kies zum Eingang und mußten dabei mehrfach Pfützen und abgestellte Einkaufswagen umgehen. Sogar die Luft hier draußen schien dick zu sein, geschwängert von Dieselauspuffgasen und fettigem Zwiebelgeruch von dem Imbißstand neben der Eingangstür. Annie war müde und hatte plötzlich Zweifel, daß ihre Beine die langen Wege zwischen den überfüllten Regalen mitmachen würden. Martin beschleunigte seine Schritte, und sie hatte Mühe, ihm nachzukommen.

»Geh nicht so schnell«, bat sie ihn, und er raunzte zurück, ohne seine Gangart zu verlangsamen: »Laß es uns hinter uns bringen.« Annie spürte seine Wut, und langsam stieg trotz Müdigkeit auch in ihr Zorn auf.

Ist es das, dachte sie. Ist es das, woran ich mich klammere? Die automatischen Türen öffneten sich, und sie standen im gleißenden Neonlicht. Martin griff sich einen Einkaufswagen und schleuderte ihn lautstark herum. Ohne ein Wort zu wechseln, schoben sie sich durch die Reihen und begannen beim letzten Regal mit ihren Einkäufen.

Das grelle Licht schmerzte in Annies Augen, und die Farben der Dosen und Packungen tanzten ihr vor den Augen. Im Geiste wiederholte sie immer wieder: Eier, Butter, Joghurt, Käse. Liebe, Treue, Pflicht, Gewohnheit.

Martin hatte die gegenüberliegende Regalreihe übernommen, und sie sah, daß seine Lippen eng zusammengekniffen waren und sein Gesichtsausdruck Unmut verriet. Plötzlich flammte Haß in ihr auf. Sie drehte sich um und starrte auf das

Regal vor sich, wo rote, blaue und orangefarbene Packungen um die Gunst des Käufers buhlten. Sie holte sich, immer noch zorngerötet im Gesicht, eine Packung Frühstücksflocken von oben herunter, warf sie in den Einkaufswagen, langte nach einer weiteren Packung und schließlich noch nach der stark gesüßten Marke, auf der Ben bestand.

Fruchtsaft, fettarme Milch. Routine, Verantwortung, heute, morgen, übermorgen. Für immer. In ihrem Zorn versuchte sich Annie an das Gefühl zu erinnern, daß ihr ihr geordnetes Leben kostbar war. Diese Sicherheit war verflogen. Jetzt, in dem häßlichen Supermarkt, inmitten all der genervten Kunden, spürte sie, wie ihr festes Lebensgefüge geräuschlos in sich zusammensank. Sie stand inmitten der Trümmer, genauso hilflos, wie sie unter dem Schutt des zerbombten Kaufhauses gelegen hatte.

Martin drehte sich mit einem Armvoll Dosen nach ihr um und sah ihr ins Gesicht. Annie wußte, daß ihr Gesichtsausdruck seinen Zorn nur noch verstärkte.

»Komm schon«, sagte er unmutig. »Ich will nicht die ganze Nacht hier verbringen.«

Sie bewegte sich mit einem Ruck weiter und fuhr fort, Nahrungsmittel in den Wagen einzuladen. Sie sahen sich nicht an und arbeiteten sich weiter durch die Reihen, zwischen Menschen und Einkaufswagen, die im Weg standen.

Am Ende der Reihe bogen sie um die nächste Ecke in die nächste Regalreihe ein. Annie ging langsamer, und Martin fuhr ihr aus Versehen mit dem Wagen gegen das Fersenbein. Ein scharfer Schmerz schoß ihr ins Bein, so stark, daß ihr momentan die Tränen in die Augen stiegen. »Tut mir leid«, murmelte Martin, ohne sie anzusehen.

Der Schmerz verging so plötzlich, wie er gekommen war, doch Annies Zorn schwoll an. Sie mußte die Hände zu Fäusten ballen, um nicht um sich zu schlagen, zuerst nach Martin und dann nach all den Flaschen, Dosen und Packungen mit ihren bunten Etiketten, die sie am liebsten alle runtergefegt hätte.

Ihr Zorn weitete sich auf alle Menschen aus, die ihr im Weg standen und sie verständnislos anstarrten, auf ihr ganzes Leben und alles, was seit der Bombenexplosion passiert war. Der Zorn erfaßte sie so mächtig, daß er ihre ganze Kraft verbrauchte und sie anfing zu zittern. Sie lehnte sich gegen das Regal, um sich ein wenig auszuruhen, doch der Zorn riß sie mit. In dem kalten Neonlicht und den schreiend bunten Werbeplakaten empfand sie zum erstenmal so etwas wie Haß und Bitterkeit gegenüber den Bombenlegern dafür, was sie ihr angetan hatten. In diesem Augenblick haßte sie die ganze Welt, alles außer Steve.

Und sie war traurig, weil sie nicht bei ihm war.

Sobald sie daran dachte, schwoll ihr Zorn wieder unvermittelt an. Die Strömung riß sie mit, wirbelte sie durcheinander, und plötzlich löste sich alles wieder auf.

Annie betrachtete verwirrt die Marmeladengläser, pflaumenblaue, dunkelrote, als ob sie sie noch nie gesehen hätte.

So kann es nicht weitergehen, dachte sie mit der Scharfsichtigkeit, die der Zorn in ihr hinterlassen hatte.

Ich muß gehen.

Ich muß Martin verlassen und zu *ihm* gehen.

Die Erkenntnis jagte ihr Schauer über den Rücken. Sie war weder glücklich noch erleichtert. Einige Meter weiter sah sie, über den Köpfen der anderen Menschen, Martin trotten. Sein Mund war zu einer schmalen Linie zusammengekniffen.

Annies Beine waren weich wie Gummi, doch sie folgte ihm und nahm dabei mechanisch die Lebensmittel aus den Regalen.

Endlich standen sie in einer Schlange an der Kasse und bewegten sich schweigend und schubweise vorwärts, bis sie an der Reihe waren. Martin leerte den Wagen aus, und Annie verpackte alles in Schachteln. Eier, Butter, Joghurt, Käse. Die Familie muß versorgt werden. Annie fröstelte, als hätte sie Fieber.

Der Himmel draußen zeigte sich orange-braun vor der schummrigen Straßenbeleuchtung. Sie gingen wieder an den Pfützen vorbei zu ihrem Wagen und verstauten die Lebensmittel im Kofferraum. Noch immer hatten sie kaum ein Wort miteinander gesprochen. Annie schüttelte es krampfartig. Sie zog ihren Mantel enger zu und setzte sich dann in den Wagen, nachdem Martin ihr unwillig die Tür geöffnet hatte.

Sie schlugen beide die Türen zu und saßen nun nebeneinander in dem nach Plastik und Gummi riechenden Gefährt. Auf dem Rücksitz lagen wie üblich Spielsachen und Kinderzeichnungen verstreut. Martin nestelte mit den Schlüsseln an der Zündung und machte die Scheinwerfer an. Das Licht reflektierte nach oben und zeichnete unnatürliche Schatten in seine Augenhöhlen und an seinen Backenknochen. Annie fühlte sich elend und wartete, ohne an irgend etwas zu denken, darauf, daß der Motor ansprang und sie nach rückwärts aus der Parklücke stießen. Aber Martin saß nur still da, umklammerte das Steuerrad und starrte in die Dunkelheit.

Dann drehte er sich langsam zu ihr und sagte: »Ich möchte wissen, was mit dir los ist.«

Annie schüttelte den Kopf, unfähig zu sprechen.

Martins Stimme wurde lauter. »Ich will es wissen. Kannst du nicht irgend etwas sagen, und wenn es nur ›Verpiß dich‹ ist?«

»Ich weiß nicht, was ich sagen soll.«

Selbst in ihren eigenen Ohren klang Annies Antwort dünn und pathetisch. Martins Handknöchel wurden weiß. »Warum, verdammt noch mal, weißt du nicht, was du sagen sollst. Ich bin dein Mann. Hast du das vergessen?«

»Nein, das habe ich nicht vergessen.«

»Dann sprich mit mir. Ich habe versucht, geduldig zu sein und Verständnis aufzubringen. Ich habe gewartet, mich zurückgehalten und gehofft, du würdest damit rausrücken, warum du aussiehst, als würde sich dir beim Gedanken an deine Familie der Magen umdrehen. Warum kommt kein Lächeln mehr über deine Lippen, und warum kann man dich nicht einmal mehr nach der Uhrzeit fragen? Warum, Annie?«

Die Fragen sprudelten nur so aus Martin heraus, und Annie

sah ein wenig Speichel in seinem Mundwinkel glänzen. Er fuhr mit der Zunge darüber.

»Warum? Ich will wissen, wie du dir die Zukunft vorstellst. Ich will es von dir hören. Um Himmels willen, rede.«

Er schrie jetzt. Annie sah, wie ein Paar neugierig in ihren Wagen starrte. Ihre Gesichter waren wie weiße Flecken in der Finsternis. Sie war zu keinem Zorn mehr fähig. Sie konnte es mit Martin nicht aufnehmen. Und sie wußte auch, daß sie kein Recht hatte, ebenso zornig wie Martin zu reagieren, weil er mit dem Bild, das er von ihr zeichnete, nur allzu recht hatte.

»Es tut mir leid.« Widerwille gegen sich selbst und Verzweiflung dämpften ihre Stimme.

Martin war jetzt richtig in Fahrt: »*Es tut dir leid?* Mein Gott, es tut dir leid. Schau, es tut mir leid, daß du verletzt warst und solche Todesängste ausstehen mußtest, und daß du krank warst und Schmerzen hattest und all das im Krankenhaus durchmachen mußtest. Aber das ist jetzt vorbei, Annie. Du mußt wieder von vorne anfangen. Verstehst du mich? Wenn du mich, die Kinder und alles andere, was vor dem Unglück unser Leben bedeutete, wieder haben möchtest, dann mußt du *jetzt* etwas tun.«

Annie sah auf ihre Hände in ihrem Schoß, die sie nervös ineinander verschlungen hatte. Martin hatte recht, und auch wieder nicht, dachte sie. Ich sollte mit ihm reden, natürlich sollte ich, aber ich wüßte nicht, was ich sagen könnte.

»*Annie.*«

Er ließ das Steuerrad los und packte sie. Er schüttelte sie und ihr Kopf fiel willenlos hin und her. Annie wußte, daß er sie am liebsten geschlagen hätte, und wie verzweifelt er auf ihre Reaktion wartete. Sie wehrte sich und quetschte schließlich mit zusammengebissenen Zähnen heraus:

»Laß mich in Ruhe. Laß mich doch einfach in Ruhe.«

Martins Hände fielen schwer nach unten. Schweigend sahen sie sich eine lange Minute im diffusen Licht der Scheinwerfer an. Annie erinnerte sich an frühere Zeiten, wenn sie heftig gestritten hatten. Dann brachte die Leidenschaft ihrer Versöhnung noch einmal die Gewalt des Streits zurück. Eine Welle der erschöpften Traurigkeit und des Bedauerns schlug über ihr zusammen.

»Schau. Bist du krank? Brauchst du Hilfe. Ich meine einen Psychiater, Annie.«

»Nein«, sagte Annie. »Ich bin nicht verrückt. Ich war es nie, nicht wie es passiert ist, nicht während ich verschüttet war, und nicht jetzt. Ich brauche niemanden, der mein Gehirn untersucht.«

Martin atmete tief und stotternd aus. »Gut. Was ist es dann? Ist es Steve?« Annie überlief eine Gänsehaut. Ihr wurde klar, daß Martin über sie und Steve nachgedacht haben mußte. Sie hatte nie seinen Namen erwähnt, und wenn es nur eine Vermutung Martins wäre, hätte er es sicher irgendwie anders formuliert. Hätte er dann nicht gesagt: »Hat es irgend etwas mit dem Mann zu tun, mit dem du verschüttet warst? Mit Steve? Hat es was mit ihm zu tun?«

Statt dessen hatte er nur einfach diese Frage gestellt, so, als ob er sie schon lange Zeit parat gehabt hätte.

Tick-tick. Annie hörte die Sekunden auf der Uhr im kunststoffverkleideten Wageninnern ticken.

»Nein.« Bis das Wort kam, wußte sie nicht, was es werden würde. »Es hat nichts mit ihm zu tun.«

Und dann übermannte sie die Traurigkeit so kraftvoll, daß sie ihren Kopf zurücklegen, die Knie anziehen und laut herausschluchzen wollte. Aber weil sie *nein* gesagt hatte, blieb sie steifnackig sitzen und starrte weiter mit trockenen Augen in die Dunkelheit hinaus. Jetzt ist es passiert, dachte sie. Ich habe mit den Lügen begonnen. Sie sah ein ganzes Netz vor sich. Und würde das Netz schließlich zerreißen und die Wahrheit hervortreten, wie sie es sich, ohnmächtig vor Zorn, im Supermarkt vorgestellt hatte? Sollte sie Martin verlassen und zu Steve gehen? Urplötzlich drehte Martin den Zündschlüssel und startete den Wagen. Er riß das Steuer herum und raste aus dem Parkplatz. Erst dann schaute er wieder zu Annie. Als er ihr Gesicht sah, legte er ihr kurz die Hand auf das Knie. »Tut mir leid, daß ich die Nerven verloren habe«, sagte er. »Es war auch für mich nicht sehr leicht, weißt du? Erst dachte ich, du wärst tot, und dann hatte ich Angst, du würdest nicht überleben. Und jetzt, wo alles vorbei sein sollte, bist du weggegangen und hast mich zurückgelassen.«

Der Wagen bewegte sich langsam im dichten, zweispurigen Verkehr vorwärts. Martin fuhr mit einer Hand, mit der anderen hielt er Annies Hand. Leise sagte er: »Ich will nicht ohne dich sein.« Annie öffnete den Mund. Sie hatte Angst, die Stimme würde ihr versagen, aber irgendwie gelang es ihr zu flüstern: »Ich weiß.«

Martin fuhr ruhig weiter. Ich möchte auch nicht, daß du mich belügst, hätte er hinzufügen können. Aber seltsamerweise war er über Annies Dementi erleichtert gewesen. Er durchschaute es und war sich klar darüber, daß sie ihn nicht verletzen wollte. Er war gerührt über soviel Achtsamkeit und Unlogik. Eine Welle der Zuneigung zu ihr erfaßte ihn. Zorn und Bitterkeit waren verflogen.

Es ist noch nichts passiert, beruhigte er sich. Und vielleicht würde auch gar nichts passieren.

Sie fuhren den üblichen Weg heim. Martin wärmte immer noch Annies kalte Hand. Zu Hause angekommen, trugen sie die Lebensmittel ins Haus und räumten sie gemeinsam ein.

Als sie dann später ins Bett gingen, lag Martin einen Augenblick ruhig und tastete dann nach ihr, wie er es immer getan hatte, wenn sie sich heftig gestritten hatten. Seine Hand streichelte über ihre Schulter, und dann rückte er näher und schmiegte seinen Körper an ihren Rücken.

»Sei nicht böse.«

»Ich bin nicht böse.«

Sie erinnerte sich an frühere Zeiten. Sie hatten immer ihre Differenzen beigelegt und waren dadurch näher zusammengewachsen. Nicht jetzt, dachte Annie, denn sie hatten bereits angefangen, ein Lügennetz zu spinnen. Martins Hand streichelte über ihre Taille und tastete nach ihren Hüften. Er flüsterte: »Armes Kleines, komm her zu mir.«

Seine Hände wußten zu liebkosen. Er ist gut und großzügig, dachte sie. Besser, als ich es verdiene.

Bei aller Traurigkeit war es eine Erleichterung für sie, sich zu ihm umzudrehen. Ihre Körper schmiegten sich eng aneinander, sein Mund berührte ihren. Annie spürte, wie sich ihr Mann an ihr rieb. Sie legte den Kopf an seine Schulter und spürte die Wärme seines Halses an ihrem Gesicht. Geduldig liebkoste er weiter ihren Körper. Annie lag ruhig. Ihr Körper hatte noch die Angst, die Schuld und die Traurigkeit des Tages in sich.

Aber Martin kannte ihren Körper gut. Langsam und zärtlich streichelte er sie, bis die Angst vor seinem Eindringen vergessen war und sie statt dessen fürchtete, er könne sich zurückziehen. Wärme durchpulste ihre Adern, und die quälenden Gedanken waren mit einem Mal verschwunden. Annie öffnete den Mund und berührte ihn zärtlich mit den Lippen am Hals. Sie spürte, wie sein Puls gegen ihre Zunge schlug. Ein halbvergessenes Begehren flackerte in ihr auf.

»Martin.«

»Noch nicht«, flüsterte er, »noch nicht.«

»Bitte.«

Ihr bettelnder Ton durchbrach die Disziplin, die er sich selbst auferlegt hatte. Er nahm sie an den Handgelenken und hielt sie so fest, daß sie sich nicht bewegen konnte. Einen Augenblick sah er ihr ins Gesicht, dann drang er in sie ein. Es war leicht und ohne Schwierigkeiten, denn sie kannten sich schon so lange. Während er sich auf ihr bewegte und sie ihm ihre Hüften entgegenhob, vergaß sie all die Fragen und die unerfreulichen Antworten. Wellen der Erregung durchfluteten ihren Körper, und sie gab sich ihnen hin. Seit sie zu Martin zurückgekommen war, hatte sie sich immer kalt und steif gefühlt. Jetzt waren diese Gefühle, wenn auch nur für kurz, nicht mehr vorhanden.

Sie schloß die Augen und ließ sich gehen. Der Höhepunkt, den sie anstrebte, kam erst mit ein paar schwachen Funken, die plötzlich Feuer entfachten. Dann stand die Zeit still, brennende Schmerz-Lust durchflutete sie, bis schließlich ein Gefühl intensivster Entspannung eintrat.

Annie fühlte, wie ihr Tränen in die Augen stiegen. Sie rannen über ihr Gesicht und in ihr Haar, liefen heiß über Martins Wangen, bis er sie behutsam mit seinen Fingern trocknete. Er küßte zärtlich ihre Augenlider. Dann nahm er ihr Gesicht zwischen seine Hände, küßte sie und flüsterte: »Es wird alles wieder gut, Annie. Du wirst sehen, es wird alles wieder gut.«

Nun hielt sie ihn fest, während er wieder in sie hineinstieß, bis er seine Lust mit seinem Mund an ihrem hinausschrie. Dann lagen sie sich still und entspannt in den Armen. Annie hörte Benjamin in seinem Zimmer im Schlaf rumoren und laut reden. Sie war sehr müde, hörte aber an Martins Atem, daß er noch wach war und auf sie horchte. Die quälenden Gedanken nahmen wieder Besitz von ihr, bis sie im Geiste das Wort *Steve* bildete und ihn vor sich sah, wie er im Krankenhaus lag und die Decke anstarrte.

Ich muß mich entscheiden, sagte sie sich. Ich muß nachdenken. Die beste Lösung finden.

Erschöpft ließ sie sich treiben und begann einzudösen.

Nicht jetzt. Irgendwann demnächst. Es muß sein.

Zum erstenmal, seit sie aus dem Krankenhaus nach Hause gekommen war, schlief Annie vor Martin ein. Er hielt sie noch lange in den Armen, bewegte sich nicht, um sie nicht zu stören. Am Tag des Bombenanschlags, als er in Schutt und Trümmern verzweifelt nach ihr gesucht hatte, war sie von ihm weggegangen. Erst jetzt, in diesem Augenblick der körperlichen Nähe, wurde ihm klar, wie weit sie von ihm weg war. Mehr als alles andere in der Welt wollte er sie zurückhaben.

Nichts veränderte sich in den darauffolgenden Tagen, außer daß die Atmosphäre etwas entspannter war. Mit kleinen, unauffälligen Gesten versuchten beide die Waffenruhe einzuhalten. Von Annies Seite kam nicht mehr, als daß sie Martins Lieblingsessen kochte oder eine besondere Flasche Wein vom Händler an der Ecke holte. Sie bemühte sich, fröhlich zu sein, auch wenn ihr das Herz schwer war. Martin kam mit einem Armvoll gelber Narzissen für den Glaskrug auf der Küchenanrichte nach Hause oder brachte ihr eine Zeitschrift, die sie gerne las, die sie sich aber nicht leistete, weil sie ihr zu teuer war. Sie bedankten sich kurz, beinahe scheu miteinander, mehr war nicht. Gesprochen wurde nicht viel, aber sie fanden beide, daß es eher ein freundliches, nicht ein feindseliges Schweigen war, und versuchten nicht, es künstlich zu durchbrechen.

Thomas und Benjamin bemerkten die Veränderung mit ihrer kindlichen Wahrnehmungsgabe sofort.

»Ich glaube, dir geht es jetzt besser«, sagte Thomas, und Annie lächelte ihn, glücklich über sein Zutrauen, an. »Mir geht es auch besser«, antwortete sie, und verdrängte alles andere aus ihrem Denken.

Die Kinder stritten weniger, schliefen besser und verließen am Morgen glücklicher das Haus. Annie hätte fast glauben können, ihr Leben verliefe wieder in geordneten Bahnen wie vor dem Bombenanschlag, wenn da nicht die Besuche bei Steve im Krankenhaus gewesen wären.

Der Februar verging, es wurde März. Mitte des Monats wurde es so warm, daß die kahlen Äste der Bäume einfach nicht mehr zu dem seidig blauen Frühjahrshimmel passen wollten. Im Garten waren die grün-gelblichen Verdickungen an den Stielspitzen der Narzissen fast über Nacht zu traumhaft goldgelben Blüten aufgebrochen. Die Erde roch süßlich und feucht, und am Morgen schien die Sonne mit solch unerwarteter Kraft auf das taufrische Gras, daß der Rasen wie eine Silberplatte schimmerte.

Eines sonnigen Morgens ging Annie mit Benjy zu seinem Kindergarten. Obgleich sie jeden Tag den gleichen Weg nahmen, kamen sie nicht so recht vorwärts, weil Benjy alles mögliche inspizieren mußte. Egal, ob das die Katze war, die sich auf dem Pfeiler eines Gartentors streckte, oder der Papagei, der in dem Eckhaus majestätisch auf der Veranda thronte. Annie war geduldig mit Benjy, der in seinem scharlachroten Jogginganzug mal hinter ihr hertrödelte, mal weit vorauslief.

Nach den üblichen Umwegen und Verzögerungen bogen sie um die letzte Ecke und kamen zum Gemeindesaal, in dem auch der Kindergarten untergebracht war. Vor dem Gebäude standen einige Mütter mit Kinderwagen und Buggys und unterhielten sich. Benjy drängelte sich zwischen ihnen durch und strebte auf die offene Tür zu. Annie folgte ihm und nickte lächelnd zu den anderen Müttern, die sie alle kannte. Sie sahen sich jeden Morgen, sprachen über ihre Probleme und wußten, wo die anderen Mütter wohnten. Die meisten führten ein ganz ähnliches Leben wie Annie, aber in den letzten Wochen hatte sie sich in ihrem Kreis so fremd gefühlt, daß sie kaum Gesprächsstoff hatten.

»Hallo, Annie«, riefen sie ihr zu. »Benjy hat's aber heute früh eilig.«

»Das muß das Frühlingserwachen sein.«

»Kann ich wieder von mir nicht behaupten«, warf eine der Mütter ein. »Sophie hat uns die halbe Nacht wach gehalten.«

»Du siehst besser aus, Annie. Wahrscheinlich tut uns allen die Sonne gut.«

Früher hatte Annie diese Bekanntschaften als angenehm empfunden und auch Kraft für sich daraus geschöpft. Schließlich hatten sie alle ähnliche Probleme und ähnliche Freuden. Und diese Frauen hatten sich zusammengetan und ihr Blumen geschickt, als sie im Krankenhaus lag, und ihr später stundenweise Benjy abgenommen, damit sie sich ausruhen konnte. Jetzt hingegen wußte sie nicht, wohin sie gehörte oder woran sie glaubte. Ein Teil von ihr war immer noch hier bei diesen Frauen, doch ein anderer wollte nur mehr mit Steve zusammen sein. Sie fühlte sich entwurzelt, gehörte weder hier- noch dorthin. Annie ging langsam in das Gebäude und dachte dabei an die zufällige Gewalttat, die ihre Perspektiven so gründlich verändert hatte, daß sie glaubte, das Leben nie wieder mit den Augen wie früher sehen zu können.

Die Halle war düster, aber das bemerkte man kaum bei all den bunten Bildern und Collagen, die Kinder und Kindergärtnerinnen an die Wände gepinnt hatten. Kinder turnten am Klettergerüst und krochen im Spielhaus ein und aus. In kleineren Gruppen standen sie um die Tischchen und versuchten, sich zu entscheiden, ob sie nun malen, mit Knetmasse arbeiten oder Buntpapierstreifen zu Halsketten zusammenkleben wollten. Wie immer mußte Annie lächeln. Sie waren alle so geschäftig, noch so wackelig auf den Beinen und doch schon so robust.

Benjy hatte sich ohne Umschweife für das Kneten entschieden und war nun wildentschlossen dabei, rosafarbene Knetmasse zwischen seinen Fingern zu drücken. Annie ging zu ihm und küßte ihn auf den Haarschopf.

»Bis später dann.«

»Mmh«, machte Benjy.

Annie ging wieder in die Sonne hinaus.

Sie wählte einen anderen Rückweg und ging durch die kleine Parkanlage, wo die Narzissen in einigen Wochen von scharlachroten Tulpen abgelöst werden würden. Städtische Angestellte waren schon dabei, die Schaukeln und das Karussell zu streichen, das Thomas so gerne immer schneller drehte, bis Benjy vor Angst kreischte. Annie dachte zurück an die vielen Stunden, die sie im Park verbracht hatte, seit sie hier Thomas mit dem Kinderwagen spazierenfuhr. Martin ging jetzt öfter am Wochenende mit den Kindern hierher und spielte mit ihnen ausgiebig Fangen und Verstecken in dem kleinen, eingezäunten Baum- und Strauchareal. Sie ging über das Gras und hinterließ glänzende Fußspuren auf dem nassen Rasen. Jenseits des Parks waren einige Geschäfte. Thomas wollte einen Freund zum Tee mitbringen, und Annie hatte vor, dafür einen Schokoladenkuchen zu backen.

Sie tätigte die nötigen Einkäufe und plauderte ein wenig mit der freundlichen indischen Familie, der das Lebensmittelgeschäft gehörte. Dann machte sie sich auf den Nachhauseweg und schwang ihre Einkäufe in der Plastiktasche hin und her. Zu Hause angekommen, ging sie durch das quietschende Gartentor, das gegen die Ligusterhecke zurückschwang, aus der ein staubiger Duftschwall entströmte. Annie hob einige braune Briefumschläge von der Türmatte auf und ging hinein. Im Gang roch es nach Kaffee und nach dem Gewürzstrauß, der in einer Schüssel auf einem kleinen Tisch stand.

Ohne an irgend etwas zu denken, mit angenehm leerem Kopf, schlenderte Annie in die Küche und setzte den Wasserkessel auf. Martin hatte das Radio angestellt, und Annie pfiff leise die Musik mit, als die Türglocke läutete.

Vom Gang aus sah sie durch das farbige Glas einen undefinierbaren Schatten. Sie öffnete die Tür. Steve stand auf der Türschwelle. Es war, als würde die Farbe aus der Welt um sie herum weichen. Die beiden standen sich gegenüber als die einzigen Lebewesen inmitten einer grauen Landschaft.

Steve sprach zuerst.

»Kann ich reinkommen?« fragte er leise. Annie sah auf die leere Straße und auf die Fenster des gegenüberliegenden Hauses, ihr Gartentor, das Steve hinter sich geschlossen hatte, und die Reihe von Krokussen, die den Weg säumten. Dann öffnete sie mit steifem Arm die Tür ein wenig weiter. Steve trat ins Haus. Annie sah, daß er keine Krücken mehr hatte. Er stützte sich jetzt auf einen Stock.

Annie machte die Tür hinter ihm zu, und sie standen sich in dem schwach beleuchteten Gang gegenüber. Benjys Dreirad lehnte verlassen am Fuß der Treppe.

»Wie hast du mich gefunden?« fragte sie, noch immer fast sprachlos vor Überraschung.

»Wolltest du dich vor mir verstecken?«

»Nein. So habe ich das nicht gemeint. Ich bin nur überrascht, dich hier zu sehen...«

Steve lächelte sie an, aber sie sah auch Angst in seinem Gesicht. Es war ein Risiko gewesen, hierher zu kommen. Aber die Sehnsucht, sie zu sehen, war stärker gewesen.

»Im Telefonbuch«, erklärte er. »Ich habe einfach nachgeschaut.«

»Ach ja, natürlich. Komm... komm rein, ich mache dir eine Tasse Kaffee.« Ich spreche mit ihm, als wäre er von der Lehrer-Eltern-Vereinigung, dachte Annie. Oder einer von Martins Kunden. Sie stellte Benjys Dreirad zur Seite, damit er vorbei konnte, und ging in die Küche voraus. Sie versuchte ihre Befangenheit zu verbergen, indem sie mit der Kaffeemaschine hantierte und die Tassen geschäftig auf ein Tablett stellte. Ihre Hände zitterten. Seine Anwesenheit brachte ihren Küchenalltag total aus den Fugen. Genauso hatte sie sich das auch vorgestellt. Sie sehnte sich nach seiner Berührung, und doch fürchtete sie sich davor. »Wann haben sie dich entlassen? Du hast mir nicht gesagt, daß du raus darfst.«

Auch ihre Stimme zitterte.

»Ich habe mich selbst entlassen. Ein Sprung, und ich war frei.« Sie lächelten sich an, und Annie drehte sich schnell zur Kaffeemaschine um.

»Möchtest du mit Milch?«

»Bitte.«

»Möchtest du gerne etwas zu essen? Ein Frühstück oder eine Kleinigkeit?«

»Nein, danke.«

Steve beobachtete sie, wie sie sich routiniert zwischen Küchenmaschine und Spülbecken bewegte. So oft hatte er sie sich so, in ihrer Küche, vorgestellt. Doch jetzt hatte er nur Augen für sie selbst. Ihr Haar war wieder länger geworden und rahmte ihr Gesicht ein. Sie sah fast aus wie ein junges Mädchen, in ihren Jeans und der Bluse, dem zerzausten Haar und dem mädchenhaft verträumten Gesichtsausdruck. Während er sie beobachtete, wurde ihm klar, daß er sich so darauf konzentriert hatte, sie zu finden, daß er kaum über den Augenblick hinaus gedacht hatte, wenn sie die Tür öffnen würde. Er kam sich vor wie ein Jüngling, der nicht weiß, was er tun soll, wenn er auf einmal dem Mädchen seiner Träume gegenübersteht. Steve mußte darüber laut lachen. Annie drehte sich um, und als sie seinen Gesichtsausdruck sah, stieg ihr die Röte ins Gesicht. Abrupt stellte sie die Kaffeekanne ab.

»Annie.«

Der Gummipfropfen seines Gehstockes quietschte auf dem Küchenboden, als er sich ihr näherte.

»Ja.«

»Annie, ich kann nicht wieder von ganz vorne anfangen. Nicht mit dir.«

»Ich weiß.«

Wir sollten nicht wieder darüber reden, was die Ärzte gesagt haben. Wir sollten nicht über das Wetter, über den Garten oder über ein oder zwei Zuckerstücke reden, dachte Annie. Weder jetzt noch irgendwann in der Zukunft.

Sie hob den Kopf, und Steve nahm ihr Gesicht in beide Hände. Er beugte sich herunter und küßte ihren Mund, ihren Hals und ihre Augenwinkel. Annie erwiderte seinen Kuß, gab sich ihm ganz hin, bis er sie fest in seine Arme drückte und sie ein wenig vom Boden hochhob. Sie beide allein in dem leeren Haus – das war verlockend. Einen schwindeligen, trunkenen Augenblick lang war Annie nur sie selbst. Sie vergaß die Zimmer und die Möbel, die sie und Martin gekauft, und die Bilder, die sie zusammen ausgesucht und aufgehängt hatten. Steves Hand liebkoste ihre Schulter, dann ihre Brust, und ihr Mund öffnete sich, wie seiner es ungeduldig forderte.

Annie vergaß alles. Sie drängte sich nur nach seiner Nähe. Der Trennungsschmerz kam noch einmal, jetzt, da Steve bei ihr war, mit aller Macht über sie. Und er wußte, wie ihr zumute war. Es war egal, wo sie gerade waren, solange sie sich nur in den Armen liegen konnten.

Steve flüsterte mit dem Mund an ihrem: »Mein Liebes.«

Und Annie antwortete: »Ich liebe dich.« Ihre Lippen vereinigten sich zu einem Lächeln der Freude und der Glückseligkeit. Die Zeit war noch nicht gekommen, zu überlegen, was die Wahrheit bedeuten würde.

Annie hatte keine Ahnung, wie lange sie so ineinander verschlungen dagestanden hatten. Als sie sich schließlich voneinander lösten, um sich anzusehen, war ihr schwindlig, und ihr Mund war aufgerieben und brannte.

Sie musterten sich gegenseitig, Zentimeter für Zentimeter, und in diesem Augenblick war die Realität wieder da. Annies Gesichtsausdruck veränderte sich, und Steve nahm rasch ihre Hand und hielt sie fest.

»Nicht«, bettelte er. »Bleib bei mir.«

»Ich möchte ja«, sagte Annie. »Was können wir tun?«

Er legte seinen Arm um sie, und Annie ließ ihr Gesicht gegen seine Schulter sinken. Mit einer Wange an ihrem Haar blickte Steve zu dem Kiefernholztisch am Erkerfenster und den ordentlich gruppierten Sprossenstühlen. Daneben stand ein alter Geschirrschrank aus Kiefernholz, in dem Porzellan mit chinesischem Landschaftsmuster und Fotos von Annies Mann und den Kindern aufbewahrt waren. Durch das Fenster konnte er die gegenüberliegenden Häuser sehen. Annie und Martin kannten sicher die Menschen, die dort wohnten. Wahrscheinlich spielten die Kinder miteinander, gingen zur selben Schule.

Mit einem Schlag wurde ihm bewußt, was er von ihr verlangte. Er wollte, daß sie dies alles aufgab. Doch wie konnte er von ihr fordern, daß sie all das Zusammengewachsene eines Ehelebens hinter sich ließ und zu ihm kam? Er wünschte es sich so sehr, mit allen Fasern seines Herzens. Steve war sich im klaren darüber, daß er, ebenso wie er vorher noch niemanden geliebt hatte, Annie jetzt ganz unabdingbar liebte. Und die Vertrautheit, die sie in Todesangst miteinander geteilt hatten, war ihm aus voller Seele gegenwärtig. Sie war ihm kostbarer und realer als sein ganzes übriges Leben.

Er nahm ihre Hand, sehr zärtlich, und führte sie zu dem

Tisch. Dort rückte er ihr einen Stuhl zurecht, und sie setzte sich. Die Kaffeetassen standen vergessen zwischen ihnen.

»Ich möchte, daß du zu mir kommst und mit mir lebst«, sagte Steve. Sie wollte ihn unterbrechen, aber er hielt ihre Hand fester und fuhr schnell fort: »Nicht heute. Nicht nächste Woche, nicht einmal nächsten Monat, wenn du nicht kannst. Dann, wenn du bereit bist zu kommen, Annie. Wenn du kommen möchtest.«

Annie dachte, ich *möchte*, und allein der Gedanke überrollte sie wie eine Woge. Sie sah Steve ins Gesicht und bemerkte, daß ein Muskel in seinem Mundwinkel nervös zuckte. Ich sollte sagen: *das kann ich nicht*. Ich kann meinen Mann und die Kinder nicht verlassen oder die Kinder mit zu dir bringen. Aber ich kann ohne dich auch nicht weiterleben. Ich weiß es – nach heute vormittag.

»Ich will keine halben Sachen zwischen dir und mir, Annie.«

Kein Verhältnis, dachte sie, wo ich mich davonschleichen muß, um dich zu treffen. Nein, das könnte ich auch nicht ertragen. Es muß schwarz oder weiß sein, keine Grauschattierung dazwischen. Annie dachte an den Abend im Supermarkt und den Zorn, den sie auf Martin gehabt hatte. Seither, hatte sie gedacht, hatte zwischen ihnen Waffenruhe geherrscht, aber jetzt glaubte sie eher, sie hätten sich, getrennt voneinander, für diesen Augenblick vorbereitet. Mit einem Ruck warf sie den Kopf zurück.

»Ich mag auch keine halben Sachen zwischen uns. Aber was immer geschehen muß, muß sachte getan werden, damit es Martin ... nicht mehr als nötig wehtut.«

Erst jetzt glättete die Erleichterung die scharfen Linien in Steves Gesicht. Annie wurde klar, daß er mit hohem Einsatz gepokert hatte. Er war gekommen, um alles von ihr zu verlangen, und konnte weder wissen noch hoffen, wie ihre Antwort ausfallen würde. Seine Ehrlichkeit und die Liebe, die daraus sprach, berührte sie zutiefst.

»Und«, flüsterte er, »wirst du kommen?«

Sie wartete und horchte auf die kleinen Geräusche des Hauses, auf irgendwas, das ihr Einhalt gebieten könnte. Aber nichts geschah, und so antwortete sie: »Ja.«

Steve sprang so plötzlich auf, daß er mit dem kranken Bein über den Stuhl stolperte und ihn umwarf. Sie nahmen beide keine Notiz davon.

Statt dessen flogen sie sich in die Arme und waren so hungrig aufeinander, als hätten sie seit den gemeinsamen Stunden unter den Trümmern auf nichts anderes gewartet. Annie erlebte ein körperliches Verlangen, wie sie es seit Jahren nicht mehr gekannt hatte. Nicht seit Matthew.

Sie hörte sich selbst nervös lachen. »Ich mußte eben an Matthew denken.«

»Ich weiß«, murmelte er und bog ihren Kopf zurück, so daß er an der kleinen Kuhle an ihrem Hals riechen konnte. »Denk lieber an mich.«

Das fiel ihr leicht. Es war leicht, als er die Perlmuttknöpfe ihrer Bluse entlangfuhr und sie dann aufknöpfte. Er bog ihren Kopf wieder zurück und küßte die Rundung ihrer Brust, die er freigelegt hatte. Als sein Mund die Brustwarze berührte, schloß Annie die Augen und vergrub ihr Gesicht in seinem schwarzen Haar.

Einen langen, sehnsüchtigen Augenblick lang dachte sie an das Bett im ersten Stock. Es war ordentlich und glatt. Sie hatte es mit der weißen Tagesdecke abgedeckt, ehe sie mit Benjy in den Kindergarten gegangen war.

Nein.

Und dann sah sie auf die Bohlen des Küchenbodens, die Martin abgeschmirgelt und gewachst hatte. Nein, nicht hier, und auch nicht in irgendeiner anderen Ecke des Hauses, das sie sich miteinander geschaffen hatten.

Annie hob ihren Kopf, fuhr mit den Fingern durch Steves Haar und flüsterte: »Nicht hier.«

Steve hielt sie noch einen Moment fest, dann fielen seine

Arme kraftlos herunter. Sie sahen beide auf den Geschirrschrank mit den blauen Tellern und den gerahmten Fotos.

Steve machte eine kleine, entschuldigende Handbewegung. »Natürlich nicht hier.«

Sie wendeten sich voneinander ab. Annie fühlte an der Kanne, ob der Kaffee noch warm genug war. Sie goß jedem eine Tasse ein, und sie setzten sich an den Tisch. Aber es war schmerzlich, Steve an Martins Platz sitzen zu sehen, und so stand sie sogleich wieder auf. Sie nahm ihre Tasse mit und trank den lauwarmen Kaffee am Küchenfenster. Dabei sah sie in den Garten hinaus.

Steve sagte leise: »Es tut mir leid, ich hätte nicht herkommen sollen.«

Annie stellte ihre Tasse lautstark im Spülbecken ab und ging zu ihm. Sie stellte sich hinter seinen Stuhl, legte ihre Arme um seine Schultern und ihre Wange an seinen Kopf. Er nahm ihre Handgelenke und hielt sie fest.

»Natürlich solltest du, wenn dir danach zumute war. Mir ging es ebenso. Und jetzt weiß ich erst, wie sehr ich mich nach dir gesehnt habe.« Nach einer Pause fügte sie leise hinzu: »Es wird nicht leicht sein. Zu tun... wozu wir uns entschlossen haben.«

Wir haben noch nicht einmal begonnen, darüber zu sprechen, was es an Schmerz und Unglück für uns alle bedeuten wird, dachte Annie.

»Glaubst du wirklich, ich hielte es für einfach, Annie? Ich habe all die Wochen im Krankenhaus darüber nachgedacht. Ich hätte es niemals gewagt, hierher zu kommen und dich zu fragen, wenn ich es nicht für...« Es entstand eine Pause, und dann kam, schmerzlich, das Wort »... unumgänglich gehalten hätte. Weil wir zueinander gehören – so oder so.« Es entstand wieder eine Pause. Annie rieb ihre Wange an seinem Haar und berührte dann mit ihrem Mund die dünne Haut an seiner Schläfe. Sie spürte ein ganz klein wenig seinen Pulsschlag und dachte wieder an die Grenzsituation unter dem Schutt und den

Trümmern. Sie hatten es überlebt. Vielleicht waren sie alle miteinander belastbarer, als sie glaubte. Sie würden es überleben.

Würde es Benjamin überleben? Und Thomas?

Sie richtete sich auf und begann in der Küche herumzugehen, rückte die Glasbehälter mit Kaffee und Tee zurecht und fuhr mit der Hand über einen Löffel und einen versilberten Toastständer, den ihr Barbara geschenkt hatte.

»Was möchtest du jetzt tun?« fragte Steve zärtlich.

Annie sah auf die Uhr.

»Ich hole Benjy um zwölf vom Kindergarten ab«, antwortete sie. »Bis dahin – könnten wir vielleicht einen Spaziergang machen?«

Er lächelte sie an. »Gut. Ein Spaziergang soll es also sein.«

»Nur ein ganz kurzer – mit Rücksicht auf dein Bein.«

Er grinste breit. »Ich bin schneller als du glaubst.«

Sie gingen zusammen in die Märzsonne hinaus.

Steve hatte seinen großen grauen BMW am anderen Ende der Straße geparkt.

»Ich war nicht sicher, in welchem Haus du wohnst«, sagte er. Er sperrte die Tür zum Beifahrersitz auf und half Annie in den eleganten Wagen. Sie dachte über seine Worte nach. *Es war sehr taktvoll, den Wagen etwas abseits zu parken. Die Nachbarn hätten sich sonst womöglich gewundert, wer du bist.*

Fast geräuschlos fuhren sie aus der ruhigen Straße heraus, und Annie sah durch die Windschutzscheibe nach vorne. Sie wußte, daß sie rosige Wangen hatte und ihr Gesichtsausdruck so anders war, daß jeder, der sie kannte, sicherlich zweimal hingesehen hätte. Wenn sie zurückdachte an die Augenblicke des Glücks mit Steve im Krankenhaus, dann mußte sie sich über ihre eigene Naivität wundern, mit der sie, wenn auch nur kurz, geglaubt hatte, es wäre ganz einfach und natürlich, ihn zu lieben.

Steve fuhr zügig von Annies unmittelbarer Nachbarschaft weg. Je weiter sie sich entfernten, um so entspannter genoß

Annie die Fahrt. Sie legte ihren Kopf nach hinten und ließ die Schaufenster an sich vorbeiziehen. Irgendwie spürte sie, daß die erste einer langen Reihe von Entscheidungen getroffen war, unwiderruflich, jetzt, da sie ihr Haus verlassen und mit Steve gefahren war. Dieser Gedanke war ihr tröstlich.

Es war eine kurze Fahrt zum nördlichen Teil von Hampstead Heath. Annie fiel auf, daß Steve sich in dieser eleganten Wohngegend sehr gut auszukennen schien. Er bog scharf in eine unbezeichnete Nebenstraße ein, die direkt an das offene Heideland angrenzte. Fragend zog er die Augenbrauen hoch, und sie nickte zustimmend. Steve holte seinen Stock aus dem Wagen, und sie gingen langsam, Schulter an Schulter, über das weiche Gras.

Annie blickte zurück auf die herrschaftlichen Häuser, die sich hinter großen Zäunen versteckten. »Kommst du öfters hierher?« Steve zuckte mit den Achseln und lachte: »Hier? In die Filmproduzentengegend? Eigentlich nicht. Ich war ein- oder zweimal zu Veranstaltungen hier in der Gegend eingeladen. Ich kann dir sagen, das waren wirklich Veranstaltungen. An eine besonders steife Party in einem der Häuser dort drüben kann ich mich noch mit Schrecken erinnern. Ich glaube, es war das mit dem grünen Dach. Als der Spuk vorüber war, ging ich mit irgend jemanden hier über das Gras. Es war so ruhig«, erinnerte er sich, »wie auf einer fernen Insel oder in einem einsamen Moorgebiet. Jedenfalls nicht wie in London.«

Annie überlegte, ob er wohl mit Cass, Vicky oder jemand ganz anderem dort gewesen war. Sie wußte, daß ihre retrospektive Eifersucht unangebracht war, aber es dauerte einige Zeit, sie zu überwinden. Sie steckte ihre Hände in die Taschen ihrer Jeans. Mit einer Frau vom »Denver Clan« konnte sie es ohnehin nicht aufnehmen. Sie konzentrierte sich auf das buschige Gras.

»Kannst du hier überhaupt gehen?«

»Sehr gut, wenn wir nicht zu schnell und zu weit gehen. Ansonsten muß ich mich auf deinen Arm stützen.«

»Wäre mir ein Vergnügen«, flüsterte sie.

Sie lächelten sich an, und ihr Glück war wärmer als der Sonnenschein. Annie vergaß ihre Eifersucht.

»Wieso wirst du zu solchen Festen bei Filmproduzenten eingeladen?« wollte Annie wissen. »Ich weiß eigentlich gar nichts über deine Arbeit.«

»Ich kann dir gerne etwas darüber erzählen, wenn es dich wirklich interessiert.«

Das offene Heideland lag fast verlassen vor ihnen. Nur ein paar vereinzelte Jogger und wenige Spaziergänger, deren Hunde an den abgestorbenen Blättern schnüffelten, waren zu sehen. Steve und Annie empfanden ihre Einsamkeit hier unter dem freien, blauen Himmel als eine große Wohltat.

»Natürlich interessiert es mich. Ich will alles wissen.«

Sie gingen weiter, ineinander versunken, und sprachen über tausenderlei Dinge, wie sie es im Krankenhaus getan hatten.

Es war Steve, der schließlich auf die Uhr sah und Annie daran erinnerte, daß sie zum Wagen zurückkehren mußten. Der Rückweg fiel ihnen schwerer, und im Auto sprachen sie kein Wort.

Zwei Straßen vom Kindergarten entfernt, sagte Annie plötzlich: »Kannst du mich hier rauslassen?«

»Natürlich nicht«, antwortete Steve ohne nachzudenken, »ich fahre dich bis vor die Tür.«

»Nein«, wehrte sie rasch ab, »ich...« Sie dachte an die anderen Mütter, die sie beobachten würden.

Steve sah sie an und fuhr dann an den Straßenrand. Seine Hände klammerten sich an das Steuerrad.

»Es tut mir leid«, sagte Annie gedrückt. Steve schwieg und sah auf die sonnenbeschienene Straße hinaus. Annie wollte seinen Namen flüstern, ihren Kopf an seine Schulter legen, aber sie saß nur steif da.

»Wann sehe ich dich wieder?« fragte er.

»Ich weiß nicht. Sobald ich kann. Wie sieht's... tagsüber aus?«

»Du kannst kommen, wann immer du willst, mein Liebes.«

»Diesmal... werde ich zu dir kommen.« Sie sagte die Worte sehr ruhig. Dann, dachte sie, werden wir uns weiter in das Lügennetz verstricken. Oder wir werden weiter die schmerzlichen Stufen zur Wahrheit gehen.

Oh, Steve, bitte geh nicht, verlaß mich nicht. Geh jetzt! Warum gehst du nicht und läßt uns in Frieden?

Sie war hin- und hergerissen, und das schmerzte genauso wie die körperlichen Schmerzen, die sie in der Finsternis unter dem Schutt gequält hatten.

»Gut, also«, sagte Annie müde.

Steve nahm eine Visitenkarte aus seiner Brieftasche und gab sie ihr.

»Hier ist meine Adresse. Und meine Telefonnummer. Ich bin immer erreichbar.«

»Danke«, flüsterte sie. Sie öffnete ihre Handtasche und steckte die Karte, ohne sie anzusehen, an die Stelle ihrer Handtasche, wo das Futter ein wenig eingerissen war. Dort, zwischen Futter und Leder, lag sie sicher verborgen.

Sie hob ihren Kopf und sah ihn an. Sein Gesicht war sanft, und aus seinen Augen sprach Verständnis. Jedenfalls beileibe kein Draufgänger, dachte Annie. Wie kam sie überhaupt auf die Idee? Sie beugte sich sehr langsam zu ihm hinüber und berührte seinen Mundwinkel mit ihren Lippen. Einen Augenblick hielten sie sich regungslos, brennend vor Sehnsucht, fest. Dann setzte sich Annie, steif wie eine alte Frau, mit einem Ruck wieder gerade.

»Auf Wiedersehen«, sagte Annie.

Er nickte und sah ihr dabei fest ins Gesicht.

Annie suchte tastend nach dem Türgriff und stieg aus. Mit einer linkischen Handbewegung winkte sie ihm zu und ging dann schnell, zu schnell, in Richtung Kindergarten.

Steve sah ihr nach, bis er sie nicht mehr erkennen konnte, sie hingegen drehte sich kein einziges Mal um.

»Kann ich das Puzzle noch machen?« fragte Benjy. Er saß am Küchentisch und war schon dabei, die Einzelteile aus der Schachtel zu kippen.

Annie sah kurz über ihre Schulter. Sie stand am Spülbecken und schälte Kartoffeln.

»Meinetwegen. Aber denk daran, daß bald Schlafenszeit ist.«

»Ich *möchte* aber.«

»Du kannst ja, Ben. Aber du darfst nicht wütend werden, wenn du ins Bett mußt und noch nicht damit fertig bist.« Annies Antworten waren geduldig, kamen automatisch. Sie hörte nicht wirklich zu, ihre Gedanken waren anderswo. Benjy verstreute die Puzzleteile auf dem Tisch und starrte sie wildentschlossen an.

»Du mußt mir helfen.«

»Ich kann jetzt nicht, Schätzchen. Ich habe zu tun. Versuch's nur allein.« Benjy legte seinen Arm quer über den Tisch und fegte die Puzzleteile mit einer langsamen Armbewegung vom Tisch. Das Gepolter erfreute ihn sichtlich.

Annie warf ihren Kartoffelschäler aus der Hand. Das Geräusch klang wie ein Echo. »Was soll denn das nun wieder, Ben?«

Der kleine Junge sah sie trotzig an. Dann wollte er wissen: »Warum hast du immer zu tun?«

Annie stand da, hielt sich am Spülbeckenrand fest und sah ihre Kinder an. Thomas hob seinen Kopf. Dann erklärte er seinem Bruder kategorisch: »Weil sie eine Erwachsene ist.«

Beide Kinder beäugten sie, gleichzeitig verletzlich und anklagend. Sie waren verunsichert.

»Oh, Thomas«, seufzte sie.

Annie ging zu ihnen. Benjy rutschte von seinem Stuhl herunter und schlang seine Arme um ihre Beine. Thomas stand verlegen auf und zog die Schultern hoch – er kam sich zu alt vor, um seiner Mutter in die Arme zu laufen. Sie breitete sie aus, umarmte sie beide und drückte ihre Gesichter gegen ihre

Brust, damit sie ihre Miene nicht sehen konnten. »Es tut mir leid«, preßte sie schließlich hervor, »in letzter Zeit hattet ihr mit mir nicht viel zu lachen.«

Ich mache alles falsch, dachte Annie. Ich denke ständig an mich und an Steve, und nicht an meine Kinder. Es wäre besser für sie, wenn ich nicht da wäre. Wenn ich einfach wegginge und sie hier ließe, wären sie am Ende glücklicher, als wenn ich sie von ihrem Heim und ihrem Vater zu einem Fremden brächte? Plötzlich mußte sie ihnen einfach ihre Liebe zeigen. Sie drückte beide enger an sich und schmiegte ihre Wange an Thomas' Haar. Sie rochen warm und ein wenig schmuddelig.

Ich kann sie nicht alleine lassen, dachte sie. Wenn ich gehe, müssen sie mit mir kommen.

»Ich liebe euch beide«, flüsterte sie, »ich möchte, daß ihr das wißt.«

Sie zog sie ein letztes Mal an sich und ließ sie dann los. Ihr Manschettenknopf verfing sich an Thomas' Ohr, und er schrie lauthals auf: »Autsch!«

»Baby«, sagte Benjamin ernst, und alle drei mußten lachen. Die Spannung, die in der Luft gelegen hatte, löste sich wie Nebel auf.

»Los«, befahl Annie, »ab ins Badezimmer.«

Wieder ein Tag, dachte sie, als sie nach oben ging.

Die Kinder schliefen schon, als Martin nach Hause kam. Er war müde nach einer besonders anstrengenden Besprechung und rieb sich die Augen, als er in die Küche kam.

»Viel zu tun gehabt?« erkundigte sie sich. Martin gab ihr einen flüchtigen Kuß auf die Wange und griff gleichzeitig nach der Weinflasche. »Na ja, geht so. Hier riecht's gut. Wie war's bei dir?«

»Ach, wie immer«, antwortete Annie vorsichtig.

Martin schenkte sich einen Drink ein und nahm die Zeitung mit ans andere Ende des Zimmers. Dort räumte er einen Stapel frisch gewaschener Wäsche auf der Couch zur Seite und ließ sich mit einem Seufzer der Erleichterung auf die Polster fallen.

»Gott sei Dank, endlich Ruhe und Frieden«, hörte ihn Annie murmeln.

Sie stand am Herd und rührte gedankenverloren mit dem Kochlöffel in der Pfanne umher. Wenn ich jetzt was sage, wird es so aussehen, als müßte es unbedingt raus? Wenn ich erst später darüber rede, wird es gekünstelt wirken? Annie blickte in den Topf, in dem es brodelte. Das mit dem Lügen war gar nicht so leicht.

»Martin«, sagte sie, eine Idee zu laut.

»Ja?«

»Ich wollte gerne morgen einkaufen gehen. Ins West End. Die Kinder brauchen einige Sachen und ich auch. Benjy geht morgen nachmittag spielen, und Audrey schaut zur Teezeit herüber...«

Martin sah von der Zeitung auf. Es war ein gutes Zeichen, daß sie sich wieder in belebte Kaufhäuser wagte. Er lächelte sie an. War es Angst oder das Bemühen, sie zu verbergen, die ihre Stimme nervös klingen ließ?

»Gute Idee. Soll ich vielleicht mitkommen? Nicht den ganzen Tag, aber nach dem Mittagessen könnte ich mich ein paar Stunden freimachen.«

»Nicht nötig.« Schau in die Pfanne. Rühr um. Erst in eine Richtung, dann in die andere. Atme tief durch. »Es sind nur langweilige Sachen – ein neuer Dufflecoat für Tom, beispielsweise.«

Ich hasse es, ihn anzulügen.

Martin sah einen Augenblick ihr abgewendetes Profil an. Und dann sagte er leichthin: »Gut. Wenn du sicher bist, daß du das schaffst. Nimm dir Schecks mit. Es sind ein paar hundert Pfund auf unserem Konto.«

»Danke«, sagte Annie. Sie würde auf dem Nachhauseweg rasch zu John Lewis reinlaufen und etwas kaufen müssen, um ihren Mann glauben zu machen, sie wäre den ganzen Tag einkaufen gewesen. Der Anblick des Essens ekelte sie plötzlich an. Ob es die Liebesaffäre selbst war, die ihr schmutzig vorkam, oder ob es mehr die Lügen und Ausflüchte waren, die ihr zu schaffen machten?

Vor zwei Tagen hatte sie es nicht mehr ausgehalten und Steve angerufen. Ihre Hände hatten gezittert, als sie seine Nummer wählte. Sobald sie seine warme, freundliche Stimme hörte, wurde sie ruhiger.

»Ich könnte einen ganzen Tag kommen. Das heißt, bis zur Abendessenszeit der Kinder«, sagte sie.

»Wann?«

»Am Donnerstag. Ginge das?«

»Sicher. Wir gehen zusammen essen.«

Und dabei war es geblieben. Annie warf den Kochlöffel in das Spülbecken.

»Abendessen ist fertig, Martin.«

»Prima.«

Ein ganz gewöhnlicher Abend. Annie schlief schlecht in dieser Nacht. Unruhig warf sie sich hin und her, rastlos zwischen Gewissensbissen und glücklicher Erwartung.

Am Morgen, als das Haus ruhig war nach der üblichen Hektik, ging sie traumverloren durch die unaufgeräumten Zimmer. Sie richtete die Kissen auf dem alten Chesterfieldsofa gerade und zog die hübsche kleine französische Uhr auf dem Kaminsims auf. Dann ging sie nach oben. Sie nahm die Flasche mit Body Lotion vom Frisiertisch und öffnete eine der Schubladen, in der, ordentlich zusammengefaltet, ihre Unterwäsche lag. Sie besaß teure cremefarbene Seidenwäsche mit Spitzen. Sie hatte sie vor einem Jahr von Martin zum Geburtstag bekommen. Annie nahm einfache Sachen heraus und schob die Schublade rasch wieder zu. Sie nahm ein blaues Cordkleid aus dem Schrank, zog es an und vermied trotzig den Blick auf ihr eigenes Spiegelbild. Als sie angezogen war, ging sie ins Bad und kämmte ihr Haar, so daß es ihr Gesicht wellig umrahmte. Nachträglich fielen ihr die zwei Kämme aus schwarzem Bernstein ein, die Tibby ihr mit den Worten gegeben hatte: »Ich brauche sie jetzt nicht mehr, meine Haare sind so dünn.« Sie steckte ihre Haare zurück und sah sich selbst in die Augen. Sie schienen auffallend zu glänzen, und ihre hohen Backenknochen waren rosig angehaucht. Sie sah aus, dachte sie, als ob sie etwas sehr Gefährliches und Verzweifeltes im Sinne hätte.

Um Mittag zog sie ihren grauen Mantel an, den Ersatz für den blauen, den sie vor Weihnachten zum Einkaufen getragen hatte. Vor ewigen Zeiten! Auf dem Küchenschrank hatte Martin die Schecks für sie liegenlassen. Sie verstaute sie in ihrer Tasche. Einen Augenblick lang stand sie unschlüssig vor dem Telefon und dachte: *Ich könnte immer noch anrufen.* Ich könnte ihm einfach sagen, daß ich nicht komme. Und dann dachte sie an Steve, der in seiner Wohnung saß und auf sie wartete. *Ich muß gehen. Ich kann jetzt nicht zurück, nicht jetzt.*

Sie verließ das Haus. Ursprünglich wollte sie die Eingangstür kräftig hinter sich zuschlagen, aber schließlich zog sie sie mit einem kleinen, endgültigen Klicken ins Schloß.

Steve wohnte im obersten Stockwerk eines anonymen Wohnblocks, nicht weit von Harrod's. Annie fuhr in dem verspiegelten Lift nach oben, abgewandt von ihrem unwillkommenen Spiegelbild. Im obersten Stockwerk öffneten sich die Türen, und Annie betrat den langen, mit dickem Teppichboden ausgelegten Gang. Sie zögerte, blickte zurück in den Aufzug in ihr trotziges Gesicht und ging dann mit festen Schritten den Gang entlang. Auf ihr Klingeln öffnete er sofort die Tür.

Steve küßte sie auf die Wange und faßte mit der Hand unter ihrem Haar an ihren Nacken. »Komm herein.« Sie folgte ihm in die Wohnung. Das Zimmer war kahl, überraschend hoch und in den Farben creme und grau ausgestattet. Die wenigen Möbelstücke waren schwarz oder aus Glas und Chrom. Ein langer, schwarzer Tisch in der entferntesten Ecke des Zimmers war mit Papieren beladen. »Hast du gearbeitet?« fragte Annie. In dieser Umgebung erschien ihr Steve plötzlich ganz fremd.

Dann lächelte er sein verschmitztes Lächeln. »Ich habe es zumindest versucht«, antwortete er und sprach damit die bange Sehnsucht aus, die sie beide erfüllte.

»Möchtest du etwas zu trinken?«

Annie erinnerte sich an das Gespräch, das sie beide im Krankenhaus geführt hatten. Steve hatte gesagt: »Wir haben uns nie heimlich auf einen Drink getroffen. Ich weiß nicht, ob du Wodka Martini oder lieber Weißwein magst.« Das ist heimlich genug, dachte sie. Warum wußten wir nicht vorher, daß es dazu kommen würde?

»Weißwein, bitte«, sagte Annie. »Ohne Soda.»

Steve nickte. Sie wußte, daß auch er sich an das Gespräch erinnerte.

Er ging in die Küche. Annie setzte sich auf die schwarze Couch und betrachtete die schicke Leere. Er schenkte ihr Wein ein, und sie nippte an ihrem Glas.

»Warum ist es hier so leer?« fragte sie plötzlich. »Keine Erinnerungsstücke, kein schmückendes Beiwerk.«

Steve betrachtete den Raum, als sehe er ihn zum erstenmal. »So was habe ich nicht.«

»Es sieht aus wie ein Schaufenster eines Möbelladens. Bist du mir böse, wenn ich das so einfach sage?«

Steve lachte: »Keineswegs. Es stimmt ja. Es wurde alles von einem Innenarchitekten ausgesucht. Wahrscheinlich wollte ich keine Erinnerungsstücke.« Sein Gesicht bekam einen weichen Gesichtsausdruck. »Jedenfalls bis jetzt.«

»Komm, setz dich zu mir«, bat Annie und sah ihn an. Sie saßen nebeneinander, ihre Köpfe berührten sich fast. »Hier ist es nicht wie bei dir zu Hause, nicht wahr? Dein Haus ist voller Erinnerungen.« – »Ja«, gab sie zu, »es ist leichter hier.«

Schweigend tranken sie ihren Wein, und als Steve wieder sprach, hatte er absichtlich das Thema gewechselt und gab sich Mühe, fröhlich zu klingen.

Nachdem sie beide ausgetrunken hatten, kam Steve auf seine Einladung zurück: »Ich möchte dich zum Essen ausführen. Denn kochen kann ich überhaupt nicht.«

»Na, wenigstens ein kleines Manko hast du«, spöttelte sie.

Beide glaubten, in großen Dingen übereinander Bescheid zu

wissen. Doch in kleinen, alltäglichen Angelegenheiten waren sie ungeübt. Es war eigenartig, alles, und doch nichts zu wissen.

Es war nur ein kurzer Weg bis zum Restaurant. Steve schien sich schon viel schneller fortbewegen zu können und nicht mehr nur auf seinen Stock angewiesen zu sein.

»Das Bein wird immer ein bißchen steif bleiben«, erzählte er ihr. »Aber ansonsten ist es wieder wie neu. Schau uns an.« Er blieb mitten auf dem geschäftigen Bürgersteig in der Sonne stehen und ließ die eiligen Passanten vorbeigehen. »Haben wir nicht Glück gehabt? Erinnerst du dich?«

Annie blinzelte in das flutende Sonnenlicht, sog die Farben ein und betrachtete den gleichmäßig dahinfließenden Verkehr. Als sie Steve ansah, durchströmte sie ein unsägliches Glücksgefühl. Dann gingen sie weiter in Richtung Restaurant.

Es war ein kleines, intimes Lokal, in dem die betucht aussehenden Gäste in gebührendem Abstand voneinander saßen, so daß ihre Gespräche nur als leises Raunen zu vernehmen waren. Ein Kellner rückte Annies Stuhl zurecht, ein anderer entfaltete die Serviette. Der Oberkellner reichte ihr die Speisekarte. Sie war sehr kurz und sehr exquisit.

Nachdem sie bestellt hatten, lehnte sich Annie seufzend in ihren Stuhl zurück und sah sich um.

»Hier gefällt es mir.«

Steve erhob sein Glas. »Mir gefällt es hier, weil du da bist.«

An dieses Mittagessen würde sich Annie immer erinnern. Sie würde zwar Einzelheiten über das Essen selbst vergessen, aber der unaufdringliche Luxus, die angenehme Atmosphäre und die Art und Weise, wie Essen und Wein aufeinander abgestimmt waren, würden ihr ebenso im Gedächtnis haften wie das Glück, mit Steve zusammen hier gewesen zu sein. Sie fühlte, daß ihre Wangen glühten und ihre Augen glänzten, daß sie schön war. Alle ihre Träume schienen in diesem Augenblick Wirklichkeit geworden zu sein. Während sie ihr Essen genossen und plauderten, vollzog sich in Annie auf magische, unbegreifliche Weise eine Wandlung: aus der gewöhnlichen Hausfrau wurde eine rettungslos verliebte Frau.

Steve saß ihr gegenüber, sah nur ihr Gesicht und hörte nur ihre Stimme. Er strahlte vor Glück und war unendlich stolz auf sie.

Nichts konnte schiefgehen, nichts durfte schiefgehen.

Und dann war der Espresso getrunken und das letzte, winzige Stückchen Konfekt gegessen. Annie blinzelte und bemerkte, daß sie die letzten Gäste waren.

»Sollen wir nach Hause gehen?« fragte Steve sanft.

»Ja, bitte.«

Der lärmende Verkehr, die zweistöckigen roten Busse und die hastenden Menschen konnten ihrem Glück nichts anhaben. Die Welt versank um sie herum.

»Danke«, sagte Annie, »so ein Mittagessen habe ich noch nie gehabt.«

»Ich auch nicht«, erwiderte Steve und meinte damit nicht das Essen. »Das war wichtig. Das war das erste Mal, daß wir richtig zusammen gegessen haben.« Er nahm sie fest bei der Hand und führte sie zur Wohnung zurück. In der schmucklosen Wohnung gab es nichts, was sie betrachten, nichts, was sie an etwas erinnern konnte. Die Nachmittagssonne schien durch die Jalousien und zeichnete helle, freundliche Streifen auf den grauen Boden. Steve drehte Annie zu sich, und auch auf ihren Gesichtern spielten Licht und Schatten. Es war, als bewegten sie sich im Wasser. Sie trieb schwerelos in den Wellen, dann erfaßte sie die Strömung und zog sie unweigerlich mit.

Ihre Lippen berührten sich leicht, und das blasse Licht kräuselte sich in langen, strahlenförmigen Streifen von ihnen weg in den Raum. Dann gab es einen Augenblick verträumter Stille, ehe die Strömung sehr viel stärker wurde. Annie öffnete die Lippen. Die Wellen erfaßten sie und drückten gegen ihre Rippen, bis sie ihr Herz dagegen schlagen spürte. Der Kuß öffnete neue, längst versunkene Tiefen der Liebe und der

Sehnsucht. Annie zitterte, ihre Haut brannte, und sie hörte ihre eigene Stimme wie einen fernen, ertrinkenden Schrei.

Ich liebe dich.

»Ich will dich haben«, sagte Steve, und Annie antwortete: »Ich bin hier.«

Zusammen gingen sie durch das Lichtmuster von Hell und Dunkel, beide vom gleichen Begehren gedrängt.

Im Schlafzimmer, wo die Jalousien das Licht bis auf dünne, durchbrochene Strahlen aussperrten, zogen sie sich gegenseitig aus. Sie hatten keine Eile, waren nur füreinander da. In sich versunken ließen sie die Kleider fallen.

Nicht einmal als Mädchen war Annie besonders stolz auf ihren Körper gewesen, und nach der Geburt ihrer Kinder hatte er weiche Rundungen angenommen. Während des langen Krankenhausaufenthaltes waren diese verschwunden, und die Haut hatte sich wieder fest über die Knochen gespannt und die blauen, unter der Oberfläche verlaufenen Venen stärker hervortreten lassen.

Aber jetzt, da Steve sie ansah, stand Annie aufrecht und stark da. Vorsichtig berührte er die zornig erhobene Narbenwulst quer über ihren Bauch und die neue, rosige Haut an ihrem Arm und ihrer Schulter. Sie sah die feinen Fältchen in seinen Augenwinkeln und die Zärtlichkeit in seinem Gesicht. Sie wußte, daß sie schön war, so schön wie vorhin im Restaurant, und jetzt war sie auch noch stark, weil sie seine Nähe spürte und spüren wollte. Sie sah ihn an. Mit der flachen Hand berührte sie seine schwarz behaarte Brust. Auch auf seinen Armen und auf seinem Brustkorb waren die Spuren der genähten Wunden zu sehen. An seinem Oberschenkel hatte sich neues Fleisch gebildet, aber die Muskeln hatten sich noch nicht wieder gebildet. Er war dünn, und als er sie umarmte, spannte sich die Haut über den Muskelsträngen an Brust und Rücken.

Ihre Körper berührten sich, gleichzeitig fest und weich, befangen und gebieterisch.

Sie küßte seinen Mundwinkel, und er erwiderte ihren Kuß

fordernd mit der Zunge. Sein Körper drängte sich nach ihrem, und sie ließ ihre Hand an seinem Körper hinuntergleiten, sanft zuerst, dann fordernder, bis sein Atem schneller wurde. Er hob sie in die Höhe, trug sie zum Bett, legte sie quer darauf und kniete neben ihr nieder.

Er spreizte ihre Beine und legte seine Hand dazwischen, dann berührte er sie, unendlich zärtlich, mit dem Mund. Sie stöhnte lustvoll auf.

Zuerst waren sie langsam und geduldig miteinander gewesen, aber jetzt trug sie die Leidenschaft davon. Steve stützte sich auf, um sie anzusehen, dann liebkoste er mit dem Mund ihre Schenkel, die geschwungene Linie ihrer Taille, ihre Brüste. Die Wellen schienen über ihnen mit ohrenbetäubendem Tosen zusammenzuschlagen. Annie formte hörbar ein Wort und streckte ihre Arme nach Steve aus. Es gab nun kein Zurück mehr. Er wollte sie, blind vor Leidenschaft, besitzen, und sie führte ihn mit der Hand an die Stelle, die beiden endlich die Vereinigung brachte.

Es entstand ein Augenblick der bebenden Stille.

Annie öffnete die Augen, sah die kahlen, grauen Wände und die goldenen Streifen des Sonnenlichts darauf. Es schien sich auf ihrer Hand fortzusetzen, warm und angenehm, und sie schmiegte sich an ihn, suchte seine Nähe und gab sich ihm hin. Sie waren hungrig aufeinander, und einer versuchte den Hunger des anderen zu stillen. Wenn Steve ihr einen Augenblick fremd vorgekommen war, so war dieser Moment im Nu wieder vergessen. Er wußte sie zu nehmen und öffnete Tiefen der Lust in ihr, die sie schon vergessen oder vielleicht noch nie erlebt hatte. Ob sie ihren Körper an seinem rieb, ob sie sich über ihn beugte, so daß ihr Haar sein Gesicht streichelte, oder ob sie eng aneinander geschmiegt lagen, so daß sie sich in die Augen sehen konnten, Annie war wieder so frisch und biegsam wie ein junges Mädchen und doch erfahren wie eine reife Frau.

Endlich waren sie an dem Punkt angelangt, an dem die Zeit

stillzustehen scheint. Annie warf den Kopf zurück und schlang ihre Beine fester um seine. Steve hielt einen Augenblick inne, hielt sie fest und stieß dann noch einmal, bis sie aufschrie und er fühlte, wie ihre Muskeln rhythmisch zuckten.

»Mein Liebstes«, flüsterte er, »oh, ja, meine Liebe.«

Er hielt sie fest an sich gedrückt, und als sie wieder ruhig dalag, ließ er sein Gesicht an ihre Schulter sinken und atmete tief auf. Annies Augenlider waren müde und schwer. Sie öffnete die Augen, sah Steves goldgefleckte Iris ganz nah vor sich und lächelte. Ihre Körper waren immer noch ineinander verschlungen, warm und klebrig, und sie hielten sich fest in den Armen. Es war still in dem Zimmer, nur ganz gedämpft drang der Verkehrslärm von unten herauf. Sie waren glücklich, hier und jetzt, begrenzt in Zeit und Raum. Die Augen wurden ihr wieder schwer.

Traumlos schliefen sie beide, und als Annie aufwachte, war die Sonne untergegangen, und es war fast dunkel. Sie stützte sich auf einen Ellbogen auf, vorsichtig, um Steve nicht zu wecken. Auf der Uhr neben dem Bett war es fünf Uhr, und sie würde in einer halben Stunde gehen müssen. Sie kuschelte sich noch einmal an ihn und horchte auf seine ruhigen Atemzüge.

Irgend etwas im Raum, oder war es das Licht, erinnerte sie an ihr letztes Beisammensein mit Matthew in dem Zimmer mit Aussicht auf den Platz.

Erinnerungen wurden wach, wurden von der Realität eingeholt. Sie gab sich einen Ruck, als wollte sie alles abschütteln. Steve wurde wach und öffnete die Augen.

»Tut mir leid. Ich bin eingeschlafen.«

Sie küßte ihn. »Ich auch. Ich muß bald gehen.«

Er zog sie an sich, so daß sie auf ihm lag, und ihr Entschluß zu gehen in weite Ferne zu rücken schien.

»Noch nicht. Ich möchte noch einmal mit dir schlafen.«

Seine Hände berührten sie, sie gab ihm bald nach und äußerte ihre Wünsche ebenso selbstbewußt wie Steve. Sie ließen sich diesmal mehr Zeit, wendeten an, was sie schon voneinander gelernt hatten. Annie erlebte den Höhepunkt brennender und leidenschaftlicher als je zuvor in ihrem Leben.

Als es vorbei war, lag Steve erschöpft auf dem Rücken und starrte auf die Schatten an der Decke.

Er tastete nach ihrer Hand, und als sie so Seite an Seite nebeneinander lagen, kamen wieder die Erinnerungen.

»Erinnerst du dich?«

Sie fühlte die Wundschmerzen und die unsagbare Freude, alles überlebt zu haben. Eine Zeitlang fühlten sie sich beide nicht imstande, sich zu bewegen, als ob die Tonnenlast des Trümmerschutts wieder auf sie herabdrückte.

»Ich erinnere mich.«

Annie drehte sich zu ihm und sah Tränen in seinen Augenwinkeln.

»Was ist mit dir?« fragte sie besorgt.

»Jetzt wo du da bist, Annie, geh nicht mehr fort von mir. Geh nicht.«

Sie sah weg. »Ich muß gehen. Du weißt doch, daß ich zu den Kindern nach Hause muß.«

Es entstand eine Pause, und dann setzte sich Steve abrupt auf und drehte ihr den Rücken zu. Als er sie wieder ansah, war sie sich nicht mehr sicher, ob sie wirklich Tränen in seinen Augen gesehen hatte. »Ich fahre dich nach Hause.«

»Nein. Nein, das ist nicht nötig.« Natürlich konnte er sie nicht nach Hause bringen. »Ich fahre mit der U-Bahn.«

Annie schob die Bettdecke zurück und stand auf. Sie hob ihre Kleider vom Boden auf und ging ins Bad. Als sie zurückkam, war Steve auch angezogen und wartete auf sie. Er küßte sie leicht auf beide Wangen und fragte: »Kommst du mich bald wieder besuchen?«

»Sobald ich kann«, versprach sie.

Zusammen fuhren sie in dem verspiegelten Lift hinunter, und Annie fand, daß ihre Gesichter traurig und seltsam aussahen.

Auf der Straße winkte Steve ein Taxi herbei und setzte Annie hinein.

»Komm gut nach Hause.«

Sie nickte; plötzlich fiel ihr die Trennung von ihm unendlich schwer. Wortlos zog sie die Taxitür ins Schloß. Sie winkte zum Abschied, bis der Wagen um die Ecke bog. Den ganzen Nachhauseweg saß sie steif auf ihrem Platz und sah verträumt auf die abendlichen Lichter der Großstadt.

Martin saß bei den Kindern in der Küche, die gerade zu Abend aßen. Alle drei sahen sie an, als sie zur Tür reinkam. Sie fühlte, daß ihr Mund wundgerieben war und brannte und ihr Haar zerzaust aussah, obwohl sie sich bei Steve frisiert hatte.

»Wo hast du deine Einkäufe?« fragte Martin. »Soll ich dir was reintragen?«

Annie starrte sie an. Das Blut stieg ihr in den Kopf.

»Ich habe nichts gekauft«, antwortete sie. »Überhaupt nichts.« Es entstand eine Pause, und Benjy sah ängstlich von einem zum anderen.

»Ach so«, sagte Martin ausdruckslos. Es war sonnenklar, daß Martin alles wußte. Er wußte es wohl schon die ganze Zeit. Nur sie hatte sich eingeredet, daß er nichts ahnte.

Sie machte kehrt, rannte hinauf in das Schlafzimmer und warf sich auf das Bett. Fröstelnd und steif lag sie mit starrem Blick da. Sie hörte, wie Martin die Kinder ins Bett brachte und wieder nach unten ging. Unbeweglich lag sie stundenlang da, hörte ihn rumoren und lauschte den kleinen, alltäglichen Geräuschen. Martin kam nicht mehr nach oben. Nach langer Zeit schlief sie erschöpft ein.

Sie träumte wieder von dem Bombenanschlag, durchlebte den Terror von neuem. Steve kam nicht in ihrem Traum vor, und als sie schweißgebadet aufwachte und das Blut von ihren aufgebissenen Lippen im Mund spürte, war sie noch immer allein. Zaghaft streckte sie ihren Arm aus – der Platz neben ihr war leer.

Annie stand mit einem Ruck auf. Ihr blaues Cordkleid war zerknittert. Leise tastete sie sich durch das dunkle Haus zum Gästezimmer. Lautlos öffnete sie die Tür, klammerte sich an die Türklinke und horchte auf Martins ruhige Atemzüge.

– ACHT –

Eine Woche lang, und noch eine Woche lang, hatte Annie das Gefühl, langsam in zwei Stücke gerissen zu werden.

Am ersten Morgen nach dem Tag mit Steve kam sie zum Frühstück herunter. Martin saß bereits am Tisch. Er hatte dunkle Augenringe, und sein schmerzvoller Gesichtsausdruck machte ihr das Herz schwer. Sie versuchte einen Anfang: »Martin, hör zu, ich weiß nicht...«, aber er schnitt ihr das Wort ab.

»Nicht jetzt«, sagte er knapp.

Er ließ sein Frühstück stehen, nahm seine Tasche und seinen Mantel und ging aus dem Haus, ohne sie eines Blickes zu würdigen. Annie wollte ihm nachrufen oder ihren Kopf auf den Tisch legen und weinen, bis die Tränen endlich versiegten, aber Thomas und Benjamin standen in der Tür und sahen sie an.

»Bist du böse?« wollte Ben wissen.

»Nein, Liebes.« Sie versuchte zu lächeln.

»Nur ein bißchen traurig heute, weiter nichts.«

Vorwurf sprach aus ihren Gesichtern. Nachdem sie die Kinder in der Schule und im Kindergarten abgeliefert hatte, kehrte sie nach Hause zurück und wanderte ruhelos umher. Sie beobachtete das Telefon in der Hoffnung, Martin würde anrufen und mit ihr reden wollen.

Als es dann klingelte, war Steve am anderen Ende. Annie umklammerte den Hörer, als ob die Kraft in ihren Fingern ihn näher bringen könnte.

»Vielen Dank für gestern«, sagte Steve. Annie spürte, daß er dabei lächelte, und die Liebe, die sie für ihn empfand, war Balsam für ihre Seele. »Es war einer der glücklichsten Tage in meinem Leben.«

»Ich war auch glücklich.«

Wie immer hörte Steve mehr als nur ihre Worte. »Ist etwas nicht in Ordnung?«

Rasch sagte Annie: »Unser Glück muß auf Kosten anderer gehen, nicht wahr? Auf Kosten von Martin und der Kinder.«

»Was ist passiert?« beharrte Steve sanft.

»Nichts ist passiert. Martin weiß alles. Weil er es ahnt, nicht weil ich den Mut aufgebracht hätte, es ihm zu sagen. Ich hatte überhaupt nichts eingekauft, und das sollte doch mein Alibi sein. Vielleicht hat er es aber ohnehin schon gewußt. Wir kennen uns eben schon so lange.« – »Ich weiß.« Seine Worte waren kaum vernehmbar. Endlich sagte er: »Irgendwann hätte er es ja doch erfahren, Annie. Also ist es vielleicht gar nicht so schlecht, daß es gleich zu Anfang war, oder?« Natürlich hatte er recht. Aber er hatte gestern abend nicht Martins verletztes Gesicht gesehen und die Gefühlskälte heute morgen. Annies Finger klammerten sich noch fester um den Hörer. Nein. Sie mußte aufhören, Steve die Schuld zuschieben zu wollen – überhaupt irgend jemandem die Schuld zuschieben zu wollen. Was geschehen war, war geschehen. Damit mußte man sich abfinden. Sie atmete tief auf und versuchte, sich zusammenzunehmen.

»Es tut mir leid. Natürlich ist das alles sehr schmerzlich und wird es auch noch lange Zeit bleiben. Kannst du damit leben, Steve?«

Seine Antwort kam sofort, wie sie es eigentlich auch nicht anders erwartet hatte: »Das weißt du doch.«

»Ja.«

»Annie, ich bin immer für dich da, wenn du mich brauchst.«

Auch das wußte sie. Sie wollte zu ihm, aber sie konnte von hier nicht weg. Und wenn sie es doch täte, dann wären die Folgen katastrophaler als die der Bombe selbst.

»Gibst du mir ein paar Tage Zeit, damit ich hier alles ins reine bringen kann?«

»Natürlich.«

Nachdem sie aufgelegt hatte, wanderte Annie wieder ziel- und rastlos im Haus umher. Ständig schaute sie auf die Uhr, ob es schon Zeit war, Ben abzuholen. Sie sehnte sich nach seinem unbefangenen Geplapper. Endlich war es soweit, und Annie hörte aufmerksam zu, was Ben alles zu erzählen hatte. Zu Hause bereitete sie ihm sein Mittagessen zu. Die Karotten mußten in einem bestimmten Muster auf seinen Teller gelegt werden, ehe er sie überhaupt eines Blickes würdigte. Sie machte sich eine Tasse Kaffee und setzte sich zu ihm. Mit einer Gabel zerdrückte er sein Essen zu Brei. Durch Benjys nicht abreißen wollenden Redefluß hörte Annie immer wieder ihre eigenen bohrenen Fragen – und keine Antwort darauf.

»Warum hörst du nicht zu?« wollte Ben wissen.

Annie fuhr hoch.

»Ich kann nicht ständig immer nur zuhören«, fuhr sie ihn an. »Ich muß auch manchmal nachdenken.«

Überrascht sah er sie an und schob dann trotzig die Unterlippe vor. »Ich möchte schmusen«, sagte er, halb spielerisch, aber Annie wußte, daß er irgendwie auch die Wahrheit sagte. Sie vergaß ihren Ärger und steckte ihre Traurigkeit beschämt weg.

»Komm auf mein Knie.«

Triumphierend sprang er auf und beeilte sich, ihr Knie zu erklimmen. Sie zog seinen Teller mit dem zermantschten Essen zu sich herüber und begann, ihn zu füttern.

»Komm, iß auf und dann sehen wir uns im Fernsehen dein Lieblingsprogramm an.«

Ben spürte, daß er irgendeine Schlacht gewonnen hatte und aß bereitwillig auf. Danach saßen sie zusammen auf der Couch, und Benjys Kopf ruhte schwer auf Annies Brust. Annie starrte auf die Puppen am Bildschirm. Vergeblich versuchte sie, sich diese Nachmittage in einer anderen Umgebung – bei Steve – vorzustellen.

»Komm, laß uns in den Park gehen«, schlug sie vor, als die Sendung zu Ende war. Sie holte seinen roten Anorak und zog sein Dreirad aus dem Schrank unter der Treppe. Angestrengt strampelte er neben seiner Mutter her.

Sie kannten beide den Weg nur allzu gut. Im Park gingen sie erst zu den Schaukeln, dann zu dem kleinen Drehkarussell, und schließlich stand sie am Ende der Rutschbahn, um ihn abzufangen. Zum Versteckspiel hatte sie diesmal allerdings keinen Nerv.

»Heute nicht«, erklärte sie ihm. »Vielleicht geht Daddy morgen mit dir hierher.«

Was würde das Morgen noch bringen, und die Tage danach? Annie fröstelte. Am Himmel zogen weiße, lange Wolkenstreifen auf. Die schönen Frühlingstage waren vorüber. Morgen würde es wieder eiskalt wie im Januar sein. Sie ging um die kleine Baumgruppe in der Mitte des Parks herum.

»Komm, Ben. Wir kaufen noch Brot und holen dann Thomas von der Schule ab.«

Der Nachmittag verging mit der üblichen Routine – Teetrinken, Spielzeit, Abendessen, Baden und Gutenachtgeschichten. Als beide Kinder friedlich schliefen, ging Annie nach unten, schenkte sich einen Drink ein und sah nach dem Abendessen im Ofen. Sie setzte sich hin und wartete auf Martin. Sie wartete eine halbe Stunde, nahm sich dann eine Portion auf den Teller und aß sie lustlos. Nachdem sie ihren Teller abgewaschen und weggeräumt hatte, setzte sie sich vor den Fernseher. Die Flickwäsche fiel ihr ein, und so holte sie sich den Korb und begann, einen von Thomas' Schulpullovern auszubessern.

Es war fast halb elf, als Martin nach Hause kam. Er hatte stundenlang in dem ungemütlichen Pub an der Ecke gesessen, wo er noch nie zuvor gewesen war. Inmitten von Plastik- und Brauereidekor hatte er über sich und Annie nachgedacht, über all die Jahre, die sie miteinander verbracht hatten. Er erinnerte sich, wie sie sich kennengelernt hatten, wie er mit ihr in einem Café saß und sich in diese wunderbare Mischung von forscher Studentin und scheuem Schulmädchen verliebt hatte. Von da an waren sie zusammen erwachsen geworden. In zwei, vielleicht drei Jahren? Es schien nicht lange für das, was sie erreicht hatten und dafür, wie schnell die Jahre jetzt verflogen. Aber damals hatten sie das Gefühl gehabt, die Ewigkeit noch vor sich zu haben. Er hing weiter seinen Erinnerungen nach und starrte dabei ausdruckslos in sein Bierglas.

War es das, was sie als *Ewigkeit* vor sich gehabt hatten?

Alles, was sie zusammen gemacht hatten, erschien ihm jetzt viel klarer, viel kostbarer. Tat es das, weil er Angst hatte, alles zu verlieren?

Eigentlich hatte er nie Angst um ihre Beziehung gehabt, weil er sich ihrer so sicher war. Selbst als Matthew da war, war er sich ihrer sicher gewesen.

So arrogant war er gewesen.

Jetzt wollte er die Ereignisse noch einmal genauer unter die Lupe nehmen.

Matthew war in den heißen Sommerwochen vor ihrer Heirat plötzlich auf der Bildfläche erschienen. Martin hatte ihn nie persönlich kennengelernt, aber Annies Freundin Louise und andere Freunde hatten über ihn gesprochen. Martin erinnerte sich, daß er sich wohl darüber im klaren war, was da lief. Er hatte aber einfach auf sie gewartet.

Er hatte sie einfach gefragt: *Muß ich mir Sorgen machen?* Und sie hatte geantwortet: *Nein.*

So sicher war er sich gewesen. Heute schien ihm das undenkbar. War er damals wirklich so überzeugt gewesen, daß sich alles wieder einrenken würde?

Er hätte sie damals genausogut auch verlieren können.

Statt dessen war es jetzt soweit.

Trotz all der Geräusche und Ablenkungen im Pub sah und hörte Martin alles überdeutlich.

Sie waren beide nicht mehr so wie sie damals waren – in einem Café in Soho, an ihrem Hochzeitstag, am Tag des Bombenanschlags. Sie hatten sich verändert, gemeinsam und auch jeder für sich. Sie waren nicht nur die zusammengeschweißte Einheit, die er ihr an jenem unseligen Abend, an dem sie Gäste zum Essen gehabt hatten, abverlangt hatte. Vielleicht hatten sie das beide einfach vergessen. Sie hatten sich zusammen in einem festgefügten Rahmen gesehen, als Martin – und – Annie, oder als Benjys und Toms Mami und Daddy. Und als einer von ihnen ausbrach, hatten sie sich aus den Augen verloren.

Wie ruhelos mochte Annie wohl gewesen sein, während er arbeitete und sich auf andere Dinge konzentrierte.

Mit Hingabe hatte sie allen Familienmitgliedern das gegeben, was jeder brauchte. Er hatte alles für selbstverständlich genommen. Erst an Heiligabend, als sie bereits weg war, war ihm ihre liebevolle Fürsorge so richtig zum Bewußtsein gekommen. Und damals hatte er gedacht: *Warum habe ich das alles früher nicht gesehen?* Oder hatte Annie aufgehört, Dinge zu sehen?

Vielleicht, dachte Martin.

Und wenn sie sich beide etwas zu Schulden hatten kommen lassen, dann hatte er fälschlicherweise dem Bombenanschlag alle Schuld zugeschoben. Die Bombe war lediglich ein sinnloser, schrecklicher Auslöser gewesen, nichts weiter.

Die Musikbox in der Ecke trällerte alte Schlager.

Wenn es nicht Steve gewesen wäre, dann jemand anderer. Früher oder später.

Martin ging in Gedanken noch einmal alles durch. Jetzt, da es passiert war, jetzt, da sich seine Frau in einen anderen verliebt hatte, was konnte er tun?

Nachdem er sich klargemacht hatte, daß der Bombe nicht die Schuld zu geben war, verflog auch sein Zorn und seine Bitterkeit Steve gegenüber. Es würde absolut nichts bringen, Steve zur Rede zu stellen, wie er es insgeheim immer noch vorgehabt hatte. Was sollte er auch sagen?

Martin lächelte bei dem Gedanken sarkastisch. Sollte er Annie zurückfordern?

Lange saß Martin unbeweglich da, dann nahm er sein Glas und leerte es in einem Zug.

Er konnte rein gar nichts tun. Nichts außer warten und ihr dadurch zeigen, daß er sie liebte, sie brauchte.

Schließlich stand er auf. Seine Muskeln waren steif. Die Musik dröhnte in seinem Kopf. Es war an der Zeit, nach Hause zu gehen.

Er fuhr den vertrauten Weg nach Hause und parkte den Wagen vor dem Gartentor. In den unteren Räumen brannte Licht, und oben schimmerte Benjys Nachtlicht durch die Jalousie. Das Haus sah aus, wie es immer ausgesehen hatte, und er sehnte sich um so mehr nach den alten Zeiten zurück. Wenn es wieder so wie früher werden sollte, das schwor er sich, würde er alles dransetzen, sich sein Glück nicht wieder entgleiten zu lassen.

Er ging den Weg zum Haus und sperrte auf. Annie saß unter der Stehlampe an einem Ende der alten Chesterfieldcouch. Er sah die Farbe ihres Haars, ihr Gesicht von der Seite und die Stopfarbeit in ihrem Schoß.

Sie sahen sich wortlos an. Keiner wußte, was er sagen sollte. Annie stand langsam auf und ging zum Fernseher, um ihn auszuschalten. Er stand in der Tür und beobachtete sie, wie sie sich bückte, sich wieder aufrichtete und in die Küche ging.

»Möchtest du jetzt dein Abendessen?« fragte sie ausdruckslos. »Ich fürchte, es wird bereits ziemlich verkocht sein.«

»Macht nichts. Ja, bring es hierher. Geht das?«

Sie kam mit dem Abendessen. Martin speiste lustlos und spürte, wie sich das Essen dem Bier in seinem Magen aufdrängte.

Nach einiger Zeit sagte er: »Vielleicht sollten wir miteinander reden, Annie.« Sie saß mit gesenktem Kopf da. Die Hände hatte sie über ihrer Flickarbeit gefaltet. »Ja«, antwortete sie leise.

Martin wand sich. Er wußte nicht recht, wo er anfangen sollte. »Erzähl mir, was passiert ist.«

Annie sah ihn an, fast flehentlich. »Du weißt, was passiert ist.«

Er schüttelte den Kopf. »Nein, Annie. Ich will, daß du es mir erzählst. Jetzt. Es ist an der Zeit.«

Sie schlug die Hände vor die Augen. Er wollte sagen: *Tu das nicht. Ich will dein Gesicht sehen.* Aber er blieb stumm.

Endlich sprach Annie: »Wir sind ein Ehepaar, du und ich, und wir leben hier mit unseren Kindern. Es war nichts Außergewöhnliches, oder? Nichts Exotisches, Leidenschaftliches, Aufregendes. Aber es hat funktioniert, oder?«

Martin nickte: »Ja«, sagte er sehr ruhig. »Es hat funktioniert. Vielleicht besser als wir es verdient haben.«

Sie sah ihn einen langen Moment an, dann nickte sie.

»Und dann war da die Bombe«, fuhr sie sehr leise fort. Martin sah, wie sie eine Schulter hochzog und wieder heruntersinken ließ. Es war eine Geste der Hilflosigkeit, als ob die Bombe etwas wäre, das sie ausprobiert und nicht verstanden hatte.

»Erzähl mir davon, Annie. Du hast mir nie erzählt, wie es wirklich war. Was du gefühlt hast.«

Annie starrte ihn an, und er hatte das Gefühl, sie sehe durch ihn hindurch. Und dann begann sie zu erzählen, leise und fast tonlos. »Ich weiß nicht, wie ich es dir erklären soll. Ich weiß nicht, wie ich beschreiben soll, wie es war. Es war dunkel, dann war ein schreckliches Getöse zu hören, und dann war Totenstille. Ich konnte mich nicht bewegen, schmeckte Blut in meinem Mund und Staub und Sand auf der Zunge. Und ich hatte überall fürchterliche Schmerzen.« Sie zuckte mit den Achseln. »Aber das weißt du ja schon alles. Was soll ich dir erzählen?«

»Über deine Angst.«

Annie dachte an Tibby. Sie war nach Hause zurückgekehrt, zu ihrem Mann und zu den Rosen, aber sie war zu schwach, sich um ihren geliebten Garten zu kümmern. *Sie hat dich groß werden sehen. Hat ihre Enkel gesehen.* Ja. Aber was war da sonst noch? Wieviele geduldige Kompromisse? »Ich hatte Angst. Ich war auch... zornig. Ich glaube, es war Zorn. Weil mir einfach alles abgeschnitten wurde. Weil ich nicht... beenden durfte, was ich gerade tat.«

Martin sah sich im Raum um. Neben dem Kamin stand ein Korb mit Bens Spielsachen, am Kaminsims prangte ein Glaskrug mit leuchtenden Narzissen neben Porzellannippes, Kerzenleuchtern und Geburtstagseinladungen, die die Kinder bekommen hatten. »Zu beenden, was du hier machst, Annie? Meinst du das?«

»Ja. Mein Leben als Ehefrau und Mutter.« Die Worte kamen Annie ganz seltsam vor, als ob sie sie selbst so oft wiederholt hätte, bis ihr deren Bedeutung entfallen war. »Bei uns war doch alles in Ordnung, oder?« fragte sie hastig. »Bei uns vieren.«

Sie sprach in der Vergangenheit. Das traf Martin hart. Er sah seine Frau an und fühlte den Zorn und die Bitterkeit der letzten Tage wieder in sich aufsteigen.

»War«, sagte er. »Es kann wieder so wie früher werden, Annie, wenn alles erst einmal vergessen ist.«

Unmittelbar nachdem er die Worte ausgesprochen hatte, wußte er, daß er sie falsch gewählt hatte. Unruhig rutschte er auf seinem Stuhl hin und her, das Besteck klapperte auf dem Teller. Er hatte das Essen kaum angerührt. Es war kalt geworden, und er schob den Teller beiseite. Annie hielt noch immer Toms Schulpullover auf dem Schoß, neben ihr auf dem Boden lag die Stopfwolle.

»Ich kann es nicht vergessen.« Die Worte fielen mit hartem Klang wie Tropfen von klarem Eiswasser.

»Annie.« Martin bemühte sich, ruhig zu klingen. »Du kannst, wenn du es nur zuläßt. Es war etwas Schreckliches, Furchtbares. Das einzige, was du jetzt tun kannst, ist, dankbar zu sein, daß du überlebt hast, und alles andere zu vergessen.«

Sie redeten um den heißen Brei, beobachteten einander, abwartend. »Wenn das so leicht wäre«, sagte Annie schließlich leise, »wenn es das doch wäre.«

Martin saß schweigend da und fühlte das Blut in seiner Halsschlagader pochen. Der Augenblick war gekommen, und doch hoffte er, er würde irgendwie vorbeigehen.

Annie fuhr fort, ebenso leise, und sah dabei auf die Arbeit in ihrem Schoß. »Ohne Steve hätte ich, glaube ich, nicht überlebt. Steve hat mich zum Durchhalten gezwungen. Er brachte es fertig, daß ich daran glaubte, gerettet zu werden. Ich bin nicht sehr tapfer. Du weißt das. Aber er schaffte es, daß ich tapfer war.«

»Wie?« Das Wort blieb fast in Martins Kehle stecken. Auch er erinnerte sich an den Tag; an die Kälte, an die zerstörte Kaufhausfront, den Flur in der Polizeistation, die rauchgeschwängerte, gespannte Atmosphäre im Leiteinsatzfahrzeug, an die Gesteinstrümmer, die er mit den Rettungsleuten weggeräumt hatte.

»Wir redeten miteinander. Wir konnten uns nur an den Händen halten. Wir hielten uns an den Händen und redeten. Manchmal wußte ich nicht so genau, ob ich redete oder nur nachdachte, aber er hörte alles. Und ich habe ihm zugehört. Wenn man glaubt, sterben zu müssen, ist es nicht wichtig, was man sich erzählt.«

»Was hast du erzählt?«

»Wir haben uns unser Leben erzählt. Alles. Wichtige Dinge und unwichtige Dinge.«

Es entstand wieder eine Pause. Martin stellte sich seine Frau vor, wie er es schon oft getan hatte, verletzt in der Finsternis liegend und die Hand eines fremden Mannes haltend. Und wie sie ihm leise flüsternd alles aus ihrem Leben erzählte, nur ihm.

»Hast du dabei an mich gedacht, Annie?« Sofort fiel ihm auf, wie gereizt er diese Frage gestellt hatte. So sind eben die Menschen, dachte er. Annie legte ihre Arbeit weg und kam zu ihm. Sie kniete zu seinen Füßen nieder und legte ihren Kopf auf seine Knie.

»Aber natürlich.«

Martin gab keine Antwort.

»Ich habe ihm von dir und den Kindern erzählt, und daß ich den Gedanken nicht ertragen konnte, daß unser Leben so abrupt, so gewaltsam auseinandergerissen werden sollte.« Er streckte vorsichtig seine Hand aus und streichelte ihr Haar. Die

Enden waren immer noch von dem eigenartigen Schnitt gekräuselt, mit dem der Friseur versucht hatte, das beste aus ihren Haaren zu machen. »Ich habe ihm erzählt, wie wir uns kennengelernt haben, und wie es weiterging. Die ganz alltäglichen Dinge. Über das Haus, den Garten und alles, was wir gemeinsam gemacht und getan haben.« *Gemacht. Getan.*

»Und er hat dir auch alles erzählt?«

»Ja. Allerdings nicht so glückliche Erlebnisse.«

»Und dann?« fragte Martin sanft und spielte mit ihrem Haar. Er beugte sich so vor, daß er ihr Gesicht sehen konnte, und bemerkte, daß sie weinte. Eine Träne glitzerte in ihrem Augenwinkel, eine andere hatte eine Spur auf ihrer Wange hinterlassen. »Am Ende... es schien mir wie das Ende, weißt du... war er wichtiger und realer geworden als alles andere. Er war dort unten alles, was ich hatte. Er war mir so vertraut, daß... daß ich nicht mehr wußte, wo ich aufhörte und wo er begann.«

Martin griff fast unmerklich ein bißchen stärker in ihr Haar. Er hatte an der Unfallstelle hinuntergeschaut und Steve noch dort liegen sehen. Er hatte seinen Arm zu der Stelle ausgestreckt, wo Annie gelegen hatte. Martin hatte einen bitteren Geschmack im Mund. Er hatte Angst, zu verlieren. Es ist alles schon so weit fortgeschritten, dachte er, die beiden sind für mich schon außer Reichweite. Mit gespielter Sicherheit sagte er: »Aber dann wurdest du doch gerettet. Es war vorbei.«

Aber das war es eben nicht, ganz und gar nicht. Er hatte damals neben ihr im Krankenhaus gesessen, und sie hatte ihn halb verwirrt, halb enttäuscht angesehen.

Als Annie nicht antwortete, drängte er sie, versuchte gegen seinen Willen, etwas aus ihr herauszupressen, indem er so tat, als habe er nicht richtig verstanden. »Ich weiß, daß du den Schock und die Reaktion darauf mit ihm teilen mußtest. Niemand anderer konnte wahrscheinlich überhaupt verstehen, wie es dort unten war. Natürlich mußtet ihr euch auch noch in der Genesungszeit gegenseitig stützen.«

Annie hob ihren Kopf und sah ihm ins Gesicht. »Oh, nein«,

sagte sie. Sie hatte immer noch Tränen in den Augen, aber sie strahlte zwischen den Tränen. »Das war es nicht. Es war Freude. Die schiere Glückseligkeit, daß wir überlebt hatten. Kannst du das verstehen?«

Martin ging im Geiste noch einmal die Tage durch. Er war vollauf beschäftigt gewesen, die Kinder zu versorgen und die Angst um Annie zu verkraften. Da war kein Platz und keine Gelegenheit für Freude gewesen. Am ehesten vielleicht noch, als ihm die Ärzte mitteilten, daß Annie überleben würde. Er war zu Steve gegangen, damit auch er es erführe. An Heiligabend. Martin erinnerte sich, schon damals etwas geahnt zu haben. Der Schmerz und die Angst, sie zu verlieren, stachen ihm wie ein Messer ins Herz. Er krümmte sich. »Oh, ja«, flüsterte er dann so leise, daß sie ihn kaum verstehen konnte. »Ich glaube, ich kann das verstehen.«

Ich muß ihm die Wahrheit sagen, dachte Annie. *Jetzt, wo es so weit gekommen ist.*

»Alles erschien mir so wunderschön. So neu und so kostbar. Steve empfand das genauso. Und ich glaube, das war eigentlich der Grund, daß wir... uns ineinander verliebten.«

Und so war es endlich heraus.

Plötzlich erschien ihm sein Vorhaben, zu warten und zu hoffen, ganz unsinnig. Ohnmächtiger Zorn stieg wieder in ihm auf, auf die beiden, auf alles, was seit jenem unseligen Tag, an dem er in den Fernsehnachrichten das zerborstene Kaufhaus gesehen hatte, geschehen war. Er dachte an Tom und Benjy, die oben schliefen, und daran, was diese wenigen Worte für sie bedeuten würden. Und er wußte, daß er seine Frau liebte und sich sein Leben ohne sie nicht vorstellen konnte.

»Annie«, murmelte er. »Weißt du, was du da gesagt hast? Weiß du, wie weh uns allen das tut?«

Er konnte nicht mehr ruhig dasitzen, stand auf, stieß dabei so heftig gegen den Couchtisch, daß das Tablett mit dem Essen herunterfiel. Annie sah durch die Tränen in ihren Augen, wie das Essen auf den Teppich klatschte.

»Ich weiß«, preßte sie heraus. »Glaubst du wirlich, ich wüßte das nicht?«

»Was also hast du vor?«

Annie dachte wieder an Tibby und an das Leben, das sie hingenommen hatte. Hätte sich ihre Mutter anders entschieden, wenn sie in einer anderen Zeit gelebt hätte? Annie fühlte wieder, wie kostbar das Leben war, und wie kraftvoll und wunderbar es sich ihr im Krankenhaus wieder geöffnet hatte. »Ich weiß nicht«, antwortete sie mutlos. »Ich weiß nicht, was ich tun soll, Martin. Das ist die Wahrheit.«

Er ging zum Fenster, riß den Vorhang zurück, um auf die Straße schauen zu können. Verloren stand er da.

»Hast du mit ihm geschlafen?«

»Einmal«, sagte Annie.

Es entstand ein langes Schweigen.

Erschöpft setzte sich Martin wieder hin, und Annie saß im Schneidersitz regungslos auf dem Teppich, wie betäubt.

Endlich sprach Martin mit sanfter Stimme: »Was empfinden Menschen, die so lange wie wir zusammen gelebt haben, noch füreinander? Ich meine, wenn man mal all die Routine, die Vertrautheit und die angenehmen Gewohnheiten wegläßt. Sie lieben sich ja eigentlich nicht mehr, oder? Jedenfalls ist es nicht die Art von Liebe, von der du sprichst.«

Annie dachte daran, daß sie sich immer mehr nach Steve sehnte, und wie glücklich sie gestern mit ihm im Restaurant und in der Umarmung gewesen war.

»Nein«, gab sie zu, »es ist nicht die Art von Liebe.«

»Was ist es dann?«

Sie wußte es und suchte nach Worten, die nicht abwertend klingen würden. Aber Martin war schneller und direkter. »Freundschaft. Zuneigung. Wir sind einfach alte Freunde, Annie. Das ist der Punkt, an dem wir angelangt sind.« Sie spürte die Angst, die ihn quälte. »Oh, ich begehre dich noch immer. Das weißt du. Das gehört genauso stark zu unserer Beziehung wie alles andere auch. Aber es steht nicht mehr an erster Stelle, habe ich recht? Es ist mehr zwischen uns. Wir sind ein festes Gefüge. Vielleicht haben wir ... nicht so sorgfältig aufeinander geachtet, uns nicht gegenseitig so zugehört, wie wir es hätten tun sollen. Aber wir waren glücklich miteinander, oder?« Er sah sie an, und sie spürte die bittende Aufforderung in seinen Worten. *Es kann doch nicht auf einmal alles anders sein. Es kann doch nicht vorbei sein, nach dieser langen Zeit.*

Und als sie ihm die Antwort schuldig blieb, hakte er nach: »Bedeutet dir das alles denn gar nichts mehr?«

Annie hob die Hand und ließ sie mutlos wieder sinken. »Natürlich tut es das, Martin. Ich bin immer noch ich. Die Jahre sind nicht einfach wegzudenken.«

Und doch war eine Kluft zwischen ihnen aufgebrochen. Hier und jetzt, ironischerweise mitten in der gemütlichen, etwas abgewohnten Atmosphäre ihres Hauses. Annie war sich klar darüber, daß sie ihm nicht erklären konnte, mit welcher Urkraft sich alles geändert hatte, wie diese Kraft in ihr Bewußtsein eingedrungen war und sie in die Liebe zu einem anderen Mann getrieben hatte. Jetzt ist es zu spät, dachte sie.

»Was hast du vor?« wiederholte Martin seine Frage.

Sie hob ihren Kopf. »Ich weiß nicht, wie ich ohne ihn leben sollte.« Das war die Wahrheit. Sie sah, wie sehr ihn diese Worte trafen. Am liebsten hätte sie ihre Augen geschlossen, um ihm nicht ins Gesicht sehen zu müssen.

Martin hätte sie am liebsten angebrüllt, sie beschimpft oder sie gepackt, als wollte er sie festhalten und einsperren.

Aber er beherrschte sich und blieb ruhig. Als er glaubte, sich wieder in der Gewalt zu haben, sagte er ganz langsam, als hätte er die Worte mühsam in einer fremden Sprache eingelernt: »Ich will dich nicht gehen lassen. Du bist meine Frau. Und die Mutter unserer Kinder.«

Liebe. Pflichten.

»Ich weiß nicht, was ich sagen soll.«

Er sah auf seine geballten Fäuste mit den weißen Knöcheln, die sich wieder rot färbten, wenn er die Hand aufmachte. »Ich bin hier, Annie. Solltest du... wenn... solltest du dich entschließen... Ich möchte nur, daß du darüber nachdenkst. Dir überlegst, was es bedeutet. Überleg es dir bald.«

Er wollte nur noch weg, raus aus diesem Zimmer, in dem sie die schrecklichen Worte ausgesprochen hatte. *Ich weiß nicht, wie ich ohne ihn leben soll.* Er stand auf, taumelte. Und dann ging er aus dem Zimmer und schloß die Tür hinter sich. Annie hörte ihn nach oben gehen und dann die Tür zum Gästezimmer öffnen und schließen. Sie starrte vor sich hin. Ihr stockte fast der Atem ob der Schmerzen, die sie sich und ihm zugefügt hatte. Dann zog sie die Knie an ihren Körper, legte ihren Kopf darauf und versuchte das zu tun, worum er sie gebeten hatte.

In den folgenden zwei Wochen glaubte sie, das Leben eines anderen Menschen zu führen. Am Morgen, wenn sie aufwachte, fühlte sie sich ein oder zwei Sekunden warm und geborgen. Dann kam die Erinnerung zurück, und sie mußte einen Tag durchstehen, der nicht mehr ihr eigener war, bis es endlich an der Zeit war, wieder ins Bett zu gehen.

Sie wurde sich klar darüber, daß es tatsächlich Freundschaft war, die sie mit Martin verband. Selbst Benjamin bemerkte, daß sich etwas verändert hatte. Eines Morgens kam er in seinem blauen Schlafanzug in das Schlafzimmer und sah Annie allein in dem breiten Bett liegen.

»Bist du mit Daddy verkracht?« wollte er wissen. Annie konnte ihm nicht antworten. Statt dessen streckte sie einfach die Arme aus, und obwohl er zu ihr kam, spürte sie, daß er ein wenig Abstand von ihr hielt, als wisse er nicht, auf welche Seite er sich stellen sollte.

Das schmerzte sie mehr als alles andere bisher.

Sie trug ihre Traurigkeit mit zu Steve, obwohl sie es eigentlich nicht wollte. »Es tut mir leid«, sagte sie. »Ich wußte ja, daß es so kommen würde. Unser Glück bringt anderen Unglück.«

Steve war ruhig und verständnisvoll. Er saß neben ihr auf der schwarzen breiten Couch und legte seine Arme um sie. Er ermutigte sie zu reden, hörte zu und hielt sie fest in seinen Armen, bis sich Angst und Schuldgefühle lösten. Dann führte er sie ins Schlafzimmer und legte sich neben sie. Er wußte, wann er sie liebkosen mußte, wann er sie drängen konnte, und wann Annie selbst die Initiative ergreifen wollte. Es überraschte sie, wie sehr sie ihn begehrte. Sie saß auf ihm und die Wellen der Erregung, die sie überschwemmten, wenn er in sie eindrang, wollten kein Ende nehmen. Dann beugte sie sich näher über ihn, bis sich ihre Lippen trafen und sie ineinander verschlungen auf die andere Seite rollten, wo sie beide einem neuen Höhepunkt zustrebten, und dann noch einem.

»Du bist sehr sexy, Annie«, sagte er. »Ich weiß«, antwortete sie, ohne zu erröten. »Du bist ein guter Lehrer.«

Trotz allem waren sie in den wenigen Stunden, die sie für sich Zeit hatten, sehr glücklich. Wenn sie sich genug geliebt hatten, standen sie auf und gingen zusammen aus. Steve zeigte ihr viel Neues. Sie aßen in einem jüdischen Restaurant im East End, sahen sich ein kurzes, lustiges, feministisches Stück an oder lauschten andächtig einem Orgelkonzert in einer von Wren erbauten Kirche. Der Blick, mit dem sie unbeteiligte Passanten ansahen, verriet ihr, daß sie anders aussah als andere Frauen. Sie strahlte und sprudelte über vor Lebendigkeit, daß sie selbst überrascht war. Sie saugte die Stunden des Glücks gierig in sich auf, und nur so überlebte sie die Kälte der Zeit ohne ihn.

Obgleich die Tage mit Steve ganz anders waren als jene mittellosen mit Matthew, fühlte sich Annie oft daran erinnert. Sie war genauso fröhlich, und die Sorglosigkeit trat um so deutlicher zutage, als die Last der Verantwortung wieder von ihr Besitz nahm, sobald sie den Heimweg antrat.

Dann wieder, wenn sie im Restaurant Steve gegenübersaß und ihn ansah oder ihn beobachtete, wie er in der Kirche die Inschrift auf einer Marmorgrabplatte las, konnte sie kaum glauben, daß dieser gutaussehende, eher leichtsinnig wirkende Mann überhaupt etwas mit ihr zu tun haben konnte. Sie atmete in solchen Situationen tief auf und erschauerte, aber Steve, der wie immer ihre Gedanken lesen konnte, nahm sie dann bei der Hand, zog sie an sich, und der Augenblick des Zweifelns war vorbei. Wenn es Zeit war, Benjy irgendwo abzuholen oder Audrey abzulösen, die sich bereit erklärt hatte, auf ihn aufzupassen, verließ Annie Steve und kümmerte sich um das Zuhause.

Das strahlende Glücksgefühl war dann mit einem Schlag verschwunden, ein stechender Schmerz durchfuhr sie, als würde sie in zwei Stücke gerissen.

Zwischen all diesem schrecklichen Hin und Her besuchte Annie ihre Mutter, so oft sie konnte. Sie war immer noch zu Hause, aber inzwischen so schwach, daß sie kaum den Weg von ihrem Bett zu ihrem Ohrensessel in der Wohnzimmerecke neben dem Kamin schaffte. Jim und Annie sahen zusammen mit einer Krankenschwester und einer Haushaltshilfe nach ihr. Tibby bestand immer noch auf ihre Tweedröcke und die dazu passenden Wolljacken, und Annie kam fast täglich, nachdem sie die Kinder zur Schule und in den Kindergarten gebracht hatte, um ihr beim Anziehen zu helfen. Wenn sie die Kleider aus dem Mahagonischrank oder den ordentlich aufgeräumten Schubladen nahm, roch es nach Lavendel.

Die Röcke schlotterten an Tibbys abgemagertem Körper.

»Die Paßform bei diesem Rock ist unmöglich«, beklagte Tibby sich, wenn der Rockbund klaffte. »Aber die Stoffqualität ist sehr gut. Das bekommt man heutzutage nicht mehr. Ich möchte bitte dazu die roséfarbene Jacke. Glaubst du nicht auch, daß die besser paßt?«

Annie half ihr, machte Knöpfe zu, steckte die übermäßige Weite ab und frisierte das Haar ihrer Mutter. Reden konnte sie dabei fast nichts. Ihre Mutter war immer der Mittelpunkt des Hauses gewesen, und jetzt schien es, als habe sie ein Windstoß in eine Ecke getrieben.

Annie brachte sie zu ihrem Sessel. Tibbys Hände auf ihrem Arm sahen beinahe durchsichtig aus.

»Soll ich den Stuhl heute andersrum drehen, damit du in den Garten sehen kannst?« fragte sie.

Tibby überlegte einen Augenblick. Annie sah, wie sie auf die Fotos auf dem niedrigen Tisch neben ihr schaute. Tibbys Hochzeitsbild. Annie und ihr Bruder als Kinder, Annies eigene Hochzeit, ihr Bruder mit Frau und Kindern, Thomas und Benjamin, Tom ohne Vorderzähne.

»Ja, ich denke schon«, sagte Tibby. Annie drehte den Sessel, und beide sahen durch die Terrassentür in den Garten. Es war die erste Aprilwoche. Die frühen Narzissen waren bereits verblüht, aber die Forsythienhecke war ein Meer in Gold. Die Tulpenknospen ragten in dem halbmondförmigen Beet neben dem Fenster wie grüne Speere in die Höhe, und die Zierpflaume zeigte die ersten Anzeichen von rosafarbenen Blüten. Annie sah, daß der Rasen gemäht werden mußte. Der warme Märzsonnenschein hatte ihn sprießen lassen. »Ich werde Martin sagen, er soll für Jim den Rasen mähen«, murmelte sie.

Tibby nickte. Aber sie sprach nicht mehr davon, daß sie ihre Rosen schneiden werde, so wie sie es noch vor einer Woche getan hatte. Sie sah nur ihre Blumen an und das strahlende Gelb der Hecke.

»Ich glaube, der Frühling war immer schon die beste Zeit«, sagte sie mehr zu sich selbst. »Ich habe wohl immer die hoffnungsvolle Erwartung der Realität vorgezogen. Der Realität des Sommers, meine ich. Die strahlenderen Farben, weißt du. Zu strahlend manchmal. Nicht wie dieses frische Grün und das Gold.

Sprich weiter, dachte Annie insgeheim. Bitte erzähl mir davon. Sie wollte sich niederknien und ihren Kopf in den Schoß ihrer Mutter legen. Sprich über die hoffnungsvolle Erwartung und die Realität – bitte. Wir haben nicht mehr lange Zeit, Tibby. Wir wissen es beide, und wir haben uns noch so viel zu sagen.

Plötzlich hatte sie das Bedürfnis, ihrer Mutter alles zu erzählen.

Vorsichtig fragte sie: »Wie fühlst du dich heute?«

Wenn Tibby doch die Wahrheit sagen könnte. Wenn doch wenigstens ein Anfang gemacht wäre.

Tibby richtete sich in ihrem Sessel auf. Sie schaute weiter auf die goldfarbenen Heckensträucher und sagte dann: »Ein klein wenig besser, glaube ich.«

Und so taten sie weiter so, als würde sie nicht sterben, obwohl es jeden Augenblick soweit sein konnte, daß Tibby nicht mehr da sein würde und nur mehr der Staub und das große Haus und das Echo ihrer Gespräche über Rosen zurückblieb.

Annie drehte sich für einen Augenblick weg, damit Tibby nicht die Traurigkeit in ihrem Gesicht sehen konnte. Wenn Tibby es so haben wollte, dann würde Annie nicht weiter in sie dringen. Sie drehte sich wieder um und fragte aufgeräumt: »Kann ich dir noch irgend etwas bringen, ehe ich gehe?«

»Die Zeitschrift und das Buch von dem Tisch neben meinem Bett, wenn du so gut bist. Jim wird bald vom Einkaufen zurück sein.«

Jim ging jeden Morgen, genau um neun Uhr fünfzehn, die paar Dinge einkaufen, die sie brauchten. Als Annie durch das düstere Haus ging, fiel ihr auf, daß auf den Kommoden und der großen Standuhr Staub lag. Ebenso wie sie sich nicht mehr um die Rosen kümmerte, waren ihr die Dinge im Haus auch nicht mehr so wichtig. Sie zog sich in sich selbst zurück, da sie wußte, es war ein aussichtsloser Kampf. War es überhaupt den Kampf wert? dachte Annie unwillig.

Sie brachte ihrer Mutter das Buch und die Zeitschrift, küßte sie auf die Stirn und floh eilig aus dem Haus.

Am Ende der zweiten Woche wußte Annie, daß sie verloren war.

Nur mehr widerwillig schleppte sie sich durch die Tage, die nicht mehr ihr zu gehören schienen, sondern jemandem, den sie nicht kannte oder nicht verstand. Als Ausgleich versuchte sie sich krampfhaft auf die vertrauten, mechanischen Dinge im

Haushalt zu konzentrieren. Sie bügelte die Wäsche und verwandte viel Zeit darauf, die Hemden in saubere, symmetrische Stapel zusammenzufalten. Martin kam abends oft sehr spät nach Hause, und so nützte Annie die Zeit, Fertiggerichte für die Tiefkühltruhe vorzukochen. Sie füllte die Gerichte in Alubehälter, beschriftete und datierte sie mit schöner Handschrift, die ihrer eigenen gar nicht ähnlich sah. Sonst war sie immer sehr zufrieden mit sich selbst gewesen, wenn sie solche Arbeiten getan hatte. Jetzt aber dachte sie mit Bitterkeit daran, daß sie ihr Nest mit Nahrung versorgte, ehe sie es selbst verließ.

Gelegentlich überraschte sie sich selbst bei der Überlegung, ob sie vielleicht einfach nur ein bißchen verrückt wäre. Die Schulferien nahten, und die Zeit, die sie mit Steve verbringen würde können, würde sich praktisch auf Null reduzieren.

»Glaubst du«, hatte er sie am Telefon gefragt, »daß ich deine Kinder bald einmal kennenlernen könnte?« Sie hatte vor sich hingestarrt, bis Steve am anderen Ende der Leitung schließlich ungeduldig wurde und sagte: »Bist du noch da?«

»Ja. Ja, natürlich kannst du das. Wie sollen wir es machen?«

Sie hatten sich was überlegt. Es sollte am Freitag über die Bühne gehen. Zuerst wollten sie Hamburger essen gehen und dann im Kino einen Film anschauen, den Tom schon lange gerne sehen wollte.

Annie schob es von Tag zu Tag auf, den Kindern von ihrem Vorhaben zu erzählen. Sie wollte es ihnen quasi als spontanen Einfall präsentieren. Dann war der Freitagmorgen da. Es war einer jener Tage, an denen Martin schon sehr früh zur Arbeit gegangen war und Tom und Benjy ihn kaum gesehen hatten. Am Abend zuvor waren sie schon im Bett gewesen, als er nach Hause kam.

»Was machen wir heute, Mami?« fragte Tom. Er hatte ohne Protest den Frühstückstisch abgeräumt und eine Viertelstunde geduldig mit Benjy mit den Lego-Bausteinen gespielt, während Annie die Küche fegte und im Wohnzimmer staubsaugte. »Können wir Timothy anrufen und ihn fragen, ob er nicht rüberkommen will?«

Annie wickelte sehr bedächtig das Verlängerungskabel vom Staubsauger auf. »Ich dachte, wir könnten heute etwas zusammen unternehmen«, begann sie. »Wir könnten erst Hamburger essen gehen und uns dann den Film ansehen, von dem du schon so lange schwärmst.«

Ihre Augen trafen sich über Benjamins Kopf. Annie sah sofort die Wachsamkeit in seinen Augen. Er hat schon so etwas erwartet, dachte sie. Er hat zwar nicht gewußt, was es sein wird, oder auch nicht einmal, daß er auf etwas gewartet oder etwas befürchtet hat. Aber es war da. Er hatte es gespürt.

»Nur wir?« wollte er wissen.

»Ein Freund von mir würde gerne mitkommen.« Sie versuchte, warm und freundlich zu klingen.

»Wer ist es?« Die Kinderstimme klang mißtrauisch.

»Er heißt Steve.«

»Wir kennen ihn nicht«, erklärte Tom kategorisch.

»Noch nicht«, gab Annie zu. »Aber ich hoffe, er wird euch gefallen.« Thomas senkte die Augen. Er wandte sich wieder seinen Lego-Bausteinen zu und kramte lautstark darin herum.

»Wir sollten recht bald aufbrechen, glaube ich«, fuhr Annie fort. »Wir müssen mit der U-Bahn in die Stadt.«

Thomas setzte sich auf seine Fersen, wandte jedoch den Blick nicht von seinen Bausteinen. Er drehte und wendete sie und prüfte sie angestrengt. »Ich will nicht mitkommen«, sagte er schließlich. Benjy sah sie beide an. »Ich will nicht mitkommen«, plapperte er nach. »Überhaupt nicht.«

Sie hatten sich gemeinsam instinktiv gegen sie entschieden und machten geschlossene Front gegen den Fremden, den ihre Mutter ihnen als Freund verkaufen wollte. Annie war überzeugt, daß ihre Weigerung endgültig war. Sie sind erst acht und drei Jahre alt, versuchte sie sich klarzumachen. Du bist erwachsen und ihre Mutter. Du kannst sie überreden. Bestich sie, zwinge sie.

Um Steves willen? Um ihrer selbst willen? Nein, nicht um ihrer selbst willen, das wußte sie sicher.

Sie ging zu Tom und kniete neben ihm nieder. »Warum möchtest du nicht mitkommen?« fragte sie ruhig. »Seit Wochen liegst du mir in den Ohren, daß du diesen Film sehen möchtest.«

Sie hatte gedacht, etwas oberflächlich gedacht, daß die Begeisterung für den Film ihnen allen das erste Zusammentreffen erleichtern würde. Und danach würde alles nicht mehr so schwer sein.

Thomas sah sie wieder an, mit den Augen eines Erwachsenen. Ein Schauer lief ihr über den Rücken.

Was tue ich meinen Kindern an? dachte sie.

»Ich möchte mir den Film zusammen mit Dad ansehen«, erklärte er mit fester Stimme. »Er handelt vom Weltall. Dad mag solche Sachen.« – »Ich auch«, sagte Benjamin. »Ich möchte den Film mit Dad anschauen.«

Annie atmete tief durch und versuchte zu lächeln. »Gut«, sagte sie, »dann seht ihr euch den Film mit Dad an. Wollen wir dann einfach mit Steve zum Essen gehen?«

Thomas schleuderte die Lego-Bausteine in die Schachtel zurück. Sein Gesicht lief rot an, wie immer, wenn er sehr ärgerlich war. Und dann schrie er sie an: »Ich will nicht. Ich hasse Steve. Ich komme nicht mit. Und Benjy auch nicht.«

Annie zitterte. Natürlich würde es nichts bringen, ihm klarzumachen, daß er Steve noch gar nicht kenne. Er kannte ihn ja doch. Bruchstückweise aus erregten Diskussionen seiner Eltern, aus der gedrückten Atmosphäre zu Hause und aus seiner eigenen unbewußten Angst. Daraus hatte er sich ein Bild von Steve gemacht. Er wußte, daß die Bedrohung nahe war. Und er hatte auf die einzige Art und Weise, die er kannte, darauf reagiert.

Annie sah auf einmal ganz deutlich vor sich, wie es sein

würde. Es würde sich über Monate, vielleicht über Jahre hinziehen. Sie sah Toms zornrotes und Benjys ratloses Gesicht an und fühlte, wie schmerzlich es für sie sein mußte, nicht zu wissen, wohin sie gehörten. Es würde häßliche Kämpfe um das Sorgerecht geben. Martin würde erbittert kämpfen, dessen war sie sich sicher. Sie wußte, als hätte sie sie schon erlebt, wie freudlos die festgesetzten Sonntagsbesuche bei den Kindern sein würden, oder was sie für Martin bedeuten würden, je nachdem, wer welchen Teil vom Leben ihrer Kinder bekommen würde.

War ihr persönliches Glück das wert? Dieses eigenartige, ja fremdartige Glück seit dem Bombenanschlag, das in zunehmendem Maße zu einer anderen Person zu gehören schien. War das Steves Glück wert? Sie sah sein Gesicht ganz deutlich vor sich, und sie wußte, daß sie ihn liebte. Das schmerzte wie ein Messerstich.

Schließlich stand sie mit steifen Gliedern auf. Brustkorb und Schultern schmerzten.

»Gut«, sagte sie sanft, »ihr braucht nicht mitzukommen, wenn ihr nicht wollt. Ich muß aber gehen, weil ich versprochen habe zu kommen. Ich werde Audrey anrufen und sie bitten, eine Weile bei euch zu bleiben.«

Die Kinder saßen schweigend da, während Annie telefonierte.

»Audrey?« sagte Annie. »Ich weiß, ich stecke sowieso schon tief in deiner Schuld. Dies ist das letzte Mal, das verspreche ich dir.«

»Du möchtest, daß ich zu den Kindern komme?«

Audrey, dachte Annie, mit ihren erwachsenen Töchtern, den Enkelkindern und dem mürrischen Mann – hat sie eigentlich, was sie sich wünscht? Ist sie so wie Tibby? Annies Gesicht war heiß, ihre Augen hell und klar. »Nur für ein, zwei Stunden heute vormittag.«

»Natürlich, Liebes. Mach' ich doch gerne. Komm ich wenigstens aus dem Haus hier raus.« Während sie auf Audrey warteten, saßen sie zu dritt im Kreis um die Lego-Schachtel herum und taten so, als spielten sie miteinander. Erst als Audrey am Gartentor war, sagte Tom ängstlich und hastig: »Ist das in Ordnung, Mami?«

»Ich bringe es in Ordnung«, versprach sie ihm. *Koste es, was es wolle.*

Audrey kam zur Tür herein. »Bin nur ich«, rief sie, wie sie es immer tat. Annie ging in die Küche und setzte den Wasserkessel auf. »Hallo, Audrey. Soll ich uns eine Tasse Tee machen, bevor ich gehe? Nett von dir, daß du uns wieder helfen kommst.«

Audrey trug ihr unvermeidliches Kopftuch und sah Annie vielsagend an. »Geh' du nur, meine Liebe. Tu, was du gerne möchtest, solange du kannst.«

Annie drehte sich um. »Das ist das letzte Mal«, flüsterte sie.

Als sie Audrey mit Tee versorgt hatte, zog Annie ihren Mantel an. Sie nahm sich die Zeit für einen Blick in den Spiegel, und Audrey rief ihr nach: »Dein Kragen ist hinten ganz verwurschtelt.« Sie ging ihr nach und richtete den Kragen. »Ist alles in Ordnung, Schätzchen?«

»Ja«, antwortete Annie hastig, »ich denke schon.« Sie blickte noch einmal zu Tom und Benjy zurück. Sie waren in ihr Spiel vertieft. Sie hatte ihnen versprochen, daß alles in Ordnung kommen würde.

»Auf Wiedersehen«, sagte sie. »Ich komme bald zurück.«

»Auf Wiedersehen«, sagte Thomas abwesend ohne aufzusehen. Ben reagierte überhaupt nicht. Audrey wiederholte noch einmal: »Tu, was du gerne möchtest, Annie. Um uns brauchst du dir keine Sorgen zu machen.«

Beinahe hätte sie über diesen Satz bitter gelacht. In ihrer Situation klang er fast makaber.

Annie konnte sich nicht erinnern, wie sie Steves Wohnung erreichte. Es kam ihr unendlich lang vor, und sie hatte Bedenken, ihren Entschluß zu bereuen. Aber schließlich fand sie sich doch wieder in dem verspiegelten Lift. Sie wagte es nicht, sich selbst im Spiegel zu betrachten, und starrte auf die Füße.

Als er die Tür öffnete, sah sie ihm direkt in die Augen.

»Ich kann es nicht«, sagte Annie.

Er nahm ihren Arm, führte sie herein und schloß die Tür. Die schwarze Couch erschien ihr zu vertraut, zu bequem. Annie drehte sich weg und setzte sich auf einen Stuhl.

»Was kannst du nicht?« wollte Steve wissen.

Nichts, wollte sie sagen. Es gibt nichts, was ich nicht könnte, solange ich bei dir bin. Sie schämte sich ihres Wankelmuts. Von der Straße herauf war das gleichmäßige Rauschen des Verkehrs zu hören.

»Ich kann sie nicht verlassen«, brach es schließlich aus Annie heraus. Die Worte taten weh, als ob Splitter aus der Haut gezogen würden.

Steve sah weg. Nach einiger Zeit stand er auf und ging zum Fenster. Er sah auf das Gewirr von Taxis und Autos hinunter.

»Warum jetzt, Annie? Warum hast du dich gerade jetzt so entschieden?« Seine Stimme klang enttäuscht. Annie dachte an die vergangenen zwei Wochen und die Zeit davor bis Weihnachten zurück. Die Entscheidung war ganz gewiß nicht heute früh gefallen, wenn es auch für Steve so aussah. Sie hatte sich lediglich heute früh endlich der Wahrheit gestellt.

»Ich bin feige«, sagte sie jämmerlich.

Steve drehte sich mit einem Ruck um. Seine schwarzen Augenbrauen zogen sich zornig über der Nasenwurzel zusammen. »Das bist du ganz und gar nicht. Das brauchst du nicht als Entschuldigung vorzuschieben.«

Sie sah, wie verletzt er war, und ihre eigenen Bedenken traten in den Hintergrund.

»Ich erzähle dir, was passiert ist«, sagte sie. »Du erinnerst dich an das Mittagessen und den Kinobesuch, den wir geplant hatten? Nun, ich habe beides meinen Kindern heute früh vorgeschlagen. So ganz nebenbei. Sie lehnten sofort ab. Sie sahen uns sofort als eine Bedrohung an. Dich und mich. Weißt du, was Thomas gesagt hat?« Steve hörte regungslos zu, als sie es ihm erzählte.

Annie fuhr fort: »Und da wußte ich, daß ich es nicht tun kann. Ich kann nicht einmal einen Anfang machen. Nenne es Schwäche oder Feigheit, Steve, an so was kann ich noch Jahre überhaupt nicht denken – vielleicht nie.« Sie versuchte zu lächeln. »Warum mußte das gerade *jetzt* passieren. Warum nicht erst in zehn Jahren. Oder *vor* zehn Jahren.«

Zwar war es ihr vor zehn Jahren passiert, aber damals hatte sie den leichten Weg gewählt. *Ich verdiene nicht einmal das, was ich habe*, dachte Annie traurig.

»Glaubst du, deine Kinder werden es dir einmal danken, daß du ihnen so viel geopfert hast?«

Sie lächelte schief. So etwas konnte nur jemand fragen, der keine eigenen Kinder hatte und die täglichen Opfer des Elterndaseins nicht kannte. »Nein, ich glaube nicht.«

»Und Martin?«

Annie überlegte einen Augenblick. »Martin und ich waren Freunde. Vielleicht läßt sich da wieder etwas reparieren – wegen der Kinder.«

Steve machte einen letzten Versuch. Er steckte all seinen Ärger weg und sagte ihr die Wahrheit.

»Ich liebe dich, Annie. Du hast mir noch überhaupt keine Chance gegeben.« Sie wollte zu ihm laufen, ihren Kopf an seine Brust legen und sich zur Wahrheit bekennen. Aber sie hielt ihren Kopf hoch. Jetzt, da sie so weit war, durfte sie auch nicht mehr schwanken.

»Ich liebe dich auch. Wir hatten einfach keine Chance.«

Sie sahen einander an und gingen wie magisch aufeinander zu. Annie streckte ihre Hände aus, und er ergriff sie. Sie kannte die Berührung seiner Hände jetzt schon in jeder Situation, und er erschien ihr plötzlich körperlich so warm und real, daß ihr die Vorstellung, ohne ihn zu sein, undenkbar erschien. Annie hatte sich fest vorgenommen, zu gehen, ehe sie zu weinen anfing, aber die Tränen ließen sich nicht länger zurückhalten.

Mit von Tränen verschleierten Augen sah sie zu ihm auf und sagte hilflos: »Es tut mir leid. Ich würde alles dafür geben, es ändern zu können.«

Mit einer plötzlichen, fast groben Geste wischte ihr Steve mit der Handfläche die Tränen von den Wangen und küßte den roten Fleck, der dort zurückblieb. Er küßte ihre Augenlider, Augenwinkel, Mundwinkel und dann ihre Lippen. Einen Augenblick, einen langen Augenblick, war sie wieder in Gefahr, ihm zu erliegen. Sie hatte das Gefühl, es sei doch eine Möglichkeit in Reichweite. Aber dann war alles wieder vorbei, und sie mußte wieder der Realität ins Auge sehen.

Ein Schluchzen stieg in ihrer Kehle auf, aber sie unterdrückte es.

»Ich muß jetzt nach Hause gehen«, sagte sie. »Tom und Benjy ... warten auf mich.«

Steve ließ seine Arme kraftlos sinken. »Laß dich nicht aufhalten.« Ich kann ihm seine Bitterkeit nicht verübeln, dachte Annie. Sie drehte sich zögernd um und ging zur Tür. Einen Augenblick hielt sie die Türklinke in der Hand, als wollte sie gleich wieder zu ihm zurücklaufen. Sie fühlte, daß er auf sie wartete und dachte: *Nein. Mach schnell jetzt.* Sie öffnete die Tür und zog sie hinter sich zu. Dann stand sie alleine in dem leeren Hausflur.

Steve stand regungslos da und starrte auf die Tür. Er konnte sie immer noch ganz deutlich sehen, so deutlich wie ihm andererseits seine Vernunft sagte, daß er sie verloren hatte. Schließlich schüttelte er verzagt den Kopf, als wollte er ihn wieder klar bekommen. Er ging zum Fenster und lehnte seine Stirn gegen das Glas. Es war wie im Krankenhaus, im Tagesraum, dachte er, an den Fenstern zur Seitenstraße.

»Annie?!« sagte er laut.

Er schaute hinunter, bis er sie auf der Straße sah. Sie hatte die Schultern abwehrend hochgezogen, ging über die Straße und verschwand im Menschengewühl.

Er wußte nicht mehr, wie lange er dort gestanden hatte und

auf die dahinhastenden Menschen hinunterstarrte. Aber plötzlich läutete das Telefon auf dem schwarzen Tisch, und er hob ab. »Tut mir leid, Sie zu Hause stören zu müssen, Steve, aber Bob braucht ein paar Informationen über diese Boneys. Kann ich ihn durchstellen?«

Es war Bob Jefferies' Sekretärin. Steve runzelte die Stirn und sah auf seinen Tisch. Er war übersät mit Notizen, Studien, Berichten. Alles über Hundefutter, dachte er.

»Verbinden Sie mich mit ihm, Sandra. Ich habe gerade Zeit.«

Steve ging mit seinem Geschäftspartner den Hundefutterfilm durch. Er war konzentriert wie immer. Als Bob aufgelegt hatte, hielt er einen Augenblick abwägend den Hörer in der Hand und wählte dann rasch eine andere Nummer. Seine eigene Sekretärin war am anderen Ende der Leitung.

»Jenny? Ab Montag bin ich wieder im Büro. Ich habe genug freie Zeit gehabt. Bereiten Sie bitte alles vor, ja?«

Jenny zog eine Grimasse hinüber zu der Kollegin von der Textverarbeitung. Sie kannte diesen Ton an Steve.

»Ja, natürlich. Es liegt einiges für Sie da. Soll ich es Ihnen telefonisch durchgeben?«

»Was ist es?«

Obgleich es unmöglich war, flackerte bei Steve einen Moment lang Hoffnung auf. Jenny berichtete: Es waren normale Anfragen und ein paar Mahnungen. Dann fügte sie hinzu: »Vicky Shaw hat ein- oder zweimal angerufen. Zum letzten Mal heute früh. Sie wollte nur wissen, ob Sie im Büro sind.«

Steve brauchte einige Zeit, um sich zu erinnern. Es schien alles so lange her zu sein. Er runzelte wieder die Stirn, als ob er an etwas Unangenehmes dachte, dann sah er sich in der im vornehmen Grau gehaltenen Wohnung um. Durch die offene Schlafzimmertür konnte er gerade eine Ecke des Bettes sehen.

Er dachte an Annie, wie sie im Bett gewesen war, wie sie gelacht hatte und dabei ihren Mund auf seinen gedrückt hatte. Wie sie mit geschlossenen Augen ihre Lust hinausgeschrien hatte. Wie ihr Haar im Schlaf auf seinem Arm ausgebreitet lag. Plötzlich verstand er, daß sie weg war, und begann, die leere Wohnung zu hassen, die Einsamkeit zu fürchten.

»Steve?«

»Jaaa.« Mit seiner freien Hand raffte er die Papiere zusammen und stopfte sie in seine teure schwarze Aktentasche. »Hören Sie zu, Jenny, wenn Vicky noch einmal anruft, dann sagen Sie ihr, daß ich jetzt auf dem Weg ins Büro bin. Ich werde sie später dann selbst anrufen. In dreißig Minuten bin ich da.«

Jenny hängte auf. »Na, dann wollen wir mal«, seufzte sie zu der Kollegin von der Textverarbeitung.

Steve packte weiter seine Unterlagen ein. Er dachte an seinen Wagen in der Tiefgarage, den vertrauten Weg zur Arbeit, sein schickes Büro. An Arbeit würde es ihm nicht mangeln. Hundeknochen, Fruchtsaft, Waschpulver – was immer an den Mann gebracht werden sollte. Mittagessen, Abendessen mit Vicky, schlafen und wieder zur Arbeit gehen. Und so würde es immer im gleichen Trott weitergehen. Als ob sich nichts geändert hätte, und dabei war doch alles ganz anders geworden.

Steve nahm seine vollgepackte Aktentasche.

»Wir haben nie eine Chance gehabt?« wiederholte er laut. »Du hast unrecht, Annie. Wir haben alle Chancen der Welt gehabt.«

Das Telefon läutete wieder. »Ich bin schon auf dem Weg«, schrie er, »mehr könnt ihr nicht verlangen.«

Er verließ die Wohnung und ließ das Telefon läuten.

Annie erzählte Martin von ihrem Besuch bei Steve.

»Ich war heute bei Steve.«

Sie räumte die Teller nach dem Abendessen von dem Eßtisch aus Kiefernholz ab und stapelte sie beim Spülbecken auf. Martin würde nach den Fernsehnachrichten den Abwasch erledigen. Wie seltsam das doch alles war, dachte sie. Sie waren noch nie so weit voneinander entfernt gewesen, hielten aber weiterhin an der vertrauten Routine fest, beinahe schweigend und ohne sich anzusehen. Wie die fetten kastrierten Kater von nebenan. Der Vergleich hätte sie beinahe zum Lachen gebracht, aber sie drehte sich um und sah, daß Martin sie beobachtete. Er sah müde und erschöpft aus. Sie ging zu ihm und legte ihre Hand auf seinen Arm. »Ich... habe ihm gesagt, daß ich hier bleiben werde. Bei dir und den Kindern. Ich wollte nicht weg von hier, weil... ich sah, wie es sein würde.« Wie unzulänglich doch ihre Worte waren. »Es tut mir leid.«

Martin nickte.

Er hätte eigentlich erleichtert sein müssen, daß sich der dunkle Schatten über dem Haus endlich hob und wieder Licht und Luft hereinließ. Aber er fühlte nichts. Er sah Annie an, versuchte in sie hineinzusehen und stellte fest, daß es ihm nicht gelang, genau wie in den vergangenen Wochen.

»Es ist nicht wichtig, wer recht hatte«, sagte er schließlich. »Kannst du damit leben, Annie?«

»Ja«, antwortete sie. Sie würde es können müssen. »Ich kann damit leben.«

Und damit war das Gespräch beendet.

Sie waren alt genug und kannten einander so gut, dachte Annie, daß sie beide nicht mehr erwarteten. Es würde keine sentimentale Versöhnung geben. Statt dessen würden sie mit kleinen Schritten allmählich wieder zusammenfinden. Und mit der Zeit würde daraus wieder ein funktionierendes Beziehungsflickwerk entstehen. Das war alles, worauf sie hoffen konnten.

In dieser Nacht kam Martin ins gemeinsame Schlafzimmer zurück. Es würde natürlich noch einige Zeit dauern, ehe er wieder seine Arme um sie legen konnte. Annie lag ruhig auf ihrer Seite des Bettes und versuchte einfach, aus dem warmen Körper neben sich Kraft zu schöpfen. Und diese Kraft brauchte sie, um die innere Stimme zu unterdrücken, die nach Steve rief.

Es stellte sich heraus, daß sie, wie sie schon fast befürchtet hatte, nicht damit leben konnte. Sie hatte diesen ehrenhaften Beschluß gefaßt und tat ihr Bestes, dazu zu stehen. Aber Tage und Wochen vergingen, und Annie bemerkte, daß sie ein Haus ohne Fenster baute. Es war tipptopp sauber und glänzend poliert, das Essen stand auf dem Tisch, und saubere Kleidung lag in den Kommoden, aber es drang kein Lichtstrahl herein. Man konnte Platzangst kriegen. Die Luft war abgestanden und verbraucht, so verbraucht wie die Handgriffe, die sie hundertmal, vieltausendmal in diesem Haus machte. Sie hätte sie gerne verrichtet, wenn sie das Gefühl gehabt hätte, etwas zu erreichen, aber sie war sich nicht sicher, ihrem Mann dadurch näher zu kommen, oder daß Martin sie näherkommen lassen wollte. Sie waren höflich und rücksichtsvoll miteinander, aber weder Partner noch Freunde.

Und Annie vermißte Steve. Sie vermißte ihn täglich, stündlich. Sie glaubte, seine Stimme im Radio zu hören, sie erspähte seinen Kopf in der Menschenmenge und beschleunigte ihren Schritt, um ihn nicht aus den Augen zu verlieren. Um so enttäuschter war sie dann, wenn sich ein Fremder umdrehte, der nicht Steve war. Sie dachte an ihn, während sie den Waschkorb mit der nassen Wäsche zum Aufhängen hinaustrug, und sie dachte an ihn, wenn sie mit Benjy an der Hand zur Schule ging, um Tom abzuholen. Ob Steve wohl auch an sie dachte?

Zwei- oder dreimal griff sie beschämt zum Telefon und wählte seine Nummer. Beim ersten Mal war Martin für zwei Tage auf einer Geschäftsreise, und sie hatte eine geschlagene Stunde am Küchentisch gesessen und das Telefon angestarrt, ehe sie den Hörer abgenommen und gewählt hatte. Zitternd hatte sie dem Läuten gelauscht. Es klingelte nur zweimal – so schnell konnte er gar nicht dran sein –, dann klickte es und sie hörte seine Stimme. Ihr freudiges Herzklopfen legte sich, als sie bemerkte, daß es nur seine Tonbandstimme war. Er wiederholte die Nummer und sagte seinen Namen. Er klang so nahe und war doch so unerreichbar.

Schuldbewußt hörte sie der aufgezeichneten Nachricht zu. *Es tut mir leid, ich kann Ihren Anruf nicht selbst entgegennehmen. Wenn Sie Ihren Namen und Ihre Nummer hinterlas-*

sen... Annie hängte nach dem Signalton auf. Sie setzte sich wieder nieder, legte die Hände in den Schoß und starrte Löcher in die Luft.

Eine Woche verging und sie rief wieder an. Wieder hörte sie die Tonbandstimme, und wieder fühlte sie sich ihm so seltsam nahe. *Ich muß verrückt geworden sein,* dachte sie. *Was kann ich nur dabei finden, mir seine Tonbandstimme anzuhören?* Aber sie fand etwas dabei und probierte es ein drittes Mal, schuldbewußt und heimlich wie eine Süchtige.

Der April ging vorbei, Mai und Juni kamen. Die frühblühenden Rosen hatten dicke Knospen, die bald aufbrechen würden. Tibby war immer noch am Leben, aber sie konnte ihre Rosen nicht mehr sehen.

Sie war wieder in das Sanatorium gebracht worden, und Annie wußte, daß sie nicht mehr nach Hause kommen würde. Aber um ihrer Mutter willen ging sie immer noch regelmäßig in das alte Haus, staubte die polierten Möbel ab, füllte die Vasen mit Blumen und zog die Uhren am Kaminsims auf. Annie wußte, daß ihr Vater das nicht tun würde. Er hatte sich, offenbar erleichtert, aus dem Haus zurückgezogen und wohnte in der Küche, wo er die abgebrannten Streichhölzer von seiner Pfeife um sich streute. Annie schnitt die Rosen ab und arrangierte sie in Tibbys Silberschalen. Sie horchte auf ihre eigenen Schritte auf dem Parkett und fühlte sich wieder in ihre Kindheit zurückversetzt. Nach dem Bombenanschlag hatte sie sich an dieselben Szenen aus ihrer Kindheit erinnert. Sie trug ein grünes Kleid, hatte weiße Bänder im Haar und rannte zu Tibby. Sie hatte sich weh getan, und ihre Mutter hatte sie aus der Sonne in das schattige Wohnzimmer geführt, um sie zu trösten.

Sie betrachtete den Lichtschein, den die Sonne auf den Holzboden warf, und dachte an die Verbundenheit Tibbys mit ihrem Mann, an Martin und sich selbst, an Annies Kinder, an Kinder von Kindern. In der Stille des Hauses, wo die Erinnerungen an ihre eigene Kindheit so nahe waren, fand sie Trost, wenn sie an ihre eigenen Kinder dachte. Sie hörte sie rufen, so wie sie sie in der stickigen Finsternis nach dem Bombenanschlag gehört hatte. *Mami, schau mal!*

Sie liefen zu Hause im Garten umher. So wie sie in diesem Garten herumgelaufen war und nach Tibby gerufen hatte.

Ein Gefühl der Liebe stieg warm in ihr auf, Liebe zu ihrer Familie. All die Angst, der Stolz und die Erleichterung, daß sie trotz allem immer noch zusammen waren, erfaßten sie und gaben ihr Halt. Sie hörte immer noch die Stimmen ihrer Kinder und erinnerte sich an das kleine Glück des Alltags, das sie mit ihren Söhnen erlebt und geteilt hatte.

Sie hatte sie nach Hampstead Heath zu dem kleinen Jahrmarkt mitgenommen, der zwei- bis dreimal pro Jahr stattfand, mit seinen farbenfrohen Zelten auf einem unbebauten Stück Land am Rande des Ortes. Seit Jahren waren sie dorthin gegangen, meistens zusammen mit Martin, aber gestern mußte er noch Zeichnungen fertigmachen, und so war Annie alleine mit den Kindern losgezogen. Im Straßenverkehr war sie sich sehr alleine vorgekommen, aber als sie den Wagen geparkt hatte und die Kinder vorausstürmten, hob sich auch ihre Stimmung. Vergnügt betrachtete sie die kleinen Fähnchen, die im Winde flatterten. Sie alle mochten den Jahrmarkt.

Annie holte die Kinder ein, die atemlos die Wohnwagen und Generatoren bestaunten.

»Wo dürfen wir fahren, Mami?«

Sie nahm beide an die Hand und schwang ihre Arme.

»Wo ihr wollt.«

Sie stürzten sich in das Gewühl und den Lärm. Ohrenbetäubende, blecherne Musik, die Schreie der Jahrmarktsverkäufer, der Geruch von Zuckerwatte und gebratenen Zwiebeln umfing sie. In dieser Umgebung fühlte sich Annie plötzlich genauso jung wie Thomas und Ben. Sie war wieder selbst ein Kind und konnte gleichzeitig als Erwachsener ihre Freude an ihre Kinder weitergeben.

Tom stürmte voran und blieb erst vor dem lärmenden Fahrgeschäft in der Mitte des Jahrmarkts stehen. Die Wagen rumpelten so laut, wenn sie sich auf dem hölzernen Boden wild zu drehen begannen, daß selbst die lautstarke Musik nicht dagegenankonnte. Die Passagiere kreischten fröhlich in ihren Wagen.

Annie schrie Tom zu: »Benjy ist dafür noch zu klein.«

Tom stemmte seine Hände in die Seiten und sah plötzlich seinem Vater sehr ähnlich: »Ist er nicht. Wir können doch auf ihn aufpassen. Wir nehmen ihn einfach in die Mitte.«

»Bin ich nicht«, wiederholte Benjy entschlossen.

»Also gut.« Sie strahlten sich an, als hätten sie gerade einen Streich ausgeheckt.

Das Karussell verlangsamte seine Fahrt und die Fahrgäste sprangen fröhlich lachend heraus. Tom erspähte als erster eine leere Kabine. Er stürmte auf sie zu und drängte die anderen Leute beiseite. »Nein, die gehört uns. Kommt doch, Mami, Benjy.« Sie rannten Hand in Hand zu ihm und stiegen in die gepolsterte Kabine. Annie quetschte Benjy ganz eng zwischen sich und Tom und zog den Sicherheitsgurt um sie.

»Los geht's«, brüllte Tom und legte sich in die Kurve, als die Kabine sich zu drehen begann.

Es ging schneller und schneller, bis die Zentrifugalkraft sie in den Sitz drückte und sich Schreie ihren Kehlen entrangen. Annie zog sie noch ein bißchen näher an sich heran und spürte ihre zarten Schultern, steif vor ängstlichem Entzücken. Benjys Gesicht bestand nur mehr aus großen, erstaunten Augen und Toms Lächeln schien festgefroren. Sie drehten sich schneller, und die Welt um sie herum verschwamm. So konnte Annie nicht sehen, daß der junge Mann, bei dem sie ihr Eintrittsgeld bezahlt hatte, anerkennend durch die Zähne pfiff, als der Wind ihren Rock über die Oberschenkel hinaufwehte.

»*Mensch Meier.*« Tom kreischte vor Vergnügen, und Benjy versuchte tapfer mitzuhalten.

Halte sie fest, dachte Annie, *halte sie fest. Für immer.* Dann wurde die Fahrt langsamer. Sie schnappten nach Luft und lachten über ihre eigene Verwegenheit. Die Welt um sie herum wurde wieder in Details wahrnehmbar.

»War das nicht toll?« brüstete sich Tom, und Benjy kreischte: »War ich nicht tapfer?«

»Oh ja«, antwortete Annie erschöpft, »ihr ward es beide. Ohne euch hätte ich das nicht geschafft.«

Der feste Boden unter ihren Füßen erschien ihnen ungewohnt. Mit weichen Knien strebten sie weiter. »Was machen wir jetzt?« fragte Thomas. Annie sah ihn an und hätte die Freude in seinem Gesicht am liebsten für immer festgehalten. Aber sie konnte ihm nur die Hand auf die Schulter legen, nur für einen Augenblick, und so die Verbindung zwischen sich und dem Kind herstellen.

»Irgend etwas Ruhigeres«, bat sie.

»Da weiß ich was für dich«, tönte er triumphierend. Er nahm sie an der Hand und hielt die andere Benjy hin. »Kommt jetzt, und daß mir keiner verlorengeht.«

Er führte sie durch die Menge zu dem großen Karussell mit den vielen Spiegeln, dessen Dampforgel einen altbekannten Walzer leierte. Annie sah nach oben. Die verschnörkelten Buchstaben drehten sich langsam vor ihren Augen, bis sich die Worte ergaben: *The Prancers H. W. Peacock's Pride.*

»Karussellpferde«, murmelte sie, »die mag ich am liebsten.«

»Sind allerdings ziemlich langsam«, meinte Tom herablassend. Nichtsdestotrotz gefiel ihm die Fahrt. Er juchzte auf dem glatten Rücken des Pferdes und klammerte sich genauso wie Annie und Benjy an die bunt gestreiften Stangen.

Nach dem altmodischen Karussell probierten sie noch alle möglichen Fahrgeschäfte aus, von Drachen, die Feuer spien, und Riesenkraken, die ihre Arme auswarfen, bis zum Karussell für Kleinkinder, wo Benjy sofort das Feuerwehrauto in Beschlag nahm und wie wild mit der Glocke läutete, während Tom sich in einen Rennwagen quetschte und eine ernste Miene aufsetzte, wenn er an Annie vorbeifuhr.

Als sie alle Karussells durchprobiert hatten, sahen sie sich die anderen Attraktionen an. Sie mochten alle drei die piepsenden elektronischen Spiele, aber genauso lustig waren für Annie und Tom die alten Buden, wo man Pfeile auf wackelige Pappdeckel werfen oder nickende Enten mit Pingpongbällen traktieren mußte. Benjy ergriff für seine Mutter Partei, zog sie am Ärmel und feuerte sie an: »Los, Mami. Warum gewinnst du nicht?«

Annie lachte und ließ die Arme sinken.

»Schaffe ich nicht, Ben. Mit Tom kann ich es einfach nicht aufnehmen.«

»Da, du Baby«, schnaubte Tom und warf ihm den orangefarbenen Teddybär, den er gewonnen hatte, in den Arm. »Das wolltest du doch, oder?«

»Ich wollte nur, daß Mami gewinnt«, erwiderte Benjy. »Ich will nicht, daß sie traurig ist.«

»Ich bin nicht traurig«, versprach sie ihm. Für einen Augenblick drängte sich die Welt von draußen zwischen die Buden und Wohnwagen. »Ich werde nicht traurig sein. Wollen wir jetzt zum Spiegelkabinett gehen?«

Sie standen an der Kasse Schlange und amüsierten sich dann vor den Zerrspiegeln. Einmal sahen sie aus wie spindeldürre Riesen, dann wieder wie unförmige Fettklopse mit Rübengesichtern.

Die Kinder hielten sich den Bauch vor Lachen und konnten nicht genug kriegen: »Schau mal Mami an. Schau dir doch bloß ihre Beine an!«

»Und ihre Zähne. Wie ein altes Pferd.«

Annie amüsierte sich mehr über die unverhohlene Freude der Kinder als über die Spiegelbilder selbst. Erwachsene können nicht mehr wie Kinder lachen, dachte sie. Sie können sich nicht gehen lassen.

Schließlich mußte sie sie von den Zerrspiegeln wegziehen, weil sich hinter ihnen schon eine Schlange gebildet hatte. Draußen in der strahlenden Sonne wollten sie sich immer noch ausschütten vor Lachen.

»Seid ihr hungrig?«

»Und wie.«

»Und ich erst!«

Sie aßen heiße Würstchen mit gebratenen Zwiebelringen und Ketchup, und nachher kaufte Annie ihnen Zuckerwatte, die klebrige rosa Spuren auf ihren strahlenden Gesichtern hinterließ.

»Heute dürfen wir all die ungesunden Dinge haben, Ma.«

»Nur heute«, antwortete sie bestimmt. Als sie fertig waren, drängten sie zu neuen Taten.

»Jetzt kommt das Riesenrad.«

Ohne darüber zu reden, hatten sie sich das Riesenrad für den Schluß aufgespart. Sie marschierten über das zertrampelte Gras und standen in dem spinnwebartigen Schatten, den das Riesenrad warf, an der Kasse an. Benjy legte seinen Kopf in den Nacken und sah nach oben.

»Letztes Mal war ich noch zu klein.«

Annie hockte sich neben ihn und zog seine Jacke glatt. Es war wie eine Entschuldigung, um ihn festhalten zu können.

»Jetzt bist du groß genug. Ab heute bist du für alles groß genug.«

Sie wurden so schnell groß. Aber noch waren sie alle zusammen. War das nicht genug? Während sie sich langsam in der Schlange vorwärtsbewegten, ergriff bereits wieder der düstere Alltag von ihr Besitz. Sie versuchte, die Gedanken daran abzuschütteln und das kleine Glück der Jahrmarktserlebnisse zu genießen.

Das reichte, weil es reichen mußte. Endlich waren sie an der Reihe. Der Schaustellergehilfe ließ sie durch das kleine Metallgitter und sie kletterten in eine der kleinen, schwankenden Gondeln. Die Kinder saßen rechts und links von Annie. Die Sicherheitsstange wurde eingehängt und das Rad fuhr nach rückwärts an. Sie schwebten hinauf und ließen sich den Wind um die Nase wehen. Es roch nach Gras und Holzkohle hier oben, und unten drängten sich die Menschen zwischen den Buden. Am höchsten Punkt blieb das Rad stehen, und sie hingen leise schwankend im leeren Raum. Ben stieß einen kleinen Angstschrei aus und lehnte sich an Annie. Sie nahm ihn in den Arm und legte ihre Hand über seine Augen. Tom sah nach unten und sein Gesicht bekam einen gespannten Ausdruck.

Unter ihnen lag der große Jahrmarkt, zwergenhaft verkleinert. Dahinter waren wogende Baumkronen zu sehen, kleine Hügel und die Häuser hinter der Heide, die von oben wie ein Durcheinander aus Schiefer und Stein wirkten. Und am Horizont war London zu sehen, blaßblau, grau und ockerfarben.

»Wie schön«, sagte Tom.

Annie spürte Tränen in ihren Augen und senkte ihren Kopf. Sie legte ihren Arm um ihn und zog ihn näher an sich.

»Ja«, sagte sie, »wirklich wunderschön.«

Schweigend saßen sie in der leise schwankenden Gondel und genossen nur den Ausblick. In diesem Moment spürte Annie, daß sie ihre Kinder mehr als je zuvor liebte.

Und dann bewegte sich das Rad mit einem Ruck und brachte sie wieder nach unten.

Nach der Fahrt standen sie wieder im Schatten des Riesenrads beieinander.

»Was machen wir jetzt?«

Annie nahm ihre Geldbörse heraus. Sie öffnete sie und zeigte ihnen den schäbigen Rest. »Schaut. Wir haben alles ausgegeben. Ich habe gerade noch genug Geld, um jedem von euch einen Luftballon zu kaufen.«

Ungläubig sahen sie in die Geldbörse. Dann seufzten sie widerwillig, aber zufrieden auf. Es leuchtete ihnen ein, daß man nach Hause gehen mußte, wenn alles Geld ausgegeben war. Auf dem Weg suchten sie sich noch zwei rot-silberne, heliumgefüllte Ballons aus, einen mit einem Superman drauf für Tom und einen mit einem Spiderman für Benjy. Als sie den Weg hinunter zum Auto gingen, zerrten die Ballons an ihren Schnüren.

Im Auto, abgeschlossen von der lärmenden Menge, drehte sich Tom zu Annie.

»Das war ganz toll«, sagte er einfach.

»Keine andere Mami hätte das alles mitgemacht. Na ja, mitgemacht vielleicht schon. Aber wahrscheinlich keinen Spaß daran gehabt.«

»Ich hatte Spaß daran«, sagte Annie. »Danke.«

Benjy kletterte über die Rückenlehne auf den Vordersitz und schmiegte sein klebriges Gesicht an ihren Hals – das war seine Art, danke zu sagen.

Annie ließ den Motor an und lenkte den Wagen in Richtung Zuhause. Martin würde schon warten, und auch die Sehnsucht nach Steve würde wieder da sein.

Nur wenige Tage nach dem Jahrmarktbesuch nahm Tibbys Arzt Annie und ihren Vater beiseite. »Wenn Sie Ihren Sohn benachrichtigen wollen«, sagte er, »dann sollten Sie es möglichst bald tun.«

Annies Bruder arbeitete als Ingenieur im Nahen Osten. Annie und Jim meldeten sofort ein Telefongespräch an, wie sie es mit Philipp ausgemacht hatten.

»Ich bin innerhalb von achtundvierzig Stunden zu Hause«, versprach er.

Tibby lag in ihrem Zimmer, umgeben von Blumen, die Annie ihr vom Garten in das Sanatorium gebracht hatte.

»Es muß wunderschön aussehen dieses Jahr«, sagte sie, nachdem Annie sie in den Vasen verteilt hatte.

Annie saß am Bett und betrachtete das durchsichtige Gesicht ihrer Mutter. Tibby war meistens wach, sprach aber sehr selten. Wenn sie es doch tat, dann über alltägliche Dinge – über die Ärzte, über Mitpatienten oder das Essen, das sie bekam, aber nicht essen konnte. Sie sprach nicht einmal mehr über ihre Enkelkinder. Annie wußte, daß die Welt ihrer Mutter auf die Dimension ihrer Krankenhausumgebung zusammengeschrumpft war.

Es war ungeheuer schwierig für Tibby, unter diesen Umständen ihre Würde zu bewahren, obgleich sich das Krankenhaus alle nur erdenkliche Mühe gab, ihre Schmerzen zu lindern. Aber sie schwieg weiter beharrlich über ihre Krankheit. Zwar sprach sie auch nicht mehr vom Gesundwerden, aber ebensowenig vom nahen Ende. Anfangs hatte Annie diese Verweigerung als Zeichen würdevollen Muts betrachtet. Aber im Laufe der Monate war ihre Frustration gewachsen. Das Schweigen stand jetzt wie eine kalte Glaswand zwischen ihr und ihrer Mutter.

Sie griff nach Tibbys Hand und hielt sie fest. Sie war ausgetrocknet und schwerelos wie ein abgestorbenes Blatt. Annie saß in dem stillen, blumendurchdufteten Raum und dachte nach. Wie gerne hätte sie es doch gehabt, daß ihre Mutter, ehe sie starb, sich doch zur Wahrheit bekannt hätte, selbst wenn es nur ein einziges Wort gewesen wäre. Als ob sie damit ihrer Tochter zu verstehen geben könnte: *Es ist in Ordnung. Ich weiß, was mit mir passiert. Ich kann es ertragen, und du auch.*

Ich bin genauso wie Benjy und Tom, dachte Annie. Ich verlange etwas von meiner Mutter, selbst jetzt, wo sie im Sterben liegt.

Liebe, Pflichten, immer und ewig.

Annie blickte auf und bemerkte, daß Tibby sie von der Seite ansah. Ihr Blick war klar, abschätzend und verständnisvoll.

Annie dachte einen kurzen Augenblick: *Endlich.*

Aber dann fiel Tibbys Kopf in die Kissen zurück. »Ich bin müde«, sagte sie. »Ich denke, ich werde jetzt ein wenig schlafen, Liebes.« Annie stand auf und küßte sie auf die Wange. »Ich komme morgen wieder um dieselbe Zeit«, versprach sie, wie sie es immer tat.

Philipp war am übernächsten Tag bereits da. Annie holte ihn am Flughafen ab und brachte ihn direkt zum Sanatorium.

»Sie wissen nicht, wie lange es noch geht«, erzählte sie ihm. »Ich bin froh, daß du hier bist, Phil.«

Sie sah ihn von der Seite an. Er war blond wie sie selbst, hatte eine beginnende Stirnglatze und eine von der Sonne gerötete Haut. Alles in allem sah er so aus, wie man sich eben einen erfolgreichen Ingenieur vorstellt, der gerade aus dem Ausland zurückgekehrt ist. Annie stand ihrem Bruder nie besonders nahe, auch nicht als Kind. Philipp war immer der forsche, praktisch veranlagte Junge gewesen, während Annie eher bedächtig und verträumt war. Er war immer der Sohn des Vaters, genauso wie Annie und ihre Mutter sich besonders nahestanden, weil sie sich so ähnlich waren. Aber sie war froh und erleichtert, Philipp hierzuhaben. Wenigstens einen Teil der Angst, die auf ihren Schultern lastete, konnte sie auf ihn übertragen.

Familiäre Verpflichtungen, dachte sie sarkastisch. Da sind sie wieder.

An einer roten Verkehrsampel legte Philipp seinen Arm um sie. »Tut mit leid, daß ich nicht hier war. Geht es dir wieder gut, Annie? Du siehst nicht so aus, als hättest du dich bereits ganz erholt.«

Der Wagen fuhr wieder an.

»Wie hättest du hier sein können? Und du hättest ohnehin nichts tun können. Mir geht's gut, danke.«

»Ein besonders gutes Jahr war das wohl bisher nicht für dich.«

Annie sah gebannt auf die Straße. »Na ja, es ging so auf und ab.«

Mehr konnte sie Philipp nicht sagen, auch wenn er sie noch so forschend ansah. Nicht diesem breitschultrigen, rotgesichtigen Mann, der für kurze Zeit aus einer fremden Welt kam. Obwohl er ihr Bruder war.

Sie waren am Sanatorium angelangt und gingen hinauf zu Tibbys Zimmer. Jim saß an ihrem Bett. Er stand auf und umarmte seinen Sohn. Tibby öffnete die Augen.

»Hallo, Mum«, sagte Philipp. »Ich habe ein paar Tage Urlaub, und da bin ich.«

Tibby sah ihn unbeweglich an. Einen Augenblick lang sah Annie in ihren Augen wieder jenes klare Bewußtsein, das ihr zu Herzen ging. Dann lächelte ihre Mutter schwach und streckte ihre papierne Hand aus.

»Hallo, Liebling. Komm, setz dich zu mir.«

Annie beobachtete, wie Philipp sich hinsetzte und Tibbys Hand nahm.

Sie war erleichtert, fühlte sich plötzlich leicht wie eine Feder. Natürlich wußte Tibby, daß sie im Sterben lag. Wie sie mit der Tatsache umging, war ganz natürlich für Tibby. Mit einem Mal bewunderte Annie Tibbys Tapferkeit von ganzem Herzen.

»Ich komme später vorbei«, flüsterte sie und ließ Tibby mit ihrem Mann und ihrem Sohn allein.

Am frühen Abend fuhr sie wieder hin. Die Häuser, Läden und Parks waren in tiefgoldgelbes Sonnenlicht getaucht. Annie parkte ihren Wagen und ging die von samtviolett, blau und weiß schimmernden Petunien gesäumten Stufen hinauf.

Tibbys Zimmer war schummrig. Die Vorhänge waren zugezogen. Annie dachte zuerst, ihre Mutter schliefe, aber sie bewegte den Kopf, als sie die Tür hörte.

»Habe ich dich aufgeweckt?« flüsterte Annie.

Tibby schüttelte den Kopf. »Nein, ich habe nachgedacht. Erinnerungen aufgefrischt. Ich erinnere mich jetzt an vieles. An alles mögliche, das ich längst vergessen zu haben glaubte.«

Annie lächelte sie an. Das kam ihr bekannt vor. Kostbare Gedankensplitter.

»Soll ich die Vorhänge ein wenig zurückziehen?« fragte sie. »Das Licht draußen ist wunderschön.«

Tibby schüttelte den Kopf. »Mir ist es lieber so.«

Tibby wollte das Tageslicht nicht mehr sehen, dachte Annie. Ihre Welt war das Krankenhausbett und die Gesichter drumherum. Sie nickte und kämpfte mit den aufsteigenden Tränen. Einen Augenblick lang war es ruhig in dem verdunkelten Raum. Dann sagte Tibby: »Vielen Dank, daß du Philipp nach Hause geholt hast.«

Ihre Augen waren halb geschlossen gewesen, öffneten sich jedoch jetzt und sahen Annie durchdringend an. »Ich weiß, was das bedeutet.«

Sie lächelte und fügte dann, als ob Annie noch ein Kind wäre und sie ein kindliches Mißverständnis aus dem Weg räumen müßte, hinzu: »Es ist gut so.«

Schmerz, Erleichterung und Liebe durchfluteten sie mit einer solchen Vehemenz, daß es kaum zu ertragen war. Sie saß mit gesenktem Kopf da und hielt Tibbys Hand. Sie schwiegen wieder. Annie dachte, Tibby würde ihren Erinnerungen nachhängen, kleine Bruchstücke zu einem Bild zusammenfügen, wie sie es zusammen mit Steve gemacht hatte.

Aber Tibby sagte plötzlich mit fast erschreckend klarer Stimme: »Ist etwas mit dir und Martin? Bist du deshalb so unglücklich?« Ableugnung, Beschwichtigungen und Halbwahrheiten schwirrten ihr durch den Kopf. Sie wollte schon sagen: *Natürlich nicht. Wir sind glücklich.* Aber dann hob sie den Kopf und sah ihrer Mutter in die Augen.

Ich wollte doch immer die Wahrheit, dachte sie.

»Ich habe mich in einen anderen Mann verliebt«, sagte sie einfach. »Einen Fremden.«

»Wann?«

»Nach dem Bombenanschlag. Wir waren beide dort unten.«

Tibby nickte. »So was habe ich mir schon gedacht«, sagte sie. Die mütterliche Intuition erinnerte Annie wieder an ihre Kindheit. Sie umklammerte die Hand ihrer Mutter fest. *Bitte geh nicht fort, Tibby. Ich werde dich so sehr vermissen.*

»Was wirst du tun?«

Annie sah sie hilflos an. »Nichts. Was wäre da schon zu tun?«

Plötzlich sah sie, wie hell und klar Tibbys Augen im gedämpften Licht waren. Sie zog die Mundwinkel herunter, eine sehr rationelle Art, Ungeduld und Enttäuschung auszudrükken. Mehr Kraft hatte sie nicht mehr. Annie wußte, daß sie die falsche Antwort gegeben hatte.

Nach langem, langem Schweigen sprach Tibby wieder: »Ich habe nichts gemacht«, sagte sie. »Begehe nicht die gleichen Fehler. *Tu's nicht.*« Die letzten Worte waren nicht mehr als ein Hauch. Das Geständnis schmerzte sie. Erschöpft schloß Tibby die Augen.

Annie sah nun zumindest die Außenhaut der Geschichte vor sich. Irgendwie hatten Tibby und Jim im Lauf der Jahre aneinander vorbeigelebt. Vielleicht war da ein anderer Mann gewesen. Vielleicht hätte sich da ein anderer Weg angeboten. Annie erinnerte sich an das Hochzeitsbild ihrer Mutter mit dem kleinen, schräg aufgesetzten Hut und den grell geschminkten Lippen. Was immer passiert war, die beiden waren beieinander geblieben. Vielleicht gerade ihretwegen und Philipps wegen. Tibby hatte die häuslichen Pflichten und den Garten übernommen. Jim hatte sich um seine Angelegenheiten gekümmert.

Annie spürte eine Traurigkeit, so heimlich und unendlich, wie der Staub auf Tibbys Möbeln. Was war der Grund?

Mach nicht die gleichen Fehler.

Aber niemand konnte die gleichen Fehler machen. Sie waren immer wieder anders, bis in alle Ewigkeit.

Annie hob die Hand ihrer Mutter. Sie spürte die Knochen unter der Haut. So viele Dinge, die Tibby getan hatte, waren in Ordnung. Daran mußte man sich halten.

»Wir sind bei dir«, flüsterte sie. »Ich liebe dich, Tibby.«

Tibby lächelte mit geschlossenen Augen. Ihr Kopf lag schwer auf dem Kissen. »Ich weiß«, sagte sie.

Annie blieb bei ihr, bis sie sicher war, daß Tibby eingeschlafen war. Dann legte sie ihre Hand vorsichtig auf die Bettdecke zurück und ging wieder in das Licht hinaus. Es war so grell, daß sie blinzeln mußte und einen Augenblick auf den Stufen stehenblieb. Die Petunien leuchteten in einem intensiven, samtigen Blau. Schließlich stieg Annie in ihren Wagen und fuhr zu Martin und den Kindern heim, die schon auf sie warteten.

Tibby starb noch in derselben Nacht, friedlich und ohne Schmerzen.

Sie hinterließ kein Testament. So blieb es bei dem Letzten Willen, den sie vor Jahren zusammen mit ihrem Mann zugunsten von Annie und Philipp gemacht hatte. Es gab keine Anweisungen bezüglich der Bestattung. Annie war sicher, daß ihre Mutter eine Erdbestattung vorgezogen hätte, aber sie sagte nichts, als Jim und Philipp für eine Feuerbestattung entschieden.

»Das erscheint mir vernünftig«, sagte Philipp forsch, und Annie hatte sich wortlos abgewandt, weil sie nicht verstehen konnte, daß man irgend etwas im Zusammenhang mit dem Tod ihrer Mutter als »vernünftig« bezeichnen konnte.

Tibby wurde nach einer kurzen Andacht in einer unpersönlichen, modernen Kapelle eingeäschert. Die Vorhänge, die bei der Zeremonie auf- und dann wieder zugezogen wurden, erinnerten Annie an eine Theaterbühne. Sie wollte lachen und weinen, aber sie blieb steif und unbeweglich neben Martin stehen. Die Orgel leierte süßlich über ihren Köpfen.

Danach standen sie alle im strahlenden Sonnenschein beisammen. Die ganze Trauergemeinde sollte nach der Bestattung noch einmal in dem alten Haus zusammenkommen. Annie sah, wie sich hinter Martins Wagen der kleine Trauerzug formierte. Das Chrom und das Glas der Autos blitzten in der Sonne auf und blendeten Annie. Jim saß vorne neben Martin, sie und Philipp hatten im Fond Platz genommen.

Sie fühlte das Vakuum, das Tibby hinterlassen hatte, so schmerzlich, daß sie am liebsten geschrien hätte: »Wartet! Wir haben sie dort vergessen! Kehr um, Martin!«

Am Haus angelangt, parkte Martin den Wagen ein wenig weiter weg, um den nachfolgenden Besuchern Platz zu lassen. Das traurige Vierergrüppchen ging zum Gartentor. Jim sah zum Giebel des Hauses hinauf.

»Ich werde es verkaufen«, sagte er.

Das grüngestrichene Gartentor öffnete sich nach innen und quietschte dabei so, wie es das immer getan hatte, wenn Annie von der Schule heimkam. »Das ist wahrscheinlich das beste«, sagte Philipp. »Es ist jetzt ohnehin viel zu groß.«

Sie gingen weiter zur Eingangstür. Nur Annie blieb stehen. Hinter ihr kamen die anderen Trauergäste und unterhielten sich mit gedämpfter Stimme. Sie blickte auf den Türklopfer, den Tibby immer poliert hatte, und auf die mit einer Staubschicht bedeckten Fenster, die sie immer persönlich geputzt hatte.

Es ist doch nur ein Haus, dachte sie. Aber es war ja doch mehr als das. Es war Tibbys liebevoll gebautes Nest, aus dem die Kinder längst ausgeflogen waren. Es war ihr ganzer Lebensinhalt, und nun sollte es verkauft werden, und die neuen Besitzer würden sich über die altmodische Ausstattung mokieren. Wie sie da so inmitten der duftenden Rosen im Sonnenschein dastand, spürte Annie die Abstumpfung durch Kompromisse und Enttäuschungen in ihrem eigenen Leben wie auch in dem ihrer Eltern.

Martin hatte gewartet, und jetzt kam er zu ihr und hakte sich unter. »Es ist nicht mehr dasselbe, ohne Tibby«, versuchte er sie zu trösten. »Ich weiß«, sagte Annie. Nach einiger Zeit fügte sie hinzu: »Ein schrecklicher Verlust.«

Sie gingen in das Haus.

Annie tat, was man von ihr erwartete, so wie ihre Mutter es getan hätte. Sie begrüßte Freunde und ließ sich kondolieren. Sie kümmerte sich darum, daß alle von dem kalten Buffet zu essen bekamen, schenkte Weißwein ein und reichte die Gläser auf einem Tablett herum. Und dann, als alle versorgt waren, schlich sie sich in das Schlafzimmer ihrer Mutter.

Sie setzte sich auf das Bett. Die makellos glatte Tagesdecke zerknitterte sich sofort. Annie stand wieder auf und ging zum Kleiderschrank, öffnete die verspiegelten Türen und sah sich die Kleider ihrer Mutter an, die ordentlich auf gepolsterten Kleiderbügeln hingen. Auf der Frisierkommode staubten Tibbys altmodische Parfumflakons mit den zopfbezogenen Ballonzerstäubern vor sich hin.

Während sie so dastand, wurde die Stimme in ihrem Kopf immer lauter und lauter und wollte hinaus.

Steve. Steve.

Sie ging zum Telefon, das auf dem Tisch neben Tibbys Bett

stand. Sie wählte seine Nummer und hörte sich den Text an. Sofort umfing sie wieder die Wärme, die er in ihr geweckt hatte. Diesmal hinterließ sie eine Nachricht.

Steve kam an diesem Tag früher als gewöhnlich nach Hause. Er hatte ein Mittagessen mit einem Werbemenschen, den er nicht ausstehen konnte, hinter sich gebracht und hatte zweimal soviel getrunken, um die Zeit totzuschlagen. Danach hatte er noch eine Besprechung in einem stickigen Raum gehabt, in den die Sonne nur durch die heruntergelassenen Jalousien hereinkam. Dumpfe Kopfschmerzen quälten ihn. Er hatte einen sauer-metallischen Geschmack im Mund.

Die Wohnung sah öde und verlassen aus, als er hereinkam. Er ließ sein Jackett auf die schwarze Couch fallen und ging in die Küche, um sich noch einen Drink zu machen. Mit dem vollen Whiskyglas ging er zu seinem Schreibtisch und drückte die Knöpfe an seinem Anrufbeantworter.

Da war es.

Als er zum erstenmal ihre Stimme hörte, glaubte er, seine Phantasie spiele ihm einen Streich. Das war schon öfter vorgekommen in all der Zeit, die er auf sie gewartet hatte. Erst vor kurzem hatte er wirklich aufgehört, auf sie zu warten. Sie war eben einfach nicht mehr da.

Er drückte noch einmal auf den Knopf und hörte sich die Nachricht ein zweites Mal an. Sie war immer noch da und sprach mit ihm, ganz nahe.

»Hier ist Annie«, sagte sie. Dann war eine Pause, und Steve sah Annie ganz deutlich vor sich, wie Licht und Schatten auf ihrem Gesicht spielten. Dann sprach sie schnell. »Ich möchte dich wiedersehen. Es ist doch nicht zu spät, oder? Sag, daß es nicht zu spät ist.«

Das war alles.

Steve schloß die Augen. Der Whisky war malzig und kalt auf seiner Zunge. Endlich lächelte er. Es war ein schmerzhaftes, schiefes Lächeln, aber er zögerte keinen Augenblick. Er griff nach dem Telefon und wählte sorgfältig die Nummer, die er noch so gut im Kopf hatte.

Und sie war sofort am anderen Ende der Leitung dran. Sobald er ihre Stimme hörte, liebte er sie wie früher.

»Vielen Dank, daß du anrufst«, sagte sie leise.

»Was ist passiert, Annie?«

»Meine Mutter ist letzte Woche gestorben.«

»Das tut mir leid.«

Annie drehte sich von der Küche weg und lehnte ihre Stirn gegen die Wand.

»Das ist nicht der Grund«, fuhr sie fort. »Steve, es ist nicht alles vorbei zwischen uns, oder? Wie wir auseinandergingen...«

»Nein«, antwortete er ruhig, »es ist nicht alles vorbei.«

»Ich möchte dich wiedersehen.«

Steve sah die klebrigen Ringe, die die Whiskygläser auf seinem Tisch und auf der Bettkonsole im Schlafzimmer hinterließen.

»Ich gehe für ein paar Tage weg. Kommst du mit mir?«

Er spürte, wie glücklich sie war, und er war es auch.

Ohne den Bruchteil einer Sekunde zu zögern, erwiderte sie: »Ja. Natürlich komme ich mit dir.«

Martin und die Kinder waren im Garten. Annie sah sie durch das Badfenster, während sie ihre Cremes und Kosmetika von der Ablage nahm und in ihre Toilettentasche einräumte. Sie beobachtete sie durch das Fenster. Die Lamellen der heruntergelassenen Jalousie waren wie eine Barriere zwischen ihr und ihnen. Alles in ihr war hart und trocken. Ihr Herz pochte gegen ihre Rippen. Abrupt drehte sie sich weg, um die Köpfe der Kinder und Martins Schultern nicht ansehen zu müssen.

Sie hatte Martin an jenem Abend gleich erzählt, daß sie mit Steve gesprochen hatte. Die Kinder waren schon im Bett, und das Haus war ruhig, irgendwie erwartungsvoll ruhig. Sie hatte einfach drauflos gesprochen. Es gab keine andere Wahl. Martin hatte eine Weile mit gesenktem Kopf dagesessen und hatte ihr dann ins Gesicht gesehen. Sie sah, daß er weder überrascht noch zornig war und hätte am liebsten ihren Kopf an seiner Schulter vergraben. Aber sie blieb steif sitzen, wohl wissend, daß sie allein für ihrer beider Schmerz verantwortlich war.

»Wirst du zurückkommen?« fragte er endlich. Annie bemerkte, daß sie in ihrer panikartigen Sehnsucht nach Steve an so was noch gar nicht gedacht hatte. Sie konnte es kaum glauben, daß sie weggehen würde, und noch viel weniger, daß sie zurückkommen würde.

Was tue ich da eigentlich?

»Ich weiß nicht. Ja. Ich weiß nicht.«

»Wann gehst du?«

Sie sagte es ihm, und er nickte mechanisch.

»Wir werden hier sein, wenn du zurückkommst. Die Kinder und ich.« Annie hatte tränenerstickt etwas gemurmelt, sich dann umgedreht und war aus dem Zimmer gelaufen.

Das war alles gewesen. Und jetzt holte sie ihre Sachen aus dem Schrank und packte sie in ihren Koffer.

Was tue ich da eigentlich?

Die letzten Dinge warf sie einfach wahllos obenauf und schloß den Koffer. Es war Zeit zu gehen. Steve wartete auf sie. Annie ging langsam mit ihrem Gepäck die Treppe hinunter. Sie warf einen Blick auf die Bilder an der Wand und rückte mit ihrer freien Hand automatisch eines gerade. Sie stellte den Koffer vor der Eingangstür ab und ging durch die Küche in den Garten. Drei Gesichter drehten sich zu ihr um, als sie über den Rasen ging. Sie standen wie angewurzelt da und warteten.

Benjy bewegte sich als erster. Er lief zu ihr und klammerte sich an ihre Beine.

»Bitte geh nicht fort!«

Sie streichelte ihm über den Kopf und drückte ihn an sich. Tom bewegte sich nicht von seinem Platz neben Martin, aber Annie sah, daß er mit den Tränen kämpfte, die er für kindisch hielt. Mühsam stand Martin auf und kam auf sie zu. Annie spürte, wie weh sie ihm tat, und der Schmerz war schlimmer als alles, was sie durch den Bombenanschlag erlitten hatte.

Ich liebe dich, dachte sie hilflos. *Euch alle, ich liebe euch so sehr.*

Martin bückte sich und nahm Benjy auf den Arm. Sie wußte, daß ihr Mann sie gehen ließ. Er war so verständnisvoll, wie er nur konnte. Sie zog wie ein Feigling den Kopf ein vor so viel Großzügigkeit. Dann lief sie über den Rasen zu Thomas und umarmte ihn. Er drehte jedoch den Kopf weg. Benjy streckte seine Hände nach ihr aus, als sie ihn küßte, aber Martin hielt ihn fest.

»Auf Wiedersehen«, flüsterte sie. Es wäre eine Lüge, ein leeres Versprechen, ja vielleicht sogar Hohn gewesen zu sagen: *Ich komme bald wieder.*

Martin berührte ganz leicht ihre Wange, als hätte er Angst, ihr wehzutun.

»Wir werden hier sein«, rief er ihr noch einmal sanft in Erinnerung. Sie nickte, brachte nicht einmal fertig zu sagen: *Ich weiß*. Dann ging sie zurück durch das ruhige Haus und nahm ihren Koffer, der an der Vordertür stand.

Als sie fortgegangen war und selbst Benjy nicht mehr auf die Tür starrte, um zu sehen, ob sie nicht doch zurückkäme, brach es aus Tom heraus: »Warum geht sie von uns fort? Das ist nicht fair.« Martin ging, immer noch mit Benjy auf dem Arm, zu ihm und setzte sich. Benjy legte seinen Kopf an Martins Schulter und nuckelte an seinem Daumen.

»Tom, hör zu.« Tom sah in die andere Richtung, aber Martin war sicher, daß er zuhörte. »Mami ist nicht nur deine Mutter. Sie ist auch ein Mensch für sich. Wir alle gehören zusammen, aber jeder von uns hat auch ein Leben, das nur ihm gehört. Wenn Mami gehen will, dann sollten wir sie auch gehen lassen, finde ich.«

Tom stand immer noch abgewandt da, aber Martin wußte, daß er jetzt weinte. »Sie wird zu dir zurückkommen, Tom. Sie wird immer deine Mutter sein.«

Das Kind rieb sich mit dem Handrücken über das Gesicht. »Wie früher?«

Die Kinder wußten beide, was vor sich ging, dachte Martin. Sie spüren es, und sie wissen es. »Wie früher«, log er ihnen vor, da er es nicht besser wußte. »Ganz wie früher.«

Natürlich glaubten sie ihm. Und die kleine Notlüge mußte für den Moment herhalten. Tom saß einen Augenblick ruhig da und rappelte sich dann auf.

»Kann ich jetzt Daniel anrufen?«

»Gute Idee. Frag ihn, ob er nicht zum Spielen kommen möchte.«

Tom rannte los, und Benjy befreite sich aus Martins Armen und lief ihm nach.

Es war sehr ruhig im Garten. Eine Wolke hatte sich vor die Sonne geschoben, und der Schatten lag wie ein zugezogener Vorhang über dem Rasen.

Annie.

Martin bedeckte sein Gesicht mit den Händen. Er hatte schon lange nicht mehr geweint, aber jetzt spürte er heiße Tränen an seinen Fingern herunterlaufen. Eigentlich war ihm ja klar gewesen, daß er nichts weiter tun konnte als zu warten und zu hoffen, aber jetzt überwältigte ihn doch seine Hilflosigkeit. Wieder und wieder mußte er an die Stunden denken, die er hinter der Polizeiabsperrung ausgeharrt hatte. *Wenn ich nur statt dir dort unten gewesen wäre, Annie.* Er war sich damals sicher gewesen, sie so sehr zu lieben, um das für sie durchstehen zu wollen und überhaupt alles auf sich zu nehmen, wenn sie nur überlebte.

Daran mußte er gerade jetzt wieder denken.

Wenn er sie liebte, liebte er sie so sehr, daß er sie gehen lassen würde? Sie zu Steve gehen lassen würde? Wenn sie das denn wirklich wollte.

Er sagte halblaut vor sich hin: »Ja.« Also war er nicht hilflos. Er konnte das für sie tun.

Martin hob seinen Kopf. Er blickte durch die Blätter des

Birnbaums hinauf in den Himmel. Die Wolken verdichteten sich. Es sah nach Regen aus. Er wartete, bis seine Augen trokken waren. Auf der Gartenbank zurückgelehnt, beobachtete er den Himmel. Als er sicher war, daß die Kinder ihm nichts anmerken würden, ging er ins Haus, um nach ihnen zu schauen.

Steve riß das Steuer scharf herum und lenkte den Wagen hinter dem Bus hervor. Er preschte nach vorne, mußte jedoch an der nächsten Ampel schon wieder scharf abbremsen. Mit einem Blick auf die Uhr am Armaturenbrett stellte er fest, daß er schon fünf Minuten zu spät dran war. Ungeduldig schlängelte er sich mit seinem BMW zwischen Fahrrädern und Lieferwagen hindurch. Er sollte sich mit Annie am King's Cross treffen.

»Warum King's Cross?« hatte er wissen wollen, und sie hatte einfach geantwortet:

»Warum nicht?«

Er trommelte mit den Fingern auf das Lenkrad und rechnete im Kopf schnell weiter. Noch einmal fünf Minuten. Höchstens acht. So lange würde sie doch hoffentlich warten. Der Verkehrsstrom schwemmte ihn an den rot-gelben Spitztürmen von St. Pancras vorbei – und dann sah er sie. Ganz ruhig stand sie am Bürgersteigrand mit dem Koffer neben sich. Sie trug ein einfaches Baumwollkleid und hatte das Haar zurückgekämmt. Sie sah aus wie ein Mädchen, das die Schule schwänzte. Steve bremste den Wagen ab. Komischerweise sah sie in die andere Richtung, gegen den Verkehrsstrom, und er mußte sie rufen:

»Wollen Sie in meine Richtung?«

Mit einem Ruck drehte sie sich herum, und ihr Gesicht leuchtete auf. Im nächsten Moment hatte sie sich auch schon auf den Beifahrersitz fallen lassen und den Koffer einfach zwischen sie gestellt. Da saßen sie nun, mitten im Verkehr, und betasteten sich gegenseitig wie zwei Blinde. Annie beugte sich zu Steve hinüber und küßte ihn auf den Mund.

Ein Taxifahrer hinter ihnen betätigte ungeduldig seine Hupe.

»Wohin fahren wir?« fragte sie.

Steve reihte sich wieder unter die anderen Verkehrsteilnehmer ein. Die ungeduldigen Autofahrer hinter ihnen beruhigten sich. Steve sah Annie von der Seite an.

»Wir fahren ans Meer«, sagte er.

– NEUN –

Es war nicht Brighton, wie Annie insgeheim gedacht hatte. Vielmehr fuhren sie durch das Straßengewirr von East London, und Annie wartete gespannt, daß Steve etwas sagen würde. Das war aber nicht der Fall.

Schließlich fragte sie verträumt: »Wohin fahren wir denn nun wirklich?«

Er lachte.

»Hab' ich dir doch schon gesagt. Ans Meer. Und da ich aus dem East End komme, existiert für mich nur die Ostküste.«

Annie dachte an Clacton oder Southend, aber sie fuhren weiter gen Norden durch flache, weite Landschaften mit riesigen gelben Feldern, die bis zum Horizont reichten. Neugierig las sie die unbekannten Ortsschilder.

»Hier war ich noch nie.«

»Also wird es in der Erinnerung uns beiden gehören, wenn du daran zurückdenkst.«

Sie wagten es einen Augenblick lang nicht, sich anzusehen.

Schließlich bogen sie von der Hauptstraße ab und fuhren eine kleine Landstraße entlang, die nirgends hinzuführen schien. Auf beiden Seiten war unbebautes, rauhes Land, bewachsen mit buschigem Stechginster und windzerzausten Krüppelkiefern. Annie wußte, daß sie nahe am Meer sein mußten. Plötzlich, nach einer kleinen Bergkuppe, sah sie es. Ein paar niedrige Häuser duckten sich in eine Talmulde, und dahinter lag die Nordsee, graublau trotz des Sonnenscheins. Der Wind hatte den Wellen weiße Schaumkrönchen aufgesetzt. Der kleine Ort lag am Ende der Straße, dahinter war nur das Meer. Steve fuhr bis zum Damm, und sie stiegen aus. Im Winter würden die Wellen sicher gegen den Betondamm schlagen, und die hochschäumende Gischt würde die Straße zeitweise unter Wasser setzen. Jetzt im Hochsommer war das Meer friedlich und freundlich. Steve und Annie lehnten sich gegen die Mauer und sahen aufs Meer hinaus.

Der Strand war mit großen runden Kieselsteinen bedeckt, taubenblau und schiefergrau an den trockenen Stellen, schwarz und glänzend, wo sie vom Wasser umspült waren.

Spaziergänger gingen am Ufer entlang. Ihre Schatten brachen sich im bewegten Wasser. Hunde tobten fröhlich umher und bellten die Gischt an.

Annie drehte sich zu Steve, der sie freundlich und verliebt ansah, und atmete die frische Salzwasserluft ein.

Das schräg einfallende Licht war klar, durchsichtig und idyllisch. »Es ist wunderschön hier.«

»Finde ich auch. Und man ist so weit weg von allem.«

Das paßt für uns. Von der Welt abgeschnitten. Nur für jetzt, nur für jetzt.

»Schau.«

Steve drehte sich um, so daß ihr beider Blick auf eine kleine Reihe von Häusern fiel. Sie waren rosa, blaßblau und nilgrün gestrichen, und ihre schmiedeeisernen Balkone schauten auf das Meer hinaus. Er zeigte auf ein blaues mit Schnörkeln an den Giebelenden. Es sah sehr putzig aus.

»Dort wohnen wir.«

»Wirklich? Wie hübsch! Sieht aus wie auf einem Werbeprospekt. Können wir einmal einen Blick hineinwerfen?«

Steve zog einen Schlüssel aus der Tasche. Das kleine Haus hatte blanke Dielenböden, knarrende Korbstühle, ausgebleichte Baumwollvorhänge und einen Holzofen in dem Zimmer, das aufs Meer hinausging. Vor Annie stiegen ganz deutlich Kindheitserinnerungen an Ferien auf. Sie fühlte Sand in ihren Schuhen. Es roch nach Salz, nach nassem Treibholz und nach Teer. Die Erinnerungen waren so lebendig, daß sie sie fast schmerzlich empfand. Ihre Sinne waren hellwach. Sie ging zu den Fenstern, berührte den von der Sonne abgeblätterten Lack an den Rahmen. Der salzige Geruch und der Staub von den Vorhängen stachen ihr in die Nase.

Ich lebe, dachte sie.

Sie drehte sich wieder zu Steve um. Er hatte sie vom Türrahmen aus beobachtet. Sein Gesicht lag halb im Schatten, die andere Hälfte war in Sonnenlicht gebadet.

»Wem gehört das Haus?«

»Einem Freund von mir.«

»Warst du schon mal hier?«

»Nicht so.«

»Also wird es in der Erinnerung nur uns beiden gehören«, wiederholte sie, seine Worte bestätigend.

»Ja, Annie.«

Sie gingen aufeinander zu und trafen sich in der Mitte des Zimmers, wo sich das helle Tageslicht an der Decke brach. Steve nahm ihr Gesicht in seine Hände und küßte es.

»Besser als ein Hotel«, murmelte er.

»Viel besser.«

Hotels waren etwas für Ehebrecher, dachte Annie. Für verschwiegene, verstohlene Stunden, während dieses kleine Haus sauber und unschuldig war mit dem Sand in allen Ecken und den Steinen auf dem hölzernen Kaminsims. Verbrämte sie da eigentlich nicht die bloßen Tatsachen, nur weil es ihr gerade so in den Kram paßte? Vielleicht schon, aber sie wußte auch, daß das hier und heute nicht wichtig war.

»Was wollen wir machen?« fragte Steve.

Sie lachte ihn an. Sie war aufgeregt wie ein Kind, das zum ersten Mal an einem fremden Ort ist.

»Einfach auf Entdeckungsreise gehen.«

»Gut, gehen wir.«

Sie gingen wieder hinaus in die prickelnde Luft und spazierten Hand in Hand am Strand entlang. Ihre Schuhe knirschten im Strandkies. Annie sah gerade auf die Häuserreihe zurück, als eine unerwartete Welle heranrollte und ihre Knöchel umspülte. Lachend zog sie die Schuhe aus und kippte das Wasser raus. Steve nahm sie ihr ab und trug sie. Die Ebbe gab schimmernde Streifen von nassem Sand frei, und Annie drückte ihre Fußspuren ein, die die nächste Welle wieder wegschwemmte.

Hinter dem Städtchen zog sich eine lange Kiesbank hin, an deren Ende sich ein hoher, runder, geheimnisvoller Martelloturm erhob. Annie zog ihre nassen Schuhe wieder an, und sie gingen einen Pfad entlang auf den Turm zu. An einer windgeschützten Stelle war ein kleiner Jachthafen. Die Takelage der Segelboote schlug laut gegen die Stahlmasten. Als sie bei dem Fortturm angelangt waren, blickten sie einen Augenblick andächtig die massiven Mauern hinauf und dann die Küstenlinie entlang, die der Turm geschützt hatte. In einem Bogen spannte sich die Küste bis zu jenem Punkt, an dem Land und Meer miteinander verschmolzen. Sie fühlten sich winzig neben dem mächtigen Turm und der endlosen Weite dahinter. Annie lauschte den Wellen und den Schreien der Möwen, die der Wind mal verstärkte, mal verschluckte. Sie drehte sich von Steve weg und blickte landeinwärts. Das öde Marschland war mit vereinzelten Grasbüscheln und Furchen, die die Flut hinterlassen hatte, durchsetzt. Weiter landeinwärts ragte jenseits des großen flachen Landstrichs ein Kirchturm in den Himmel. Der Wind blies kalt auf diesem exponierten Landvorsprung, und sie fröstelte. Aber sie genoß auch aus tiefstem Herzen die Abgeschiedenheit und das Rauschen des Windes und der See, das ihre Gedanken einlullte. Unter der Weite des Himmels kam ein Gefühl der Vergänglichkeit auf, die Erhabenheit der Umgebung ließ sie die eigenen kleinen Belange vergessen. Der Turm hatte wehrhaft Jahrhunderte überstanden, Himmel und Meer waren immerwährend.

Und dagegen war alles andere jetzt nicht so wichtig.

Plötzlich fühlte sie sich ruhig und getröstet. Der Mensch kam auf die Welt und verließ sie wieder. Erinnere dich daran, sagte Annie zu sich selbst, wenn es an der Zeit ist. Sie lächelte. Steve hatte den weiten Horizont betrachtet und drehte sich dann zu ihr um. Ihre Augen trafen sich.

»Ich weiß«, sagte er. Wie immer hatte er ihre Gedanken gelesen. Einen Augenblick blieben sie noch im Windschatten des mächtigen Turms stehen und sahen sich an.

Dann fröstelte Annie wieder und spürte auf einmal die nasse Hose an ihren Fußknöcheln.

»Zurück gehen wir durch den Ort«, sagte Steve.

Hand in Hand schlenderten sie langsam an gemütlichen Teestuben und altmodischen Krämerläden vorbei. In einem rosa getünchten Häuschen hatte ein Häusermakler sein Büro. Sie warfen einen kurzen Blick auf die verlockenden Angebote in seinem Schaukasten. In der dem Meer abgewandten Hauptstraße war es wieder windstill, und Annie fror nicht mehr.

Sie kehrten in das kleine blaue Häuschen zurück, und Annie brachte den Tee hinauf in das kleine Balkonzimmer, wo sie das ständig wechselnde Licht beobachten konnten, während sie aßen und tranken. Die ruhige Abgeschiedenheit des Hauses machte sie beide fast ein wenig schüchtern. Annie dachte daran, daß es schon Monate her war, seit sie sich zum letzten Mal in seinem schicken Stadtappartement getroffen hatten. Sie saßen nahe beieinander, ohne sich eigentlich zu berühren, als wären sie beide unsicher, was der andere wollte oder erwartete. Einen Augenblick lang war Annie sich nicht sicher, ob sie ihn überhaupt kannte. Steve nahm ihre Hand, und sie schrak ein wenig zusammen und stieß sich an der Armlehne aus Rohrgeflecht. Sie mußten beide lachen, und die Spannung löste sich. Steve sagte: »Komm, ich lade dich zum Essen ein.«

Annie nahm ein Bad und zog sich in der kleinen Schlafkammer um. Sie nahm ihre Kleider aus dem Koffer und legte sie ordentlich auf eine Seite des Bettes. Ihre Haarbürste und ihre Cremetiegel stellte sie auf eine Seite der Kommode und schaute dann auf die Tasche, die Steve auf der anderen Seite des Bettes abgestellt hatte. Sie hängte ihre Kleider auf die Bügel und verstaute sie in einer Schrankhälfte. Es war ein komisches Gefühl für sie, nur ihre eigenen Sachen zu haben.

Annie nahm den leeren Koffer. Es war ein zerbeulter, gewöhnlicher Kofferveteran, der schon zahllose Familienurlaube und Wochenendausflüge auf dem Buckel hatte. Steves Tasche, die noch ungeöffnet dastand, war aus schwarzem Leder und Leinen, ein teures Stück, wie es weder sie noch Martin je besessen hatten. Sie berührte die Tasche kurz mit den Fingerspitzen und stellte traurig fest, daß sie die eheliche Intimität des Zimmers Lügen strafte. Rasch drehte sie sich um und stellte ihren eigenen Koffer in den Schrank.

Sie gab sich bei ihrem Make-up so große Mühe, als gehe es um die Chance ihres Lebens. Als sie zu Steve zurückkam, saß er auf dem Balkon und blickte aufs Meer hinaus, wandte sich aber sofort zu ihr und betrachtete sie mit einem überraschten, bewundernden Gesichtsausdruck, als hätten sie sich gerade erst kennengelernt. »Du siehst wunderschön aus«, sagte er und küßte sie. Sie fühlte sich wie unter einem Zwang zu ihm hingezogen. Er drückte ihre Wange an seine.

»Also jetzt das Abendessen«, sagte er.

Die Straßen zwischen den weiten, flachen Feldern waren leer, und Steve fuhr den großen Wagen sehr schnell. Die Sonne stand bereits ziemlich schräg hinter ihnen im Westen. Sie fuhren kilometerweit durch einen dichten Wald mit Schwarzkiefern, und als sie ihn durchquert hatten, war die Sonne untergegangen und der Himmel fast dunkel.

Annie stellte fest, daß sie noch nie so bewußt das Wechselspiel von Licht und Schatten in der Natur erlebt hatte. Dieses wunderbare Schauspiel fand sicher nur für sie und Steve statt, dachte sie, und dann erinnerte sie sich, wie klein sie sich doch im Schatten des Martelloturms gefühlt hatte, und mußte lachen. Steve drückte kurz ihre Hand.

Sie erreichten ein anderes kleines Städtchen. Die einsetzende Ebbe hatte an der Flußmündung breite Kiesstreifen zurückgelassen. Der kleine Stadtplatz war von alten Backsteingebäuden eingesäumt, die noch ein wenig im letzten Tageslicht glühten. An der Ecke war ein kleines Restaurant. Auf den Tischen lagen Papiertischtücher, von der Decke hingen helle, klare Lampen, und Annie und Steve fanden einen Tisch inmitten von Fischern, Seglern und einigen Urlaubern.

Das Essen hätte gar nicht besser und frischer sein können. Der Seebarsch schmeckte besonders vorzüglich, weil er in einer einfachen Buttersauce serviert wurde.

Sie aßen beide mit großem Appetit und tranken dazu strohblonden Chablis, der nach Stein und Stahl schmeckte. Annies Wangen röteten sich. Sie sprachen und lachten über kleine, alltägliche Dinge und vergaßen die Welt um sich. Draußen war es ganz dunkel geworden.

Viel später fuhren sie dann wieder zurück in das Häuschen am Meer. Es war stockdunkel. Als Steve das Licht anknipste, tat ihnen die Helligkeit in den Augen weh. Sie blinzelten sich an, als wollten sie verhindern, daß die Stimmung des Abends zerstört werde.

»Es ist kalt hier«, sagte Steve. »Ich werde Feuer im Ofen machen.«

Das Holz lag im Korb neben dem Ofen, und schon bald flakkerte ein gemütliches Feuer auf. Der Duft des trockenen Treibholzes zog sich durch den Raum. Steve zauberte eine Flasche Brandy und zwei Gläser herbei. Er schenkte Annie ein, und sie spürte, wie der Brandy in ihrer Kehle brannte.

»Hörst du das Meer?« flüsterte Steve.

Wenn es im Zimmer still war, schienen die Wellen fast über ihren Köpfen zusammenzuschlagen. Er zog den Vorhang zurück, und sie sahen in der Ferne den Strahl eines Leuchtturms, ein Lichtbalken, der das Meer absuchte, verschwand und wieder auftauchte.

Die Scheu des frühen Abends war nun verflogen. Sie gingen ganz natürlich aufeinander zu, nicht ungeduldig, aber doch begierig, denn die Zeit war gegeben. Annie lehnte ihren Kopf an Steves Brust und fühlte seinen Herzschlag an ihrer Wange. Sie legte ihren Kopf zurück, und Steve beugte sich über sie. Annies Kopf sank in die Kissen, und sie öffnete auf sein Drängen ihren Mund.

Er tastete nach ihren Blusenknöpfen und öffnete sie nacheinander. Seine Hand und dann sein Mund berührten ihre Brüste.

»Ich liebe dich«, sagte sie schlicht.

Sie wußten beide um die vielen unausgesprochenen Worte.

Steve sagte: »Komm jetzt ins Bett.«

Sie kletterten die enge Treppe zu der kleinen Schlafkammer hinauf. Annie vergaß alles um sich herum. Nur sie beide und dieser Augenblick waren wichtig.

Unbeholfen zogen sie einander aus. Die Luft war kalt auf der nackten Haut. Sie betasteten gegenseitig die heilenden Narben mit den Fingerspitzen.

»Fast schon wieder gut«, flüsterte Steve.

»Fast. Noch nicht ganz. Noch nicht.«

Sie schlugen wie ein Ehepaar gemeinsam die Patchworkdecke zurück. Steve hob Annie hoch und legte sie aufs Bett. Annie spürte das kalte Bettuch. Steve legte sich neben sie und umarmte sie. Sie klammerten sich aneinander und wärmten sich.

Als ihr Körper ungestüm nach seinem verlangte, beugte er sich einen Augenblick über sie und sah ihr in die Augen. Steve lächelte, aber Annie sah auch Schmerz in seinen Augen. *Mein Liebling, ich will dir nicht wehtun.* Sie hob den Kopf und zog den seinen zu sich herunter. Er stieß in sie hinein, und sie schrie hemmungslos ihre Lust heraus.

Sie liebten sich langsam und sehr zärtlich, nicht mehr so verzweifelt und drangvoll wie sie es in London getan hatten. Als Annie die Augen öffnete, sah sie einen schwachen Lichtschein an der Balkendecke, der wieder verschwand. Es war das unermüdliche Auge des Leuchtturms. Endlich ließ sich auch Steve gehen und stöhnte ihren Namen: *Annie, Annie.* Sie schaukelte seinen Kopf in ihren Armen und küßte seine Augenlider. Später lagen sie sich ruhig in den Armen und lauschten auf das nimmermüde Meeresrauschen.

»Heute, mit dir, war einer der glücklichsten Tage meines Lebens«, sagte Annie fast wie zu sich selbst. Daß er sich nicht wiederholen würde, daß sie nicht miteinander alt werden würden, barg Traurigkeit und Stärke in sich. Zumindest hatten sie diesen Tag erlebt. Das war es, was Tibby gemeint hatte. Plötzlich war sich Annie ganz sicher, daß dies die Wahrheit war.

»Denk immer daran«, sagte Steve.

»Ganz bestimmt«, antwortete sie und besiegelte damit ihren Pakt. Sie lag in Steves Armen und kuschelte sich an seine warme Haut. Mit dem Rauschen der Meeresbrandung im Ohr schlief sie ein. Dann war der Traum auf einmal wieder da.

Die Finsternis war nicht nur dunkel, sondern lastete wie ein Tonnengewicht auf ihr. Sie saß fest, zerschmettert und zerschunden, und die schwere Last drohte jeden Moment über ihr zusammenzubrechen. Sie riß die Augen auf, bis sie schmerzten, und konnte doch nicht die Dunkelheit durchdringen. Sie war völlig allein. Sie wußte es, denn sie rief einen Namen und bekam keine Antwort. Er war nicht mehr bei ihr oder tot. Sicherlich war er tot. Panische Angst erfaßte sie, als sie über und unter sich ein polterndes Getöse hörte. Jetzt würde alles zusammenbrechen und sie erdrücken. Sie kämpfte ziemlich hoffnungslos und tastete im Dunkeln um sich.

Aber es war nicht hoffnungslos. Sie rief seinen Namen, und er antwortete ihr. Er nahm sie fest in seine Arme, als sie sich schluchzend aufsetzte und nach Luft schnappte.

»Annie, Annie. Ich bin doch bei dir. Es ist ja alles gut.«

»Steve?«

»Ja. Ja, ich bin da.« Er sprach leise und beruhigend auf sie ein. All der Schrecken und die panische Angst fielen mit einem Mal von ihr ab.

»Die Dunkelheit.«

»Ich weiß. Es ist schon gut. Schau, dort ist der Leuchtturm.«

Durch das Fenster sah sie den Lichtkegel – hell, zuverlässig und beruhigend. Steve hielt sie fest, bis ihr Atem wieder ruhig ging. Er küßte ihre nassen Augenlider und strich ihr das feuchte Haar aus dem Gesicht. Sie schauderte und schmiegte sich an ihn. Sie sah, berührte und roch ihn. Das half ihr aus dem schwarzen Terror heraus. War es wieder der gleiche Traum?

»Ja. Genau der gleiche.«

Steve hielt sie mit einem Arm fest und knipste mit der anderen Hand das Licht an. Annie sah die Patchworkdecke und die achtlos hingeworfenen Kleider. Plötzlich war der Raum wieder mit Leben erfüllt.

»Jetzt sieh mich an«, sagte Steve. Sie drehte langsam den Kopf. Er nahm ihre Finger und drückte sie gegen sein Gesicht. Für Annie war das, als wären sie wieder verschüttet, nur daß sie ihn jetzt sehen und berühren konnte und keine Angst mehr hatte. »Es ist vorbei«, sagte er. Sie lauschte angestrengt dem Echo seiner Worte. »Du bist jetzt in Sicherheit.« Mit ihren ineinander verschlungenen Fingern berührte er die allmählich verblassenden Narben an Arm und Schulter, dann die lange, die sich quer über ihren Bauch zog. »Wir haben überlebt. Wir haben einander geholfen zu überleben. Jetzt ist es vorbei, Annie.«

Sie nickte erschöpft.

»Leg dich wieder hin.« Noch einmal drehte er das Licht aus. Sie tat, wie ihr geheißen, und er deckte sie beide zu. Steve legte seine Arme um sie und hielt sie unbeabsichtigt genauso, wie er es in den schlimmen Augenblicken getan hatte, als er glaubte, sie würde sterben. Aber ihr Atem ging regelmäßig, ihre Haut war warm, und ihr Gesicht war sauber und glatt.

Es ist vorbei, sagte er auch noch einmal zu sich selbst. Er erinnerte sich, als die Rettungsleute kamen. Man nahm sie ihm weg. Scharfe Lichtkegel hatten die eisige Luft durchschnitten. Jetzt war der schwache Lichtstrahl des Leuchtturms wie ein ganz ferner Abklatsch von damals. Unwillkürlich drückte er sie fester an sich. »Bist du noch wach?«

Ihre Wange rieb an seiner Schulter. »Ja.«

»Hast du immer noch Angst?«

»Nein«, sagte Annie, »nicht mehr.« Sie war jetzt ganz sicher, daß der schreckliche Traum sie nicht mehr quälen würde. »Der Alptraum ist jetzt auch vorbei«, sagte sie. »Für immer.«

Der Leuchtturm schickte wieder sein schwaches Licht durch

das Zimmer. Steve hatte seinen Mund an ihrem Haar und lächelte. Sie verharrten lange Zeit in dieser Stellung und hielten sich im Arm. Und dann schliefen sie endlich ein.

Die Sonne ging blutrot über dem Meer auf und erfüllte die Zimmer des blauen Häuschens mit sattem Licht.

Als Annie gähnend in den Morgenrock schlüpfte und aus dem Fenster sah, kam gerade die kleine Fischerflotte in den Hafen zurück. Die Boote zogen einen silbrigen Schaumkegel hinter sich. Schwarze Möwen umkreisten sie schreiend. Die Dieselmaschinen tuckerten in der morgendlichen Stille. Steve stand auf und sah ebenfalls hinaus. Sie beobachteten, wie das Kielwasser der Boote die Küste nur mehr in kleinen Kräuselwellen erreichte und kaum mehr gegen die Kiesel schlug.

Denk immer daran, erinnerte sich Annie selbst. *Denk daran.*

Schweigend standen sie nebeneinander, dann sagte Steve leicht dahin, als ob ein ganz normaler Tag wäre: »Ich denke, wir brauchen ein ordentliches Seemannsfrühstück. Ich gehe einkaufen.«

Annie setzte sich auf den Balkon, zog die Beine an und ließ sich von der Sonne bescheinen, während sie auf Steve wartete. Das erste Fischerboot wurde mit einer Seilwinde auf den Kies hinaufgezogen. Es ächzte dabei gewaltig.

Sie hörte Steve zurückkommen und in der Küche rumoren. Sie ging barfuß hinunter und tappte dabei im Sonnenlicht und im Schatten hin und her. Lächelnd stand sie in der Küchentür. Steve drehte sich um und sah sie ernst an. Ihr Lächeln erstarb.

»Was ist los?« fragte Annie.

Sie sah sich in der Küche um, sah den Eierkarton, die Lebensmittel in der braunen Tüte, die zusammengefaltete Zeitung und die Kaffeekanne auf dem Tisch.

Steve zögerte. Das Herz schlug ihr bis an den Hals. Er nahm die Zeitung auf, kam zu ihr und hielt ihr die Titelseite unter die Nase. Annie dachte: *Martin, Tom und Benjy.* Was ist ihnen passiert, während ich hier weit weg von ihnen bin? Nein, bitte. Bitte nicht das ... nicht hier und jetzt.

Sie blickte beunruhigt auf verschwommene Fotos, Polizeiautos, von zwei Männern und einer Frau. Sie sagten ihr gar nichts, und die schreckliche Angst, die sie gepackt hatte, legte sich wieder. Sie sind immer bei mir, dachte sie für sich. Wo immer ich hingehe.

Plötzlich war sie mit einem Schlag davon überzeugt, daß es nicht möglich war, eine Entscheidung zu treffen. Sie war schon längst gefallen, in der Zeit, die Erinnerung geworden war, die wie Konfetti in der Dunkelheit herumwirbelte.

»Ich verstehe nicht«, sagte sie benommen.

»Lies!«

Annie versuchte sich zu konzentrieren und überflog die Zeilen. Da hieß es: *In South London festgenommen. Verdacht auf Beteiligung an Weihnachtsanschlag.* Da standen Namen, ganz gewöhnliche Namen und Decknamen. Vermutete politische Hintergründe. *Fortsetzung auf der letzten Seite.* Sie wußte, daß auf der letzten Seite die Ereignisse noch einmal in Erinnerung gerufen würden. Und vielleicht war auch noch einmal ein Foto des zerstörten Kaufhauses abgedruckt.

Sie schaute nicht auf die letzte Seite, sondern ließ die Zeitung sinken. Die Gasflamme am Herd brannte mit bläulichem Licht und zischte leise. Ansonsten war es ganz ruhig, hier im hinteren Teil des Hauses hörte man auch nicht das Rauschen des Meeres. Ganz entfernt hörte man jetzt jemanden pfeifen. Vielleicht den Milchmann. Ganz gewöhnlicher Alltag, der sich hier abspielte. Sie dachte an ihr Elternhaus und die blankgespülten Milchflaschen auf der Treppenstufe.

»Sie sind also gefaßt«, sagte sie schließlich. Sie versuchte sich darüber klar zu werden, was sie fühlte, und kam zu dem Ergebnis, daß sie absolut nichts fühlte. Zu lange hatte sie wohl schon um die Opfer getrauert und mit den Verletzten mitgefühlt, Kummer und ohnmächtigen Zorn empfunden. Für sie und Steve hatten die Zeitungsfotos mit den starren Gesichtern keinerlei Bedeutung. Die Gewalt war vorbei, sie fühlte eine tiefe Erleichterung. Ihre Gesichts- und Halsmuskeln entspannten sich, die angespannten Schultern lockerten sich. Schließlich hatte sie noch ungeheures Glück gehabt. Weder Martin noch den Kindern war etwas zugestoßen. Es war noch nicht zu spät.

»Wir werden hier sein«, hatte Martin zu ihr im Garten gesagt. Wie schön klangen diese Worte auf einmal in ihren Ohren. Sehnsucht und Liebe erfüllten sie. Sie sah Steve offen an. »Was fühlst du?« fragte sie ihn. Die Frage kam ihnen beiden seltsam vor. Bisher hatten sie das nie fragen müssen.

Er sah sie einen Augenblick an und blickte dann auf die Fotos in der Zeitung.

»Nichts«, sagte er leise. »Was können sie uns jetzt noch bedeuten?«

Das war alles, aber viele unausgesprochene Worte standen im Raum. Die verschwommenen Fotos hatten wie ein Exorzismus gewirkt. Gewalt und Angst waren damit abgetan, und gleichzeitig schien auch eine andere Art von Gewalt zu schwinden.

Steve nahm sie in seine Arme und küßte sie. Er sah sie, wie er sie ganz zu Anfang gesehen hatte, wie eine Frau beim Einkaufen, deren Haare über den Mantelkragen fielen. Annie lehnte den Kopf an seine Schulter. Sie dachte an ihr ausgeglichenes Leben mit Martin und den Kindern. Die Bombe hatte es auseinandergerissen. Sie dachte an den Schmerz, der folgte, und an ein ganz gegensätzliches Gefühl, das zutage gefördert wurde – Freude, so überschwenglich, wie sie sie nie zuvor erfahren hatte. Der Schmerz und auch die Freude, das wußte sie jetzt, waren beide in gleichem Maße geschwunden. Es war passiert, und jetzt war es vorbei.

Übrig blieben Steve, sie selbst, Martin und die Kinder. Menschen wie du und ich, Menschen mit ganz normalen Beziehungen.

Liebe und Zuneigung. Wie tief gingen diese Bindungen,

nachdem einmal das dringende leidenschaftliche Bedürfnis verblaßt war. Martin war eine Hälfte ihres Lebens. Sie konnte sich eine Hälfte ihres Lebens nicht einfach wegdenken, aber noch weniger konnte sie sich aus Martin die Hälfte seines Lebens wegdenken, die sie selbst war. Der Schmerz, der für ihn schwerer zu ertragen wäre als alles, was sie durchgemacht hatte, ließ Tränen in ihren Augen aufsteigen.

Sie bückte sich, um die Tränen zu verbergen und hob die achtlos hingeworfene Zeitung auf.

Steve hielt sie noch einen Augenblick um die Schultern und ließ sie dann los.

Annie warf die Zeitung in den Abfall.

»Wie wär's jetzt mit unserem Frühstück?« fragte sie.

Steve legte die Speckscheiben in die gußeiserne Pfanne. Das Fett wurde glasig und strömte einen salzigen, heimeligen Geruch aus. Sie nahmen ihre Teller mit auf den sonnigen Balkon und genossen den freien Blick über das weite Meer.

Als sie fertig waren, fragte Steve sehr vorsichtig: »Was wollen wir heute unternehmen?«

Annie machte sich an den Kaffeetassen zu schaffen. Sie klapperten in ihren Händen.

Nur noch einen Tag, dachte sie. *Ist das zuviel verlangt?*

»Vielleicht einen Spaziergang landeinwärts?«

»Natürlich. Wo immer du gerne hin möchtest.«

Nur noch einen Tag.

Sie holten die Wanderkarte aus dem Regal mit den zerlesenen Taschenbüchern und studierten sie ausführlich. So hatten sie wenigstens etwas Praktisches, worauf sie sich konzentrieren konnten, was sie beide mit Feuereifer taten.

»Schaffen wir eine so lange Strecke?« fragte Annie skeptisch, und er lachte sie an.

»Überhaupt kein Problem.«

Es war ein langer Spaziergang, aber Annie wußte, sie würde sich später an jede Einzelheit erinnern. Jeder Pfad und jeder Seitenweg prägte sich ihr mit besonderer Deutlichkeit ein, und sie saugte den ständigen Wechsel des Lichts über dem weiten Marschland gierig in sich auf, zuerst die am Himmel aufsteigende Sonne, dann die schrägstehende des Nachmittags.

Die dicken Grasbüschel schlugen rhythmisch gegen ihre Beine. Sie folgten den verschlungenen Wegen, die sich die winzigen Rinnsale in die Erde gegraben hatten. Um diese Jahreszeit waren sie völlig ausgetrocknet. Der sonst schlammige Boden war von Rissen durchzogen. Lerchen stiegen jubilierend in den Himmel auf und grenzten mit ihrem Gesang ihr unsichtbares Territorium ab. Hinter dem Marschland erklommen sie Dünen, die von riesigen, nach Kokosnuß duftenden Stechginsterbüschen bewachsen und von unzähligen Kaninchenhöhlen unterminiert waren. Ein kleines Koniferenwäldchen wirkte fast ein wenig unheimlich auf sie. Dahinter stand eine winzige Kirche. Sie verweilten einige Zeit im düsteren Innenraum des Gotteshauses, wo das Licht nur durch ein einziges Buntglasfenster einfiel und rosa- und amethystfarbene Rauten auf die gewachsten Kirchenbänke malte. Unter den Koniferen draußen war es ähnlich düster, und sie flüsterten plötzlich, während sie über den weichen Nadelteppich gingen. Hinter dem Wäldchen standen sie wieder im gleißenden Sonnenlicht und waren einen Augenblick lang wie geblendet.

Zum Mittagessen kehrten sie in einem ländlichen Gasthaus mit Garten ein, der sich hinter hohen Hecken und weißgetünchten Wänden versteckte. Sie waren die einzigen Gäste, aßen Brot und Käse und tranken dazu hopfiges, einheimisches Bier.

Danach folgten sie schattigen Pfaden, die riesige Weizen- und Gerstefelder begrenzten. Sie waren allein auf weiter Flur, bis auf einige Bauern, die hoch auf ihren Traktoren mit den tief gefurchten Reifen vorbeiknatterten und die Hand zum Gruß erhoben. Und dann machten sie kehrt und gingen Richtung Meer zurück, die Sonne im Rücken.

Sie unterhielten sich die ganze Zeit. Sie sprachen über einfache, alltägliche Dinge aus ihrem Leben und aus ihrer Vergangenheit und füllten die Lücken, die noch aus den Erzählungen unter den Bombentrümmern bestanden.

Annie erzählte Steve von Tibby und deren beschwörenden Worten, die sie eigentlich in das kleine, blaue Haus am Meer gebracht hatten. Er hörte nachdenklich zu. Tiefe Linien waren um seinen Mund sichtbar.

Was sie hier taten, war wie der Spaziergang selbst, dachte sie. Sie mußten den Kreis schließen, ehe sie einen anderen Weg gehen konnten.

Über die Zukunft wurde nicht geredet. Damit hätten sie nur an einen sehr wunden Punkt gerührt.

Ihre Schritte verlangsamten sich mehr und mehr, bis sie schließlich an der Stelle angelangt waren, an der die Straße ostwärts abbog und das Meer sich grau vor ihnen ausbreitete. Nichts war mehr vom funkelnden Wasserspiegel vom Morgen übriggeblieben. Steve nahm sie an der Hand, und sie gingen das letzte Stück bis zum Ende der Straße schweigend nebeneinander her.

Das Haus lag still im abendlichen Schatten da. Keiner von ihnen wollte das Licht andrehen. Annie sank erschöpft auf die Stufen und wollte keinen Schritt weitergehen.

»Komm«, sagte er. Und sie erinnerten sich beide, wie sie sich gegenseitig zum Durchhalten ermuntert hatten. »Für dich tu ich das«, sagte sie. Sie lächelte, aber das Herz war ihr schwer. Mühsam schleppte sie sich die Treppe hinauf.

Steve folgte ihr und ließ in dem winzigen Bad mit den gurgelnden Rohren Wasser in die Badewanne einlaufen. Er fand ein Glas mit Badesalz und schüttete eine Handvoll davon ins Wasser. Dann schlug er es zu dampfendem, grünem Schaum.

»Du kannst meine Gedanken lesen«, sagte sie. Er drehte sich um und sah sie durch den Dampf an.

»Und du meine.«

Sie zogen sich gegenseitig aus und ließen sich genußvoll in die wohlige Wärme des Wassers gleiten. Annie schlang ihre Beine um seinen Körper und hielt ihn fest. Sie wuschen sich gegenseitig, vorsichtig, als hätten sie Angst, die alten Wunden würden wieder aufbrechen. Steve beugte sich vor und küßte ihren Mund und dann ihre Brüste, als die Schaumblasen zerplatzten und sie freigaben. Plötzlich stand er mit einem Ruck auf, so daß das Wasser über den Badewannenrand auf den Boden schwappte. Er hob Annie heraus, wickelte sie in ein Badetuch und trug sie ins Schlafzimmer. Naß und glitschig wie sie waren, legten sie sich ins Bett und liebten sich mit all dem Verlangen und der Verzweiflung, die sich den ganzen Tag aufgestaut hatte. Danach lagen sie ruhig nebeneinander und wußten sich plötzlich nichts mehr zu sagen.

Viel später, als sie zusammen beim Abendessen saßen, erinnerte Annie sich an den ersten Nachmittag im Restaurant. Sie hatte sich wunderschön und unbesiegbar gefühlt, und das war Steves Verdienst. Jetzt sah sie sein beklommenes Gesicht. Die Unausweichlichkeit ihrer Lage bedrückte sie. Das Essen wollte ihr nicht mehr so recht schmecken, und sie trank zuviel Wein. Sie wollte ihre Sinne einlullen, aber das Gegenteil war der Fall. Sie hörte unausgesprochene Worte und fühlte, wie sich ihre Hände berührten, obwohl der wackelige Tisch sie trennte. Sie klammerten sich noch immer aneinander wie zu Beginn ihrer Bekanntschaft, aber die Realität des Lebens zog sie langsam, aber sicher auseinander.

An diesem Abend saßen Annie und Steve lange beim Abendessen. Nicht weil es besonderen Spaß machte, sondern weil sie wie Kinder waren, die den Tag nicht enden lassen wollten. Es entstanden längere Pausen, in denen keiner von beiden sich traute, etwas zu sagen. Steve versuchte, der Flasche noch einen Tropfen zu entlocken – vergeblich. Er legte sie um und gab ihr einen Schubs, so daß sie sich zu drehen begann. Als sie zum Stillstand kam, zeigte der Flaschenhals von ihnen weg, in die Dunkelheit hinaus. Er zuckte mit den Achseln, als bedeute das nichts, aber Annie verstand. Sie stand auf und ging um den Tisch herum zu ihm. Sie legte ihre Arme um ihn und schmiegte ihr Gesicht an seines.

»Nicht«, sagte sie. Sie wollte sagen: *Ich kann es nicht ertragen,* aber sie hielt inne. *Du kannst,* sagte sie zu sich selbst, *weil du es mußt.*

»Ich will hier nicht mehr rumsitzen«, sagte Steve schließlich. Sie sahen sich lange an, gingen dann ganz langsam die Trepppe hinauf und löschten hinter sich das Licht.

Der Wind blies stärker, und die kleine Schlafkammer war voll von Geräuschen des Meeres. Noch einmal legten sie sich nebeneinander und waren froh um die Dunkelheit, die ihre Gesichter verbarg. Sie gaben sich zärtlichen Worten und liebevollen Berührungen hin, bis schließlich die Erregung ihr Recht forderte.

Als der Höhepunkt verebbt war, lagen sie sich in den Armen, traurig schweigend, und horchten auf die Wellen, die sich an den Kieselsteinen brachen.

Als Annie am Morgen aufwachte, tastete sie mit der Hand nach Steve. Seine Bettseite war noch warm, aber er war schon aufgestanden. Sie blieb noch einen Augenblick liegen, bis sie wußte, wo sie war. Dann stand sie auf und ging zum Fenster.

Der Himmel war milchiggrau überzogen, und das Meer hatte die gleiche matte Farbe. Wo Himmel und Meer zusammentrafen, war eine fast weiße Linie. Am Strand waren einige Spaziergänger unterwegs, und ein Paar saß umschlungen auf den großen Steinen. Die weiter entfernten Menschen waren nicht größer als Streichhölzer. Einer stand regungslos da und starrte auf das Meer hinaus. Annie sah, daß es Steve war. Zwei Leute mit einem Hund gingen an ihm vorbei, dann ein Kind, das rannte und nur aus Armen und Beinen zu bestehen schien.

Steve war ziemlich weit weg, auch wenn es durch die geschwungene Küstenlinie nicht so aussah. Er war ein Fremder inmitten von anderen Fremden. Annie schloß die Augen. Als sie sie wieder öffnete, sah sie, wie Steve einen Stein aufhob und ihn dann in hohem Bogen ins Meer hinauswarf. Mit einem Ruck drehte sich Annie um und ging zum Schrank, wo sie mit tränenverschleierten Augen ihre Kleider vom Bügel nahm.

Als Annie nach unten ging, stand Steve in der Tür, ein großer, dunkelhaariger Mann, dessen Gesicht sie so gut kannte wie ihr eigenes.

Er sah sie an, erschrak einen Augenblick und wußte dann Bescheid. »Du mußt heute nach Hause.«

Es war weder eine Frage noch eine Feststellung, sondern eine Bestätigung. Endlich war es ausgesprochen.

»Ja«, sagte sie leise, »ich muß nach Hause.«

Er nahm sie bei der Hand, unfähig, sie am Gehen zu hindern, wie er es sich vorgenommen hatte. Draußen am weiten, sauberen Strand hatte er es noch für möglich gehalten. Jetzt sah die Sache anders aus.

»Annie.« Er suchte nach einfachen Worten. »Ich habe noch nie jemanden wie dich kennengelernt.«

Steve wußte, daß jedes weitere Wort schmerzlich und schwerfällig sein würde, aber er mußte weitersprechen: »Ich will, daß du bei mir bleibst. Ich liebe dich. Bitte geh nicht fort.«

»Mein Allerliebster.«

Ihr Gesicht war tränenüberströmt, und ein Schmerz durchfuhr sie. »Ich kann nicht bei dir bleiben. Wenn ich etwas ändern könnte, wenn ich meine kleine Welt und...«

Er drückte seinen Mund auf ihren. »Nicht. Ich weiß, daß du nicht bei mir bleiben kannst. Ich liebe dich trotzdem. Du bist stark, und ich kann es nicht sein.« Sie lagen sich hilflos in den Armen. Die Sonne war jetzt ganz hinter der hohen Wolkenschicht verschwunden. Meer und Himmel waren zu einer grauen ergründbaren und begrenzten Fläche zusammengewachsen.

Steve bewegte sich als erster. Er drehte sich um und rückte Dinge auf dem Tisch zurecht, die ohnehin am richtigen Platz standen. Annie beobachtete ihn mit schwerem Herzen.

Er sagte: »Ich fahre dich zur Bahnstation. Von dort gibt es gute Verbindungen nach London.« Das war alles.

Annie nickte und sah weg.

Jetzt, da die Zeit gekommen war, begannen sie mechanisch,

die Abreise vorzubereiten, als wollten sie sich mit ihrer Geschäftigkeit ablenken. Steve holte ihren Koffer herunter und brachte ihn in den Wagen. Annie rief einstweilen den Bahnhof an, um sich nach den Abfahrtszeiten zu erkundigen. In einer Stunde hatten sie das kleine Haus abgeschlossen und fuhren landeinwärts, weg von dem fahlen Meer.

Auf der Fahrt durch die weiten Felder befahl sich Annie immer wieder selbst: *Denk daran.*

Erinnere dich an den Martelloturm, an das Marschland, die Lerchen und die kleine Kirche an dem Kiefernwäldchen. Erinnere dich an die Schlafkammer und den Lichtschein des Leuchtturms an der Zimmerdecke.

Das ist alles, was ich tun kann, Tibby. Ist das in Ordnung? Hat es einem von uns etwas gebracht?

Die Zeit bis zur Bahnstation verging wie im Flug.

Steve parkte den Wagen, und sie gingen zusammen in die Schalterhalle. Annie kaufte eine Fahrkarte nach London, einfach, zweiter Klasse. Sie steckte sie ein, ohne einen Blick darauf zu werfen, und sie gingen auf den Bahnsteig. Viele Menschen warteten auf den Zug, um nach London zum Einkaufen zu fahren.

Steve schob widerwillig sein Kinn vor. »Komm, wir gehen ans andere Ende.«

Sie gingen nebeneinander, ohne sich zu berühren. Am Ende des Bahnsteigs war eine Imbißstube. Annie sah durch die Glastüren die häßlich roten, plastikgepolsterten Bänke und Tische mit dünnen Stahlbeinen, die Plexiglasfront der Theke mit den vergilbten Papierdeckchen und die verschmierten Durchlauferhitzer. An der Tür baumelte ein Schild: GESCHLOSSEN.

Als Anni sich umdrehte, sah sie die gelbe Schnauze der Diesellok gerade einfahren.

Wenn es an der Zeit war... Es war an der Zeit.

Steve faßte ihr unter das Kinn, so daß er ihr Gesicht sehen konnte. Sie sahen sich an und dachten daran, wie ihnen die Dunkelheit unter den Trümmern das verweigert hatte.

Mit schwerfälligem Dröhnen kam der Zug zum Stehen.

»Was wirst du tun?« fragte sie. Sie wollte damit nicht sagen: *ohne mich.* Ihr Leben würde wieder den gewohnten Gang gehen, an den sie noch nicht denken mochte. Bei Steve würde das anders aussehen.

Zu ihrer Überraschung lächelte er. Es war ein warmes, von Herzen kommendes Lächeln, das sie bewegte. »Ich weiß es nicht«, antwortete er. »Ich weiß nur, daß es nicht mehr dasselbe sein wird. Es ist alles anders, nicht wahr?«

»Ja«, sagte Annie. Die Bombe hatte alles verändert. Die Gewalt war vorbei, und auch die Leidenschaft würde verblassen, wie es jede Leidenschaft tat. Der Bombenanschlag war Schnee von gestern, und sie waren wieder das, was sie vorher waren – zwei verschiedene Menschen. Und doch hatte jeder von ihnen alles für den anderen verändert. Es mußte einfach eine Veränderung zum Guten sein, dachte Annie energisch.

Denk daran. Sie wollte sagen: *Ich liebe dich.*

Auf dem Bahnsteig entstand ein hektisches Gedränge. Steve nahm ihren Koffer und ging mit Annie zu einer offenen Waggontür. Sie ließ die anderen Fahrgäste vorbei und sah ihn noch immer an. Nachdem sich alle hineingedrängelt hatten, begann ein Schaffner, die Türen zu schließen. »Es tut mir leid«, sagte sie hilflos. Er nahm ihr Gesicht in seine Hände und küßte sie. Seine Lippen waren ganz warm.

»Nicht«, bat er sie. »Es soll dir nicht leid tun.«

Der Schaffner stand jetzt neben ihnen und schwenkte ungeduldig mit der Tür. Steve hob ihren Koffer ins Abteil und trat zurück. Annie kletterte die Stufen hinauf. Hinter ihr fiel die Tür geräuschvoll ins Schloß. Ein Pfiff ertönte, und der Zug setzte sich in Bewegung. Sie sahen sich noch immer an, ohne zu winken, als ob nicht einmal die Kraft einer Diesellok sie auseinanderbringen könnte.

Und dann beschleunigte der Zug seine Fahrt, und sie konnten sich nicht mehr sehen.

Steve sah dem Zug nach, bis er seinen Blicken entschwand.

Denk immer daran, sagte er zu sich selbst. *Erinnere dich, an alles, und bewahre es in deinem Herzen.*

Dann drehte er sich um und ging ganz langsam zu seinem Wagen zurück.

Annie ging den Zug entlang. Ihre Augen brannten von ungeweinten Tränen. Endlich fand sie einen freien Platz gegenüber einer großen Familie, die mit Sandwiches und Thermosflaschen bepackt war. Während die weiten gelben Felder am Fenster vorbeiflogen, saß sie zurückgelehnt auf ihrem Platz und hörte den Kindern zu, die unaufhörlich plapperten, kicherten und herumbalgten. Ein Netz von Vertrautheiten begann sich wieder um sie zu legen. Es war ihr angenehm und warm, wie die Berührung einer sanften Hand. Plötzlich dachte sie dankbar: *Nach Hause. Ich fahre nach Hause.* Die Lokomotive schien ihr mit einem Mal viel zu langsam für die weite Strecke, die sie noch zurückzulegen hatte.

Aber schließlich bog Annie doch in der warmen Nachmittagssonne in die bekannte Straße ein. Ihre Arme schmerzten vom Koffertragen, aber sie ging rasch an den roten Backsteinhäusern vorbei, die zufrieden in der Sonne leuchteten. Eine Handvoll Kinder fuhren am Ende der Straße Rollschuh auf dem Bürgersteig. Annie ging an den Gartentoren vorbei und sah auf die Hausnummern. Der alte Mann zwei Häuser vor dem ihren lehnte über dem Gartentor und beobachtete, wie sie näher kam. Als sie auf gleicher Höhe war, nahm er seine Pfeife aus dem Mund und nickte mit dem Kopf auf ihren Koffer hin.

»Was haben Sie denn gemacht? Sind Sie von zu Hause ausgerissen?«

»So was ähnliches.« Annie lächelte ihn an.

Sie war an ihrem Haus angelangt. Das Gartentor quietschte in alter Vertrautheit. Während sie nach ihrem Schlüssel kramte, bemerkte sie, daß im Garten dringend gejätet werden mußte. Sie hatte das immer sehr gerne gemacht – das Unkraut entfernt und dann den Kiesweg ordentlich geharkt. *Zu Hause.*

Die Vordertür ging auf.

Annie stand in der Diele und sah sich um. Es sah alles aus wie immer, und es war so ungeheuer wichtig für sie.

Dann erschien es ihr auf einmal ungewöhnlich ruhig. Sie ließ ihren Koffer fallen, der mit einem unnatürlich lauten Geräusch auf dem Boden aufsetzte. Das Haus war leer.

Annie lief zur Wohnzimmertür und stieß sie auf. Niemand war da, doch waren die Kissen zusammengedrückt, und die Einzelteile eines Puzzles waren über den Tisch verstreut. Sie drehte sich um und rannte in die Küche. In ihrer irrationalen Angst konnte sie weder die Krümel auf der Arbeitsfläche noch die halbleere Milchflasche richtig deuten.

Sie sind weg, dachte sie. Sie war zu spät nach Hause gekommen, und sie waren fort. Verzweiflung erfaßte sie.

In der Stille des Hauses rief sie: »*Martin!*« Dann sah sie sie alle drei durch das Küchenfenster. Martin mußte im Garten gearbeitet haben, und die Kinder hatten gespielt, aber jetzt hatten sie sie gehört. Sie standen eng beieinander und hatten den gleichen unsicheren Gesichtsausdruck. Annie sah, daß sie nicht wußten, wie sie mit ihr dran waren.

Sie fingerte an dem Knopf der Küchentür zum Garten herum und drehte ihn in ihrer Aufregung falsch herum. Endlich sprang die Tür auf, und sie rannte stolpernd über das Gras. Da rief Thomas:

»Mami ist wieder da. Schaut doch, Mami ist wieder da.«

Aber sie hatte nur Augen für Martin. *Darf ich dich ein letztes Mal um etwas bitten? Nach so vielen Malen. Laß mich zu euch zurückkommen.* Martin beobachtete Annies Gesicht. Obgleich es tränenüberströmt war, sah er, daß alles vorüber war. Er streckte die Arme nach ihr aus. »Annie.«

Mit dem Kopf an seiner Schulter fragte sie: »Darf ich nach Hause kommen?«

Er nahm ihr Gesicht in seine Hände und sah sie an. »Wir sind hier. Wir haben auf dich gewartet.«

Er küßte sie und wischte ihr mit dem Daumen die Tränen aus

dem Gesicht, so wie sie es bei Benjy oder Tom getan hätte. Annie sah das vertraute Gesicht ihres Mannes. Es sah aus wie immer, und doch anders, und jetzt plötzlich voller Glück. *Das verdiene ich eigentlich gar nicht.*

Sie wußte es, und sie wußte auch, daß sie sich immer daran erinnern würde. *Denk daran,* sagte sich Annie zum letzten Mal.

»Danke«, sagte sie leise. »Ich liebe dich.«

Er lächelte sie an: »Ich liebe dich auch.«

Die Kinder quengelten unruhig, und sie kniete sich nieder und zog Martin zu sich herunter. Benjy klammerte sich an ihren Kleidern fest, und sie zog ihn mit einem Arm an sich. Mit dem anderen griff sie nach Thomas.

»Geh nicht wieder fort«, rief er. »Du darfst nie wieder fortgehen.«

Sie zog die Kinder enger an sich, damit sie ihre Tränen nicht sehen konnten. »Ich werde nicht wieder fortgehen«, versprach sie ihnen. »Nie wieder, nie wieder.«

Diese Worte schlossen sie alle wieder zu einem untrennbaren Ganzen zusammen.

Es ist vorbei, dachte Annie.

Sie horchte angestrengt, aber da war nichts. Das letzte Echo der Bombenexplosion war in der Stille des Gartens erstorben.

Rose Thomas
Das Haus in der Woodstock Road
Roman, 640 Seiten, geb.

Eine Familiensaga im besten Sinne: Die Schicksale der vier Hauptpersonen sind eng mit dem zeitgeschichtlichen Hintergrund verwoben und lassen so ein lebendiges Bild der englischen Gesellschaft vom ausgehenden viktorianischen Zeitalter bis zum Beginn des Zweiten Weltkrieges entstehen.

gebunden, 220 Seiten

Fliegender Wechsel

Ein englischer Unterhaltungsroman allererster Güte: kultiviert, humorvoll, mit brillanten Dialogen. Es ist die Geschichte einer jungen Frau, die sich nicht nur in zwei sehr unterschiedliche Brüder verliebt, sondern in deren ganze skurrile Familie.

Ernst Kabel Verlag

Brombeertage

Ein wundervoller englischer Schmöker um drei junge Frauen aus der Stadt, die sich im Kriegsjahr 1941 auf einer abgelegenen Farm in Dorset zur freiwilligen Landarbeit verpflichten. Mit viel augenzwinkerndem Witz, Verve und bemerkenswerter Liebe zum Detail erzählt.

gebunden, 384 Seiten

Siebzehn Jahre verschollen

An dem Tag, an dem er aufwachte und seinen Namen wußte, brach fast die Sonne durch die Wolkendecke. Er erinnerte sich auch fast daran, wie er dorthin gekommen war; er erinnerte sich aber nicht, warum oder wann …

gebunden, 320 Seiten

Ernst Kabel Verlag